KB251325

가도 가도 붉은 황톳길

가도
가도
붉은
황톳길 **;** 이제야 드러난
한국판 수용소 군도

문호준 장편소설

지우출판

이 책을 쓰는 내내 가슴이 저리고 떨렸습니다. 인간이란 존재가 어디까지 견디며 희망을 기약할 수 있는지 처음에는 저도 알지 못했습니다. 지난 20여 년의 세월이 켜켜이 가슴에 생채기를 내어 이제 가슴에 지울 수 없는 문신자국을 가두고 살아가고 있습니다. 서울에서 여수까지 비행기를 타고 여수에서 다시 발품을 팔아 고흥 녹동 소록도에 들어가는 길은 가도 가도 붉은 황톳길이었습니다. 지난 시절 너덜한 몸을 절뚝이며 그 먼 길을 맨발로 걸었을 임들을 생각합니다. 혹여 얼어붙은 손가락이 달아나지 않았을까, 발목을 녹여 재를 넘고 보리밭을 지나 세상의 뒤란으로 걸어가는 길이 얼마나 고달팠을까요.

소록도에서 만난 가엾은 영혼들을 추모합니다. 인연의 업을 맺어 오다가다 손을 잡고 안부를 물어오던 임들이 하나 둘씩 떠나가던 폐허의 날들, 그렇습니다. 오그라들고 달아나고 문드러진 임들의 몸뚱이는 초라했겠지요. 하지만 영혼마저 초라하진 않았을 것입니다. 한번은 반드시 꽃을 피우고 생을 마감하는 들풀처럼 임들도 다음 생이 있다면 반드시 한번 꽃을 피우기를 간절히 소망합니다.

무슨 말로 이 책 속에 등장하는 인물들, 아니 나환자란 이름으로 찢어지고 깨어지며 통곡의 하늘을 이고 살아가야 했던 임들을 위로할 수 있을까요? 무슨 말로 넋을 어루만져 드려야 통곡이 멈출까요? 얼어붙은 발목을 바닷물에 절이며 허리를 꺾어가며 일을 하던 임들의 모습이 눈에 선합니다. 채찍을 훈장처럼 얼굴에 새기고 인간이기를 거부하며 벌레처럼 뒤틀어 모진 이승의 땅을 밟던 세월, 차라리 이것은 다행이었을까요? 소리 한번 질러보지 못하고 바닷물에 수장되고 감금실에 갇혀 어둠속에 사라지던 무수한 영혼들, 칼날에 배를 갈리우고 짐승처럼 다릴 벌려 새끼를 꺼내더니 유리관 속에 거꾸로 처박혀 세상을 저주하며 알코올에 발목까지 잠긴 아들들아, 딸들아, 아아, 인간은 어디까지 추악할 수가 있는 것인가. 세상의 한 가닥 빛살도 보지 못하고 시험관에서 사라진 영혼들에게 머리 숙여 사죄하는 것은 차마 나라 뺏긴 설움 따윈 사치였을 것입니다.

무슨 원수가 졌다고 부모와 자식이 경계선을 두고 눈만 껌벅거리며 눈물을 꺽, 꺽 삼키면서 숨죽여 만나야했을까요. 차디찬 메스에 단종대에서 당하던 굴욕, 너덜한 몸을 일으켜 비틀비틀 걸어가는 길은 죽음보다 무서웠을 것입니다. 이제 우리는 오늘, 같은 목소리로 분열되지 않고 이들의 영혼을 받아들여야 하지 않을까요? 삼가 이 책을 통해 지난 시절 고문을 당하고 인류를 등져버린 안타까운 영혼들을 작게나마 위로해주고 싶습니다. 그래서 오랜 세월 저 역시 임들이 걸었던 길을 걷고, 임들의 목소리를 듣고, 임들의 얘기에 귀를 기울여 왔습니다. 이제부터 우리 사회의 몫이라고 생각합니다. 부디 살아계신 임들의 머리맡에 하늘의 축복이 내리고, 돌아가신 임들의 영혼에 편안한 영면이 있기를 바랍니다.

아울러 이 책을 집필할 수 있도록 도움을 주신 소록도 수많은 어르신들에게 거듭 감사의 말씀을 올립니다. 이 책에 등장하는 인물들 가운데 이춘상, 이동, 김창옥, 권종희, 이길용, 박순주, 최일봉, 문창렬 등은 실제 인물이며, 여기 등장하는 사건 등은 대개 실제 사건에 기반을 두었으며 작품의 구성 상 부득불 작가의 의도에 따라 사건을 재구성했음을 밝히면서 이 작품이 역사적 진실의 근거가 될 수 없다는 것을 분명히 밝힙니다. 특히 소록도에서 발생한 사건이나 작업과정, 작업경과 등은 오대규, 『소록도 80년사』(국립소록도병원, 1996.) 정근식, 채규태, 『소록도 100년의 기억』별책(국립소록도병원, 2014.) 등에서 인용하였고, 이춘상 사건이나 이춘상의 가족 부분은 정근식(서울대학교 교수)의, 『일제 말기의 소록도 갱생원과 이춘상 사건』(역비논단 331~359쪽, 2005.)에서 인용하였음을 밝힙니다. 다만 소설 편집 특성상 논문형식과 달라 인용 페이지에 각주를 달지 못하고 일괄 저자 서문에서 밝히게 된 점 널리 양해를 바랍니다.

오늘 저자가 이 작품을 상재할 수 있는 것은, 남겨진 훌륭한 저작물과 고인이 된 어르신들의 생생한 증언들이 있어서 가능했다는 것을 꼭 말씀드리고, 특히 김용덕, 장인심 할머니의 증언이 있었기에 더욱 빛을 발휘할 수 있었던 것입니다. 끝으로 책 표지에 '가도 가도 붉은 황톳길'은 고인이 된 한하운 시인의 시(전라도길)에서 발췌했음을 밝히고, 앞으로 기회가 된다면 소록도 한센인들을 위한 사업에 동참할 것을 지면을 빌어 약속드립니다. 대단히 감사합니다.

2016년 8월 저자 문호준 삼가올림

\ 차례 \

밤이 새도록 박꽃처럼 화사한 달빛이 바다위로 녹아들었다. 철썩, 철썩, 칭얼대던 바다도 잠이 들고 해면 깊은 데서부터 평온하게 잠이 들어가는 봄 밤, 문둥이가 산다는 보리밭에서 처녀 하나가 알몸으로 걸어나와 바닷물에 몸을 적셨다. 처녀의 몸뚱이 위로 달빛이 쏟아져 내릴 때 저쪽에서 절뚝거리며 사내 하나가 알몸으로 나타났다. 사내는 절뚝절뚝 바다로 걸어가서 처녀의 몸을 구석구석 핥는다.

멀찍이서 지켜보던 금화는 달빛이 눈부셔 바다로 걸어 나왔다. 수평선을 따라 끝없이 펼쳐진 달나라에 영혼의 집을 짓고 싶다. 아아, 저 바다 속에 풍덩 빠져 산호처럼 눈부신 달빛의 비듬 속에 영혼을 눕히고 싶다.

저기 저 달빛으로 몸을 씻던 처녀의 젖가슴이 탐스럽다. 절뚝이는 사내의 손끝에도 탐스런 처녀의 젖가슴이 걸려 있다. 사내는 몸을 웅크려 처녀의 가랑이를 벌리고 모래 위에 처녀의 등을 눕힌다. 아아, 사내의 격정적인 몸짓, 손가락이 달아난다. 발가락이 떨어진다. 달빛마저 수줍어

8

구름 속에 들어가는데 사내는 아래쪽이 허탈해서 무너진다. 어머니, 불효자를 용서하소서.

느닷없이 바람이 일어선다. 금화는 바람의 속살을 보았던 적이 있다. 구북리 십자봉 큰 소나무 아래서 바람은 너울을 벗고 금화 앞에 속살을 비쳐주었다. 그 속살은 껍질 속에 곱게 익은 목화솜처럼 희었다. 바람이 불면 금화는 바람의 속살을 본다. 눈에 보이지 않는 영혼이 되어 바람은 금화에게 속살을 비쳐주었다. 금화의 눈앞에 나타난 저 몸짓들, 피를 몸뚱이에 두른 어린 영혼들이 투명한 유리관 속에 거꾸로 매달려 있다. 심장이 뛰고 창자가 잘리며 피가 끓는다. 시뻘건 간을 꺼내고 뒤틀린 창자를 펴서 말린 후에 포르말린 용액에 다시 담근다. 금화는 생전 처음 보는 이상한 환영에 몸부림친다.

목매 죽은 귀신들이 금화에게 아우성친다. 금화는 난생 처음 보는 해괴망측한 환영에 부르르 몸을 떤다. 눈을 감아도 보이고 귀를 막아도 들리는 소리.
―대일본제국을 위해 우생수술을 하는 일이지……살고 싶다면 순순히 응하라.
―우생수술? 대일본제국? 그게 먼 말이라요?
―단종수술이랍네다. 쉽게 말해서 조선말로 불알 깐다는 말이지요.
―오메 오메 머시라? 내 불알을 깐다고라우?
금화의 눈앞에 몸서리치는 사내의 모습이 보인다. 금화는 바람이 불면 큰 소나무 아래서 비손을 한다.
―서낭신님, 서낭신님, 불쌍한 우리네들 굽어 살펴 주옵소서.

제1장

후원의 눈썹 단장

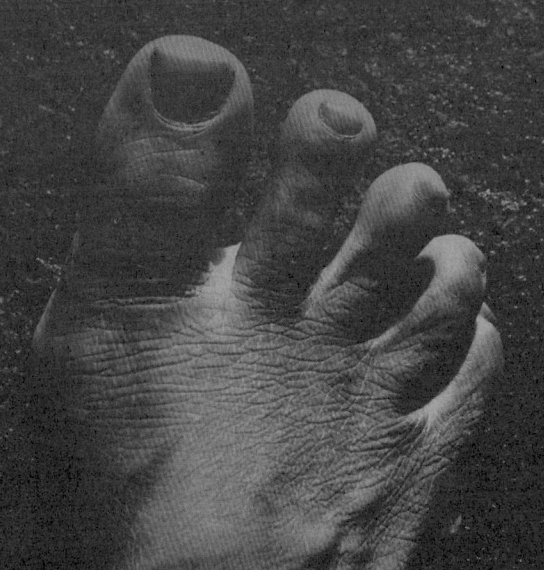

사나흘 전부터 딸애의 머리를 곱게 빗어주던 정씨의 눈동자가 흔들리고 있었다. 겨우 열 두 살 밖에 먹지 않은 딸애의 머리카락이 요사이 몰라보게 많이 빠지기 시작했다.

"인영아"

"응, 엄마……"

인영의 눈은 초롱초롱 하고 목소리는 맑고 또렷했다. 정씨는 동백기름을 딸애의 머리에 바른 다음 한 올 한 올 가닥을 세듯 양 갈래로 머리를 땋기 시작했다. 여느 날처럼 인영의 모습은 깜찍하고 귀여워 보였다. 마을 사람들은 인영을 볼 때마다 기름진 머릿결을 보고 눈이 화사해졌다. 갸름한 이마를 보면 너무 예뻐서 이마를 만지려는 어른들도 있었다. 남의 자식 칭찬에 성미가 급한 어른들은 그저 황진이가 울고 가갔구나, 하고 감탄을 하는 경우도 있었다.

"인영아"

"응, 엄마. 왜 자꾸 이름을 불러요?"

"너 어디 아픈 데 없누?"

"응, 없어. 엄마 왜 그러하우?"

"아, 아님. 아무 것두……"

정씨는 딸애를 바로 세운 다음 찬찬이 얼굴을 들여다보았다.

"아이 에그나!……"

정씨의 입에서 놀랄 때나 내는 소리가 절로 터져 나왔다.

"엄마, 왜 그렇게 놀라시우까?"

정씨가 저도 모르게 놀라는 소리를 하자 딸애가 고개를 빤히 쳐들어 물었다.

"아 아님, 아무 것두 아니누나……"

그러나 가슴 한쪽이 덜컥 내려앉는 순간의 놀람에서 여전히 허우적거렸다. 인영의 갸름한 이마 밑에 새카맣게 돋보이던 눈썹이 나달 전부터 빠지기 시작하더니 휑하니 숱이 비었기 때문이다.

"우리 예쁜 딸 인영아, 어디 한 번 일어서 보자."

"응 엄마."

인영이 일어서서 안감을 넣어 겹으로 만든 겹치마 자락을 손으로 살포시 들어 올리며 한 바퀴 돌아보았다. 눈에 넣어도 아프지 않을 딸애의 모습은 뒤란의 사철 피어나는 꽃들보다 예쁘고 탐스러웠다.

정씨는 딸애의 손가락을 하나씩 찬찬이 살펴보았다. 그리고 버선을 벗긴 다음 발가락도 하나씩 꼼꼼히 살펴보았다.

"휴우~"

정씨의 입에서 단내처럼 깊은 한숨 소리가 흘러나왔다. 손가락, 발가락은 혈색이 좋고 짓무른 데가 다행히 없었기 때문이다. 정씨는 딸애의 풀기 먹인 자주색 회장저고리 끝동을 한 치 접어 여미어주었다.

"엄마, 인영이 예뻐요?"

"아무렴, 조선 천지에 우리 딸애가 제일 예쁘고말고……"

"엄마, 거울 좀 주세요. 인영이 예쁜 얼굴 보고 싶어요."

정씨는 화들짝 놀라며 거울을 숨겼다. 딸애가 휑한 눈썹을 바라보면 실망할 것이기 때문이었다. 정씨는 이후 목화의 자색 꽃을 태워 참기름에 개거나 당산 참나무로 만든 목탄으로 딸애의 눈썹을 그려주었다.

"엄마, 시집가는 것두 아닌데 어째서 날마다 눈썹 단장을 해요?"

"우리 인영이 예뻐 보이라구요. 아이그나, 울 인영이 혼인을 해두 되갔구나요."

"엄마 정말 혼인을 해도 되갔시오?"

"호호호, 인영이 누구한테 시집을 갈 건데……"

"지석이 오빠한테요. 아이 부꺼(부끄러)……"

"에그나, 하필 옆집 지석이란 말이누? 조실부모하구 할머니 손에 어렵사리 자란 불쌍한 애한테 말이지이……"

달포 전부터 평양 일대에는 이상한 소문이 떠돌기 시작했다. 조선 곳곳에 십여 년 전부터 나병(문둥병)이 늘어나서 조선총독부에서 급기야 조선의 나환자들을 모조리 잡아들인다는 것이었다. 그래서 사람들은 지레 겁에 질려 나돌아 다니지 않으려 했고 몸이 아파도 주위에 드러내지 못했다. 혹여 나병으로 의심하여 조선총독부 순사들에게 짐승처럼 끌려갈지도 모르기 때문이었다.

정씨는 마을 사람들이 눈치 채지 못하도록 인영의 손을 잡고 은밀히 새벽에 집을 나섰다. 주재소나 체신소, 의원 등이 있는 소재지까지 꼬박 세 시간을 걸었다.

"어떻게 오셨습네까?"

"의원나리, 우리 딸애 눈썹이 이상하우다."

정씨는 딸애의 몸에서 머리카락과 눈썹이 빠지기 시작한 시점을 솔직하게 털어놓았다. 나이 지긋한 의원나리는 인영의 몸을 구석구석 샅샅이 살펴보기 시작했다.

"눈썹먹을 발랐습네까?"

"그러하우다."

의원은 거즈에 알코올을 적시더니 인영의 눈썹 부위를 닦아내기 시작했다. 눈썹은 하루가 다르게 빠져서 알코올 적신 거즈로 닦아내자 인영의 이마가 휑하니 넓어보였다.

"으음……"

"의원나리, 우리 딸애가 어째 그러우까?"

정씨의 가슴에는 애가 타들어 불이 붙는 듯이 화들짝 타올랐다. 제발 그 병만은 아니기를 생애 태어나서 가장 간절히 빌었을 것이다.

"아가, 너 저기루 날래 나가 있거라."

"예, 나리."

인영이 밖으로 나간 다음, 의원 나리는 냉큼 덤벼들 듯 말했다.

"딸애가 몇 살 입네까?"

"열두 살 이야요. 에믄 열두 살 먹었다우요."

"쯧, 쯧, 그저 조선의 스물 이짝 저짝 먹은 아이들이 요새 많이 걸리는 병인데 일찍 걸렸습네다. 문둥병(나병, 한센병)이 맞습지요."

"아이 에그나! 아이 에그나!, 이 일을 어찌한다누……"

정씨는 눈에서 짓 붉은 봉숭아 꽃잎을 다진듯한 눈물이 뜨겁게 흘러내리고 있었다. 그러나 이럴 겨를도 없이 정씨는 퍼뜩 정신을 가다듬어야 했다.

"어느 골에 사는 누구의 자제입네까?"

"아, 아니우다. 우덜은 그, 그런 거 모르우다."

정씨는 요금도 묻지 않고 후다닥 계산을 치른 다음 딸애의 손을 잡고 부리나케 밖으로 내달렸다. 인영 역시 아무런 영문을 모른 채로 엄마의 손에 자신의 손회목을 잡힌 채로 끌려가다시피 하고 있었다. 의원 나리가 후다닥 뒤따라 나왔지만 목숨을 내걸고 딸애의 손을 잡고 뛰는 정씨의 걸음을 따라잡을 수가 없었다. 정씨는 한 식경 남짓 뒤도 돌아보지 않고 뛰었다. 의원 나리의 걸음이 더 이상 따라오지 못하게 되었을 때야 정씨는 숨을 헐떡거리며 뒤를 돌아보았다. 인영의 이마에는 굵은 땀방울이 맺혀 흘렀다.

"아이그나, 이쁜 내 새끼……"

"엄마, 이제 뛰지 말고 걸어가면 안 되우까?"

정씨는 보자기에서 무명 손수건을 꺼내 딸애의 이마에 송알송알 맺힌 물 땀을 닦아주었다. 그리고 사람들의 눈에 띄지 않은 곳으로 딸애의 손을 잡아끌어 목탄으로 갸름하게 눈썹을 그려 넣었다.

"엄마, 인영이 예쁘다면서 어찌 우시오니까?"

"아, 아님...엄마 울지 않슴. 엄마가 울어서는 아니 되는 거이지..."

정씨는 인영의 손을 잡고 새벽에 걸었던 길을 거슬러 걸었다. 정씨는 들판을 지나고 내(川)를 건너고 산길을 에돌아 마을에 당도할 때까지 한 번도 인영의 손을 놓지 못했다. 인영의 손을 결코 놓을 수가 없었다. 인영이가 어디로 몰래 달아날 것 같아서가 아니라 거친 누군가의 손이 인영의 손목을 날름 낚아챌 것만 같아서였다. 세 시간을 넘게 땀을 뻘뻘 흘리며 집으로 돌아오는 내내 정씨는 마음속으로 한없이 울었다. 절대 겉으로 소리 내어 울 수가 없었다. 그렇지 않고서는 남의 이목은 그렇다 쳐도, 당장 어린 인영의 눈치를 따돌릴 방법이 없었기 때문이다.

인영은 집에 돌아온 이후 후원 뜰아랫방에 갇혀 지냈다. 동무가 보고 싶어도 문 밖으로 한 걸음 나가지 못했다. 정씨가 안채와 사랑채, 아랫방을 은밀히 드나들며 인영을 보살피고 있었다.

"엄마, 인영이 어디 있어요?"

세 살 터울인 인영의 오빠 인후가 물었다. 인영의 모습이 며칠 전부터 보이지 않았기 때문이다. 인후는 집안에 분명 무슨 문제가 일어난 모양이라고 생각했다.

"인영이 저기 산속 절에 보내버렸으니 인후 너 절대 인영이 찾지 말거라."

"엄마, 인영일 왜 절에 보냈습네까?"

인후는 사랑스런 인영을 갑자기 산속 절에 보냈다는 엄마의 말이 곧이들리지 않았다. 집안 어른들은 인영에 대해 뭔가 숨기고 있는 모양이었다. 아버지와 할머니한테 인영에 대해 물었을 때, 난데없이 손가락으로 쉬, 쉬 하며 인영이 이름을 절대 꺼내지 말라고 당부했었다.

인영에 대해 정작 이웃집에 사는 동무 지석으로부터 소식을 듣게 되었다. 지석은 파랗게 질린 얼굴로 인후를 집 밖으로 불러내더니 대뜸 이렇게 말했다.

"인후 동무야, 너네 인영이 문둥병 걸렸다누나."

"뭐이? 울 인영이래 문둥병에 걸렸다구?"

인후는 머리카락이 쭈뼛 일어서는 느낌이었다. 귀엽고 사랑스런 동생이 문둥병에 걸렸다는 말이 결코 믿어지지 않았다. 정말 소금장을 담근

대도 믿을 수가 없음이었다.

"울 할머니가 그러누나. 문둥병 걸려서 숨어 지낸다구……"

"아냐, 울 인영이 산속 절에 중 될라고 들어갔단 말이다."

인후는 지석의 말에 놀라 하염없이 눈물을 흘리면서 정처 없이 달렸다. 저도 모르게 어디론지 튀어나가고만 싶었다. 인후를 따라 뒤에서 지석이 역시 달리고 있었다. 지석이도 예쁘고 귀여운 인영이가 좋았다. 인영이 같은 여동생이 있었으면 얼마나 좋을까, 하고 지석은 수도 없이 생각했었다. 어른이 되면 꼭 인영이 하고 혼인할 거야, 하고 당찬 생각까지 하고 있었다. 인후에게 소중한 만큼 인영은 지석에게도 소중했다.

인후는 산속 절로 향하는 산길의 초입까지 숨을 할딱거리며 뛰었다. 예쁜 인영이가 문둥병이라니, 도무지 이해할 수가 없었다. 큰 소나무 아래서 주저앉아 목을 놓아 울었다. 지석이가 곁에 앉아 인후의 손을 잡았지만 인후는 지석의 모습조차 이제 눈에 들어오지 않았다.

"정말 울 인영이 문둥병에 걸린 거야? 그래서 인영일 집에서 볼 수 없는 거야?"

"울 할머니가 그러누나. 눈썹두 빠지구 머리두 빠지구……"

"아, 아냐! 지석이 너, 기딴 소리 다시 지껄였다간 내 손에 죽을 거우다."

인후의 말에 지석은 순순히 고개를 주억거렸다. 지석이 숲으로 들어가더니 쓰러져 말라버린 참나무를 끌고 왔다. 지석은 숲의 나무들로 새총 만드는 것을 좋아했다. 새총뿐만 아니라, 나무를 깎고 다듬는 것을 무척 잘했다. 지석은 나중에 어른이 되면 목수가 되어 손수 자신의 집을 지을 거라고 동무들에게 입버릇처럼 말했다.

인영을 생각하면 인후는 칼로 가슴을 도려내는 듯이 아팠다. 눈물을 흘리지 않으려고 입을 앙다물었다. 하지만 눈물은 하염없이 흘러나왔고, 다시는 인영을 못 만날 줄도 모른다는 생각을 하자 여태 억눌려 있던 울음덩어리가 끄윽, 터져 나왔다. 지석은 인후 옆에 철퍼덕 주저앉아 열심히 참나무를 잘라 깎고 있었다.

"지석아, 뭐 만드려누?"

하고 물기 젖은 목소리로 인후가 물었다.

"이거 장승을 만드려누나."

"뭐, 장승?"

어느새 인후의 울음은 그쳐 있었다.

"어, 울 할머니래 그러는데 장승을 몸에 지니고 있음 악귀가 달아난다누나."

"악귀라구?"

"어, 울 할머니가 그러시는데 인영이 몸에 악귀가 들어서 문둥병에 걸렸다누나. 그래, 장승 만들어서 인영이한테 줄려구 그러누나."

"지석이 동무, 고맙슴. 근데 어케 울 인영일 만나볼 수 있지? 정말 몸에 지니고 있음 악귀가 달아난다누?"

"어, 악귀도 달아나구 무병장수 한다누나."

그날 이후, 지석은 열심히 참나무를 깎고 다듬어 사흘 만에 장승을 만들었다. 인후와 같이 피마자기름을 구해서 반들반들 장승에 여러 차례 발랐다. 그리고 인영을 만날 수 있는 기회를 호시탐탐 엿보기 시작했다. 하지만 인영의 모습은 몇날 며칠이 되어도 보이지 않았다. 가족들은 비밀들을 간직한 모습으로 아무도 인후에게 인영이 있는 곳을 가르쳐 주지 않았다. 인후는 떼를 써서 인영이 있는 데를 여쭤보았으나 멀리 뒷산 절간에 보냈다는 대답만이 메아리처럼 되돌아왔다.

하루는 인후와 지석이 일찍 뒷산 재 너머 절간을 향해 길을 나섰다. 지석의 손에는 반들반들 윤기 나는 장승이 들려 있었다. 낮뒤(오후) 느지막이 되어서야 한 절에 당도하였다. 절간에서 젊은 스님을 만나 인영이란 동생을 찾아왔노라고 말했다.

"아니, 나(나이)어린 동자님들이래 여게가 어데라구……"

"스님, 울 동생 인영이 어딨어요?"

"언, 녀석들 보시게나. 아니 난데없이 산중 절간에서 동생을 내놓으라니 글쎄 여게 인영이란 아이가 없대는대두……"

인후는 스님의 말을 믿을 수가 없었다. 지석과 같이 절간 구석구석을 살피고 다녔다. 스님은 쯧, 쯧 혀를 차대면서도 이곳저곳 숨을만한 데를 거침없이 보여주었다.

"동자님들, 이제 어찌 하시려는가?"

"스님, 문둥병 걸리면 어떻게 되는가요?"

"뭐라……절간에 틀어박힌 중이 무슨 수로 그런 병을 알겠누? 뭐 들리는 소문으론 일본 순사들한테 잡히면 저 아랫녘 전라도 땅 소록도라는 섬에 끌려가 죽는다누나."

"아이그, 스님, 그기 증말이야요?"

"나무관세음보살……"

인후 등은 장삼을 휘날리며 냉정히 돌아서는 스님께 더는 아무 것도 물을 까닭이 없었다. 그리고 첩첩산중 절간에 머물 이유 역시 없기에 해질녘이 되어서 절에서 내려오기 시작했다. 그들은 달빛을 동무삼아 승냥이 우는 소리를 들으면서 밤새 왔던 길을 되짚어 걸어 내려왔다. 그런데 마을 뒤쪽 경사진 들판에서 활활 타오르는 횃불을 들고 인후야, 지석아, 하고 소리치는 마을 어른들을 만났다. 마을에서 아이들이 없어졌다고 한바탕 소란이 일었기 때문이었다.

　정씨는 덜컥 목을 짓누르는 소문을 들었다. 일본 총독부에서 감찰이 나와 주재소에 들렀다는 소문이었다. 인영이 치료를 받았던 의원 나리가 상부에 문둥병 환자가 발생했다고 보고를 했기 때문이다. 인영의 가족은 쥐도 새도 모르게 인영을 치료하고자 백방으로 날뛰었다. 한의원에 은밀히 사람을 넣어 문둥병에 좋다는 약재를 구해 절간에서 받아온 석간수로 달여 먹었다. 장터에 나가 그 병에 특효라는 민간요법을 알아와 정성들여 인영에게 적용해 보았다. 하지만 인영의 병세는 차도가 없고 시간이 갈수록 얼굴마저 붓기 시작했다. 인영은 급기야 피로가 쌓여 걷기조차 힘들어 했다.

　"인영아, 눈 좀 떠봐라."

　"엄마, 인영이 죽는 거예요?"

　"아이 에그나, 못하는 소리가 없누나. 누가 그러누? 이렇게 예쁜 울 인영이 죽는다구. 자, 좀 먹자. 먹어야 인후 오빠두 보고 지석이 오빠하구두 혼인하지. 어서 인영아, 일어나 먹자."

　인영은 정씨의 말에 귀가 솔깃해서 자리에서 천천히 윗몸을 일으켜 세웠다. 오랜만에 인후와 지석 오빠에 대해 듣게 되니 힘이 불끈 솟는 느낌이었다. 인영은 무엇이든 주는 대로 받아 먹어야 오빠들을 만날 수 있다는 말에 마치 게 눈 감추듯 그릇을 비워냈다. 후원 뒤뜰방에는 오직 정씨만 드나들었다. 가족들도 문둥병에 옮을까 두려워 정씨 외에는 얼씬하지 못했다.

　인후는 산중 절간에 다녀오면서 난리법석을 치른 후에야 어머니 정씨로부터 인영이 후원 뒤뜰방에 숨어 있다는 말을 들었다. 인영이 집안에 있다는 사실만으로도 인후는 뛸 듯이 기뻤다. 정씨는 인영이가 후원에 숨어 있다는 사실을 철저히 비밀에 부쳤다. 인영이가 후원에 숨어 있다는 말이 새나가는 순간 일본 순사들이 데려가 영영 볼 수 없게 된다고 당부를 늘어놓았다. 인후 등은 정씨에게 참나무로 깎아 다듬은 자그마한 장승을 건넸다. 정씨는 하도 기특해서 당장 인영에게 달려갔다.

"엄마, 이게 뭐야?"

"에구, 장승 아니누? 말이 씨 된다구 하냥 목수될 거라 하더니만, 쯧, 쯧, 지석이가 인영이 한테 선물 준 거라누나."

"아이 좋아라. 지석 오빤 나무로 할미꽃도 깎아내던 걸……"

"에구, 하필 할미꽃이라누? 그케 좋아? 장승을 몸에 지니고 있음 악귀가 달아난단 말이 있짐. 인영이 병, 이제 이 장승이 저리 내쫓아버릴 거누나."

"아이 좋아, 그럼 나 엄마, 날래 날래 커서 지석 오빠한테 시집가야 겠수다."

"아이구 이런 쯧, 쯧, 내 새끼……"

인영은 비록 뒤뜰방에 갇혀 지내도 지석이 선물한 장승을 보면 힘이 솟았다. 장승이 꼭 악귀를 쫓아 말끔히 병이 나을 것이라 믿었다. 인영은 자신의 병이 무엇인지 내내 몰랐다가 부모의 다투는 소리를 듣고 알게 되었다. 하늘이 무너지는 것 같았다. 아버지 입에서 '문둥이'라는 말이 튀어나오고 나서야 인영은 자신이 문둥병에 걸렸다는 것을 확실히 깨달았다.

온 몸에 소름이 돋더니 신열이 올랐다. 한 끼 한 끼 밥을 먹는 일도 버거워서 거부하고 말았다. 아버지는 인영이 치료를 받을 수 있도록 일본 순사들한테 보내야 한다고 했고, 정씨는 순사한테 보내면 결국 섬에 끌려가서 죽을 것이라고 하소연했다.

평양 인근 북쪽에는 당시 나병을 치료하는 요양소가 설립되지 않았다. 남쪽에는 여러 지방에 나병 요양소가 설립되어 문둥병 환자들이 거기에서 기거도 하고 치료도 받았지만 북쪽에는 해방 이후에나 처음 원산 레프라졸이 능도라는 섬에 설립되었다.

인영은 뒤뜰방에 갇혀 죽을 것만 같았다. 동무들과 뛰어놀지도 못하고 인후, 지석 오빠를 만날 수가 없으니 감옥이나 다름없었다. 몸에 붉은 반점이 올라오기 시작했다. 얼굴은 이전보다 더 퉁, 퉁 부었다. 정씨가 물을 가득 담아온 세숫대야에 코를 풀면 코피까지 철철 났다. 아버지는 문둥병에 좋다는 약을 구하러 백방으로 돌아다녔다. 그러더니 어느 날 그 병에 좋다는 약을 구해서 돌아왔다. 대풍자유, 라는 약으로, 대풍자, 라는 나무에서 기름을 내린 것이 대풍자유였다. 그 약을 복용하니 코피가 멈추고 얼굴 부기도 거짓처럼 가라앉았다. 인영은 이제 조금 살 것 같았다.

인영은 엄마를 졸라 거울을 손에 쥐었다. 날이 밝으면 거울 앞에서 하루 종일 얼굴을 들여다보았다. 이렇게 아팠는데도 인영이 보기에 얼굴은 여전히 예뻤다. 목탄으로 눈썹먹을 만들어 갸름한 눈썹을 그려주던 엄마의 손은 요술쟁이였다. 인영은 엄마가 눈썹을 그려주기 전에는 자기 모습을 똑바로 들여다보지 못했다. 눈썹 빠진 인영의 모습은 자기 모습이 아니라고 생각했다. 하얗게 드러난 눈두덩 위에서 허수아비가 춤을 추다 풀썩 주저앉은 이상한 모습이었다.

단단치 못한 마음의 한쪽 구멍으로 들어와서 도깨비장난을 하다 바람이 빠져나간 느낌이었다. 인영은 수없이 마주했던 들판의 허수아비들이 가장 싫어졌다. 봄꽃 붉은 수술을 흔들고 건들 지나가던 샛바람도 싫어진 느낌이었다. 인영은 엄마를 하루 종일 졸랐다. 단 한 번만이라도 오빠들과 동무들과 놀고 싶었다.

"엄마, 딱 한 번만 밖에서 놀게 해줍소."

"에그나, 안 될 일이짐. 누가 너하구 놀아 주겠누?"

마을에는 이미 흉흉한 소문들이 무성했다. 인영이가 죽어서 뒷산 숲속에 묻어 돌무덤을 만들어 놓았다는 둥, 어린 애기 간을 꺼내 먹으려고 어느 호밀 밭에 숨어 있다는 둥, 뒤뜰방에 자물쇠를 잠그고 가뒀는데 밤에만 달밤에 잠깐 나와 마당에 나왔다가 들어간다는 둥, 별의별소문들이 잔치를 하듯 요란했다.

"엄마, 내가 문둥이 되는 거야?"

"에그 망측, 누가 기딴 소릴……"

정씨는 자신도 모르게 딸애의 뺨에 철썩 손이 올라가려다 화들짝 놀라며 손을 거두어들였다. 정씨는 마음속으로 생각했다. 에그, 몹쓸 손, 이 불쌍한 것 어디 때릴 데가 있다구 손찌검을……문둥이라니, 누가 그딴 말을 지껄이기만 해보라지. 아주 그냥 죽탕질을 해놓을테야.

"문둥인 갓난 애기 간을 꺼내 먹어야 낫을 수 있는 거야?"

"세상으나, 울 딸애 고저 문둥병 우물에 빠졌구나. 소문난 호랑이 잔등 부러지겠누나."

정씨는 말을 내뱉으며 화들짝 놀랐다. 떠들썩한 소문이 있긴 했지만, 딸애의 입에서 그런 소리가 튀어 나오다니 억이 막힐 노릇이었다. 소문이 무성하면 횡액이 끼게 마련이었다. 정씨는 딸애의 입에서 다시 그런 말이 나오지 않도록 단속을 했다. 그러면서 또한 생각했다. 저토록 바깥 구경을 하고 싶은 딸애를 무작정 가두어 둘 수는 없는 일이었다. 정씨는 캄캄한 방에 뒤뜰방에 들어가 인영을 데리고 나왔다. 남포등도 밝히지 않고 딸애를 등에 업고 마당을 걸었다. 등에 업힌 딸애가 자꾸 대문 밖으로 나가자고 졸라대서 집 밖으로 나왔다.

인영은 밖에 나오는 순간 뛸 듯이 기뻐했다. 에고, 불쌍한 것. 정씨는 딸애가 걸어가는 길을 바람처럼 뒤에서 따라 걸었다. 깜깜한 밤에 깡충 깡충 좋아 뛰는 딸애의 모습을 보고 정씨는 풀린 옷고름으로 눈을 찍었다. 하염없이 나오는 눈물, 어미의 마음을 아는지 모르는지 인영은 영락 갇혀 지낸 토끼마냥 좋아 폴짝 폴짝 뛰고 있다. 저토록 좋아하는 애를 가둬 두다니……

그러던 어느 날, 딸애의 성화에 못 이겨 낮뒤(오후)에 이웃의 눈을 피해 집 밖으로 나왔다. 인영은 뒷산으로 향하는 길을 따라 깡충깡충 한정 없이 뛰어갔다. 대풍자유, 라는 약제를 복용하면서 한결 나아졌음을 정씨는 느끼고 있었다. 그런데 정씨 모녀를 부리나케 따르는 그림자가 있었다. 인후와 지석이었다. 그들은 함께 놀이를 하다가 정씨가 인영을 데리고 나오는 것을 담 귀퉁이에서 엿보게 되었다. 한 식경 넘게 걸었을 때 정씨는 인후가 뒤따르고 있음을 알아차렸다. 정씨는 아들애를 야단칠 수가 없었다. 달포 만에 남매간 얼굴을 마주한 순간이기 때문이었다. 세상에, 저래 핏줄이라구……정씨는 가슴이 먹먹했다. 인영은 인후와 지석을 마주하자 기뻐 어쩔 줄을 몰라 펄쩍펄쩍 뛰었다. 너무 반가운 나머지 인영이가 인후에게 손을 뻗었다. 하지만 인후는 선뜻 인영에게 손을 잡혀주지 않았다. 문둥병을 앓는다는 동생의 손을 인후는 섣불리 잡을 수가 없음이었다.

"인후야, 안 된다!"

"엄마 왜 오빠가 손잡으면 안 되우까?"

인영의 철없는 물음에 당혹스러운 건 인후였다. 달포 만에 기적처럼 만난 동생의 손을 뿌리치는 모습이 어색했다. 인후는 이런 자신의 모습이 싫었다. 꿈속에서 조차 보고 싶고 그립던 동생 인영이었기 때문이다.

"인후야, 날래 내려가거라."

"아니우다. 인영이 옆에 있을 거우다."

"엄마 말 들으라. 인영이 한테 문둥병 옮고 싶단 말이누?"

인후는 눈물을 글썽이고 있었다. 오랜만에 이렇게 만나게 된 인영을 보니 좋았지만, 손을 잡을 수도 없고 가까이 다가갈 수도 없다는 게 안타까웠다. 정씨는 섬뜩한 말을 뱉어놓고 순간 후회했지만, 자식을 모두 문둥이로 만들 수는 없는 일이었다.

정씨의 말에 인영이 갑자기 울면서 내달리기 시작했다. 정씨는 인영이 열 두 살이면 결코 어린애가 아니라고 생각했다. 혼인이 무엇인지도 알고 있는 애요, 자식 간호하는 어미 심정을 헤아릴 줄도 아는 속이 꽉 찬 아이였다. 세상에 얼마나 사무쳤으면 저런 몸으로 저리 토끼처럼 풀쩍풀쩍 뛰어 간다누, 정씨는 속으로 쯧, 쯧 혀를 차면서 인영이 쪽으로 뛰기 시작했다. 정씨를 뒤쫓아 인후와 지석이 마치 도깨비춤을 추듯 허둥지둥 뛰어갔다.

인영은 뒤돌아보지 않고 한없이 숲속으로 뻗은 가풀막진 자갈길을 뛰어 올라갔다. 인영은 마치 자신이 살아온 십 여 년이란 짧은 세월을 악착같이 뒤로 밀어내려는 듯이 앞만 보고 뛰고 있었다. 누런 먼지투성이의 자갈길에 가녀린 바람 따라 송홧가루가 날려 쌓이는지 진한 송진 냄새가 코를 먹먹하게 만들었다. 인영은 마침내 기운이 다했던지 자갈길 모퉁이에 빙그르 쓰러져서 경사진 돌 틈새로 굴러 내렸다. 인영이 무릎에서 시뻘건 피가 뚝, 뚝 떨어졌다. 인영이 무릎을 움켜잡으며 엉, 엉 울었다.

정씨는 차마 인영의 상처를 어루만지지 못했다. 인후 역시 인영의 피
가 떨어지는 상처를 보고 안타까움만 자아낼 뿐 선뜻 다가서지 않았다.
인영이 하염없이 울면서 말했다.

"엄마, 인영이 무릎에 피가 나잖우."

"에그나, 어찌하면 좋누?"

정씨와 인후가 모두 인영에게 다가서지 못하고 발을 동동 굴렀다. 정
씨는 이윽고 결심한 듯 인영에게 다가섰다. 어미마저 문둥병에 걸리면
인영이는 누가 돌보나? 이런 망설임도 잠시뿐 쭈뼛거릴 겨를이 없었다.
어느 어미가 쓰러진 자식을 외면할 수 있으랴. 정씨는 인영의 무릎에 손
을 뻗었다. 그런데 바로 이때, 지석이 마침 까치박달 나무(나도 밤나무)
사이를 날렵하게 달려 올랐다.

"아주마이, 저리 비키소! 인영아, 아프누?"

정씨는 득달같이 자신을 뿌리치는 지석의 모습에 적이 당황했다.

"응 지석 오빠."

정씨는 깜짝 놀랐다. 인후 역시 깜짝 놀라고 말았다. 지석이가 한 치
의 주저함도 없이 인영에게 달려가 상처를 어루만졌기 때문이다. 정씨
는 인후와는 달리 지석을 말리지 못했다. 인후가 인영에게 다가가 상처
를 어루만졌다면 생각할 겨를 없이 가로막았을 것이다. 지석이었기 때
문에 막아서지 못하고 그저 정씨는 스스로를 위로했을 뿐이다. 그래, 누
군가는 인영이 상철 어루만져 줘야 하지 않갔누. 정씨는 지그시 어금니
를 깨어 물었다.

지석은 상의를 벗고 칼로 흰색 저고리를 오려 치지직 찢어냈다. 저고
리의 아랫단에서 손가락 매듭 하나쯤의 폭이 안간힘을 쓰듯 늘어지며

찢겨나갔다. 지석은 손을 펴서 인영의 무릎에 박힌 모래 같은 자갈과 흙가루 등 이물질을 맨손으로 털어냈다.

"에그나, 지석아, 지석아……"

"…………"

정씨의 입에서는 그저 지석이 이름만 뇌어질 뿐이었다. 인후는 지석의 이름조차 되 뇌이지 못했다. 그런 대신에 이제 지석이 동무도 문둥병에 걸릴 거라는 생각을 하며 인후는 몸을 한 차례 파들거렸다. 지석은 정성껏 인영의 상처를 어루만지고 나서 인영아, 쬐끔만 기달리라. 오빠가 치료해 줄 거우다, 하며 일어서더니 근처 숲속을 샅샅이 살폈다. 숲속을 살필 때는 인후도 그림자처럼 붙어 함께 했다. 지석은 이윽고 찾고 있는 풀을 발견했다.

"들판에만 있으라는 법이 있누? 호랑이가 도와 주는구래."

"호랑이가 돕다니 무슨 말이누?"

인후는 영문을 모른 채로 지석을 쳐다보았다. 열다섯 나이답지 않게 체수가 좋은 지석의 어깨는 또래의 동무들보다 확연히 넓었다. 팔뚝도 인후에 비해 굵고 눈썹이 짙은 데다 변성이 시작되어 목소리만 들으면 어른처럼 여겨졌다. 인영을 돕고 있는 지석의 눈빛은 햇빛의 빛살보다 강렬해서 인후는 지석의 눈과 마주치는 것이 두렵다는 생각이 들었다. 숲속 어디쯤에선지 산새들이 후루룩 울고 있었다.

"인후 동무, 이 호랑이풀이래 병풀이라누나. 문둥이 병두 낫게 한다는 말이 있더누나."

"뭐이 정말이누?"

"호랑이풀 잎사귈 짓이겨설랑 상처에 바르면 두루 뭐 어떤 상처라두 다 낫는다 고만……"

지석의 해박함에 인후는 저도 모르게 기가 죽었다. 지석이 자기네처럼 잘 사는 집이라면 아마 인후는 지석의 졸개나 되었을 것이라고 생각했다. 그래서 인후도 아는 게 있다는 것을 보여주려는 듯 공연히 이렇게 물었다.

"지석이 동무, 저 우는 새가 방울새 맞지?"

"맞슴. 또르르르릉 또르르르릉 방울 굴러가는 소리 아니니 저 거……"

지석은 반반한 차돌 위에 호랑이풀을 올려놓고 단단한 돌로 짓이기기 시작했다. 호랑이풀은 쓰디쓴 냄새를 화르르 풍기며 초록색의 살점에서는 파릇한 핏물까지 흘렸다. 손에 한 움큼 담아 지석은 인영에게 다가와서 상처 부위에 정성껏 짓이긴 병풀을 펴서 발랐다. 인영의 무릎에선 여전히 피가 스멀스멀 흘러나오고 있었다.

"인영아, 이제 피도 멈추고 아픈 것두 나을 거라. 이게 호랑이풀 아니누? 호랑이가 아플 적에 이 병풀만 한번 먹으면 죄 낫는다구러."

"지석 오빠, 정말이야? 문둥병두 낫는 거이짐?"

지석이 인영을 향해 슬픈 표정으로 끄덕거려주었다. 인후가 보기에 마치 인영이 앞에서의 지석은 개선장군 같이 의젓했다. 정씨 역시 인후와 같은 생각을 하고 있었다. 딸애를 위해 이토록 정성껏 애써주는 지석이가 고마울 따름이었다. 아이그, 저 어린 것들이……3대 독자에 조실부모해서 항상 꺼림칙했는데……정씨는 복잡한 생각에 머리를 저었다. 아이그, 불쌍한 울 인영이 팔짜……저 불쌍한 것 누가 데려나 갈는지……정씨는 연신 마음속으로 쯧, 쯧 혀를 찼다. 인영이를 데리고 놀아주는 모습을 보고 정씨는 아까부터 눈시울이 촉촉이 젖어 있었다.

인영이와 여기 산속에서 잠시 놀겠다고 했을 때, 정씨는 인후를 불러 귓속말로 당부를 늘어놓았었다. 인후야, 인영이 손은 절대 잡지 말거라. 인영이 손잡으면 너두 문둥병 걸리는 거이야. 정씨의 당부에 인후의 눈빛이 한껏 슬펐다. 그럼에도 인후는 너볏한 품새로 고개를 끄덕거렸다. 애들이 산속 저만치 돌아다니며 뛰노는 모습을 보고 정씨의 마음은 한없이 슬펐다. 에그, 저렇게 좋아하는 것을, 뒤뜰방에 가둬두다니, 에그……정씨는 소나무 등걸에 기대어 생각에 잠기다가 문득 깜박 졸았다. 솔바람이 정씨의 귀밑머리를 살짝 간질이며 지나갔다.

마을 앞이 소란스럽다. 정씨는 가슴을 짓누르듯 긴장한다. 삼이웃들이 와자지껄, 순사가 마을에 들어온다고 외치고 있다. 정씨는 헐레벌떡 마당을 달려 마을 앞에 나가본다. 당꼬바지에 허리에는 장총을 차고 차양 있는 모자를 쓴 일본 순사가 들이닥친다. 순사 곁에는 도리우쩌를 눌러쓴 조선의 밀정이 붙어 있다. 둘 다 흰 장갑을 끼고 마스크를 쓰고 있다. 정씨는 파랗게 질려 집으로 달려온다. 대문 빗장을 지른다. 강 초시네 집이 어디노이까? 일본 순사가 마을 사람들에게 고압적으로 묻는다. 삼이웃들이 감히 입을 열지 못하고 손짓으로 강 초시네를 가리킨다. 순사들의 발자국 소리가 컹 컹 마을 길을 찍는다. 강 초시네 대문을 텅, 텅 발로 찬다. 날래 대문 열라! 순사와 대동한 밀정이 소리친다. 강 초시가 허리를 굽히며 대문을 빼꼼 연다. 일본 순사가 소리친다. 동무에 딸이 어디에 있스므니까? 어, 어쩐 일루 순사 나리께서……조선 총독불 속일 작정이므니까? 강 초시 딸애가 나병에 걸렸다는 정보를 입수했스므니다. 아, 아니 어쩌 그런 망칙한 말씀을……인영이가 갑자기 엉, 엉 울기 시작한다. 아이 에그나, 인영아 울면 너 일본 순사한테 끌려간다. 인영아 울지 말거라. 에비! 순사 온다! 정씨의 엄포에도 인영의 울음은 그치지 않는다. 인영아, 호랑이 온다! 그래도 그치지 않는다. 인영아, 곶감 줄게 울지 마라. 그적에서야 뚝, 고드름 떨어지듯 소리가 우뚝 끊어지고 있다. 하지만, 정적을 깨는 철걱철걱 발자국 소리가 뒤뜰방 쪽으로 향한다. 순사의 장총이 강 초시를 겨누고 있다. 강 초시는 침통한 얼굴로 총구의 알력에 저항하지 못하고 뒤뜰방으로 앞장선다. 덜컥, 문고리를 낚아채는 소리. 날래, 문 열라 동무! 하고 고함치는 밀정의 소리에 정씨는 간이 오그라든다. 이 보라우, 이 거 대 일본제국 야마나시 총독(1927.12~1929.8)을 무시하고 있수므니다! 번뜩이는 칼날보다 날카로운 일본 순사의 목소리에 정씨의 몸이 사시나무 떨 듯 떨린다. 인영 엄마, 날래 문 좀 열으라. 강 초시의 목소리가 떨리는데 정씨는 옴짝달싹 못하고 얼어붙어 있다. 고래아(이 거) 덴노(천황) 무시하면 당장 총살하겠스므니다! 아이 에그나! 정씨는 천천히 안쪽으로 걸어둔 빗장을 푼다. 인영이 몸을 똬리 튼 뱀처럼 오므린다. 이윽고 화닥닥, 솔개가 먹잇감을 낚아채듯 밀정이 들어와 검정 자루에 인영을 집어넣는다. 순사가 마뜩찮은 표정으로 인영을 데리고 나가라고 지시한다. 밀정이 마치 임을 머리에 이듯 풀쩍 자루를 들어올려 어깨에 떠멘다. 인영이 담긴 자루가 밀정의 어깨 위에 짐짝처럼 꽂힌다. 밀정의 어깨 위에서 인영이 몸부림을 쳐댄다. 아니 왜 이러니? 문둥이 간나, 나대지 말라! 인영이 다시 몸부림을 쳐댄다. 아니 왜 이러니? 문둥이 간나 한 번만 더 움직이면 간나래 가족 죄 총살이어야! 총소리보다 더 고압적인 밀정의 목소리에 인영이 죽은 듯 고요하다. 정씨는 통곡을 하며 순사의 뒤를 따라간다. 순사 나리, 제발 울 딸애 돌려 주시우다. 순사 나리, 제발 울 예쁜 딸애 돌려주시구래~ 손이 닳도록 정씨는 빌어댄다. 순사의 총 개머리판이 정씨의 머리를 찍어 내린다. 아이 에그나! 사람 죽갔누나! 정씨는 몸부림을 치다 푹 고꾸라진다.

정씨는 소나무 등걸에 기댄 채로 잠깐 잠이 들었다. 아슴하게 멀어지는 인영의 모습에 진저리를 치며 인영아, 인영아, 불렀다. 순사의 총 개머리판이 정씨 머리에 찍히는 순간 화들짝 놀라 잠에서 깨어났다. 소나무 등걸 옆으로 픽 고꾸라진 자신의 모습에 무서운 낮 꿈을 꾸었음을 깨달았다.

"휴우~"

정씨의 입가에 안도의 한숨이 흘러나왔다. 이마에는 물땀이 끈적거리고 있었다. 정씨는 무명 손수건을 꺼내 이마를 닦아냈다. 이제 보니 애들이 보이지 않았다. 호르릉, 호르릉, 처연한 방울새 소리만 고즈넉한 산속을 깨우고 있었다. 정씨는 아이들을 찾아 산속을 살피고 다녔다. "인후야, 어데 있누?"

"인영아, 어데 있누?"

근방을 샅샅이 살폈는데도 아이들의 기척이 없었다. 그러면서도 정씨의 머릿속에는 잠깐 꾸었던 꿈을 떠올려보았다. 결코 공연히 꾸었던 꿈은 아니라고 생각했다. 낮잠 뒤 끝에 꾼다는 개꿈치곤 너무나 선명했다. 생각할수록 가슴이 타들었다. 행여 언젠가는 이 꿈처럼 일본 순사가 찾아들지도 모르는 일이었다. 아이 망측해라. 정씨는 꼬리를 물고 떠오르는 불길한 예감에 컥, 컥 가래침을 뱉어냈다.

아이들을 찾은 것은 한 식경 정도 숲속을 헤맨 다음이었다. 정씨는 숲속에 이런 깊은 동굴이 있다는 것에 놀랐다. 아이들은 동굴 속에서 마치 숨바꼭질을 하듯 밖을 응시하며 도란거리고 있었다. 정씨의 기척이 멎자 아이들의 기척도 멎었다. 정씨는 빛이 닿은 동굴 입구에서 인후야! 하고 외쳤다. 장난이라도 치는 낭 인후는 대답하지 않았다. 인영아, 동굴 안에 있누? 하고 다시 소리쳤다. 여전히 동굴 속에서는 긴장감 뿐 아이들의 대답이 없었다. 좀 전의 도란거리는 듯한 소리를 떠올리며 고개를 갸웃하면서 되돌아 나오려는 정씨의 머리에 퍼뜩 생각 하나가 빗금을 그었다. 옳지~ 옳지~ 정씨는 동굴의 위엄에 저도 모르게 긴장하면서도 돌아서던 걸음을 다시 동굴 속으로 향했다. 이 동굴이라면 인영일 일본 순사들 몰래 감쪽같이 숨길 수도 있으리란 생각이 퍼뜩 떠올랐던 것이다. 햇빛의 여운을 밟아 안쪽으로 걸음을 내딛는데 더욱 안쪽에서 물방울 떨어지는 소리까지 들렸다. 옳지~ 옳지~ 정씨의 입에서 저도 모르게 이런 소리들이 삐져나왔다. 흐음, 인영이 고것이 무슨 죄가 있다구~ 구만리장천이 지척이래두 살아날 구멍은 있느냐~ 하고 안도의 한숨을 내쉬던 찰나에 안쪽에서 키득 키득 웃어젖히는 소리가 동굴 천정에 부딪쳐서 메아리를 쳤다.

"아이 에그나, 너들이 여겔 어떻게 찾아 냈더누?"

"엄마, 우덜 여게 있는지 몰랐습네까?"

"박쥐들이 사는 동굴 속에 너들이 있는지 어케 알갔누?"

눅눅한 물내에 이끼 냄새가 파릇하게 배었고 적당한 습기마저 살갗에 맡아졌다.

"지석 오빤 여기서 하룻밤 잠도 잤답네다."

"에그, 언젠가 지석이 없어졌다 야단났을 때 여게서 잠을 잤던 거누?"

"맞습네다. 엄마가 보고 싶으면 그저 여기루 왔으니까 두루……"

정씨는 아이들을 데리고 동굴을 빠져나왔다. 정씨의 머릿속에 여러 생각들이 가지를 치고 일어났다. 당장 인영을 이곳 동굴에 살게 하리라는 마음이 번쩍번쩍 눈을 떴다. 하지만 한편으로 이런 깊은 산속에 딸애를 혼자 있게 한다는 것이 결코 쉬운 일이 아님을 깨달았다. 동굴에서 밖으로 나오자마자 저만치서 부엉이가 울었기 때문이다. 부엉~ 부엉~ 부엉이 울음소리는 정씨의 가슴을 날카롭게 후벼들었다. 딸애를 이런 산속에 머물게 할 수는 없는 노릇이었다. 당장 저승야차가 대문을 박차고 잡으러 오면 모를까, 제 자식을 산속에 처넣을 부모란 조선 천지에 어디 있으랴. 정씨는 한사코 도리질을 했다.

인영을 데리고 집으로 돌아올 때는 해가 저물어 주위가 어둑해졌을 무렵이었다. 정씨는 일부러 어둠이 내리기를 기다려 집으로 돌아왔다. 마을 사람들의 눈에 띄지 않도록 각별히 주의했다. 지석에게도 그날의 일을 아무에게 얘기하지 말라고 당부를 늘어놓았다. 그래도 정씨의 마음속에는 이런 동굴을 발견한 것에 흡족했다. 만일의 문제가 닥친다면 별 수 없는 일이지, 하고 정씨는 생각했다.

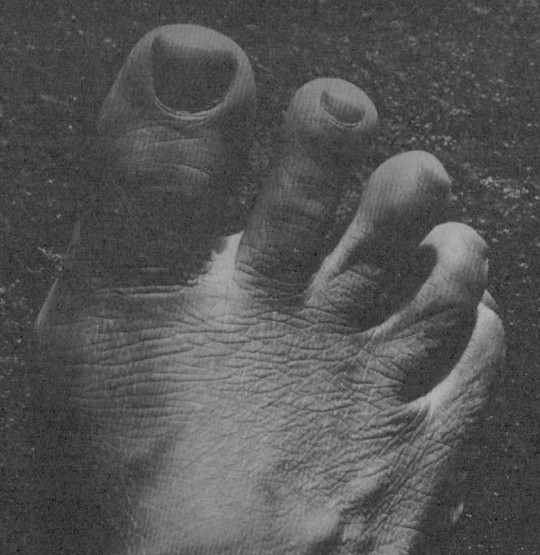

제2장

마지막 인사

정씨는 그날 이후 항상 마음을 조이고 있었다. 일본 순사라는 말만 나오면 오금부터 저렸다. 산속 나무 등걸에 기대어 잠깐 졸면서 꾸었던 꿈이 혹여 현실로 나타날까 안절부절 못했던 것이다. 인영은 후원 뜰아랫방에 여전히 숨을 죽이고 숨어 지냈다. 낯선 사내가 마을에 나타나거나 혹여 멀리서 도리우찌를 눌러쓴 사내를 보면 덜컥 가슴부터 울렁거렸다.

인영의 몸에 처방한 대풍자유라는 약도 이제 수량이 고갈되었다. 일본을 통해 조선에 들어온 대풍자유는 풍족하지 않았다. 그리고 값이 눅지 않고 비싸기 이를 데가 없었다. 대풍자유의 치료약이 바닥나자 당장 인영의 몸이 다시 들끓었다. 결절성 홍반이 돋고 오한이 일어나기 시작했다. 하루 종일 고열에 시달렸다. 손과 발, 사지에 통증까지 나타나기 시작했다. 이대로 두었다간 목숨마저 위태로울 지경이었다.

정씨는 하는 수 없이 늦은 자시(子時)인 한밤중에 집을 나설 수밖에 없었다. 강 초시도 아내 정씨와 동행했다. 소재지 의원이라면 강 초시와도 아는 사이로 의원나리의 입만 막으면 총독부의 눈을 피할 수 있기 때문이었다. 의원나리한테 은밀히 먹일 꾹돈(뇌물)도 마련했다.

밤새 줄기차게 거리를 좁혀 새벽 무렵이 되어서야 소재지 의원 문을 두드렸다. 정씨는 체면 같은 것은 생각할 겨를도 없이 마구 의원 문을 두드렸다. 한참 만에 불빛이 눈을 뜨며 의원 문이 열렸다.

"꼭두새벽에 무슨 일이랍네까?"

"의원 나리, 나 대동강 사는 강 초시라 하우다."

"강 초시라믄 대동강변 석암 사는 강 초시 말이우?"

의원나리 역시 강 초시를 기억하고 있었다. 강 초시는 당시 대동강변의 석암리 사는 젊은이로 유학에 밝고 한자에 능통하여 근동 사람들 사이에 강 초시라는 별호로 불리고 있었다. 항상 경우 바르고 예절 깎듯 한데다 대대로 짱짱한 집안인 명문가란 사실을 소재지의 의원나리가 모를 리가 없었다.

"그러 하우다. 의원 나리, 제발 한번 도와주십쇼."

"관절(대관절) 무슨 일이오이까? 지체 높은 양반께서 두루……"

의원나리는 강 초시를 확인한 다음 경계를 풀면서 문을 활짝 열었다. 안쪽의 불빛이 한꺼번에 확 끼쳐 와서 정씨의 얼굴을 환하게 비쳤다. 정씨는 저번 날의 일이 떠올라 얼굴을 제대로 쳐들 수가 없었다.

"오호, 이게 누구십네까?"

의원나리는 정씨의 얼굴을 불빛으로 확인하며 놀라고 있었다. 정씨는 관자놀이 쪽이 뜨겁게 달아올랐지만 매달리지 않으면 안 되었다.

"나리, 한번 도와 주시우다. 일전엔 고저 경황이 없어서리……"

"흐어 이제 보니 강 초시 딸애가 나병에 감염이 되었구만 그래……"

"의원 나리, 딱 한번만 눈감아 주시우다. 내래 나리 은혜 잊어먹지 않을 거우다. 우리 딸애가 위중하오다."

"증세가 어떠합네까?"

"오한이 심하고 고열에다 사지통증도 시작된 듯 하우다. 손을 좀 써달요."

"에그 이를 어찌 한단 말이누. 문둥병에 감염된 사람들이 늘어나면 처방 약두 일쩍 거덜이 날 터인데……"

평양 지방에는 당시 나병에 감염된 환자들이 약이 거덜 날 정도로는 많지 않았다. 의원나리는 처음에는 머쓱한 태도를 보이더니 정씨가 일본 돈을 뇌물처럼 꺼내 보이자 순순히 외진(外診) 가방을 챙겨 걸어 나왔다. 의원나리는 마스크와 장갑을 착용하고 두툼한 돋보기에 청진기를 목에 걸고 정씨 등을 따르고 있었다.

부리나케 걸어온 길을 정씨는 되짚어 걸었다. 강 초시가 곁에 있어 조금은 안심이 되었다. 대동강변 석암 마을에 의원을 대동하고 당도한 것은 정낮(한낮)이 한참 못 되어서였다. 마을 입구에 당도하자 정씨는 의원나리의 모습을 마을 사람들이 되도록 보지 못하도록 조바심 나게 걸었다. 정씨와 강 초시의 그림자가 바쁘게 흔들렸다. 마을 사람들의 눈을 겨우 피해 집에 당도하여 곧장 뒤뜰방에 행장을 풀었다. 인영의 몸은 여전히 팔팔 끓으며 통증을 호소하고 있었다. 의원나리는 망설임 없이 인영의 옷을 벗겨낸 다음 외진 가방에서 주사기를 꺼냈다. 의원은 이미 모든 과정을 꿰뚫고 있는 듯이 인영의 엉덩이 근육에 주사바늘을 꽂았다.

"보시기요. 이 것이 나병 다스리는 데는 제일이야요. 복어의 독이 여기 들어 있습네다."

"아니 복어의 독이라굽쇼? 이 거 잘 못 먹으면 사람이 죽는다지 않소?"

정씨는 의원나리의 말에 놀라고 있었다. 강 초시는 인영이 숨어 있는 뒤뜰방에 들어가지 않았다. 모든 것이 정씨의 판단 때문으로 전염이 된다면 정씨는 자신이 전염이 되어 딸애와 함께 하는 것이 낫다고 생각했다. 부모 중에 누군가는 건강한 몸으로 환자를 보살펴야 한다는 깊은 생각까지 했기 때문이다.

"염려할 거 없수다. 전라도 땅 여수에서 월슨이란 선교사가 나환자들을 치료해서 효과를 보았다는 소문이 조선팔도 파다하단 말입네다. 통증두 가라 앉히구 진정 작용두 하구 수술실에서 마취를 할 때두 이 약을 사용한다누만요."

정씨는 앞뒤 가릴 여건이 되지 못했다. 당장 끙, 끙 앓고 있는 인영의 상태부터 손을 써야 했다. 의원나리는 인영의 몸에 주사를 놓으며 간단히 처방 약물에 대해 설명해 주었다. 그리고 정씨에게 딸애의 환부에 주사바늘을 직접 삽입하는 방법을 알려주었다. 먼 길을 의원나리가 번번이 외진을 나오기 쉽지 않기 때문이었다.

그나마 평안도 땅에는 나병 환자가 많지 않아 총독부로부터 하달 받은 약물이 여유가 있다는 것이었다. 반면에 전라도와 경상도 땅에 나환자가 몰려 있다고 했다. 아무래도 날씨가 따뜻한 탓인지도 모른다는 설명을 의원나리는 곁들였는데 하루 주사액 투여량, 장차 상태가 호전되지 않을 시 복용해야 하는 내복약과 복용 횟수 등을 철저히 주지시켰다.

6개월에서 1년 여 정도를 꾸준히 치료하면 회복할 가능성이 있다는 희망적인 말을 남겨놓고 의원나리는 떠났다. 정씨는 미리 준비한 일본 돈 50엔을 넘게 주면서 결코 총독부에 알리지 말라는 입막음용으로 10엔을 더 얹어주었다. 당시 일본 순사의 한 달 급여가 47엔 49전, 여성 한 달 급여 약 30~35엔, 백미 10킬로그램이 1엔 60전 임을 감안하면 결코 적지 않은 돈이었다.

그러나 이런 정씨의 노력에도 인영의 처지는 막다른 골목길에 접어들고 있었다. 일본 총독부는 나병에 대해 보다 치열하게 접근했다. 일제에게 조선이란 나라는 중국이나 시베리아로 진출하기 위한 중요한 교두보의 의미를 지니고 있었다. 야마나시 총독의 말이었다.

"대 일본제국이 전 세계를 겨냥해 식민지 확대를 시도하면서 조선의 문둥이들 때문에 열등한 나라로 오해 받아서 되겠는가?"

식민지 시기 나병은 결핵, 매독과 더불어 3대 전염병이었다. 하지만 나병은 손과 발, 얼굴 등이 처참하게 일그러지는 특성 때문에 다른 질병과 달리 일반인들에게는 혐오감과 공포감의 대상으로 인식되었다. 총독부는 병에 걸린 환자들을 일제히 잡아들여 안전한 사회체제를 유지하고 나병으로 부랑하는 환자들을 철저히 배제하여 사회질서가 흔들리지 않도록 했다. 이런 모든 정책은 일본이 식민지 권력의 정당성이란 명목을 확보하고자 함이었다. 조선 총독부는 일선에 강력하게 하달했다. 조선의 나환자를 단 한 명도 남김없이 모두 파악하고 격리 조치를 취할 것이며 궁극적으로 잡아들이라!

평양 경찰부 소속 경시부장 역시 즉각 일선 분서와 순사주재소 등 모든 기관에 야마나시 총독의 훈시를 하달했다. 마침 평양에도 문둥이가 발생했다는 소문이 잇달았다. 관청의 조직을 통한 공식적 보고가 아닌 소문에 지나지 않았지만 평양부의 모든 관서는 비상이 걸렸다. 경시청 제도의 실시와 함께 감옥업무가 분리되고 위생업무가 추가 되면서 경시청 산하 평양 경찰부에도 비상이 걸렸다. 평양 산하 모든 관청에서 각 부와 군, 면 단위를 샅샅이 파악하고 일체의 병원, 의원 등에 연통을 넣었다. 인영의 상처를 치료했던 의원 역시 예외가 아니었다. 의원 나리는 굳은 결심을 하고 순사주재소에 들러 대동강 부근 석성 마을에 사는 강초시네 딸애에 대해 사실대로 보고했다. 의원나리는 이런 결단만이 훗날에 일어날 불상사를 미연에 방지할 수 있고 자기 또한 위험에서 해방될 수 있다고 믿었기 때문이다. 무엇보다 제대로 된 시설에 가서 치료를 받는 것이 환자에게도 옳은 선택이라는 확신이 있었다. 따라서 정씨네에도 배반이란 자책감보다 현명한 선택이란 명분 쪽에 의미를 두면서 마음의 부담 역시 훌훌 털어낼 수가 있었다.

주재소의 의원나리로부터 나병에 좋다는 약품 등을 받고 꾹돈(뇌물)으로 입막음까지 해서 보낸 탓에 정씨는 얼마동안 마음이 놓였다. 의원이 가르쳐준 대로 일정량의 주사량도 투여하니 인영의 상태 또한 나아지는 기미를 보였다. 여전히 뒤뜰방에 숨어 지내던 인영에게 인후 등과 은밀히 놀도록 배려까지 했다. 하지만 하루는 마을 앞에서 놀던 인후와 지석이 득달같이 대문을 열고 뛰어 들어왔다.

"엄마, 동구 밖에 순사 옵네다."

"아니, 난데없이 무슨 순사라니……"

"아주마니, 인영이 잡으러 오는 거 아니우까?"

지석이 염려 섞인 투로 말했다. 정씨는 본능적으로 고개를 저었다. 하늘이 무너져도 그런 일이 벌어지면 안 되는 일이었다.

"에그나, 못 할 소리……"

정씨는 두근거리는 가슴을 진정시키며 애써 마을 앞으로 나가보았다. 인후의 말마따나 순사들이 하나도 아니고 서너 명이었다. 설마, 다른 일이 있어서 마을에 들어 올 터이지……하고 정씨는 마음을 졸였다. 마을 앞의 우물을 돌아 정씨가 섰는 데까지 불과 눈 깜짝할 사이에 순사의 자전거 바퀴가 굴러왔다.

"강 초시네 댁이 어디우까?"

밀정으로 보이는 사내가 정씨를 향해 물었다. 정씨는 이제 정말 얼어붙어 말이 나오지 않을 정도였다. 세상에 어떻게 이런 일이~ 마치 꿈속에서 일어났던 상황이 그대로 재현되어 일어나고 있는 느낌이었다. 꿈속에서처럼 밀정은 도리우찌를 푹 눌러쓰고 있었다. 정씨는 입이 달라붙어 불쑥 대답하지 못하고 인후 등을 바라보았다.

"아니 강 초시네 댁이 어디냐고 묻고 있잖소이까?"

"어, 어떤 일루 찾아 오, 오셨습네까?"

정씨는 겨우 입을 열어 되물었다. 정씨가 떠듬떠듬 말을 하는데 갑자기 지석이가 인후네 집을 향해 달리기 시작했다. 지석을 뒤따라 인후 역시 정신없이 뛰기 시작했다. 순사 등은 정신없이 내뛰는 애들을 영문 모르겠다는 표정으로 바라보았다.

"강 초시네 딸애가 문둥병에 걸렸다는 첩보가 들어 왔소. 날래 안내하시구래."

"에그나~"

정씨는 온몸이 일시에 얼어붙은 듯이 움직이지 못하고 덜덜 떨었다. 대체 어떻게 해야 이 다급함에서 모면할 수 있을 것인가? 정씨는 순사들의 어깨에서 달그락거리는 총부리가 어찌나 무서워 제대로 걸음을 떼지 못했다. 정씨는 천천히 걸음을 떼면서 인후 등이 대견하단 생각을 했다. 하지만 순사들의 표정에는 반드시 인영이를 데려가겠다는 다부진 결기가 느껴졌다. 정씨는 되도록 천천히 걸어 순사 일행을 집으로 안내했다. 순사들을 보자 갑자기 달리기 시작한 아이들의 영특함에 정씨는 은근히 믿음이 생겼다. 아이 에그나, 영특한 것들! 정씨는 속으로 이렇게 뇌이면서 천천히 걸었다.

"거 날래 좀 걸으라. 아니 아주마이 어데 아픈데 있소?"

정씨는 대답 대신에 공연히 고개를 끄덕거렸다. 순사들이 정씨의 집에 당도하는 시간을 벌어야 한다는 생각이 정씨의 머릿속에 순간 번득였기 때문이다. 마치 인영이 할머니와 강 초시가 집에 있고 뒤뜰방 자물쇠는 얼마 전부터 걸어두지 않았다. 자식을 방에 가두고 자물쇠를 걸어두는 일이 너무 안타깝기 때문이었다. 정씨는 이런 일이 닥치고 보니 천만 다행이라는 생각이 들었다.

"쩌기 저 크큰 대문 집이라오."

정씨는 차마 입에 떨어지지 않은 말을 했다.

"알갔소. 쯧, 쯧 거 젊은 아낙네이가 몸이 그리 성찮아서리 원……"

딸애가 잡혀 간다면 그 책임은 철저히 자신의 몫이라고 생각했다. 딸애를 살려 보겠다고 딸애를 위해 모든 신역을 쏟은 자신의 손이었다. 그런 자신의 손으로 딸애의 발목에 오라를 지우게 하는 것은 아닌 지 정씨는 순사들을 안내한 다음 뒤로 가만히 빠졌다. 다음의 모든 일은 하늘에 맡기는 수밖에 없다고 생각했다.

그런데 그날의 일은 분명 하늘이 도왔던 것일까. 순사들보다 먼저 부리나케 집으로 달려간 아이들은 인영을 데리고 정신없이 뒷산을 향해 달렸다. 순사들이 들이닥쳐 문둥병 걸린 딸애를 데려오라고 야단을 칠 때에 강 초시는 표정을 흐트러뜨리지 않은 태연한 태도로 이렇게 말했다.

"문둥병 걸린 거는 맞소만 울 딸애 진작 전라도 땅으로 내려 보냈수다. 거 믿지 못하겠다믄 집안 쇠구들(덥지 않은 방의 구들) 밑돌까지 살펴보우다."

강 초시의 벼리 있는 말투에 순사들은 이러쿵저러쿵 시비를 다투려고 말질을 하지 않고 집안 구석구석을 살펴보기 시작했다. 워낙 경황없이 뒤뜰방을 떠난 터라 흔적이라도 있을 듯했지만 순사는 휘이 눈짓으로 일별한 다음 뒤뜰방에서 나왔다. 뒤란에서 마을 뒷길로 나갈 수 있는 담벽 사이 여닫이 사립문 앞에서 손채양을 만들어 이마를 찡등그리며 멀리 시선을 주었을 뿐이었다. 순사 등은 어쩔 수가 없이 왔던 길을 되돌아갔다.

그들이 마을을 떠난 다음 정씨는 쓰린 가슴을 쓸어내렸다. 정씨는 아이들을 데리러 뒷산으로 향했다. 어디서 넘어졌는지 모르게 손바닥 상처에서 피가 흘렀다. 정씨는 논 언덕 풀잎을 뜯어 피를 닦아냈다. 상처가 쓰린 만큼 안도감 역시 컸다. 자칫 잘못했다가는 인영이를 일본 순사 놈들한테 빼앗길 뻔 했구나, 생각하니 부르르 몸이 떨렸다.

한 시간 넘게 걸어 지난번에 왔던 숲속 쪽으로 향했다. 정씨는 지금 아이들이 어디에 숨어 있을지 이미 알고 있기 때문이었다. 그나마 지난날에 산속에 들어온 경험이 인영일 지켜냈다는 생각이 들었다. 산속 숲길을 더듬듯 찾아들어 동굴을 발견했다. 정씨의 짐작대로 아이들은 동굴에 있었다. 아이 에그나, 내 새끼들, 여게가 어디라고 아픈 인영일 여까지 데려 왔더누……정씨는 마음에도 없는 겉말을 지껄였다. 마음속으로는 하냥 기특하고 대견하게 여겨졌다.

인영인 놀랐던지 이마에 땀까지 돋고 몸에 신열이 났다. 인후 등이 곁에서 손수건으로 인영의 이마를 닦아냈다. 시간이 흘러 땀에 젖은 속살에 찬 기운이 올라왔다. 그러나 동굴 속은 바깥과는 달리 아늑했다. 정씨는 저도 모르게 고개를 저었다. 인영일 이런 동굴 속에 데려다 놓을 생각을 했던 자신을 책망했다. 죽어도 같이 죽고 살아도 같이 살자. 정씨는 마음을 굳게 다지고 아이들을 데리고 동굴에서 나왔다.

산속은 뜻밖에 일찍 어둠이 내려왔다. 세상에나, 이런 산속에 인영일……정씨는 인영을 들쳐 업고 내려오던 길에 몇 번이고 몸을 파르르 떨었다. 허리가 끊어질 듯 하고 숨이 막혔다. 나이에 비해 체수 좋은 지석이 인후를 밀치고 인영을 들쳐 업었다. 정씨는 지석의 등에 업힌 인영을 보며 쯧, 쯧, 어린 것들 마음속이 어른들 보다 한결 낫구나야, 하며 절로 고개를 끄덕거렸다. 인영이 혼인을 하면 당연지사 지석이 한테 보내야지, 에그나 언제 이 흉한 병이 나아 혼인을 하려나, 하며 한숨을 뱉어냈다. 마을로 내려오던 길에 정씨의 머릿속은 혼잡한 생각들로 복잡했다. 장차 인영에게 어떤 날들이 기다리고 있을지 생각하면 아득함만 일었다.

그런데 밤이 이슥할 무렵, 인영이 뒤뜰방에 눕혀놓고 땀을 들이는 사이 누군가 대문을 두드렸다. 동무, 날래 문을 열라, 는 소리를 미뤄 밀정이 분명했다. 밀정이 왔다면 분명 일본 순사를 대동했을 터이다. 낮에 다녀간 놈들이 난데없이 이 야심한 밤에……정씨는 뒤뜰방으로 냅다 달려 자물쇠를 걸었다. 더는 뒤뜰방에 손쓸 방법이 없었기에 자물쇠라도 걸어버린 것이었다. 강 초시와 인영의 할머니, 인후 등이 잠결에서 깨어 일어났다. 강 초시는 상황이 이제 목전에 닥쳤음을 알고 각오까지 하던 터라 서두르지 않았다. 어머닌 숨어 계셔야 합네다. 인영일 전라도 땅에 데리고 간 사람이 어머니여야 하니깐두루……강 초시는 빠르게 머리를 굴렸다. 정씨의 짐작처럼 밀정은 순사 한 명을 대동하고 있었다.

"낮에 다녀가신 나리님들이 어찌 야심한 밤에……"

순사와 밀정은 야심한 밤에도 여전히 뭔가 구린 데가 있다는 마냥 고개를 갸우뚱거리면서 대궐 같은 집을 샅샅이 살폈다. 마침내 뒤뜰방 앞에서 플래시로 창문을 비쳐보았다. 자물쇠를 유심히 살펴보던 밀정이 말했다.

"어찌 자물쇠를 걸어났수?"

"나리, 설마 하니 딸애를 이런 뒷방에 가둬두구 자물쇠를 채우겠습네까?"

강 초시가 기지를 발휘해서 말시답을 하고 있었다.

"거 총독부에서 특별령이 내려 왔수다. 이참에 문둥병 환자가 집안에서 발견되문 집안 식구들 모조리 총살을 한다굽쇼."

"에구 어느 안전이라굽……즈이 할마니가 평양역전에서 기차타구 간지 여드레가 지났소이다. 아마 조선 문둥이들 집결한다는 소록도에 당도하구 남았을 거우다."

"소록도에 당도하면 전라도 녹동 주재소에서 총독부 하급부원이 입도증을 해주는데 며칠 뒤에 입도증 확인하러 우리가 다시 올 거우다. 만약 문둥병 걸린 딸앨 고저 몰래 숨겨났다가 발각되면 이 집 식구 하나도 남김없이 총살이요. 동무, 명심하기요!"

"아이 에그나, 총살이라니……여부 있겠습네까? 아이 에그나, 무서라……"

강 초시보다 정씨의 입에서 먼저 간담이 서늘해서 주눅 들린 소리가 튀어나왔다. 이제 정말 인영이를 곁에 두고는 버틸 수가 없는 마지막 고비가 닥친 것임을 정씨 등 가족들은 직감했다. 밀정과 순사가 떠나고 사시나무 떨 듯 정씨는 몸을 떨며 뒤뜰방 자물쇠를 풀었다. 방에서 몰래 숨어 있던 인영의 할머니도 잔뜩 얼어붙은 모습으로 밖으로 나왔다. 가족 모두 뒤뜰방에 모여 장차 닥칠 일들을 염려했다. 그런데 불쑥 인영이 입을 열었다.

"엄마, 당장 소록도로 날 데려다 주오."

"아이 에그나, 소록도가 어디라구……울 인영이 방에서 고저 밀정 얘기 죄 엿들었구마니……"

인영은 시무룩한 표정으로 고개를 끄덕거렸다. 인영을 무작정 집에 데리고 있다한들 뾰족한 수도 없을 것이었다. 언제까지 인영을 집에 가둔 채 불안한 마음으로 지낼 수도 없을 터, 강 초시는 당장 다음날 소재지에 나가 문둥병에 관한 소문들을 수소문하기 시작했다. 평양 인근에서 아직까지 문둥병 환자로 한 명이 잡혀 갔다는 소문을 접했다. 하지만 총독부 몰래 숨어 있는 가족들이 상당히 있을 것이라는 소문도 들렸다. 소록도에 가면 죽어 나가는 것이 아니라 체계적으로 치료를 받는다고 했다. 그래서 아랫녘 사람들은 나병에 걸리면 주저하지 않고 소록도로 들어간다는 소식도 접했다. 강 초시는 밤이 늦어 집으로 돌아왔다.

"대처에서 들리는 소문에 소록도에 가면 좋은 약으로 치료를 받아 문둥병이 나을 수도 있다는 데 이녁 생각은 어떠하오?"

"마냥 이렇게 데리고 있을 수도 없구……어디를 가든 낫을 방도만 있다문 마음이야 아프지만서두 거기루 보내는 것이……"

"아범 들으라. 어차피 내래 인영일 데리구 전라도 땅으로 내려간 폭이 되었으니 이 어미가 인영일 데리구 그저 소록도란 섬에 데려다 주려누나."

"할마이, 인후도 인영이랑 함께 갈랍네다. 인후도 함께 거기에 데려다 주오. 인영이 혼잔 거게 절대루 못 보낸다 말입네다."

인후가 펄쩍 뛰며 소리쳤다. 인후의 말에 가슴이 먹먹한 사람은 정 씨뿐만 아니었다. 강 초시도 인영의 할머니도 모두 가슴이 먹먹했다. 정 씨뿐만 아니라 모두 터져 나오려는 울음을 꾹, 꾹 눌러 담고 있었다.

"아이 에그나, 인후 말한 거 보라지……아니 거게가 어데라구 인영일 따라 소록도에 들어 간다누? 인영인 고저 몹쓸 병 치료하러 간단 말이지……하믄 인영 아버지, 언제 인영일 전라도로 내려 보내야 할까요?"

정씨의 말은 매우 조심스러웠다. 인영의 눈에서 닭똥 같은 눈물이 뚝, 뚝 떨어졌다.

"말이 나온 김에 당장 조처를 취하자요. 자뿌룩하믄(자칫하면) 순사넘들 들이닥쳐 우리 강 씨 문중 줄줄이 물고(物故)가 날줄 누가 알갔누?"

"아이구 불쌍한 우리 인영아, 요 예쁜 걸 천 리 만 리 떨어진 전라도 길에 보내야 하다니……"

정씨의 목이 한정 없이 메었다. 울음을 겉으로 토해내지 못하고 연신 어깨를 들썩이던 인영이 앞에서 차마 울음을 쏟아내지 못했다. 가족들은 모두 정씨와 같은 심정일 것이었다. 이렇게 해서 인영은 지체없이 집을 떠날 채비를 서둘렀다. 인영이 장차 입을 치마와 저고리, 버선, 머리를 빗을 수 있는 얼레빗도 챙겼다. 정씨는 명치끝이 뻐근하도록 가슴이 아렸다. 강 초시 역시 딸애를 떠나보내야 한다는 것이 무엇을 의미하는지 알기에 연신 헛목을 가다듬었다.

"인영아, 어여 되었든지간 전라도 땅에 내려가서 좋은 신랑 만나서 아들도 낳구 딸두 낳구 병두 낫구……"

정씨의 말이 끄윽 막혀버렸다. 강 초시는 서랍 속에서 오래 간직한 색상자를 꺼냈다. 색색의 수실과 수본, 버선본들이 들어 있는 색상자 속에서 구봉침(九鳳枕)을 꺼내는 것이었다. 베개의 양쪽 머구리를 장식하는 베갯모로 베개마구리에 봉황 한 쌍과 병아리 일곱 마리를 조화롭게 배치해서 수를 놓은 것이었다. 예로부터 과년한 딸애가 혼인을 할 때 아이를 많이 낳아달라고 내미는 것인데 일이 이렇게 되니 망설일 까닭이 없었다.

"인영아, 어떤 사내를 만나든지간 자손을 많이 두거라. 소록도라는 데 가서 치료를 잘 받으면 몹쓸 병이란 것두 낫을 수가 있다누나. 사정이 나아지는 대로 너를 보러 갈 터인즉 심지 독하게 먹구……"

강 초시의 말도 끝내 이어지지 못하고 끄윽 막혀버렸다. 난데없이 초상집 분위기가 되어버렸다. 큰 집의 여기저기에 불을 밝히고 마치 초상난 집처럼 울음소리까지 담을 넘었다. 그래, 지석의 집에서도 인후의 집에 무슨 일이 일어났음을 가늠할 수가 있었다. 정씨는 괴목(느티나무)으로 만든 얼레빗을 따로 챙겨 인영에게 건네며 당부를 잊지 않았다.

"인영아, 얼레빗이 반달같이 생겼잖우?"

인영이 여전히 울먹이던 표정으로 입술을 말아 올리며 고개를 끄덕거렸다.

"나중에 신랑감을 만나거든 대처에 나가 얼레빗을 사달라고 해라. 무슨 빗 사달라고 하라굼?"

"얼레빗……"

"옳지~ 예쁜 우리 인영이~ 신랑이 잊어버리면 하늘에 박힌 반달을 생각하라 타이르고 눈썹먹 짙게 바르는 것 잊어버리지 말고……"

"웅 엄마~"

"아이그 기특한 내 새끼~ 이렇게 예쁜 내 새낄~"

정씨는 말을 한동안 잇지 못했다. 곁에서 역시 훌쩍이던 할머니가 면경(面鏡)과 빗접을 챙기며 인영에게 당부했다.

"인영아, 울지 말우. 할머니하구 같이 갈테니까 울지 말우. 얼레빗으루 정성껏 빗은 머리 항상 면경으루 단정한지 살펴보고 빠진 머리카락은 우리 인영이 혼백이나 마찬가지니까 두루 착착 접어 두구……"

할머니는 울먹이면서 인영의 빠지는 머리카락을 건사하도록 널따란 유지(油紙)를 여러 장 접어주었다. 머리카락은 예로부터 영혼의 상징으로 머리를 빗을 때 머리카락이 흩어지는 것을 부정한 것으로 여겼기 때문이다. 머리를 빗고 나서 빠진 머리카락을 모아 빗접에 함께 접어 두었다가 불에 살라버리는 것이었다.

인영이 모든 준비를 마치고 정든 집을 나설 때는 새벽 동이 트기 전이었다. 인영은 뚝, 뚝 떨어지는 눈물을 적삼 소매로 연신 닦아냈다. 인영은 흑, 흑 흐느끼면서 집안 구석구석을 밟아보았다. 봉숭아 꽃물들이던 장독대도 만져보고, 석류나무 아래서 빙글 돌아보기도 하고 부모님 거처하던 방도 들러 큼, 큼 냄새도 맡아보았다. 가족 누구도 이런 인영을 막아서지 못하고 하염없이 눈물들을 흘렸을 뿐이었다. 인영은 자란 집에서 걸었던 길을 걸어보고 만졌던 물건들을 만져보고 가족들의 냄새를 빠짐없이 맡아보았다. 인영은 이제 대문을 나서면 다시는 살아서 돌아오지 못할 것만 같은 불길함에 하나라도 눈 속에 또렷이 담아두고 모든 체취들을 맡아보고 있었다. 이윽고 인영은 처마 밑에서 단정한 몸으로 부모님께 절을 올렸다. 어릴 적부터 보수적인 유교식 교육을 받은 터라 이렇게 떠나는 길이 부모와의 마지막 길임을 인영이 모르지 않았다. 인영은 정성을 다해 부모님을 향해 두 번의 절을 올렸다. 죽어 집에 들어오지 못하는 자식이 올리는 마지막 부모님을 향한 예절이었다. 인영의 절은 마치 병이 들어 날지 못하게 된 가녀린 학이 마지막 고고하게 날갯짓을 치는 그런 형용이었다. 정씨도 강 초시도 흑, 흑 울음을 참지 못했다. 인후 역시 훌쩍이며 믿기지 않은 동생과의 이별 앞에 어찌할 바를 몰라 허둥대고 있었다.

할머니의 손을 잡고 인영이 마을 앞을 불다 지친 늦바람처럼 걸어간다. 인영은 한 걸음 가다 뒤를 돌아보고 또 한 걸음 가다 뒤를 돌아본다. 강 초시는 대문 밖에서 담 벽을 잡고 주저앉고 정씨는 동구 앞까지 울면서 뒤를 따라간다. 이런 모습들을 담을 넘어 지켜보던 지석이 인영이 떠나가는 동구 앞길로 달려온다.

"인영아, 꼭 병 나아서 돌아와야 해. 인영아……"

"지석 오빠, 인영이 꼭 나아올 게……지석 오빠, 인영이하구 혼인할 거지?"

인영이 여전히 울먹이면서 말한다.

"그래 인영아, 오빠가 만들어준 장승 절대 잊지 말우. 장승이 인영이 지켜줄 거우다. 인영아, 오빠 잊지마. 알았지?"

인영이 대답 대신에 고개를 끄덕인다. 새벽 동이 트기 전이기에 인영의 고개 끄덕임을 지석이 보았는지 알 수 없다. 지석은 밤이 새면 사라질 건들바람처럼 안타까운 심정으로 하염없이 인영의 뒤를 따르고 있다. 한 시간을 넘게 인영과 함께 걷던 정씨와 인후, 지석 등은 이제 돌아서지 않을 수가 없다. 인영 역시 가족과의 이별에 대해 온전히 받아들여야 한다고 생각한다. 문둥이가 되어 하늘이 버린 자신에 대해 더는 가족과 지석에 대한 그리움을 간직해선 안 된다고 생각한다. 인영은 이제 인영이란 이름을 버리리라 마음먹는다. 평양 대동강 석암 마을의 예쁘고 귀엽던 인영이란 아이는 조선 천지에 이제부터 없다고 생각한다.

"엄마, 어서 들어가우. 인후 오빠도 지석 오빠도 날래 들어 가우……"

"아이 불쌍한 우리 인영이~"

정씨의 울음이 인영의 귓전에 아프게 꽂힌다. 인영은 이제 걸음을 늦추지 않는다. 할머니의 손목도 뿌리치고 서둘러 안개 속을 헤치며 걷기 시작한다. 안개가 건들바람에 펄럭 출렁인다. 새벽 공기가 차갑다.

제3장

노랑회장저고리

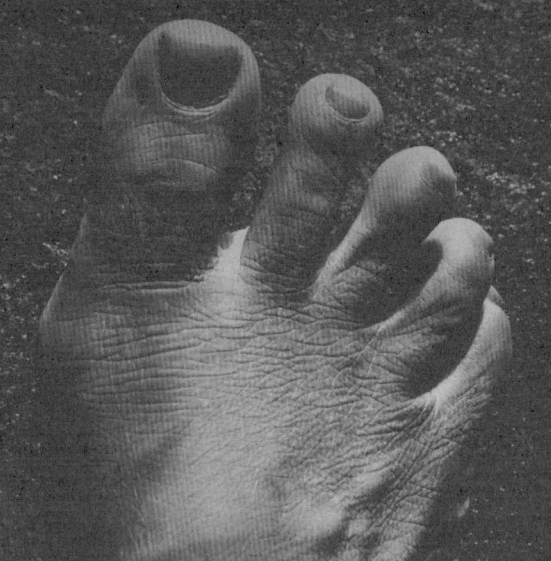

평양에서 인영은 기차를 탔다. 역사(驛舍) 안으로 들어서기 전부터 석탄 냄새가 났다. 인영에게 석탄 냄새는 메케한 냄새가 아니었다. 마을 뒷길 언덕배미의 찔레꽃 냄새가 코를 찌르던 기억이 떠올랐다. 새빨간 앵두가 혀를 간질이던 지난날의 기억이 되살아났다. 뒤뜰로 뚫린 굴뚝에서 하얗게 머리 풀고 하늘로 올라가는 굴뚝연기가 눈에 아득했다.

평양 역사에 당도하여 처음 대면한 석탄 냄새는 코로 느끼는 대신에 뜨거운 눈물로 느끼게 되었다. 메케한 눈물, 코를 훌쩍거리는 소리, 가슴 밑바닥에서 올라오는 울음을 잠재우는 몸짓으로 석탄 냄새는 인영에게 다가왔던 것이다. 이제 평양에서 석탄을 때서 달리는 기차를 타면 정말 그리운 고향을 다시 밟지 못하리란 불길한 예감이 어린 인영의 가슴에 대못처럼 박혔다.

인영은 마치 자신을 기다리다 지쳐서 풀기 없는 연기를 내뿜고 있는 듯 나른한 기차에 올라섰다. 할머니는 손을 잠시도 놓치지 않으려고 불끈 힘을 주어 인영의 손을 잡고 있었다. 할머니의 팔에 잡힌 손목이 매서울 정도로 아팠지만 인영 역시 할머니의 손을 놓치지 않으려고 애를 썼다. 할머니의 손은 아픈 느낌 대신에 따뜻한 국물 같은 생각이 들었다. 할머니의 손에 자꾸 힘이 들어 갈수록 인영은 집안 대청마루에서 먹던 진한 된장국이 떠올랐다. 할머니의 손은 인영에게 베풀어지는 가족의 마지막 정겨움 같은 것이었다.

보따리를 임처럼 머리에 이고 할머니는 눈을 비스듬히 내리뜨며 인영을 살피곤 했다. 기차의 객석은 승객들로 가득했다. 인영은 눈썹먹을 진하게 바른 탓에 사람들의 눈에 더욱 잘 띄었다. 할머니는 인영을 기차 객석 후미진 뒤쪽 좌석에 앉힌 다음 보따리에서 차양이 기다란 빨간 모자를 꺼내 인영에게 씌워주었다. 혹여 눈썹이 빠진 사실을 승객들이 알아챌까 두렵기 때문이었다. 문둥병이란 당시 사람들을 위협하는 무서운 전염병이란 사실을 승객들이 모르지 않을 것이었다.

평양에서 아침 아홉 시에 기차는 출발했다. 뛰이~ 뛰이~ 울리는 기적소리는 평양 땅을 영영 이별하는 울음소리처럼 들렸다. 인영에게 기차의 머리통 주둥이에서 내뿜는 소리는 가족의 품에서 영영 하직하는 통곡소리에 다름 아니었다. 기적소리가 서글프게 귓전을 울릴 때 인영은 저고리 옷고름으로 눈물을 닦아냈다.

"인영아, 울지 마라. 너 자꾸 홀짝거리니까 저 사람들이 쳐다보잖우. 쯧, 쯧……"

"할머니, 지금 어디루 가는 거여요?"

인영은 할머니에게 자꾸 물었다. 인영이 물을 적마다 할머니는 사람들의 눈치를 살폈다. 귀에 대고 남이 알아듣지 못하도록 나지막이 속삭였다.

"어디는 어디루 가……저기 아래 땅에 병 낫으러 가는 거이야. 인영아,

자꾸 묻지 말우. 이제 전라도 시설에 가면 나을 수가 있다누나. 하니까 묻지 말어……"

할머니 역시 작은 목소리로 속삭이듯 말을 하면서도 목이 메는지 자꾸 숨을 크게 들이마셨다. 할머니는 전라도 소록도란 시설에 들어가면 낫아 올 수 있다는 말을 믿지 않았다. 조선의 문둥이들을 모조리 소록도에 잡아들이는데 살아나올 가망은 없다는 소문이 돌았다. 할머니나 정씨나 강 초시나 모두 이런 소문을 은밀히 들어 알고 있기에 인영과 헤어질 때 정신을 놓고 담 벽에 손을 짚어 쓰러질 정도로 상심이 컸던 것이다.

인영은 차창 밖에 스치는 풍경들을 바라보았다. 인영이 살았던 마을 같은 정겨운 마을들도 자주 눈에 들어왔다. 인후 오빠와 지석 등과 놀던 얼마 전의 추억이 담긴 동굴을 품고 있을 듯한 산도 멀리 펼쳐졌다. 대동강 강가의 버드나무 같은 수양버들도 한들한들 뒤로 물러났다. 인영을 태운 기차는 인영을 되도록 멀리 데려다 주려는 심술쟁이처럼 방구를 뽕, 뽕 끼고 메케한 냄새를 풍기면서 뛰이~ 뛰이~ 경적을 울렸다. 기적이 울릴 때마다 인영의 마음속엔 날카로운 송곳에 찔리는 아픔 같은 상처가 생겨나는 느낌이 들었다. 할머니의 거친 손은 연신 인영의 등을 다정하게 두들겨주었다. 하지만 인영은 어떤 위로도 되지 않았다. 할머니의 얼굴을 쳐다보면 인영의 눈에서 눈물이 뚝, 뚝 떨어졌다. 울지 않으려고 해도 인영의 눈은 눈물을 쏟아냈다. 인영은 자신의 눈 속에 이렇게 많은 눈물이 고여 있었다는 것을 미처 알지 못했다. 할머니의 다정한 얼굴도 이제 얼마 지나지 않아서 다시는 보지 못하게 되리라. 인영은 하염없이 할머니의 얼굴을 쳐다보며 눈물을 흘렸다.

"아이 에그나, 우리 인영이 그만 울어라."

"할머니, 전라도 길에 언제 당도하나요?"

"울 인영이 날래 거기 당도하고 싶은거누?"

인영은 대답 대신에 고개를 내저었다. 인영의 과거를 송두리째 땅속에 묻어야 하는 전라도라는 땅이 어찌 그리울까. 인영은 이렇게 가다가 기차가 들판이나 산의 중턱에서 끼이익 멈춰서버리면 얼마나 좋을까 생각했다. 그냥 이렇게 할머니 손을 잡고 나란히 어디까지 한없이 갔으면 얼마나 좋을까? 하지만 기차는 무정하게 속력을 더욱 내고 있는 모양이었다.

잠이 들어버린 승객들의 모습도 보였다. 인영 역시 고향 동구 앞에서 뛰놀던 생각, 동무들과 같이 방죽에서 멱을 감던 생각, 논둑 언덕에서 나물도 캐고 뒤뜰 석류나무에서 석류 따던 생각 속에 사로잡혔다. 가족을 떠나 전라도 길을 향해 한없이 내려가던 길이 어느 순간에는 꿈길이 되어버렸다.

인후 오빠 등과 술래잡기를 했다. 가을걷이 끝난 벼낟가리 뒤에서 지석 오빠를 마주치던 생각, 활짝 웃던 지석 오빠모습이 보름달보다 화사했다. 마을에 거지들이 동냥을 나왔던 모습도 불쑥 떠올랐다. 문둥이 동냥치, 하며 놀려대던 순간들이 머릿속에 스쳤다. 인영은 순간 아, 아니야, 하며 소리쳤다. 마을에 동냥을 나왔던 문둥이들을 떠올리던 순간 저도 모르게 이렇게 소리쳤던 모양이었다.

"아, 아가~"

하던 할머니의 말에 인영은 꿈결에서 깨어났다. 승객들이 몇이서 인영이 쪽으로 시선을 주었다. 할머니는 승객들의 시선을 의식하며 인영의 고개를 살짝 눌렀다. 벗겨진 인영의 모자를 깊숙이 눌러 씌웠다. 승객들이 인영이가 문둥병 걸린 환자라는 사실을 알게 된다면 당장 기차에서 쫓아내버릴 것이 분명했기 때문이다. 이런 생각을 하는 할머니의 가슴은 콩닥콩닥 뛰었다. 할머니는 팔을 크게 벌려 인영의 몸을 자기 쪽으로 바짝 끌어당겼다.

"울 인영이 꿈을 꾼 거누?"

"응 할머니."

"무서운 꿈을 꾼 거이야?"

"응, 할머니. 문둥이 동냥치⋯⋯"

"아이 에그나 망칙⋯⋯"

하고 할머니의 거친 손이 인영의 입술을 덮었다. 인영은 처음에는 영문을 몰라 본능적으로 입술에 자신의 손을 가져다댔지만 곧 왜 할머니의 손이 자신의 입술을 덮었는지 깨닫게 되었다. 인영은 지금 자신의 모습이 문둥이라는 사실을 알게 되었다. 달아난 눈썹, 푸석푸석한 얼굴들, 붉은 반점들⋯⋯인영은 구리거울에 비친 자신의 모습을 숱하게 들여다보았기 때문에 자신이 다른 동무들과 다르다는 사실을 익히 알고 있었다. 밤에 잠을 이루지 못하고 새벽에 느닷없이 가족과 이별하고 동틀 무렵까지 할머니 손을 잡고 걸은 터라 어느 순간 절로 졸음이 몰려왔다. 승객들한테 타박을 맞지 않은 것으로 할머니는 안도하신 모양이었다.

경성역(서울역)에 당도하니 이미 어둑한 저녁이었다. 집을 나설 때 엄마가 싸준 주먹밥으로 간단히 요기를 했다. 경성역은 평양역에 비교할 수 없을 정도로 웅장했다. 사람들도 붐비고 걸음들은 바빠 보였다. 경성역에서 기차를 다시 갈아탔다. 기차를 갈아타면서 보니 바깥에서 볼 때는 분명히 2층이었는데 철로 쪽에서 바라보니 3층이었다. 붉은 벽돌이 인영의 눈에 강렬한 인상으로 남았다. 벽돌 사이마다 네모반듯한 흰색 가루 같은 것이 오랫동안 인영의 시선을 잡아끌었다. 주춧돌에 또렷하게 써진 숫자를 인영은 연달아 소리 내어 읽었다. 이상하게 인영의 눈에 들어온 주춧돌의 숫자를 반복해서 외우고 있었다. 인영은 이것이 공연한 불안함 때문이라 생각했다. 인영은 그런 와중에도 경성은 별의별 사람들이 많다더니 요술도 부린다는 생각이 들었다. 높은 벽에서 시계바늘이 돌아가고 거꾸로 걸린 전등이 환하게 거리를 밝혀주고 있었기 때문이다.

지칠 대로 지쳐 있었지만 인영은 할머니의 손을 꼭 잡았다. 할머니 역시 갈수록 힘이 부치나 싶더니 경성역에 당도해서부터 인영의 손을 더욱 세게 잡으려고 애쓰는 모양이었다.

"할머니, 나 때문에 힘들지……"

"인영아, 기딴 소리 말우. 에그 울 인영이 맘씨두 착하누나."

인영의 몸은 녹초가 되어 있었다. 문둥병이란 피곤기를 먼저 달고 온다는 말을 들었다. 인영은 자신이 비록 아직은 어리지만 결코 아이가 아니라고 생각했다. 가족을 영, 영 이별하고 떠나온 길이라고 생각했다. 죽어서는 나오지 못한다는 말을 엿들었을 때 인영은 차라리 죽고 싶은 마음이 들었다. 할머니가 곁에 없다면 인영은 천애(天涯)의 고아에 다름 아닐 것이다. 그러나 하루가 지나지 않아 인영은 혼자일 거라고 생각했다. 할머니가 돌아가고 나면 어떻게 살아야 하나? 생전에 가족의 품에서 귀염을 받고 살아온 인영의 맘속이 어지러웠다.

인영을 태운 기차는 뛰이~ 뛰이~ 몇 번 기적을 울리더니 칙칙 푹푹 칙칙 푹푹 율동을 맞춘 듯이 달리기 시작했다. 차창 밖으로 들어오는 희미한 불빛들이 어룽거렸다. 한강을 지날 때는 할머니가 인영의 얼굴을 물끄러미 바라보았다. 인영의 머릿속엔 대동강에 소풍 나온 동무들의 모습이 떠올랐다. 까닭없이 한강을 뒤로 밀어내며 달리는 기차가 울었다. 인영의 귀에 기차가 내뱉는 뛰이~ 소리가 울음소리처럼 들렸다.

기차도 강을 건너면 가족으로부터 멀리 가버린다는 것을 아는 모양이라고 인영은 생각했다.

"인영아, 무슨 생각하누?"

"대동강 수양버들 생각하우다."

할머니가 입을 벌리지 않고 표정으로 웃었다. 인영은 할머니의 고운 치마 자락을 살며시 만져보았다.

"아이 울 할머니 치마 자락 곱기도 해라."

"에그나, 어찌 어른이 할 소릴 골라서 하누? 할미 치마가 인영이 눈에 예뻐 보이누?"

인영은 대답 대신에 고개를 끄덕거렸다. 인영은 할머니의 치마저고리, 머리에 꽂은 비녀, 할머니 살비듬 냄새 등을 오래 기억하고 싶은 마음이 있었다. 평소에는 그냥 지나치고 넘길 치마조차 그냥 흘려보지 않았다.

"의주 사는 느 고모가 지어준 스란치마 아니누?"

인영의 칭찬에 할머니는 어깨를 으쓱해 보이면서 이번에는 활짝 치아가 드러나 보이도록 웃으며 말했다. 치마의 밑단에 금박을 입힌 고운 치마가 인영의 눈에 한없이 고와보였다. 인영은 고모라는 말에 지난겨울 눈길을 헤치며 집에 다녀가신 고모의 얼굴도 떠올려 보았다. 의주 고성 사는 고모는 해마다 한 번은 집에 다니러 왔다. 그런데 집에 다니러 오면 항상 인영일 업고 마을 고샅길을 돌아다니던 이쁜 고모도 이제 만나지 못할 것이라고 인영은 생각했다. 이렇게 기차가 기적을 울리며 전라도 땅을 향해 달릴수록 인영에게는 유배지로 달리는 성난 말처럼 여겨졌다. 정말 성난 말이라면 언덕을 뛰어 넘을 때 다리라도 부러질 수 있으련만 석탄으로 화통을 태워 달리는 기차의 기세는 인영에게 성난 호랑이보다 무섭다는 생각이 들었다.

"인영이 저고리가 조선 천지에 제일 예뻐 보이누나."

"할머니 정말이야요?"

"아무려나 할미가 꽝포(거짓말)를 치겠누. 에그 울 인영이 노랑회장저고리 곱기두 해라……"

인영은 할머니의 칭찬 섞인 말에 어깨가 올라갔다. 문둥병에 걸렸다는 말을 인영의 치마저고리가 무색하게 했다. 노랑회장저고리에 다홍색 치마는 누가 봐도 돋보였다. 곱고 말쑥한 차림새는 누가 봐도 문둥병과는 어울리지 않았다. 보따리에 살포시 접혀 있는 자주색회장저고리도 생각하면 인영은 기분이 좋아졌다. 인영에게 이렇게 집에서 가져온 치마저고리만 있다면 문둥병은 무섭지 않을지도 모른다는 생각이 들었다. 그리고 문득 지석이 오빠가 정성껏 만들어 선물해준 번들거리는 장승도 지니고 있다는 생각이 들었다. 인영은 지석오빠 말처럼 장승이 자신의 문둥병을 물리쳐 주리라고 생각했다. 인영은 노랑회장저고리 주머니에서 평면으로 된 구리거울을 꺼내 자신의 모습을 비쳐보았다. 인영이 보기에 예쁘고 고왔다. 눈썹먹으로 칠한 눈썹만 아니라면 다른 사람들과 크게 다르지 않았다.

차창 밖으로 올려다 본 하늘에는 별들이 초롱 했다. 그런데 별들 사이로 달이 환하게 웃고 있었다. 정월 보름에 동무들과 달맞이 하던 기억들이 또렷이 생각났다. 오곡밥에 기름을 발라 윤기가 났던 약식이 떠올라 침이 꼴딱 삼켜졌다. 마을 앞에서 줄넘기도 하고 팽이를 치며 제기를 차던 모습도 생각났다. 정월 보름은 아직 멀었을 터인데 어째서 달빛은 마을 팽나무 끝에 걸린 달빛과 하나도 다르지 않았다.

달빛 속에 풍덩 빠져 잠이 들었는지도 모른다. 인영은 산속에서 내달리다 쓰러져서 피를 흘리는 꿈을 꾸고 있었다. 무릎에서 피가 나는데 무릎이 쓰리고 아팠다. 지석 오빠가 속옷의 밑단을 찢어 피를 닦아주었다. 그리고 정성껏 병풀을 다져서 상처 부위에 발라주었다. 가족들과 작별을 하던 장면도 꿈속에 나타났다. 헤어지지 않으려고 인영은 발버둥을 쳤다. 어찌나 사납게 몸을 비틀어댔던지 잠꼬대를 심하게 하는 인영을 할머니가 깨웠다. 인영은 꿈을 꾸고 있었음을 순간 깨달았다.

새벽에 대전역에 도착해서 기차를 갈아탔다. 새벽의 바깥바람은 차서 인영은 위생실(화장실)에 다녀오는데 소름이 돋았다. 할머니 손을 잡고 위생실에 다녀올 때 승객들이 인영을 유심히 쳐다보았다. 인영이 기차의 통로를 걸어가자 인영의 옷매무시가 화사하여 승객들의 눈에 화들짝 띄었기 때문이다. 할머니는 되도록 인영의 고개를 숙여서 모자를 눌러쓴 채로 데리고 다녔다. 노랑회장저고리와 차양 넓은 모자는 승객들로부터 인영을 보호했다. 승객들은 인영의 모습을 보고 부잣집 여식임을 짐작하는데 어렵지 않았을 것이다. 그래서 승객들 가운데 인영에게 따리(시비)를 붙는 이는 나타나지 않았다.

전라도 땅 벌교에 도착한 것은 저녁 무렵이었다. 인영의 몸은 녹초가되어 있었다. 평양에서 꼬박 이틀이 걸려 물도 설고 낯도 설은 전라도 땅에 당도했다. 몸이 아무리 고단해도 할머니는 인영의 손만큼 악착같이 붙들었다. 할머니는 낯선 땅에 당도하자 모든 것이 서툴렀다.

"말씀 잠 여쭈우다."

"음마, 여기 사람 아니어라우? 머시 궁금하요?"

할머니가 역전에서 드문드문 지나가는 아낙에게 묻자 아낙이 투박한 전라도 사투리로 대꾸하고 있었다.

"나 평양에서 어자칙(어제 아침)에 출발한 길이라우. 소록도 아, 아니 내 정신……고흥 녹동을 가려는데……"

"음마, 여기는 벌곤디 고흥 갈라믄 인자 버스도 끊겼지라우. 천상 오 널 여기서 자고 낼 아칙에 떠나얄 거라우. 근데 평양에서 먼 일로 오셨으 까?"

"여기서 멀다우?"

할머니는 아낙의 물음에는 대답을 않고 재차 물었다. 인영의 생각에 도 손녀를 데리고 소록도에 간다는 말을 하기란 쉽지 않아 보였다. 인영 의 보기에도 낯선 땅 낯선 사람에게 여쭈던 말에 아낙의 대답은 알쏭달 쏭 했다. 투박한 말씨부터 인영은 낯설고 얼른 알아듣기 힘들었다.

"멀어라우. 여긴 역전리라는 데요, 옛날엔 계성리라 했지라우. 근디 요 이쁜 새악시 데리구 멋하러 고흥 녹동을 간다요?"

"아, 아니우다. 됐수다."

할머니는 끝내 아낙의 궁금증에 입을 다문 채 자리를 떴다. 평양에 비할 수는 없지만 벌교 역전리는 나름으로 분주했다. 마차도 있고, 합승 버스는 물론 짐차 등도 있었다. 고흥과 보성, 승주를 잇는 중간 지점으 로 주민들도 왕래가 많아 보였다. 합승버스와 철도가 하루에 한 두 차 례 지난다는 것은 당시에는 상당한 요지에 다름 아니었다.

인영은 할머니와 함께 사람들의 왕래가 더욱 번잡한 데로 걸어갔다. 몸은 힘이 들었지만 인영은 낯선 세계에 대한 호기심이 되살아났다. 늘 어진 모자의 차양을 젖혀 이곳저곳을 궁금한 듯이 바라보았다. 인영의 또래만한 아이들이 엄마의 손을 잡고 걸어가는 모습도 보였다. 인영에 게 할머니의 손은 듬직했다. 엄마의 손을 잡고 걸어가는 아이가 전혀 부 럽지 않았다. 하지만 인영의 머리에 번뜩 번갯불이 지나갔다. 기차에서 내린 순간부터 사실 인영은 할머니와의 작별도 멀지 않았음을 직감했 다. 인영을 삼킬 천형(天刑)의 우리(牢)에 한쪽 발을 이미 담갔다는 사실을 인영은 깨달았던 것이다.

주먹밥과 고구마로 허기를 달래며 인영은 할머니와 함께 여관에 들어갔다. 할머니는 여관에서 다행히 내치지 않은 사실에 안도했다. 여관을 찾아 들어갈 적에 할머니는 자꾸 인영의 빨간 모자 차양을 푹 눌러 덮었다. 여관에 몸을 부리자 피곤이 한순간에 밀려왔다. 할머니도 방바닥에 등을 눕힌 순간 코를 곯았다. 인영은 할머니 곁에 누우면서도 손을 꼭 잡고 눈을 감았다. 잠에 곯아떨어진 탓인지 아침이 뜻밖에 일찍 닥쳤다. 빈속에 일어나 합승버스를 타려고 차부로 향했다. 하지만 인영의 모습을 찬찬이 살피던 운전수는 인영을 합승버스에 태워주지 않았다.

"아이 에그나 할미 정신 좀 보라."

"할머니 왜 그러우?"

할머니가 보따리 꾸러미에서 눈썹먹을 꺼내 인영의 눈썹을 짙게 바를 때에야 인영은 할머니가 눈썹을 그려 넣은 것을 까먹었음을 알게 되었다. 할머니는 다시 인영의 손목을 잡고 합승버스에 타려고 하였으나 눈치 빠른 합승버스는 인영을 허락하지 않았다. 지나가는 짐차를 세우고 태워달라고도 하였지만 고흥이란 말을 듣자 고개를 갸우뚱하더니 그냥 출발했다. 인영은 할 수 없이 벌교에서 고흥까지 걸어서 이동했다. 할머니는 보따리를 한데 엮어 임을 이듯 머리에 이고 인영의 손목을 꼭 잡았다. 종일 쉬지 않고 걸어야 밤이 이슥하기 전에 고흥에 당도할 수 있다고 역성을 하시면서도 인영을 보고는 싫은 내색 한번 하지 않았다. 잊을만하면 한 번씩 먼지를 피워놓고 달음질치는 짐차를 향해 에그, 썩을 놈들! 하고 혼자 군말을 하기도 하고, 어떨 때는 저만치 달려오는 짐차를 향해 손을 들어 보이며 태워 달라 목을 메기도 했다. 인영은 이런 할머니를 보며 공연히 자신의 처지가 밉다는 생각이 들었다.

"인영이 때문에 할머니가 고생 하우다."

"아니 뭐이가? 어비, 인영이 그딴 말 하는 거 아니지……"

할머니는 인영의 이마에 송알송알 맺히는 땀을 연신 닦아주며 쯧, 쯧 소리를 내며 말했다. 인영의 마음은 정말 할머니가 고생하시는 모습을 보니 안타까웠다.

"인영이가 문둥병 걸렸지 할머니는 문둥병 걸리지 않았잖우?"

"아니 뭐이? 어비, 어비, 할미 걱정 돼서 그러는 거누? 할미 힘들지 않우. 울 인영이래 힘이 들갔지, 할민 아무렇지 않우, 에그 쯧, 쯧……"

할머니는 말은 그렇게 해도 연신 가쁜 숨을 몰아쉬었다. 인영 역시 힘이 들었지만 할머니 앞에서 되도록 힘든 내색을 하지 않으려고 했다. 벌교에서 고흥으로 가는 신작로는 황토 흙이 분처럼 일어났다. 물이 고인 홈에는 때늦은 소금쟁이들이 떠다녔다. 들판을 가로질러 한없이 뻗은 신작로, 옆으로 곁눈질을 하면 논과 밭이 하염없이 펼쳐졌다. 가파른 언덕을 올라갈 때는 할머니는 어김없이 허리를 뒤로 젖혀 숨을 가누었다. 신작로 양쪽으로 멀구슬나무가 일정한 간격으로 도열하고 있었다.

"에그, 인영이 배가 많이 고프누?"

"아니 괜찮아요. 할머닌 배고프지 않우?"

할머니가 인영을 바라보며 씨익 웃었다. 신작로 양 옆으로 늘어선 멀구슬나무에 열매가 맺혀 대롱거리고 있었다.

"고롱개 나무로구나."

"할머니, 정말 이거이 고롱개 나무 맞나요?"

"우리 마을 우물가에도 있지 않더누……"

인영은 할머니 말에 마을 우물가에 서 있는 고롱개 나무가 생각났다. 보라색 꽃이 피고 열매가 노랗게 익으면 아이들이 손으로 쭉 훑어 한 입

입에 넣곤 했다. 할머니는 입이 마르고 배가 잔뜩 고팠는지 연신 고롱개 나무에서 열매를 따먹었다.

"할머니, 맛 있어요?"

"달짝지근 하누나. 인영이두 한 입 먹어 보라. 입이 바짝 마를 때는 먹을만 하짐. 봉황새라는 놈이 고롱개 열매를 좋아 한다누나."

"후후, 할머니, 봉황새는 어디 살아요?"

"봉황새가 어디 사냐구? 그야 오동나무에 살지……"

"오동나무에 살면서 밥을 먹으러 이렇게 고롱개 나무에 내려오는 거예요?"

"글쎄 할미두 잘은 모르겠누나. 대나무 열매를 먹고 산대는 소리도 있굼……"

"호호호……"

할머니의 말을 듣고 인영은 고롱개 열매를 연신 따서 입에 넣었다. 시큼 달큼한 맛이 싫지는 않았지만 입에 달라붙진 않았다. 급기야 낮때가 지나서는 배가 살살 아파 가을 벼 낟가리 뒤에서 묽은 똥까지 싸고 말았다. 그럼에도 인영은 이런 일들이 장차 혼자 있으면서 소중한 기억이 되리라는 생각이 들었다. 옷에 실례를 한다 해도 이렇게 할머니와 단둘이 걸어가는 길은 아무렇지 않을 소중한 경험이 될 것이다.

이렇게 지루하고 기나긴 거리를 인영은 할머니와의 마지막 소중한 경험이 되리라 생각하며 고흥에 당도했을 때는 이미 해가 지고 저녁이 한참 지나 있었다. 고흥에 당도하니 인영이 등을 기다렸다는 듯이 나이 먹은 할머니가 반갑게 맞아주었다. 그런데 이 할머니는 근방에 짜하게 소문이 난 유동 할머니였다. 유동 할머니는 타지에서 소록도에 들어가려는 환자들을 상대로 장사를 하는 사람이었다. 장사를 하는 수단이 인영이 보기에도 매우 뛰어나고 가증스럽기 까지 했다.

"노인, 아이고 손녀 딸이구만잉. 노인, 내가 원래 소록도 들어가는 환
자들은 저기 헛간에만 재우는디 보아하니 멀리서 힘들게 손녈 데려 왔
응게 우리 방에서 재워 줄께라우."

문둥병에 걸려 고흥에 당도한 환자들을 받아주는 숙소가 없는 마당
에 유동 할머니의 처세는 그래도 환자 가족들에겐 고마울 따름이었다.
자칫하면 한뎃잠을 재워 가족들을 소록도에 보내야 하기 때문이었다.
할머니는 유동 할머니의 처세술에 마음이 움직여 유동 할머니가 안내
하는 집으로 들어갔다. 유동 할머니는 본격적으로 처세술을 발휘하기
시작했다. 밥을 팔고 고구마를 쩌서 팔고 아침에는 숙비까지 받아냈다.
인영은 그래도 유동 할머니가 자기를 예쁘게 봐줘서 한뎃잠을 재우지
않고 자기네가 숙식하는 방의 윗목을 내준 데 대해 고마울 따름이었다.
유동 할머니 역시 손녀딸을 데리고 살며 이렇게 장사를 하는 모양이었
다. 그런 때문인지 장사는 간사하게 처세술을 써도 자기 손녀처럼 인영
을 대했다.

"어따, 너는 어쭈고 이렇게 이쁘게 생겨갖고 문둥병이 났을거나?"

하면서 유동 할머니는 인영의 몸태며 옷매무시를 찬찬이 훑어보았
다. 인영은 유동 할머니의 눈매가 말보다 쌀쌀맞다는 것을 느꼈다. 아니
나 다를까, 유동 할머니의 본색이 살살 드러나기 시작했다.

"노인, 손녀 딸애가 입은 노랑회장저고리 벗겨 우릴 줏시오."

"아이 에그나, 이 할망구 노망났누나. 내 손녀딸애 회장저고릴 어찌
할망구한테 주라누?"

유동 할머니의 말에 할머니는 앙칼지게 덤벼들었다. 인영은 여적 할

머니가 남에게 이처럼 펄쩍 뛰며 대거리 하던 모습을 보지 못한 터라 깜짝 놀랐다.

"음마, 어째 요롷게 놀랄거나. 노인, 손녀 딸애 이 옷 입구 낼 소록도 당도하자마자 이까짓 회장저고리며 치마서껀 죄 일본넘들한테 빼앗긴단 말여라우."

"아니 뭐이야요? 정말이야요?"

"아 맬갑시 빈말 하는 유동 할매 아니랑께. 인자 낼 가봇시오. 내 말이 틀린가 어쩐가.....찰코 그럴 바엔 여기 안방에서 편안하게 잠자구 밥도 지어줄텡께 먹구 그러시오."

이렇게 말을 하고 유동 할머니는 빤히 할머니 얼굴과 인영이 얼굴을 번갈아 바라보았다.

"아니 되우다. 낼 소록도에서 왜놈들 손에 빼앗길망정 울 손녀딸 회장저고리를 당장 벗길 수야 없수다."

"허헛 노인도 참 쇠고집이구만잉. 그면 쩌리 나가시오. 헛간 볏짚 위에서 귀한 손녀 딸애 재우시요잉."

유동 할머니의 말에 할머니는 안 되겠나 싶었든지 다른 제의를 했다.

"할마씨, 하면 손녀 딸애 회장저고리 말고 이 할매 치마하구 바꿔 입읍시다. 스란치마라는 거인데 밑동에 금박이 번쩍번쩍 한다우."

유동 할머니의 눈빛이 한번 퍼뜩 빛이 났다. 유동 할머니의 치마는 삼베로 헐렁한 치마저고리에 지나지 않았다. 누가 봐도 할머니의 치마저고리는 값도 나가고 지체 높은 집안 어른이라는 느낌이 배어나왔다. 유동 할머니는 고개를 끄덕이며 그렇게 하자고 했다. 순간 인영은 펄쩍 뛰며 할머니 소매 자락을 끌었다.

"할머니, 아니 되우다. 차라리 인영이 치말 바꾸자요. 고모가 할머니

생신 선물로 해드린 치마저고릴 바꿔 입으면 고모 어떻게 볼 수 있갔나
요."

인영은 유동 할머니 말에 고집부리지 않고 싶었다. 그럴 바엔 차라리
인영의 치마저고리를 유동 할머니 손녀 딸애한테 주고 싶었다. 인영이
치마저고리를 벗어 내리자 할머니가 버럭 소리를 치며 할머니 치마를
벗었다. 인영이 부리나케 덤벼들어 할머니 옷을 부추겨 올렸다.

"할머니, 왜놈들한테 빼앗길테면 차라리 유동 할머니 손녀 딸애한테
주자요."

"안 되야. 지체 높은 집안 여식은 비록 문둥이라도 지체가 있는 법이
누나. 노란회장저고리에 빨간 모자에 화사하게 들어가야 왜놈들두 인영
일 우습게보지 못할 거 아니누. 인영아, 날래 치마저고리 올려 입어라."

할머니의 성화에 이기지 못해 인영은 결국 치마저고리를 올려 입었
다. 유동 할머니 치마와 할머니 치마가 바뀌는 순간 인영은 가슴에서 울
컥 울음이 쏟아졌다. 인영을 위해 할머니는 치마저고리뿐만 아니라 살
점까지 바치려는 모양새였다. 덕분에 유동 할머니 집에서 편안한 하룻
밤을 지낼 수가 있었다. 통보리 밥에 파래 무침에 석화 젓갈에 배추 무
김치까지 밥상이 걸었다. 유동 할머니의 손녀 딸애가 인영의 치마저고
리를 탐내 인영은 밤새 정이 들어 보따리에 착, 착 곱게 접어온 자주색회
장저고리를 내주었다. 유동 할머니는 얼레빗도 탐내고 구리거울도 탐내
고 구봉침까지 탐냈지만 인영 역시 이것만은 내어주지 않았다. 일본사
람들이 차마 얼레빗이며 구리거울까지 빼앗지는 않을 것이라고 믿었다.
그리고 구봉침은 절대 일본놈들한테 빼앗겨선 안 될 부모님의 마지막
선물이기 때문이었다.

하룻밤을 편안하게 자고 밥도 맛있게 얻어먹었다. 아침에는 다시 녹

동으로 향하는 합승버스를 타기 위해 차부를 향해 가야했다. 그런데 유동 할머니는 고구마를 쪄서 내밀었다. 사립문 턱을 넘기 전에 숙비를 달라했다.

"노인, 내가 고구만 그냥 드릴라요. 근디 어젯밤 숙비는 따루 줘야써라잉."

"아니 뭐야요? 손녀딸 치마저고릴 주구 내 치마까지 벗어주지 않았누?"

"우린 멀 먹구 살라구라. 돈이랑 것이 있어야 목구녕에 풀칠 하지라. 이깟 스란치마에 회장저고리가 어뜩케 입으루 들어가 배를 채워준다요. 당찮은 말이지라."

"허허 기가 차누나. 경성 가면 서 있는 사람 코 베간다는 말이 있더누만 아니 고흥에 오니까 고저 눈 깜짝 할 새에 옷을 벗겨 가누나. 그래 얼 맙소?"

할머니는 정말 기가 찬다는 표정이었다. 인영이 보기에도 유동 할머니는 돈을 받아내지 않으면 안 된다는 표정으로 찰지게도 따라붙었다.

"열 닷 냥이요, 얼른 열 닷 냥 내 놓시오."

할머니는 행여 인영이 마음이 다칠까 노심초사 하더니 더는 군말하지 않고 유동 할머니 삼베치마를 들추더니 속에서 돈을 꺼내는 모양이었다.

"할매, 받으우. 고흥 인심 한 번 사납누나. 허허……언간 봉이 김선달이가 여 고흥에 산다는 말을 듣지 못했는데……"

할머니가 내민 돈을 받아 세더니 유동 할머니는 다시 목청을 높였다.

"음마, 고 맹랑한 노인 보소야. 이 돈이 어떻게 열 닷 냥 이어라우?"

할머니가 생각하기에는 열 닷 냥 이라면 1원 50전이 맞는데……할머니는 유동 할머니의 얼굴을 빤히 올려다보았다. 유동 할머니의 표정은 구겨진 햇살처럼 날카로웠다. 찌뿌둥한 날씨처럼 올 듯한 표정에 할머니는 아차 실수했구나, 깨달았다. 전라도 땅에선 열 닷 냥이면 1원 50전을 더 내놓아야 한다. 할머니는 다시 유동 할머니 삼베 치마를 거듭 들추더니 1원하고 은전 50전을 더 내밀었다. 그적에서야 고흥에서의 숙박을 해결할 수가 있었다. 툴, 툴 사립문을 나서는 할머니 등에 대고 유동 할머니가 덕담처럼 말했다.

"고구마 4개면 40전 더 받아야 한디 그냥 그놈은 인심 써블라요. 근디 우리 고흥 사람들 그렇게 야박하지 않혀라우. 고흥 인심이 얼마나 양반인디 그러요. 인자 소록도 들어가 봇시오. 조선팔도 사람들이 다 모여 있는데가 거긴께라우. 아가, 소록도 들어가서 치료 잘 받구 꼭 그 병 낫고 나오니라잉.쯧 쯧 이쁜 것."

"예, 유동 할머니!"

인영은 유동 할머니의 마지막 말에 기분이 좋아졌다. 소록도에 가서 치료 잘 받고 꼭 낫아 나오라는 말을 들으니 고마운 마음이 불쑥 일었다. 할머니 스란치마는 빼앗겼지만 인영은 말이 천 냥 빚을 갚는다는 말을 고흥에서 새삼 느꼈다. 유동 할머니는 그래도 마지막 인정은 남아서 차부로 향하는 인영 등을 한참 동안 따라 나와 길을 안내했다. 숙소가 있던 데서 고흥 차부까지 또 상당한 시간이 걸려 당도했다. 전날 다리가 부었는데 숙소에서 편안히 잠을 잔 덕에 부기도 빠지고 한결 가뿐했다.

하지만 인영의 마음은 그다지 가볍지 않았다. 이제 정말 할머니와의 이별도 코앞에 닥쳤다는 생각을 하니 앞이 막막했다. 할머니와 헤어져서 어떻게 지낼 수 있을지……인영으로서는 아직 장담할 수가 없었다.

차부에서 녹동으로 가는 합승버스를 기다렸다. 인영은 여전히 고운 노랑회장저고리에 빨간 모자를 눌러썼다. 차부에는 사람들이 후줄근한 모습으로 차들을 기다리고 있었다. 할머니는 조바심이 잔뜩 담긴 표정으로 물어서 녹동 가는 합승버스 앞에 당도했다. 녹동에 닿아야만 소록도에 들어갈 수가 있기 때문이었다. 할머니는 인영이 문둥병에 걸린 사실을 들키지 않으려고 무던히 애를 쓰고 있었다. 운전수가 알면 합승버스를 태워주지 않을 것이기 때문이었다. 몸까지 아픈 인영을 데리고 다시 먼 길을 걸어갈 자신이 이제 없었다.

차 시간이 임박하자 승객들이 몰려들기 시작했다. 할머니는 뒤로 밀리면 안 된다는 생각에 차표를 끊으려고 기웃거리는데 젊은 청년 하나가 불쑥 다가오는 것이었다. 청년은 차표를 끊어줄테니 먼저 합승버스에 올라가 있으라고 했다. 청년이 상냥하고 인상도 그리 나빠 보이지 않았다. 할머니는 유동 할머니를 생각하던 끝에 고개를 저었다. 하지만 인영은 그 청년이 듬직해 보이고 마음에 들었다. 인영이가 할머니 몸을 자꾸 찔렀다. 청년한테 합승버스비를 주고 차표를 끊어오게 하자고 졸랐다. 차표 끊어주는 직원이 인영의 모습을 수상히 여겨 합승버스를 타지 못하게 할지도 모른다는 생각이 들었다. 인영 역시 전날처럼 다시 걷기는 싫었기 때문이다. 할머니는 인영의 간절한 눈빛을 보며 삼베치마를 걷어 올렸다. 청년한테 합승버스표를 끊어달라고 이번에는 할머니 쪽에서 부탁했다. 청년은 인영을 연신 바라보면서 할머니를 부축해 합승버스 발판까지 올라가도록 도와주었다. 운전수의 눈에 띄지 않도록 할머니는 합승버스의 뒷좌석에 보따리를 부리고 앉았다. 인영은 은근히 청년이 돈만 받아 튀어버릴지도 모른다는 생각도 들었지만 청년의 인상 좋은 모습에서 그런 불안함을 떨쳐냈다. 청년은 결국 인영을 실망시키지 않았다. 청년은 정말 약속처럼 차표를 끊어 합승버스에 올랐다.

"할매, 차표 여깄어요."

"고마우, 청년!"

"너는 이름이 뭐시냐?"

"인영이야요. 강 인영."

인영은 청년이 고맙게 여겨져서 사실대로 대답해주었다.

"이름이 이쁘구나. 할매, 녹동에 뭣하러 간다요?"

"우리 손녀 딸애가 몹쓸 병에 걸렸다우. 그래 소록도에 들어가는 거라우."

할머니 역시 청년이 믿음직스러웠던지 아주 작은 소리로 진실하게 말했다. 차표도 끊어주고 이렇게 부축도 해주는 모습을 보고 할머니는 거리를 두지 않았다. 할머니의 말에 청년은 의젓한 표정으로 고개를 끄덕거렸다.

"인영이라 했지? 어디가 어떻게 아픈 거냐?"

"눈썹이 빠지구 얼굴도 붓구 반점도 올라오구……"

인영에게 물었으므로 인영이 직접 대답했다. 그런데 인영은 청년에게 뜻밖에 말을 듣게 되었다.

"인영아, 나두 눈썹 빠지는 병에 걸렸어야. 근디 우리 엄니가 몸이 많이 아파서 아무래두 돌아가실 것 같단께."

"에그나 착실한 청년이 안 되었누나."

"그래 돌아가시믄 장례라두 치르구 나두 소록도에 들어갈라구 하던 중이여. 이쁜 인영이 날 볼 수 있겠구만이……난 이동이라구 헌다."

청년은 인영에게 불쑥 손을 내밀었다. 인영은 인상 좋아 보이는 청년이 같은 병에 걸렸다는 말에 망설이지 않고 손을 내밀었다. 청년의 손은 투박하지만 따뜻했다. 키가 껑충 커서 인영은 고개를 뒤로 젖혀서 청년을 올려다보았다. 할머니가 연신 고맙다는 말을 했다. 할머니는 우리 손녀를 잘 부탁한다는 말도 하며 고개를 자꾸 끄덕였다. 인영은 믿음직스럽게 보이는 이동이란 청년을 찬찬이 쳐다보았다. 이마에 박힌 검정 사마귀가 눈에 들어와서 나중에 보더라도 잊지 않을 것만 같았다.

승객들이 버스 안으로 들어오자 청년은 자신의 별명이 '흑사마귀'라는 말을 흘리며 버스에서 내려갔다. 청년의 입에서 '흑사마귀'란 말이 흘러나왔을 때 인영은 저도 모르게 호호호, 하고 웃었다. 낯선 고흥에서 처음으로 인영이 가족 같은 사람을 만나는 순간이었다. 청년은 꼭 소록도에 들어갈테니 보자는 말을 남기며 버스가 움직일 때까지 창문 밖에서 인영을 바라보고 있었다.

고흥을 떠나 녹동에 닿았을 때는 역시 저녁 무렵이었다. 녹동항에 도착해서 할머니는 당일 소록도에 들어가려고 통통배에 서둘러 한쪽 발을 걸쳤다. 하지만 낯선 사내들이 할머니를 밀쳐냈다. 소록도에 들어가봐야 허탕이라고 했다. 마치 일요일이어서 소록도에 입소할 수 없다는 것이었다. 저녁 어스름에 시퍼렇게 출렁거린 바닷물에 할머니 몸이 둥실 빠질듯해서 인영은 연신 할머니 옷자락을 배에서 끌어내렸다.

녹동에 당도해서 조차 여관 신세를 져야 했다. 처음 들어간 여관에선 인영의 모습을 보더니 당장 나가라고 내쫓았다. 그래서 다른 여관에 인영의 고개를 푹 숙이게 하여 다시 들어갔다. 주인아주머니는 그냥 말로 저쪽 아무데 열린 방에 들어가라고 해서 할머니는 대뜸 인영을 방에 집어넣어 이불을 뒤집어 씌워버렸다. 아주머니가 밥상을 내어오면서 색동옷 곱게 입은 손녀 딸에도 일어나서 밥을 먹어라 했지만 할머니는 아이가 멀미를 해서 피곤하니 한숨 자고 먹이겠다고 말했다. 인영은 그런 소리를 들으면서 스르르 잠이 들었다.

하지만 새벽에 인영은 소란스러움에 잠에서 깨었다. 여관 주인여자의 목소리는 쩌렁해서 여관에 투숙한 손님들을 전부 깨워버렸을 것이다.

"언능 존 말 할 때 나옷시오이, 할망. 오메 흉학한 할망, 세상에나 남장사 망칠라고 작정을 했구만 이 할망구가이."

인영은 잠에서 깨어나며 밖의 소란에 무슨 일인지 깨달았다. 할머니 역시 지친 몸을 털어내며 올 것이 왔다는 생각을 하는지 군말 없이 인영을 일으켜 세워 옷을 입히고 얼레빗으로 촘촘히 머리도 빗기고 눈썹먹을 예쁘게 그려주었다. 밖에서는 여전히 주인여자의 재촉하는 소리가 귀에 쟁쟁하게 들렸다. 할머니는 그래도 서두르지 않고 구리거울로 인영의 모습을 비춰주며 "참말 고흥 인심 한번 사납누나……언 두 번 들었다간 고저 돼지 잡듯 잡아 먹갔누나……" 하며 문을 열고 보따리를 챙겨 밖으로 나왔다. 간밤 내쫓았던 여관의 주인 여자가 공동 수돗가에 와서 "음마, 어저께 밤에 말여라이 울 집에 평양서 왔다는 할망이 문둥병 걸린 손녀딸앨 데리구 들어 왔어라우. 노랑회장저고리 입구 빨간 모자 눌러쓴 손녀 딸앨 글쎄 척하니 데리구 왔더랑께요. 망칙한 할망구가 어느 집에 들어가 잤으꼬나……" 하고 잔설을 늘어놓았던 것이다. 마침 인영이 투숙한 여관의 주인 여자가 그 여자의 말을 듣고 짚이는 데가 있어 눈을 지릅떴던 것이었다.

새벽이 되어서야 쫓겨난 것은 그래도 다행이었다. 할머니 손을 잡고 부둣가로 나가 새벽의 바다를 바라보았다. 바다도 밤새 잠을 자고 곤한 몸을 출렁이고 있었다. 바다는 아직 어둠을 완전히 걷어내지 못해 검고 푸르렀다. 새벽잠에 칭얼대는 아기처럼 고요해서 아직 파도는 일지 않았다. 부둣가 담벼락에 할머니 손을 잡고 등을 기대고 날이 밝기를 기다렸다. 인영의 마음속엔 눈물이 가득했다. 이제 정말 이 바다를 건너면 할머니와도 이별을 하겠지. 생각하면 끅, 끅 울음보가 터지려고 자맥질을 했다. 할머니는 인영의 마음을 훤히 꿰뚫고나 있듯 쯧, 쯧 혀를 차며 연신 저고리 소맷부리로 눈물을 닦아냈다.

"인영아, 울지 말우. 저 섬에서 치료 잘 받구 인제 말끔히 나아서 나올 거누나."

"할머니, 정말이우?"

하면서도 인영의 마음속엔 검붉은 피가 뚝, 뚝 떨어지듯 절망적이었다. 인영은 칙칙한 새벽 바다처럼 마음이 불안했다. 인영 앞에 펼쳐질 일들이 새벽 바다에 풍덩 던져지듯 불안함만 밀려들었다. 인영의 말에 할머니는 대답 대신 등을 다둑다둑 두들겨주었다. 할머니 역시 울고 있다는 것을 인영은 모르지 않았다. 부둣가의 새벽은 가을 끝자락 보다 더욱 시렸다. 몸도 없는 바람 속에서 칼바람이 나왔다. 할머니와 몸을 의지하며 뻔히 동이 틀 때까지 벽에 기대어 쪽잠을 잤다.

날이 빨리 밝기를 인영은 기다렸지만 막상 날이 훤히 밝고 보니 다른 복병이 나타났다. 녹동 아이들과 일본 아이들이 몰려들어 인영을 향해 더럽다 침을 뱉고 마구 소리쳤다. 야, 너 보리 문둥이지? 경상도 어디서 왔냐 보리 문둥아, 하고 아이들이 놀려댔다. 할머니는 지친 몸을 일으켜 세워. 언간 버르장머리 없는 간나들아, 평양 양반집 아씨니라. 너들 입이 아주 방정 맞누나. 이 전라도 개똥새 같은 간나들이래……인영은 할머니 입에서 튀어나온 앙칼진 욕설을 처음 들었다. 항상 위풍 있는 말씨에 마을 동무들까지 아끼고 챙겨주시던 할머니의 입을 지금은 믿을 수가 없었다.

할머니의 사나운 욕설까지 들었지만 아이들은 인영이를 놀리는 것을 멈추지 않았다. 할머니는 몸을 일으켜서 아이들을 잡으러 몇 발짝 달려

갔다. 아이들이, 보리 문둥아, 이쁜 저고리 입고 어데 가니? 하며 자기들
끼리 까르르 숨이 넘어갔다. 아이들은 할머니가 몇 차례 일어나 쫓아가
도 멀리 달아나지 않고 인영을 놀리는데 재미를 붙인 모양이었다. 아이
들 입에서 다시 보리 문둥이라는 소리가 터져 나올 때 인영은 기다렸다
는 듯 보따리를 내팽개치고 아이들을 향해 달려갔다.

"야 간나 동무들아! 내 손에 잡히기만 하라. 당장 문둥병 옮겨줄테
야……"

인영이 이렇게 소리치며 아이들에게 달려가자 아이들은 걸음아 날
살려라 하듯 줄행랑을 쳤다. 인영의 몸에 신열이 나고 이마에는 식은땀
이 흘렀다. 아이들은 다시 몰려와서 아까처럼 인영을 놀려댔다. 인영은
정신을 잃고 쓰러진다 해도 아이들의 놀림감이 되기 싫었다. 그래서 힘
을 다해 아이들을 향해 돌진했다. 아이들은 몰려왔다 밀려가는 파도처
럼 우루루 왔다가 포말처럼 어디론지 사라졌다. 나무 뒤쪽, 언덕 아래,
선착장 사타구니 같은 데로 유령처럼 없어졌다. 인영은 숨이 가빠 더는
아이들을 향해 돌진하지 못했다.

몸이 아프다는 것은 인영에게 굴욕이었다. 마을 동무들 앞에서 항상
도도한 인영인데 눈썹이 빠지기 시작하면서부터 인영은 문둥이란 질병
앞에 무릎을 꿇었다. 문둥이란 말은 인영이 가장 듣기 싫은 말이었다.
그래도 마을 동무들은 인영을 이렇게 놀리지는 않았다. 인영은 크게 숨
을 내쉬며 할머니가 있는 선착장 부근 허름한 담벼락 아래로 걸어왔다.
노랑회장저고리는 문둥병이란 이름 앞에 허무하게 더럽혀졌다. 인영은
옷고름을 말없이 풀어헤쳤다.

"에그나, 인영아 어드래서 색동옷을……"

"할머니, 이깐 회장저고리 벗을 거우다."

"안 되어, 할미 눈 뜨고 있는 데선 안 되어. 울 인영인 조선 천지에서 제일 이쁜 인영이란 말이지."

할머니는 말하면서 아이들이 다시 몰려오는 쪽으로 고개를 돌렸다. 이번에는 아이들을 안정머리 없이 혼내주려고 돌멩이까지 집어 들었다. 그래도 아이들은 인영의 노랑회장저고리에 질투를 느낀 때문인지 놀리려고 덤벼들었다.

"보리 문둥아, 저고리나 벗어주고 들어가라잉."

"문둥아, 평양에서 뭣 타구 왔냐엉?"

인영은 아이들의 놀림감이 되어 마치 새장 속에 갇힌 새처럼 이제 한 발짝도 움직이지 못했다. 할머니는 돌멩이를 한번 던졌지만 아이들 근처에도 미치지 못했다. 인영에게 아이들의 놀림은 문둥병보다 더욱 고통이었다. 눈썹이 없어도, 얼굴에 반점이 생겨도 인영의 가슴 밑바닥까지 아픔이 침범하지 못했다. 하지만 아이들의 놀림은 짧은 순간에도 인영의 가슴 밑바닥에 상처를 내고 말았다. 아이들이 침을 뱉자 인영은 공연히 서러워서 엉, 엉 울음을 쏟아내고 말았다. 아이들의 놀림에 할머니마저 흐느끼고 있었다.

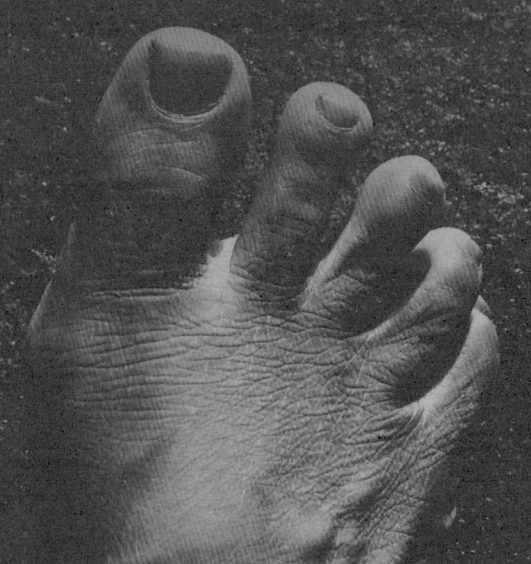

제4장

오너라 동무들아

아이들의 놀림이 절정에 닿았을 때 뜻밖에도 인영의 구세주가 나타났다. 새벽부터 선착장에 나와 사슴섬을 바라보던 스물 중반 넘어 보이는 여자였다. 여자는 아이들이 인영을 놀리는 모습을 뚫어지게 지켜보다가 이내 아이들 쪽으로 몸을 움직였다. 눈 깜짝할 사이에 아이들 둘의 머리채를 한꺼번에 부여잡고 인영 있는 데로 끌고 왔다. 여자의 이런 행동을 보고 놀란 것은 아이들보다 인영이었다. 인영은 순간 아이들이 혼쭐나는 모습에 기쁘기도 했지만 아이들의 궁핍한 차림새들을 보니 측은해 보이기도 했다.

"너 이름이 뭐시다냐잉?"

인영을 향한 여자의 물음에 인영이, 라고 작은 소리로 대답했다. 할머니는 얼마나 화가 났던지 여자의 손에 잡혀온 아이들을 보자 곧장 자리에서 일어나 아이들에게 다가갔다. 여자가 인영에게 명령하듯 말했다.

"참말로 이름도 이쁘고 얼굴도 이쁘다이. 회장저고리도 참 곱구…… 인영아, 이 되먹지 못한 가시나들 얼굴 손톱으로 긁어 부러라잉"

인영은 대답 대신 고개를 저었다. 놀린 것은 밉지만 저 아이들이 자기처럼 문둥병에 걸리는 것은 원치 않았기 때문이다. 아이들의 몸을 만지면 아이들이 결국 문둥병에 걸릴지도 모른다고 인영은 생각했다. 아버지도 인영을 경계했고, 인후 오빠도 인영을 경계했던 것을 인영은 결코 모르지 않았다. 인영이 대신에 할머니가 아이들 옷자락을 움켜잡고 좌우로 몇 차례 흔들었다.

아이들은 한꺼번에 울어대는 고양이처럼 앙~ 앙~ 울기 시작했다. 여자는 아이들이 울음을 터뜨리자 머리채를 사정없이 잡아당겨 두 아이의 머리통을 부딪치게 했다. 아이들의 울음소리가 파도소리보다 더 다급하고 크게 들렸다. 그적에서야 여자는 아이들을 풀어주었다. 아이들은 대차게 당한 터라 뒤도 돌아보지 않고 줄행랑을 놓았다.

"인영이 얼굴도 이쁜 것이 맘까지 곱구나잉. 쯧, 쯧……"

여자는 인영의 얼굴을 찬찬이 살펴보면서 혀를 찼다. 여자의 태도가 마땅하지 못했던지 할머니가 여자를 경계하며 말했다.

"그쪽은 누구관데 식전부터 넘 귀한 자식 보구 혀를 찬다누……"

"음마 할매, 요 째간한 것 팔자가 무지 세뿌요잉."

"아니 뭐라누? 그짝이 뭣을 보구 그런 공염불 늘어 놓는다누?"

할머니의 표정은 여자에 대한 좀 전의 고마운 마음은 온데간데없고 갑자기 날이 파랗게 섰다. 인영 역시 여자의 말이 곱지 않은 말이란 것을 모르지 않았다. 인영 역시 눈을 시퍼렇게 뜨고 뚫어져라 여자를 응시했다. 여자의 눈에서 갑자기 살기가 느껴졌다. 인영이 맞받아 쳐다볼 수 없는 위압감이 느껴져서 스르르 눈을 내리깔았다. 인영은 저렇게 살기를 띤 눈빛을 여적 보지 못했다. 사람의 눈에서 어떻게 저토록 강렬한 눈빛이 새어나올 수가 있단 말인가.

"도화살이 잔뜩 끼어뿄소잉"

"아니 귀한 집 아씨더러 도화살이라니……"

"야가 틀림없이 말띠 아녀라우? 말띠 아니믄 내 손에 장을 지지요."

"뭐이가? 에그나……"

할머니는 여자의 말에 놀란 듯이 빤히 쳐다보았다. 인영은 아버지로부터 누차 무오생(戊午生)이란 말을 들었던 터라 역시 여자가 제대로 짚어대는 것을 보고 놀랐다. 할머니의 표정이 달라지며 이제 인영의 앞날을 점쳐보려는 호기심으로 다가갔다.

"할매, 내 말 맞지라우? 야가 말띠 맞지라우?"

"맞긴 하누만 그래도 도화살이란 거이……"

"도화살은 사내놈을 잘 만나사 쓰는 것인디이…… 도화살 낀 말띠 여자한텐……"

할머니는 침을 꿀떡 삼키며 여자의 입술을 쳐다보았다. 인영 역시 여자의 말을 귀를 쫑긋거리며 듣고 있었다. 여자의 말이 무엇을 의미하는지 인영이 모르지 않기 때문이었다.

"처녀, 뭘 좀 볼 줄 아누만구래. 울 손녀 딸애한테 자식 운이 있다요?"

할머니의 말은 이제 공손해져 있었다. 인영 역시 여자의 말에 흥미가 생겼다.

"자식이 있긴 하지라우. 한데 쯧, 쯧, 어찌 이리 기구한 팔자라나. 어미 젖두 한번 빨지 못하구 이별수가 웬말이까이."

"애 낳자마자 이별수라니……처녀, 듣자니 너무 하누만. 뚫린 입이라구 함부로 입 놀리지 마우."

"할매, 내가 하는 말이 아니라요. 쩌그 서낭신이 시방 내 머리 위에 앉아서 가르쳐주는 말이란 말여라우."

"울 손녀딸애가 병이 나을 운은 있다우? 사내는 어떤 사낼 만나는 점팬지 서낭님께 물어보우."

할머니는 여자의 형용을 눈치 챘던지 인영이가 염려되어 물어보았다. 이제 인영과 헤어지면 영, 영 살아서는 만나지 못할 거라고 생각했다.

"하하하······ 하늘이 내린 병인디 내가 그것까장은 모르겄소. 도화살이 끼어서 그러는지 손녀 머리 위에 총각 귀신 여럿 앉아 있소예. 그래도 서방을 만날라믄 용띠 사내가 좋을 것이요. 팔자 드센 말띠 여잔 용띠 사낼 만나야 사랑 받구 사는 법이라요."

"용띠라면······ 아가 인영아, 옆집 지석이가 인후하구 동갑나기 맞지?"

인영은 할머니의 물음에 고개를 끄덕거렸다. 할머니는 인후가 인영이보다 두 살 위란 사실을 알고 있었다. 인영이가 아직 나이 여물지 않았지만 지석이를 각별히 생각하고 지석이 또한 인영에 대해 각별히 대한다는 것을 모르지 않았다.

"에그, 지석이란 놈이 인영이 짝은 맞는 모양인데 쯧, 쯧, 이렇게 병이 들어 전라도 바다 끝에 발 들이밀었는데 어느 세월에 만난단 말이누······."

"할매, 걱정할 것 없어라. 인연 따라 만나고 헤어지는 것인디 먼 걱정하요잉. 때가 되면 영락 도깨비불만크롬 모이기두 하구 흩어지기두 하지라잉."

"에구 높으신 서낭신님, 울 손녀딸애 굽어 보살펴 주시우다. 에그 쯧, 쯧······."

할머니는 이제 여자를 서낭신으로 대했다. 여자의 입에서 튀어나온 말이 허투루 나오는 말이 아니란 것을 알았기 때문이다. 서낭신이라면 같은 조선 땅인데 평양에도 당연히 있다는 것을 할머니는 알고 있었다.

서낭신은 토지와 마을을 수호하는 전형적인 신이었다. 마을 동구 밖은 물론 재 넘어 가는 고갯마루, 절간 들어가는 입구 등등 흔히 볼 수 있는 모습이었다. 신령스런 나무 밑에 돌무더기를 쌓아 서낭신을 받드는 경우도 많았다. 할머니는 유동 할머니의 때가 묻은 삼베 치마를 걷어 올려 속주머니에서 돈을 꺼내 여자한테 내밀었다.

"오메, 할매 인심도 많소잉. 시방 돈 받을라고 무꾸릴(점치는 일)한 게 아녀라우. 이 금화는 무당이 아니란 말이요잉. 그냥 서낭신님이 시키는 대루 하구 갈켜주는대루 할 뿐이여라우."

여자는 할머니의 돈을 받지 않았다. 인영은 금화라는 여자가 갑자기 마음에 들었다. 금화라는 여자가 곁에 있다면 마음이 놓일 것만 같았다.

"에그 기특한 처녀, 기특한 금화 처녀로구나. 처녀 집이 어디메우?"

"쩌그 사슴섬 구북리가 애당초 고향말이지라우."

"성 씨가 뭐이까 처녀?"

"야, 양금화여라우."

"에그 이름두 예쁘우. 한데 어드래서 여게……"

"문둥이들이 날마다 들이닥친게 이렇게 뭍으루 고향 떠난 거지라잉. 내가 모신 서낭당이 쩌그 사슴섬(소록도)에 있는디 이렇게 일본놈들이 못들어가게 막으니께 죽겠소. 여기서 배타고 들어가는 문둥이들 이마 빡에 귀신들이 다닥다닥 붙었단 말여라우."

"아이 에그나, 망측해라. 금화 처녀, 아니 서낭신님 그 무슨 소리우?"

할머니는 여자의 말에 새파랗게 질린 얼굴이 되어 물었지만 여자는 쓰렁쓰렁 불어가는 바람처럼 저만치 훌쩍 뛰어가고 있었다. 인영이 보기에 어딘지 모르게 불안해 보이는 여자였다. 그럼에도 마치 언니처럼 여겨지는 여자가 인영은 싫지 않았다. 여자의 입에서 쏟아진 말들이 허망한 말들이 된다 하더라도 인영은 여자의 가슴속에 묻어 있는 따뜻한 기운을 충분히 느낄 수가 있었기 때문이다.

날이 환히 밝아 녹동 선착장 근처에서 할머니가 떡을 사왔다. 떡으로 요기를 하고 선착장에서 섬으로 가는 배를 기다렸다. 그러나 해가 중천에 올랐을 때 통, 통, 통 소리를 내며 나타난 통통배는 배를 태워주지 않았다. 하는 수 없이 할머니는 사람들에게 물어 주재소를 찾아갔다.

손녀가 병이 걸려 소록도에 들어가려고 하는데 배를 태워주지 않는다고 말했다. 주재원은 인영을 위아래로 훑어보더니 어디서 왔느냐고 물었다. 평양에서 왔다고 인영이 작은 소리로 대답했다. 주재원은 몇 가지 인적사항을 물어 서류철에 적어 넣었다. 뒤뜰에 나가 기다리면 일행이 도착할 거라고 말하며 주재원이 혀를 먼저 차며 덧붙였다.

"쯧, 쯧 황진이 뺨치게 생겼구나. 너가 몇 살 묵었다고잉?"

"열두 살 먹었다우. 에른 열두 살……"

"음메, 나이 보담 숙성하구만잉. 할매, 아침은 잡쉈다요?"

"떡을 사서 아쉰대루 요긴 했다우."

"뒤뜰에 잠깐 앉아 계시씨요. 마침 일행들이 오늘 들이닥칠 것인께 그때 같이 들어가면 되겄지라우."

주재원은 조선 사람이어서 그런지 인영에게 친절을 베풀었다. 따뜻하게 말도 걸고 측은한 눈초리도 보내고 인정이 넘쳐 보였다. 인영은 할머니와 뒤뜰에 나와 감나무 아래 있는 기다란 나무 의자에 앉아 있었다. 할머니는 나무 의자에 인영을 눕히려고 했다. 인영은 몸이 가뿐하지 않고 무겁게 가라앉는 느낌이 들었다. 할머니는 자기 몸은 보살피지 않고 힘든 구석이 역력한데도 오직 인영이 걱정만 했다. 할머니도 이제 정말 하루가 지나면 인영과 이별을 하게 된다는 것을 모르지 않을 것이었다.

점심때가 되지 않았는데 주재소 밖이 소란스러웠다. 고함치는 소리, 웅성대는 소리, 호루라기 소리 등등 와자지껄 했다. 인영은 뒤뜰에서 할머니 손을 잡고 밖으로 나왔을 때 깜짝 놀랐다. 순사차를 앞세우고 트럭들이 들이닥쳤다. 인영은 트럭에서 내린 사람들이 첫눈에 문둥병 환자들이라는 것을 알아차렸다. 트럭은 도착하자마자 서둘러 문둥이들을 짐을 푸듯 내려놓았다. 문둥이들은 초췌한 모습으로 트럭에서 내리며 소란을 떨었다. 인영이가 보니 문둥이들은 남녀노소 다양한데 젊은 청년들이 가장 많았다. 인영은 나중에 이들이 경상도와 전라도 땅에서 잡혀 들어온 문둥이들임을 알게 되었다. 문둥이들 중에는 제법 덩치가 크고 우악살스럽게 생겨먹은 축들도 있었다. 인영은 마치 깡패처럼 보이는 청년들의 모습에 파르르 몸을 떨었다. 저들과 같이 통통배를 타고 사슴섬에 들어가야 하나보다 생각하니 절로 몸이 움츠러들었다.

순사의 지시에 따라 이들은 줄을 섰다. 전라도 줄이 만들어졌고 경상도 줄이 만들어졌다. 오합지졸 같지만 순사의 지시에 따라 굼뜨게 움직였다. 이름들을 호명했고 서류에 적바림을 했다. 인영이 또래는 그리 눈에 띄지 않았다. 인영보다 서너 살 쯤 위로 보이는 아이들도 여럿 보였다. 인영은 경상도와 전라도 줄에 끼지 못하고 할머니와 같이 뒤쪽에 앉았다. 트럭에 실려 온 사람들은 인영처럼 가족의 손을 잡고 오지 않은 모양이었다. 부랑자들 같아 보였는데 인영은 나중에야 알게 되었다. 문둥병에 걸려 떼를 지어 부랑하는 자들을 잡아들여 소록도에 가두었다는 사실을 말이다.

주재원과 순사의 인솔 하에 인영을 비롯한 일당들은 선착장으로 걸었다. 선착장으로 가는데 아이들이 멀리서 문둥이, 어쩌고 하면서 놀려댔다. 인영은 이제 자신이 정말 문둥이가 되었다는 사실을 알게 되었다. 문둥이 집단의 후미에서 할머니의 손을 잡고 아직은 걷고 있지만 할머니의 손을 놓는 순간 인영은 저들과 하나도 다름없는 문둥이가 되리라고 생각했다. 집에서 가족과 헤어질 때 입고 왔던 노랑회장저고리를 벗는 순간 인영은 문둥이 집단 속에 완전히 잡아먹히게 될 것임을 모르지 않았다. 지금 저들과 차이란 저들과는 다른 화려한 치마저고리를 입었다는 것과 할머니 손을 힘껏 잡고 걷고 있다는 것이었다. 인영은 선착장에 당도하니 이제 정말 눈에서 눈물이 왈칵 쏟아졌다.

선착장에서 다시 앉아, 일어서, 앉아, 일어서를 외치면서 주재원과 순사들의 지시에 따라 움직였다. 굼뜬 부랑자들한테 채찍을 가하자 부랑자들은 저항의 소리를 치면서도 파도가 넘실대는 푸른 바다를 보자 모두 기가 죽었다. 바다 저쪽에서 통통배들이 들어왔다. 주재원이 호명을 하자 호명 당한 부랑자들이 앞쪽으로 나갔다. 순사가 숫자를 세고 등을 떠밀어 통통배에 태웠다. 통통배가 가득차면 배는 통, 통, 통 소리를 내며 선착장을 떠났다. 남은 부랑자들은 줄을 서서 앉아 있었다. 할머니는 연신 눈물을 흘리며 인영의 얼굴을 쓰다듬었다.

"에그 불쌍한 것, 인영아……"

"할머니, 울지 마오. 여기 동무들두 많구 오라비들두 많구 아제비들두 많잖우."

인영이 할머니를 이제 위로했다. 할머니는 주재원에게 입원증서까지 받았다. 소록도 자혜의원 입원증서였다. 인영은 속에서 올라오는 울음을 꼭, 꼭 힘을 주어 눌러 담았다. 정말 울음이 목에 걸려 있다가 금세 입을 젖히고 터져 나올 것만 같았다. 환자들을 태우고 들어간 통통배가 나오면 인영이 차례도 곧 돌아올 것이었다. 남은 부랑자들은 일본 순사가 감시를 했다. 순사는 어깨에 장총을 메고 환자들 사이를 오락가락 했다. 순사 옆에는 조선 사람으로 보이는 주재원이 같이 움직이고 있었다.

순사의 감시를 받는 중에도 대열 중에는 힘겨루기를 하는 사내들이 있었다. 전라도 줄과 경상도 줄에서 유독 빼어난 모습으로 건장한 체격을 지닌 청년들이었다. 순사의 눈을 피해 서로 알력을 주고받고 있었다. 보이지 않는 힘겨루기, 조용한 힘겨루기가 바닷물 속에서 일어나는 파도처럼 은밀하게 일어나고 있었다. 사슴섬 즉 소록도에서 주도권을 잡으려는 은밀한 물밑 행동 같은 것이었다.

"거 짝 조용히 잠 하소."

하고 경상도 줄에서 시비를 걸었다. 기다렸다는 듯이 전라도에서 시비를 받았다.

"시방 우덜한테 시비 거는 갑네요잉. 음마, 주먹이 엄청 근질근질 했는디 시비까지 보태준게 고맙구만잉……"

하고 전라도 쪽에서 건장한 청년이 일어섰다. 조용히 하라고 먼저 따리를 붙였던 경상도 쪽에서도 건장한 청년이 일어섰다. 순식간에 두 사람은 경상도와 전라도를 대신해서 싸움질 하는 분위기를 만들어버렸다. 주재원과 순사가 힐끗 한번 쳐다보았을 뿐 다가오지 않자 경상도 줄의 청년이 전라도 줄로 다가왔다.

"하이고 택두 없는 소리 말재이. 거기 아직 임자 만나 피똥이라는 거 못 싸본 모냥 아이가? 어째 이래 주먹이 간지럽노?"

"이런 씨팔 넘이 뭐라 시부렁거린다냐 시방……"

하면서 대열에서 이탈해 난데없이 경상도 줄을 향해 튀어나온 사람은 전라도 줄의 청년이었다. 경상도 청년의 말에 화가 잔뜩 오른 표정으로 당장 경상도 청년의 멱살을 잡으려고 뛰어들었다. 두 사람은 인영의 보기에 환자처럼 보이지 않았다. 저리 길길이 날뛰는 환자가 조선 천지에 어디 있으랴.

"아야, 아그들아, 너들 절로 쪼매 비켜봐라. 엉간히 겁대가리 없는 깽깽이가 이 성님 잡아 묵을라꼬 오시는데 길은 터드려야 할따……"

순식간에 이런 말싸움은 치고받는 싸움이 되어버렸다. 두 청년은 여기에서 상대의 기를 꺾지 못하면 소록도에 들어가 평생 꼬붕이 되어 살기라도 하듯 악착같이 덤벼들었다. 누구의 우세를 가늠할 수도 없이 번개처럼 벌어진 일전은 순사의 개머리판에 모두 옆구리를 채이면서 끝이 났다. 주재원의 채찍과 순사의 총은 날카롭게 환자들을 옭아매버렸다. 경상도 청년과 전라도 청년이 힘을 합쳐 덤빈다 하더라도 채찍과 총의 부리를 당해내지 못할 것만 같았다. 인영은 이제 얼마 뒤에 있을 할머니와의 이별을 생각할 겨를도 없이 이들의 싸움에 홀려 넋이 나가버렸다.

"멍청한 조센진 새키들 보라. 감히 어디서 싸움짓거릴……동무 이름이 뭐얏?"

일본 순사의 말에 경상도 청년이 대답했다. 경상도 청년은 앉아 있는 환자들에게 자신의 존재를 기억시키기라도 하듯 또렷하게 자기 이름을 호명했다.

"나 경상도 보리문둥이 권종희라 카이. 우짤낀데?"

뜻밖에 자신을 권종희라 소개하는 청년은 일본 순사 앞에서 당당했다. 일본 순사가 권종희 청년 앞으로 다가오더니 총개머리판으로 아까처럼 옆구리를 찔렀다. 청년은 순사의 개머리판을 쩨쩨하게 피하지 않고 받아주었다. 순사가 이번에는 전라도 청년을 향해 경상도 청년한테 묻듯 이름을 묻자 그 역시 경상도 청년에 결코 기가 죽지 않으려는 듯이 자신의 이름을 크게 호명했다.

"난 전라도 깽깽이 김창옥인디 어째 떫드랑가?"

"무시기, 이런 조센진 놈들 보라. 대 일본제국 순사 앞에서 장난질을 하무니까?"

"덴노 네이카 반자이!"(천황폐하만세)

느닷없이 김창옥이란 전라도 청년이 일본말로 소리치며 손을 높이 쳐들었다. 만세를 부르는 모습을 보고 순사가 내려치려던 개머리판을 슬며시 내려놓았다. 순사는 김창옥의 태도가 마음에 들었던지 유심히 그를 쳐다보며 고개를 끄덕이며 돌아섰다.

선착장 저쪽에서 통통배가 들어오고 있었다. 김창옥은 천황폐하만세라는 구호를 몇 번 외치면서 잇달아 유창한 일본 말로 뭐라 시부렁거렸다. 김창옥의 일본말은 영락없는 일본사람의 발음과 다르지 않았다. 인영에게 김창옥과 권종희란 청년이 다른 어떤 문둥이들 보다 돋보였다. 선창가에서 통통배를 기다리던 짧은 순간의 알력들은 이후 소록도에서 일어날 경상도와 전라도 분쟁의 도화선이나 다름이 없었는데 당시에는 이런 분란의 불씨가 되리라는 것을 아무도 예상하지 못했다. 전라도 경상도 감정의 대립은 여기에서 비롯되었다.

선착장에서 소록도까지 뱃길이 더뎠기 때문에 모든 문둥이들을 통통배에 태워 소록도로 옮기는 데는 시간이 많이 걸렸다. 주재원과 순사는 틀어잡고 싸움을 벌인 김창옥과 권종희를 마지막 배에 태웠다. 인영 역시 전라도, 경상도와 동떨어진 평양출신인 때문인지 마지막 배에 배치가 되었다.

하루도 저물어서 이미 저녁 이내가 바닷가 저쪽에서 푸르스름하게 내려왔다. 소록도 깊숙한 산의 중턱에선 푸릇한 기운들이 짙어 검푸른 그림자가 일제히 내려오는 모습이었다. 인영은 이제 할머니와 정말 이별을 해야 했다. 할머니는 배를 타고 인영과 함께 소록도 섬까지 들어가려 했지만 주재원에게 저지당했다. 주재소에서 낮에 기록한 인영의 이름, 나이, 출생지 등 간단한 인적사항을 확인한 다음 인영은 통통배에 올랐다. 할머니가 여적 참았던 울음을 터뜨렸고 인영이 역시 울음을 참지 못했다.

"에그나, 인영아. 치료 잘 받아야 하누나."

인영은 회장저고리 옷소매로 쓰윽 눈물을 훔치며 고개를 끄덕이면서 말했다.

"할머니, 오래오래 살아요."

"듣자니까 면회도 시켜준다누나. 할미가 이제 인후랑 지석이랑 데리구 이쁜 울 인영이 보러 올 거니까 울지 마라."

인영은 할머니의 말에 고개를 끄덕거렸다. 순사가 인영이 곁에 서서 재촉을 하자 할머니는 마침내 이별의 의식이라도 치르는 듯 갑자기 통통배에 오르더니 주머니에서 무명 손수건을 꺼내 인영에게 건네주었다. 인영은 할머니 손때가 묻은 무명 손수건을 얼른 받아 주머니에 담았다. 순사가 할머니를 통통배에서 밀어냈다. 할머니는 인영과 멀어지면서 밥 잘 먹고 치료 잘 받고 구봉침 건사 잘해서 혼인할 사람한테 가져가야 한다는 당부를 급히 늘어놓았다.

인영은 멀어지면서 손을 흔들며 고개를 힘없이 끄덕거렸다. 인영이 꾸물거리자 일본 순사가 채찍으로 인영의 등짝을 한번 후려쳤다. 인영이 순사한테 맞는 모습을 할머니가 먼빛으로 보다가 잊지 못해 득달같이 선착장 쪽으로 달려왔지만 배는 서서히 할머니를 밀어내버렸다. 통, 통, 통 소리를 내며 배는 꽁무니를 반대로 돌리더니 달리기 시작했다.

"일본 넘들이 절타(저렇다)카이. 이쁜 아 때릴 데가 어데 있다구 채찍질을 하노?"

인영에게 다가와 등을 다독이는 사람은 경상도 청년 권종희였다. 일본 순사나 주재원에 비해 체격이 월등하게 좋았다. 인영은 곁눈질로 그를 올려다보았다. 할머니와 헤어진 이별의 아픈 감정이 인영의 가슴에 걸려 있었다. 권종희란 청년의 눈은 뱀의 눈처럼 날카로웠고, 콧날 역시 날카로웠다. 뱀처럼 무슨 냄새를 맡으려고 여기저기 기웃대기 좋아하는 사람처럼 보였다.

"그짝 말 틀리지 않구만잉. 아 이렇그롬 이쁜 아한테 채찍을 드네잉. 인자 우릴 저기 가둬놓고 먼짓들 벌일랑가 모르겄구만잉. 아야, 너 이름이 뭐시라냐?"

경상도 청년한테 질세라 전라도 청년 김창옥이 덩달아 입을 열었다. 인영은 얼른 울음을 삼켜 넣으며 인영, 이라고 대답했다.

"인영이, 이름도 이쁘구나잉. 인영아, 무서워 할 거 없당께. 이 창옥이 오빠가 울 인영이 뒷배 봐줄텡께 힘내라와."

인영은 전라도 김창옥을 향해 고개를 끄덕거렸다. 인영의 눈에 사람은 악해 보일지 몰라도 인영에게만큼 힘이 되어줄 것만 같았다. 인영은 무엇보다 그가 유창하게 일본말을 해서 호기심이 생겼다.

"어이 그짝, 누구 맘대루 오빠라냐. 인영아, 저짝은 쳐다보덜덜 말더라구. 이 주둥이로 왜넘말 지껄이는 사쿠라 같은 사람이 오빠면 되겄노? 거 안 봐도 엉간한 사람이란 거 고마 훤 하꾸마……"

인영을 데리고 그들은 다시 알력이 붙었다. 그들의 싸움은 이제 소록도에서 끊임없이 싸울 빌미라도 마련하려는 듯이 일촉즉발이었다. 그들에게 주재원이나 일본 순사는 결코 무서운 존재가 아니라는 듯이 보였다. 인영은 무엇보다 일본 순사한테 당당한 그들의 모습이 마음에 들었다. 인영은 마음속에 내내 생각했다. 인영이 이렇게 전라도 땅에 유폐된 것은 철저히 일본 놈들 때문으로 여겼다. 일본 놈들만 아니면 정든 평양 집을 떠날 이유도 없을 것이라고 생각했기 때문이다. 일본 놈들에 대해 인영은 자신도 모르게 가슴속에 적대감이 생겨난 것을 며칠 새에 깨달 았다.

인영을 태운 통통배가 소록도 해안에 당도했다. 인영은 이제야 자신 이 평양 집을 떠나 머나먼 전라도 땅의 섬에 들어온 사실을 실감했다. 저 녁 어둑한 해안에서 직원들의 지시에 따라 일사분란하게 움직였는데 소록도에 먼저 들어와 생활하고 있는 원생들이 반갑게 노래를 부르며 맞았기 때문이다. 어둠 속에 좌우로 기다랗게 늘어선 원생들을 인영은 놀란 눈으로 바라보았다. 수 백 명이 마치 가로수처럼 도열하여 박수를 치며 환호하고 있었다.

오너라 동무야 눈물을 씻고서
머리를 들어라 은혜가 넘친다
이제야 왔도다 지혜의 동산에
우리의 신천지 같이 개척하세

직원의 지시에 따라 당일 선착장을 통해 입소한 일행들은 원생들의 환영행사를 보며 모두 어안이 벙벙했다. 전라도 줄과 경상도 줄을 정비 하고 확인하는 작업이 계속 되었다. 제복을 입고 어깨에 완장을 찬 직원 들은 일본인도 있고 조선인도 있었다. 환자들이 돌아가 생활을 하게 되 는 병사(病舍) 배치를 하는 동안 흰죽을 끓여 먹고 고구마를 나눠주었 다. 남녀노소를 막론하고 경상도, 전라도를 막론하고 옷을 벗겨버렸다.

밖에서 입고 들어온 한복 등을 완전히 벗겨내고 일본식 의복을 입도록 했다.

인영은 평양에서 집을 떠나올 때 애지중지 입었던 노랑회장저고리를 빼앗기지 않으려고 일본식 의복을 갈아입은 다음 입고 왔던 한복을 반납하지 않았다. 인영은 벗은 한복을 보자기에 착, 착 접어 단단히 묶었다. 한복까지 반납해버리면 지금까지의 인영은 이제 완전히 달아나버릴 것만 같은 불안감이 엄습했다. 인영이 보따리를 품에 안고 있자 직원이 채찍으로 사정없이 내려치며 보따리를 낚아챘다. 인영은 어깨를 제대로 맞아 통증이 몰려왔음에도 악착같이 보따리를 빼앗기지 않으려고 애를 썼다.

"아니 이년이……"

일본 사람으로 보이는 직원이 어설픈 조선말로 욕설을 하며 인영으로부터 보따리를 빼앗아갔다. 인영은 순간 살점이 떨어져 나가는 통증을 느꼈다. 병이 나서 아픈 통증보다 눈에 보이지 않는 아픈 통증이 있다는 것을 깨달았다. 인영은 죽자 살자 날뛰며 사내가 낚아채간 보따리를 빼앗으려 사내한테 돌진했다. 이때, 마치 인영의 고모처럼 머리를 뒤로 질끈 묶은 여자가 사내한테 보따리를 돌려받아 인영에게 건네주었다. 인영은 순간 여자에게 저도 모르게 여러 차례 허리를 숙였다.

"평양에서 내려 왔다는 애가 너로구나?"

인영은 여자의 물음에 고개를 끄덕거렸다. 여자는 인영에 대해 이미 알고 있는 모양이었다. 인영은 여자의 얼굴을 뚫어지게 쳐다보았다. 여자가 인영의 어깨를 다독이며 "인영아, 겁먹지 마. 나도 너처럼 환자야." 하고 활짝 웃어주었다. 인영은 이런 어수선함 속에서도 동료의 정이란 것이 있음을 첫날 느끼게 되었다. 여자의 배려 때문인지 몰라도 인영은 첫날 병사의 배정에서 여자와 같은 병사를 배정받게 되었다. 구북리 신병사 32호사.

여자는 소록도에 들어온 지 상당한 세월이 흘렀다고 했다. 환자들은 남쪽 병사, 북쪽 병사에 나누어 수용되었다. 인영이 처음 소록도에 수용되었을 때에는 남병사를 짓느라 한창 분주했다. 환자들을 두 군데 나누어 수용하는 병사는 남쪽 해안에 남병사가 접해 있고 북쪽 해안에 북병사가 접해 있었다. 남병사와 북병사 사이에 100미터가 넘는 산이 놓여 있었다.

남쪽 병사에서 북쪽 병사까지의 거리는 가까운 쪽은 칠백 미터 정도이고 먼 쪽은 1,200미터 정도 되었다. 남병사와 북병사에는 똑같은 시설물이 들어서 있었다. 진료소와 예배당, 운동장, 농장 등의 시설이 사이좋게 조화를 이루었는데 당시 병사 1동에는 2실의 온돌방이 꾸며져 있었다. 대개 1실에 수용된 환자는 5명 정도였으며, 환자 4명에 대해 대개 한 명의 가벼운 환자가 배정되어 있었다.

제5장

고모보다 예쁜 고모

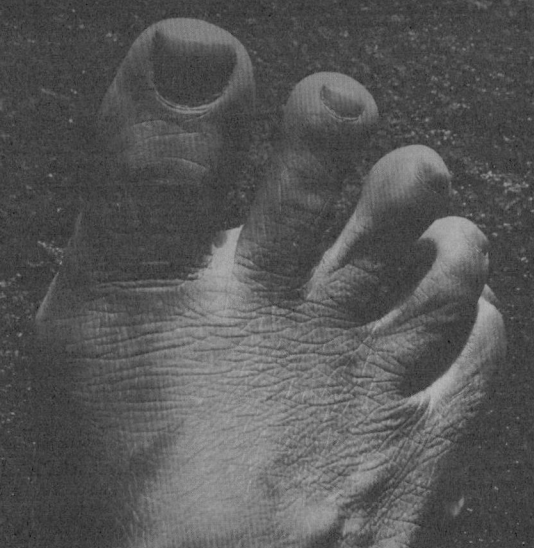

인영에게 호의를 베풀어준 여자 때문에 인영은 다른 환자들보다 마음고생은 덜했다. 여자는 자신을 고모처럼 생각하라 당부했다. 단둘이 있는 데서는 고모라고 불러달라고 했다. 인영은 고모라는 호칭이 싫지 않았다. 인영에게 이렇게 따뜻하게 대해주는 여자가 있어서 낯선 땅에서의 슬픔이 조금 누그러졌다. 여자는 머리숱도 많고 눈썹도 많았다. 어깨 밑까지 내려오는 머릿결이 곱고 나부룩했다. 여자는 눈도 맑고 얼굴도 예뻤다. 인영은 여자의 손끝이 뭉툭한 것을 며칠 뒤에 보게 되었다. 손이 뭉툭한 것만 아니면 의주 사는 고모보다 예쁜 고모라고 인영은 생각했다.

여자의 이름은 순임, 구순임이었다. 여자는 자신의 이름을 인영에게 말해주었다. 순임이란 이름을 입에 담으며 여자는 수줍은 듯 굽은 손끝으로 입을 막았다. 수줍어하는 여자의 모습에서 인영은 의주 사는 고모의 모습을 겹쳐 떠올렸다. 의주 사는 고모 역시 수줍음이 많은 여자였다. 뒤뜰에 떨어진 감꽃을 밟을 때 고모는 얼굴을 붉혔다. 마을 앞의 우물가에 비친 얼굴도 제대로 들여다보지 못했다. 인영의 생각에 고모는 누구보다 수줍음이 많은 여자였다.

인영은 소록도 생활에 적응하기 힘들었다. 고모라고 부를 수 있는 여자가 곁에 있어 그나마 견딜 수가 있었다. 인영이 소록도에 들어왔을 때에 750여 명이 입원해 있었다. 자혜의원의 치료실과 진료실은 날마다 환자들로 넘쳐났다. 오전에는 치료를 받고 오후에는 일을 했다. 인영에게도 오후에 일터에 나가 일을 하는 것은 예외가 없었다. 인영은 오후 내내 일을 하고 저녁 에 병사에 돌아오면 녹초가 되었다.

"인영이, 힘들겠구나."

"응……"

여자의 말에 인영은 나지막이 대답하며 고개를 끄덕거렸다.

"인영아, 우리 둘이 있을 때는 고모라고 불러도 된다니까……"

인영은 이번에는 "응, 순임이 고모." 하며 크게 고개를 끄덕여주었다. 여자는 인영에게 구세주 같은 존재였다. 여자의 따뜻한 배려 덕분에 인영은 비록 외롭고 힘이 들어도 견딜 수가 있었다. 치료를 받기 시작하면서 인영의 상태는 많이 호전되었다. 인영이가 치료실에 갈 때는 순임과 같이 했다. 이상하게 치료실 사람들은 순임에게 깍듯했다. 다른 환자들에 비해 특별한 대접을 받고 있는 듯한 분위기에 인영은 하여튼 기분이 좋았다.

순임에게 인사를 하는 직원들도 많았다. 놀라운 것은 일본 사람들도 순임에게 고개를 숙여 정중히 인사를 했다. 순임은 모든 환자들이 동원되는 노동에도 나가지 않았다. 인영은 이런 사실을 알면서 더욱 순임이란 여자에 대해 궁금증이 일었다.

인영 역시 나환자들 사이에서 인물이 빼어나게 두드러졌다. 일본인 직원들이나 조선인 직원들 사이에도 인영이 이름을 들먹일 정도였다. 인영을 함부로 대하는 사람들은 없었다. 인영은 사람들의 이런 태도가 순임이 때문이라 여겼다. 평양에서 노랑회장저고리를 곱게 차려입고 여기 들어온 모습을 사람들이 기억하고 있어서인지도 모른다고 생각했다. 하지만 노랑회장저고리를 벗고 일본식 옷을 입고 꽃신도 벗고 게다를 신은 모습은 다른 신입 원생들과 하등 다르지 않았다.

하루는 인영이 순임이란 여자에게 사람들이 어째서 깍듯이 대접하는지 물었다. 인영의 물음에도 순임은 크게 놀라지 않고 미소만 지었다.

"인영이가 고모한테 궁금한 것이 많구나."

"응, 고모. 일본 사람들이 어째 순임이 고몰 보면 인사를 해요?"

인영은 가장 궁금한 것이 바로 그 점이었다. 다른 여자 환자들에게 채찍을 가하고 무례하게 대하는 일본인 직원들의 모습을 많이 목격했기 때문이다. 더구나 조선인 직원으로 보이는 사람들도 대개의 환자들에게 무례하게 대했다. 인영은 자신이 모르는 엄청난 비밀이 순임에게 숨어있을지도 모른다는 생각이 들었다. 순임은 인영의 물음에 알 듯 말 듯 한 웃음만 지으면서 대답하지 않았다. 인영의 물음에 순임은 살짝 얼굴만 붉혔을 뿐이었다.

그러던 어느 날, 인영은 바닷가 일터에서 순임에 대한 놀라운 소식을 듣게 되었다. 그날은 소록도 해안에서 남녀 환자 구분 없이 들것에 돌멩이를 들어 운반하는 작업을 하고 있었다. 소록도에 장차 들이닥칠 더 많은 환자들을 위한 병사(病舍)를 짓는데 환자들이 동원되고 있었다. 감시자의 눈초리가 무서웠기 때문에 잠시도 쉴 틈이 없었지만 허리 부러지겠다며 소리치는 청년의 선동질에 환자들이 잠시 일손을 멈추었다. 득달같이 감시자가 청년이 있는 쪽으로 채찍을 휘두르며 달려왔지만 쉴 틈 없는 노동에 지친 환자들은 하나 둘씩 상대의 눈치를 보며 자리에 질 편하게 앉아버렸다.

"날래 일어나무니다!"

"염병하고 자빠졌네. 허리 뿌러지게 생겼어 씨발."

감시자가 청년의 허리에 채찍을 날렸다. 청년이 잽싸게 채찍을 피하며 인영이가 있는 데로 몸을 피했다. 감시자가 이쪽으로 달려오더니 환자들의 무리에 섞인 청년을 구별하지 못하고 씩, 씩 소리를 내며 돌아섰다. 인영의 곁에 다가온 청년은 선착장에서 싸움질을 했던 김창옥이란 청년이었다. '하까마'(일본식 바지)에 '하오리'(일본식 상의)를 걸치고 '오비'(허리띠)를 질끈 동여 메어 얼른 알아보지 못했으나 독특한 전라도 사투리 때문에 인영은 그를 알아보았다.

"미꾸라지 같은 새끼……"

"아니 머시라고야, 시방 나한테 미꾸라지라구 조잘댔냐 엉?"

김창옥의 시선이 날카롭게 꽂힌 곳은 역시 힘겨루기를 하는 경상도 청년 권종희였다. 권종희가 공연히 김창옥을 향해 따리를 붙였기 때문이다.

"왜넘 채찍 피하는 짓이 꼭 미꾸라지 아이가?"

"이런 훈도시(일본 남자 속옷)에 똥구멍 찢어질 넘 봐라잉. 어야 거기 시방 내랑 한판 붙자 이거지야이?"

"그래, 하늘 벌 받아가 이케 구겨진 몸뚱이 한번 풀어나 볼따……어차피 사람들 앞에서 병신 되는 거는 마 기다리는 순서 아닌교. 사내자슥끼리 마 훈도시가 찢기든 똥구멍이 찢기든 우예되동간 한판 붙자."

"허이 참 내 이런 씨방새……"

하며 김창옥이 득달같이 달려들어 권종희의 급소를 향해 주먹을 날렸다. 하지만 권종희의 동작 역시 날쌔게 움직였다. 김창옥의 주먹이 허공으로 보기 좋게 원을 그리는 순간 권종희의 오른쪽 발끝은 김창옥의 이마를 스치고 있었다. 김창옥 역시 키가 크고 일본 감시자들에 비해 월등히 체격이 좋았기 때문에 단숨에 이마를 공격하는 권종희의 발차기 실력은 수준급이었다. 그들은 아예 일본 옷을 벗어젖히고 훈도시만 걸치고 싸우려들었다. 일본 옷을 벗어버리자 허옇게 드러나는 맨몸뚱일 보고 원생들이 박장대소를 했다. 훈도시가 똥구멍에 기저귀를 찬 것 같은 모습이었기 때문이다.

김창옥 역시 비록 문둥병에 걸려 붙들려 왔지만 권종희의 앞발질에 잡히지 않았다. 김창옥이나 권종희나 우열을 가릴 수가 없었다. 그럴 것이, 건장한 청년들이 싸움판을 벌이자 감시자가 재빨리 달려와서 채찍을 휘둘렀기 때문이다. 김창옥과 권종희는 서로 분이 풀리지 않은 모양으로 감시자에게 쫓기면서도 틈이 보이면 상대방을 공격했다. 훈도시를 입고 건장한 청년이 발길질을 하는 모습을 보고 원생들은 배꼽을 쥐고 웃었다.

쫓고 쫓기는 세 사람의 모습과는 상관없이 저만치 푸른 바닷물이 하품을 하듯 흰 포말을 밀어 올렸다. 훈도시를 걸친 두 명 청년의 모습에 허리를 꺾으며 일을 하던 환자들의 시름이 달아났다. 그런 우스꽝스런 모습을 보고 웃지 않는 원생들은 없었다. 인영 역시 사람들을 따라 웃었지만 공연히 슬퍼 보였다. 두 청년 모두 인영에게는 나쁜 사람들 같아 보이지 않았기 때문이다. 더구나 인영에게는 그들이 커다란 힘이 되어줄 것만 같은 어떤 예감 때문에 인영은 사람들이 소란거리는 모래사장 뒤쪽으로 걸어 나왔다.

그런데 바로 그때, 우스꽝스런 모습으로 쫓고 쫓기던 두 청년이 그만 지쳐서 감시자의 손에 붙들렸던 것이다. 화가 머리 꼭뒤까지 치밀었던지 감시자는 곧장 허리에 매달린 총을 겨누며 두 사람을 제압해버렸다. 다른 감시자가 합류하여 이들의 팔을 노끈으로 묶어 앞장세우고 본관 쪽으로 걸어갔다. 환자들이 발을 동동 구르며 싸움판을 벌인 자들을 물끄러미 바라보았다.

"안되겠네이. 얼른 구북리 신병사 32호사 연락해야제……"

걸음을 잘쑥잘쑥 걷는 스물 중반의 여자가 말했다.

"구북리 신병사 32호사라 했소까?"

"그래, 인영이라 했지? 얼른 뛰어가서 순임 언니한테 말해라. 원생 두 명 죽게 생겼다구……"

"그런데 어째서 32호사 순임이 고모한테……"

인영은 여전히 순임에 대해 호기심이 일었다. 싸움질로 잡혀 들어간 두 명의 환자를 살리는데 어째서 사람들이 순임을 찾는가 말이다.

"음마 너는 같은 방에 있음서 것도 아직 모른다냐? 하나이(花井善吉) 원장 연인이 순임 언니야 이것아. 원장님 아직 목숨 붙어 있응게……"

인영은 이제 모든 것이 분명해졌다. 그래서 일본 사람들까지 순임을 보면 고개를 숙였던 것이다. 나중에 알게 된 얘기지만, 하나이 원장(소록도 2대 원장)이 부임하면서 소록도 자혜의원에 들어온 환자들은 많은 혜택을 받았다고 했다.

아리까와(蟻川亨, 소록도 초대원장) 원장 시절에는 철저히 일본식 생활 양식을 강요당했다. 일본식 다다미방에서 잠을 자야 했다. 소록도 입소 즉시 조선의 한복을 벗겨 버리고 일본식 옷을 입도록 했다. 식사를 할 때도 '오왕'(주발)에 '하시'(젓가락)를 놓려서 다꾸왕(단무지)을 먹도록 했다. 집안에 '가미다나'(신주 초상 모셔놓은 장)를 모셔놓고 그 앞에서 손뼉을 치는 종교의식까지 강요했다. 아침부터 저녁까지 원생들의 모든 자유를 억압하고 과격한 채찍을 가했다는 것이었다. 그런데 2대 하나이 원장이 조선의 환자인 순임을 사랑하게 되면서 환자들에게 이런 혜택이 주어졌던 모양이었다. 환자들을 부를 때도 예전에는 '문둥이' 혹은 '나환자'라고 불렀던 것을 높여서 '문씨' '한씨'(한센병에서 유래)라고 불렀다고 했다. 입원한 지 오래되지 않은 신입자들에게도 처음 얼마동안만 형식적으로 일본식 의복을 입히며 나중에는 모두 조선식으로 입도록 한다고 했다. 인영은 해안에서 작업하는 환자들이 조선옷을 입고 일본 옷을 입은 두 종류였던 것을 떠올렸다.

인영은 아직 한 번도 하나이 원장의 얼굴을 보지 못했다. 아직 숨이 붙어 있다는 원생의 말에 하나이 원장이 죽음을 목전에 두고 있음을 알아차렸다. 공연히 인영은 순임이 고모가 불쌍하다는 생각이 들었다. 하나이 원장이 원생들로 하여금 본가의 부모형제들의 면회도 허용하고 편지도 주고받을 수 있도록 했다는 것이었다. 구북리 1호사에서 예배를 드리도록 하여 신앙을 인정해 주었고 병실에서 예배드리는 것을 안타깝게 여겨 일본 천조대신 신당을 예배 처소로 허락했을 정도라고 했다.

하나이 원장의 이러한 배려가 순임이 고모 때문이라는 사실을 아는 순간 인영은 머리가 혼란스러웠다. 평양에서 전라도 길을 향해 유배와도 같은 길을 걸으면서 인영의 마음속에 일본인에 대한 칼날을 품었기 때문이다. 인영은 비록 사내로 치면 약관의 나이에도 한참 미치지 못하지만 아버지로부터 익힌 유학교육을 통해 일본의 악랄한 폭력정치에 대해 십분 알고 있었다. 하지만 지금 당장 이런 문제로 망설일 시간이 없었다. 인영은 재바르게 몸을 놀려 구북리 신병사 32호사를 향해 뛰었다. 전라도 청년과 경상도 청년에게 무슨 일이 벌어지면 안 된다는 생각으로 마음이 급했다. 그들이 곁에 없다면 인영에게 무척 공허할 것만 같은 마음 때문이었다. 인영은 전라도 청년도 경상도 청년도 같은 동족으로서, 같은 병을 앓는 원생으로서 무척 좋았다.

땀을 뻘, 뻘 흘리며 인영이 호사에 들어왔지만 순임의 모습은 보이지 않았다. 인영은 호사 밖으로 나와 본관을 향해 뛰었다. 그쪽에 가면 순임이 있는 곳을 들을 수가 있으리라 생각했다. 땀을 뻘, 뻘 흘리며 뛰어가는데 조선인 잡역부가 인영을 붙들었다.

"인영아, 어딜 그렇게 급하게 가냐이?"

"원생 두 명이 죽게 생겼다구 순임이 고모한테 알려야 한다는데 고모가 보이지 않습네다."

잡역부 조선인에게 인영이 말했다. 당시 소록도에는 잡역부 일곱 명이 있었는데 모두 조선인이었다. 원생과 구별되며 직원의 행세를 했기 때문에 원생에 대한 이들의 힘은 상당히 막강한 것이었다. 원생들 중에는 일본인들에게 폭력을 당하고 억압당한 경우가 대부분이었지만 조선인 직원들에게 당한 설움도 무시할 수가 없었다.

"방금 붙들려 온 넘들 말이냐?"

"예, 싸우다 붙들려 갔시오."

"쳇, 제깐 넘들이 어데서 길길이 날뛰냐. 문둥이 오야붕 주제에⋯⋯인영아, 괜히 너한테 불똥 튈라, 그넘들 가까이 하지 말어라잉."

"좋은 사람들 아녀요? 내 눈엔 많이 아프지두 않아 보이구⋯⋯"

"그러니께 말이다. 별 것두 아닌 결절을 가지구 문둥병 걸렸다고 소록도 들어온 넘들 많아야. 그넘들은 소문 들어본께 뭐시라 전라도, 경상도서 문둥이들 모아놓구 동냥질 시킨 넘들이랴. 그넘들을 어째 여기서 재워주구 먹여주냐구 씨방⋯⋯"

인영은 잡역부의 말에 고개가 끄덕여졌지만 인영이 보기에 시시껄렁하게 싸움질은 해도 그리 나빠 보이지는 않았다. 인영은 잡역부가 일러준 대로 본관 원장실 문을 두드렸다. 인영은 하나이 원장을 처음 본 순간 무척 놀랐다. 콧수염을 기르고 안경을 착용했으며 나이가 많았다. 일본 사람이라 해서 반드시 무서운 사람처럼 보이지 않고 원장처럼 순해 보이는 사람도 있음을 인영은 깨달았다. 순임이 이런 영감과 연인 사이라니 정말 놀랄 일이었다. 순임이 하나이 원장을 부축하며 일으켜 세웠다.

"순임이 고모, 큰났수다. 원생 두 명이 죽게 생겼다구……"

"알고 있어야, 인영아."

인영은 고개를 끄덕거렸다. 순임이 고모와 하나이 원장을 거듭 쳐다보면 괜히 슬픈 마음이 들었지만 순임이 고모가 대견했다. 문둥이란 몸으로 여기 들어와 어떻게 하나이 원장 같은 높은 분과 연인이 되었을까? 순임은 인영을 하나이 원장한테 소개했다. 하나이 원장은 숨이 매우 거칠었다. 그런데 인영이 놀란 것은 하나이 원장이 아무리 봐도 원생들처럼 문둥병에 걸린 모습이었기 때문이다. 세상에 원장이 문둥병에 걸리다니……인영은 겉으로 표시는 안했지만 지금 몸속에서 강렬하게 도리질을 했다.

순임의 힘은 인영이 생각하기보다 막강했다. 원생들의 요구조건의 대부분은 순임을 통해 해결된다는 것이었다. 그럼에도 인영의 귀에 들리는 불안한 소문은 이제 하나이 원장이 얼마 못가 죽을 것이라고 했다. 어떻든지 붙들려갔던 경상도 청년과 전라도 청년은 아무 탈 없이 풀려났다. 오히려 그날 이후, 경상도 청년과 전라도 청년은 훨씬 기가 세졌다. 사람들 앞에서도 당당하고 특히 일본말을 유창하게 구사하는 김창옥의 입지는 남달랐다. 원생들의 통역을 담당하고 원장의 지시를 받아 직접 원생들에게 전달하는 대단한 역할을 하게 되었다. 인영은 처음에 한 낱 깡패 무리거니 생각했지만 차차 지켜보니 결코 만만한 축들이 아니 었다. 애당초 인영에게 좋은 느낌을 주었던 청년들임에 인영은 이들의 위치가 안정될수록 흡족했다.

소록도에서의 생활은 엄격한 군대식 생활이었다. 아침저녁으로 인원 점호를 했다. 새벽 5시에서 6시 사이에 기상을 하고 한 시간 뒤에 아침 식사를 했다. 오전에 진료와 치료 등을 받고 오후에는 노동을 했다. 노 동은 그래도 견딜 만은 했다. 하나이 원장은 노동을 시켜도 과격한 노동 은 시키지 않았다. 아픈 육신을 이끌고 하는 노동은 힘에 부치기는 했지 만 견딜 수 없는 고통까진 아니었다. 저녁 8시부터 9시 사이에는 소등을 해야 했다. 소등 전에는 반드시 취침 점호를 받았다. 원생들의 머릿수를 헤아리고 도주한 환자는 없는지 동태를 살폈다.

밤에는 철저히 원생들의 이동을 제한했다. 인영에게 힘이 들었던 것 은 요양 생활을 위한 〈심득서〉(心得書)를 암송하는 일이었다. 심득서란 환자로서 마음에 깨달아 간직하고 주의해야 하는 사항을 말하는 것으 로 월말에 한번 낭독하고 암송해야 했다. 입원환자는 항상 황은(皇恩) 을 잊어서는 아니 되는 것, 직원의 지시에 절대 준수하는 것, 금전과 귀 중품을 영치하고 임차해선 안 되는 것, 허가 없이 일정구역 밖으로 나 갈 수 없는 것, 경증환자는 치료 상 유익한 운동이나 기타 작업에 열중 하는 것, 사장(舍長·방장)은 일반 환자의 모범이 되며 환자의 분쟁해결을 원만히 하며 직원의 명령 전달과 환자의 각종 작업을 담당하는 것, 사망 환자는 학술연구를 위해 시체해부가 필요할 시 이에 응하는 것, 등등 원생 누구나 숙지해야 할 사항은 엄청나게 많았다. 이런 엄청난 사항을 월말에 한번 씩 정기적으로 암송해야 했다.

순임은 날마다 하나이 원장 곁을 지키는 모양이었다. 인영은 순임으로부터 하나이 원장에 대한 얘기를 어느 날 밤에 듣게 되었다. 달빛이 차갑게 걸린 이슥한 밤에 순임은 인영의 손을 잡고 호사를 나와 바닷가를 거닐었다. 겨울이 아직 당도하지 않은 소록도는 달빛에 녹아들어 고요하게 빛났다. 인영은 순임이 고모가 어떻게 지체 높은 하나이 원장과 연인이 되었는지 무척 궁금했다. 달빛에 파도가 흰 포말을 찰싹 찰싹 밀어 올리던 밤에 인영은 순임의 굽은 손목을 잡고 모래사장을 거닐었다.

"인영아, 하나이 원장님 좋은 분이시다."

"응 고모, 인영이도 그렇게 생각하우다."

인영의 말은 진심이었다. 소록도의 원생들은 모두 하나이 원장을 존경한다고 했다. 조선의 나환자인 순임이 고모의 연인이어서가 아니라 하나이 원장은 초대 원장과는 인품부터 달랐다고 했다. 인영이 보기에도 강렬한 콧수염마저 선량한 눈빛에 덮여 하나이 원장이 따뜻한 사람으로 비쳤다.

"원장님은 우릴 환자가 아니라 인간으로 대해주신 분이야."

전국에서 모집되어 온 환자들을 초대 원장은 인간 이하의 취급을 했다는 것이다. 누구나 조선의 한복을 벗기고 일본식 옷을 입히고 모든 식생활조차 일본식으로 강요당했다. 환자의 인권은 손톱만큼도 알아주지 않던 시절, 하나이 원장이 발령을 받아 소록도에 들어왔다. 처음에는 하나이 원장의 경력에 대해 말들이 많았다고 했다. 왜냐하면 오랜 세월 군의관을 지낸 경력을 지니고 있었기 때문이다. 그래서 전임 원장보다 더욱 엄할 거라며 원생들은 잔뜩 긴장들을 했다는 것이었다.

"하나이 원장을 겪어보니 따뜻한 마음을 가지고 계시더라."

"고모가 원장님을 연분(사랑)한 겁네까?"

인영은 이렇게 물으며 순임을 쳐다보았다. 순임은 묵묵히 걸으면서 고개를 저었다. 나부룩한 머릿결이 화사하게 달빛에 빛났다. 인영은 순임과 이렇게 손을 잡고 걷는 시간이 매우 감미로웠다. 순임이 하나이 원장의 연인이란 사실 때문에 누릴 수 있는 특권이라 인영은 생각했다. 다른 원생들이 깊은 밤에 모래사장을 산책할 수는 없는 일이었다.

"순임이 고모가 어떻게 원장님 연인이 되었소까?"

"인영이 많이 궁금한가 보구나."

순임은 인영의 손을 꼭 잡고 걷다가 달빛이 환하게 눈부신 반반한 바위 위에 걸터앉았다. 모래사장이 다하는 곳에서 야트막한 숲과 연결된 오솔길이 있는데 순임은 잠이 들지 못할 때면 이곳에 나와 달빛을 보며 가족 생각을 한다고 했다.

"하나이 원장님은 여기 부임해 오신 날부터 오직 우리 원생들을 위해 헌신하신 분이야."

"그래서 조선 옷도 입을 수 있게 되었다 들었습네다."

"오시자마자 광주에도 가시고 부산에도 가시고 대구에도 가셨지. 민간 요양소에서 어떻게 나환자들을 치료하고 있는지 직접 시찰하기 위해서였어."

하나이 원장은 원생들이 불편해 하는 일본식 의복을 벗게 하고 일본식 생활양식을 폐지했다고 한다. 끼니도 단체로 하지 않고 각 병사별로 직접 지어먹도록 했다. 조선의 나환자들의 고통을 어떻게 하면 줄일 수 있을지 항상 고민한 사람이었다. 군대에서 불하받은 모포도 수량을 늘여 환자 당 각3매를 주었고, 겉옷2착, 속옷2착, 허리띠도 챙겨주고 신발과 양말은 각 2족씩 지급했다. 여름철에 바깥에서 작업하는 환자들에게는 밀짚모자도 지급하고 환자를 단속하는 사람에게는 우의(雨衣)도 특별히 지급해주었다. 병사 1동 당 대나무로 만든 우산 2개와 도롱이 2개를 지급해주었다.

"환자들에게 일을 시켜도 하나이 원장님은 공짜로 시키지 않으셨어. 쌀도 주고 보리도 주고 쇠고기도 주었단다. 부식으로 대구, 명태도 배급받았었지. 우리는 하나이 원장한테 너무도 고마워서 게으름 피우지 않고 열심히 일을 했어."

무엇보다 하나이 원장은 구북리 1호사에서 예배를 보도록 신앙까지 인정해 주었다고 했다. 병실에서 예배하는 것을 안타깝게 여겼던지 일본 천조대신 신당까지 예배 처소로 허락해주었다. 이런 일들이 계기가 되어 결국 하나이는 북병사에 예배당을 세우고 매월 1회 목사를 초빙하여 하나님의 복음을 접하게 했다. 뿐만 아니라, 라디오나 축음기, 바둑, 장기 등의 오락이나 위안시설을 자유롭게 허용해주었다.

하나이 원장의 환자에 대한 위안은 소록도 자혜의원의 경비가 허락하는 한 확장했다. 상급 기관에 널리 호소하여 환자들을 위한 다양한 금품까지 기증 받아 모금된 예금액으로 이자를 받아서 환자들 위로와 오락 사업까지 펼쳤다고 했다. 하지만 이런 하나이의 노력에도 불구하고 원생들은 저녁 8시 이후 실시되는 소등과 통행금지 때문에 많은 고통을 받았다고 했다. 특히 날마다 취침 전에 실시하는 인원점호는 소의 등에 얹힌 멍에와도 같은 압박이 되었고, 심득서 암송은 보이지 않는 정신의 감금이었다. 심득서는 하나부터 열까지 모든 사항이 환자들의 자유에 차꼬를 채우는 것과 다르지 않았기 때문이다.

"하나이 원장이 내래 상처를 진심으로 치료해 주셨누나. 근데 내가 인영일 좋아하는 이유가 뭔 줄 아누?"

하나이 원장에 대한 얘기를 하다가 순임은 갑자기 인영에 대해 말했다. 순임의 말투 역시 갑자기 달라졌다. 인영이가 쓰는 평양 말투여서 인영은 순간 당황했다. 인영은 대답 대신에 달빛을 올려다보듯 순임을 쳐다봤다. 그리고 뜻밖에 사실을 듣게 되었다.

"실은 말야, 나두 고향이 평양이란다."

"어머나, 정말이야요?"

인영 역시 순임의 이번 말에는 본능적으로 놀랐다. 인영은 정말 순임이 의주 고모의 분신처럼 느껴졌다.

"평양에서 어떻게 여기에 오신 거야요?"

"고모는 일본에 관비 유학생으로 갔단다. 우에노 음악학원에서 성악 수업을 받았댔는데 그만 이케 병이 걸린 거이야."

인영은 순임의 목소리가 어딘지 모르게 곱다는 생각이 들었다. 순임은 이따금씩 가슴으로 무슨 노래를 부르는 듯했다. 하지만 인영이 직접 순임의 노래를 들은 적은 없었다. 순임은 노래를 하지 않았다. 인영은 성악이 뭔지 정확히 모르지만 신여성이란 사람들이 배우는 음악공부라고 어렴풋이 이해하고 있었다.

"원장님은 어디가 아픈 거야요?"

"으음……"

하고 순임은 크게 숨을 내쉬었다. 자리에서 일어서며 달빛이 사각거리는 백사장을 다시 걸었다. 순임은 인영의 손을 꼭 잡고 걸었다. 인영은 마치 엄마의 손을 꼭 잡고 새벽 달빛을 밟으며 의원에 가던 날의 기억이 떠올랐다. 순임의 손에서 따뜻한 엄마의 느낌이 묻어 나왔다.

"다 고모 때문이란다."

"아니 뭐야요? 고모 때문에 병이 걸린 거야요?"

순임은 다시 숨을 깊이 들이마셨다. 옆에 걷는 인영의 귓전에 순임의 숨소리가 너무 깊어 몸이 절로 떨렸다. 순임은 가던 걸음을 멈추고 바다 쪽을 바라보았다. 달빛이 바다에 발을 담그고 찰랑거리는 소리가 들렸다. 찰랑거리는 파도 소리는 달빛에 녹아 고요하게 들렸다. 차가운 바람이 불어서 고요를 깨트렸다.

　"오늘 같은 밤이 아니었더라면 이런 일도 없었을테지……다 저 달빛이 불러온 운명이야. 그래 달빛이 불러온 운명일거야."

　순임의 고운 목소리는 달빛 보다 화사하고 곱다. 운명이란 그냥 오지 않는다고 했다. 순임은 운명이란 절대 그냥 오는 법이 없다고 믿었다. 인영은 운명이 무엇인가 생각해 보지 않았지만 순임의 얘기를 듣자 운명이란 사람과의 만남이란 생각이 들었다.

제6장

위대한 사랑

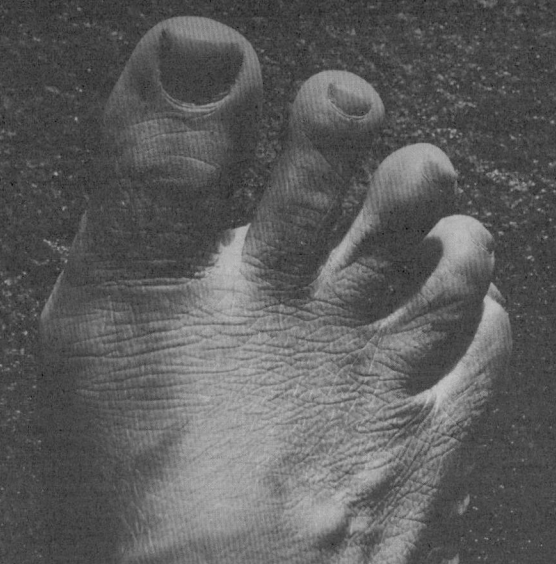

이태 전 여름날 밤, 순임은 오늘처럼 이곳 백사장을 거닐었다. 오늘처럼 똑같이 달빛이 녹아 바닷물이 달빛에 멱을 감는 듯한 깊은 밤에 순임은 호사를 나왔다. 달빛이 창가에 어리는데 견딜 수가 없어 밖으로 나올 수밖에 없었다. 평양에서 같이 공부를 하고 일본에서도 같이 음악 공부를 했던 동무가 죽었다는 소식을 들었기 때문이다. 순임은 동무의 모습이 눈에 어른거리고 함께 울고 웃던 일들이 떠올라 잠을 이루지 못했다. 그래 백사장에 나와 눈물을 흘리며 동무 생각에 젖은 채 하염없이 걸었다. 동무가 부르던 노래를 떠올리며 순임은 진정 위로하는 마음으로 달빛을 벗 삼아 죽은 동무를 위해 노래를 불러주었다.

광막한 광야에 달리는 인생아
너의 가는 곳 그 어데이냐
쓸쓸한 세상 적막한 고해에
너는 무엇을 찾으려 하느냐

달빛이 목화솜처럼 포근히 바닷물에 젖어들던 깊은 밤에 순임의 이런 노래를 엿듣는 사람이 있었다. 그가 바로 하나이 원장이었다. 하나이 원장은 가족을 일본에 두고 이곳에 와서 외롭게 생활하고 있었다. 하나이는 외로운 처지를 담은 노래 가락에 젖어 순간 바다 속으로 풍덩 빠져드는 듯이 순임에게 빨려들었다.

"순임 사마(님), 야심한 밤에……"

"원장님, 어머……"

"순임 사마 마음 이해 하무니다. 동무래 현해탄에서 관부연락선 타고 귀국하다 투신을 했다는 소식 들었소."

"원장님, 내가 너무 슬픈 노랠 불렀군요."

"아니무니다, 순임 사마, 그 노래 듣기 좋슴에다. 내 눈치 보지 말구 계속 마음 달래도 좋스므니다."

순임이 하나이 원장과 남다른 분위기에 조우한 것은 이날이 처음이었다. 이후, 하나이 원장은 순임에게 지나치게 관심을 가지게 되었다. 순임에게 노골적인 특권을 부여했고, 순임의 부탁이면 무엇이든 들어주었다. 순임은 원생들의 눈치도 살폈지만 어떻든 조선 원생들에게 호의를 베풀어준 하나이 원장에 고마운 마음을 지니게 되었다. 초대 원장과도 분명 다른 분이었지만 달빛이 떨어지는 바닷가 모래사장에서 순임과의 정서적 공감은 둘을 특별한 끈으로 연결 짓는 계기가 되었던 것이다.

잘 살고 못 되고 찰나의 것이니

흉흉한 암초는 가까워 오도다

이래도 한 세상 저래도 한 세상

돈도 명예도 내 님도 다 싫다

순임의 동무는 '사의 찬미'를 부르고 죽은 윤심덕이었다. 윤심덕은 스물여섯의 꽃다운 나이에 동갑나기인 유부남 극작가 김우진과 밀애를 나누다 일본 시모노세키에서 부산으로 향하던 관부연락선에서 함께 투신했다. 조선 천지에는 이미 윤심덕의 '사의찬미'가 널리 퍼졌으므로 그녀에 대한 사람들의 관심은 더욱 컸고, 황망하고 쓸쓸한 죽음에 대해 안타깝게 생각했다. 순임 역시 함께 공부하던 동무의 소식을 듣고 당시 한동안 갈피를 잡지 못했다. 달빛이 좋은 날은 바닷가 백사장을 거닐며 그 노래를 읊조리면서 허전한 마음을 달랬다. 달빛이 그윽한 날은 하나이 원장 역시 약속이나 한 듯 백사장에 나와 이국에서의 고독을 달랬다.

눈물로 된 이 세상에 나 죽으면 그만일까
행복 찾는 인생들아 너 찾는 것 설움

웃는 저 꽃과 우는 저 새들이
그 운명이 모두 다 같구나
삶에 열중한 가련한 인생아
너는 칼 위에 춤추는 자로다

이렇게 달빛 화사한 고즈넉한 바닷가 백사장에서 공감을 나누며 둘은 사랑을 키웠다. 하나이 원장은 어디서 꽃을 구했는지 달밤에 백사장에서 순임에게 꽃을 선물했다. 그러면서 처음 고백을 했다.
"순임 사마, 사랑 하므니다. 내 사랑을 받아 주오."
"어머, 원장님……"
순임은 하나이의 고백에 정신을 놓을 듯했다. 전혀 뜻밖의 일이었기 때문이다. 조선의 나환자와 자혜의원의 원장, 가당찮은 말이었다. 더군다나 순임의 나이 갓 스물 중반 넘었고 하나이 원장의 나이는 60을 넘었다. 순임은 몸을 떨며 마구 모래사장을 뛰었다. 하나이 원장의 고백이란 사실보다 나환자인 자기에게 철모르게 덤비는 하나이가 두려웠다. 더욱 두려운 것은 원생들의 눈빛이었다. 원생들이 이런 사실을 알게 되면 순임은 어디에도 몸을 담고 의지할 공간이 없었다. 순임이 백사장에 먼지를 일으키며 달리자 하나이 원장이 순임을 향해 달려왔다. 원장이 가까스로 순임의 손을 낚아챘다.

"하나이 상, 내 몸이 이렇다구 우습게보지 마오."

"순임 사마, 이 하나이 마음 진정이오."

"난 일본 사람 노리개 되는 거 싫소."

순임은 하나이가 내밀었던 꽃묶음을 허공에 던져버렸다. 이렇게 하지 않으면 일본 놈의 노리개가 되는 것은 자명한 일이라고 생각했다. 지체 높은 사람이 뭐가 아쉬워서 조선의 문둥이와 사랑타령을 한단 말인가. 순임은 하나이의 마음을 받아줄 손톱만큼의 틈도 없었다. 지친 몸으로 사력을 다해서 호사를 향해 뛰었다.

하나이는 이후 결코 순임을 포기하지 않았다. 노골적으로 사람을 시켜 원장실로 불렀다. 직접 구북리 호사로 찾아온 경우도 있었다. 이런 행동으로 보면 순임은 하나이의 마음이 진실처럼 보였다.

하지만 순임은 사내라는 것들의 특성이란 여성을 정복하면 바로 손바닥을 뒤집는다는 것을 모르지 않았다. 순임은 비록 자신이 나병에 걸렸지만 사람답게, 여자답게 한 번 살고 싶은 마음은 포기하지 않았다. 여자의 자존심을 순임은 여전히 지키고 있었다. 가슴도 볼록하고 달거리도 하고 따뜻한 사내를 보면 마음이 동할 때도 있는 여자라는 것을 순임이 부인할 이유란 없었다. 하지만 하나이 원장만큼은 결코 맺어져서는 안 될 인연이라 생각했다.

순임을 위해 목숨을 바칠만한 각오가 되어 있지 않는 사내란 순임에게 그저 사람일 뿐이었다. 순임은 진정 자신을 위해 목숨을 바칠만한 '남자'를 원하고 있었다. 순임은 비록 병은 들었지만 남자의 사랑을 받고 가정을 일구고 아이도 낳고 싶었다. 그리고 주제넘지만 여자로서 누릴 수 있는 것을 누리고도 싶었다. 문둥이란 이름으로 포기한다는 것은 순임에게 너무 가혹하고 억울했다. 하늘이 벌을 주지 않고서야 있을 수가 없는 일이라고 생각했다.

순임은 아무리 달빛이 좋고 가족 생각 동무 생각이 나도 백사장에 나가지 않았다. 백사장에 나가면 하나이와 마주치게 되는 것을 모르지 않았다. 그래도 달빛이 아늑하고 깊은 밤에 백사장을 먼빛으로 바라보았다. 순임은 거기 그림자 하나가 오래도록 방황하고 있는 것을 보았다. 그가 하나이라는 것을 충분히 짐작하고도 남았다.

하나이는 편지도 써서 순임에게 주었다. 순임이 보는 책의 갈피에 하나이가 편지를 넣어두었다. 절절한 사랑고백은 멈추지 않았다. 순임이 없는 모래사장에서 여러 날 밤을 새우고 순임이 나오기만을 여러 날 기다렸다. 순임이 원하는 모든 것을 들어주겠다. 어떻게 해야 하나이의 진심을 받아주겠느냐, 이런 내용이었다.

순임은 고민 끝에 하루 하나이의 그림자에 빨려들 듯 백사장에 나갔다. 하나이는 나이답지 않게 일본 고관답지 않게 울고 있었다. 아니, 순임을 보더니 너무 감격한 나머지 크게 울었다. 하나이 원장이란 직함에 어울리지 않은 울음이었다. 하지만 순임은 하나이가 자신을 위해 진정한 마음으로 보낸 울음이란 것을 충분히 느낄 수가 있었다. 세상을 살아

보니 웃음이란 억지로 속여 웃을 수도 있지만 울음이란 결코 속여 울 수가 없기 때문이었다. 하나이 보다 먼저 순임이 하나이를 끌어안았다. 순임은 순간 자신이 환자라는 사실을 깨달았다. 그래서 깜짝 놀라며 본능적으로 하나이한테 떨어져 나왔다. 그러나 하나이는 순임을 밀어내지 않았다. 하나이가 이제 순임에게 다가와서 순임을 안았다. 순임은 달빛이 수줍게 떨어지던 백사장에서 하나이에게 입술을 허락했다. 하나이 원장은 격조 있었다. 하나이의 손놀림은 짓궂지 않고 조심스러웠다. 순임은 터질 것 같은 가슴을 하나이의 격조 있는 손에 내어주었다. 하나이와 달빛 눈부신 밤에 모래사장에서 감정의 울림을 흠뻑 나누고 있다는 것을 몸소 느끼며 순임은 순간 만족했다.

순임은 이렇게 하나이와 교감한 사이가 되면서 차츰 여자로서의 자신의 생각을 말했다. 여자로서 사랑받고 행복하고 아이도 낳고 싶다는 여자의 소박한 생각을 말했다. 하나이를 더 받아들이면 아이가 생길지도 모르는데 괜찮겠냐고 물었다. 하나이는 어떻게 하면 자신이 순임을 사랑하는 것을 믿어주겠냐고 반문했다. 그리고 며칠 뒤에 하나이는 자신의 마음을 순임에게 보여주겠다며 원장실로 불렀다. 이슥한 밤, 순임은 조심스럽게 원장실 문을 두드렸다. 하나이는 매우 감정적인 인물이었다. 사내의 강인함 뒤편에 여성 같은 따스함도 묻어 있는 사내였다. 순임을 소파에 앉히더니 잠시 눈을 감아 달라 부탁했다. 순임은 하나이가 시키는 대로 눈을 감고 있었다. 그런데 난데없이 하나이가 순임이 팔의 옷을 걷어 올렸다. 그리고 노란 고무줄로 팔뚝을 압박했다. 순임은 대체 뭐하는지 궁금했지만 하나이를 믿었기 때문에 꾹 참고 있었다. 하나이는 순임에게 주먹을 쥐었다 폈다 하라고 말했다. 하나이 상, 순임에게 뭐를 하시려하나요? 순임 사마, 염려 말아요. 이렇게 밖에 방법이 없소, 하더니 갑자기 순임이 팔뚝에 주사바늘을 꽂았다. 정말 짤막한 순간에 하나이는 순임의 팔뚝에 주사바늘을 꽂아 순임이 팔뚝에서 시뻘건 피를 빨아냈다. 주사용기에 순임의 선혈 같은 핏물이 가득 찼다. 순임은 순간 화를 내며 자리를 박차고 소파에서 일어섰다.

"하나이 상, 어머, 순임이 피를 뽑아 실험을 하시려나요?"

"순임 사마, 진정하오. 그러는 게 아니오. 잠자코 보오."

하더니 하나이는 주사바늘을 자신의 팔뚝에 꽂았다. 그러더니 순임의 팔뚝에서 뽑은 피를 완전히 자신의 핏줄 속으로 밀어 넣었다. 순임은 그제야 하나이가 뭘 하려는지 이해했다. 백사장에서 한 번 순임처럼 나환자가 되어 온전하게 순임을 사랑하고 싶다는 고백을 했었다. 순임은 당장 하나이 팔뚝에 꽂힌 주사바늘을 낚아챘다.

"하나이 상, 아니 어리석은 사람……"

"순임 사마, 날 진정한 사내로 받아주오. 순임 사마, 당신의 몸을 내게 허락해 주오."

순임은 입이 딱 벌어졌다. 이것은 절대 있을 수가 없는 일이었다. 순임은 자신이 아이를 낳는 것에 대한 기대와는 달리 불안감이 무엇보다 앞섰다. 문둥병 걸린 여자가 아이를 낳으면 당연히 문둥이가 나올 터인데 감히 있어서는 아니 될 말이었다. 순임은 고개를 크게 내저었다.

"순임 사마, 나는 의사요. 내가 연구한 바로 나병은 유전병이 아니오. 그저 감염병이라오. 지금 보지 않았소? 이제 하나이 몸속에 순임 사마 피가 돌고 있소. 이제 나도 문 씨요. 문둥이가 되었단 말이요."

"하나이 상, 어찌 이리 어리석단 말이오? 내가 뭐라고 지체 높은 분이 문 씨가 된단 말이오? 일본에서 들었소. 나병은 유전병이라 들었단 말이오. 우린 절대 몸을 섞어선 안 되오."

"순임 사마, 날 믿으오. 나는 대 일본제국의 유능한 의사란 말이오."

하지만 순임은 당시 하나이의 말을 믿지 못했다. 당시 모두가 나병은 유전되는 병으로 인식하고 있었다. 그런데 바로 그날 밤, 이런 모든 과정을 엿보는 이가 있었다. 바로 하나이 원장의 부하 의무관이었다. 의무관은 협의 할 일이 있어 원장실을 찾았다가 두 사람의 대화를 엿들었던 것이다.

순임은 이런 일이 있고서 하나이 원장한테 감동을 받았다. 순임을 향한 하나이의 사랑을 의심할 여지가 없었다. 그러나 순임은 하나이 원장을 쉽게 받아들이지 못했다. 하나이는 순임에게 여자가 되어주기를 원했지만 순임은 단호히 거절했다.

이런 일이 있고서 얼마 뒤에 순임은 자정이 넘은 밤에 난데없이 들이닥친 사내들에 의해 호사에서 이끌려나왔다. 사내들이 순임을 보쌈 하듯 해서 데리고 간 곳은 본관 치료실이었다. 불이 밝혀지고 순임은 억센 사내의 힘에 눌려 수술대 위에 눕혀졌다. 난데없이 일어난 소란에 순임은 발버둥을 쳤다. 수술대에서 벗어나려고 발버둥을 치는 순간에도 순임은 하나이의 부하 의무관과 보조 간호사라는 것을 알았다.

순임은 어느 순간 의식을 잃었다. 스르르 눈이 잠기고 한참 뒤에 깨어났다. 온 몸에 신열이 올랐으며 아래쪽에 통증이 깊었다. 순임은 그들이 자신에게 단종 수술을 했음을 깨달았다. 여자의 생명, 어머니의 생명을 그들은 빼앗아 가버린 것이었다. 비록 문둥병에 걸렸어도 순임은 치료 잘 받아 낫게 되면 좋은 사내를 만나 엄마가 될 수 있다는 희망을 가졌었다. 순임은 호사에 누워 이런 갑작스런 일이 무엇 때문에 일어났는지 궁금했다. 아이를 배태하는 것이 두려워 자신을 피한다고 생각하는 하나이 짓일지도 모른다고 생각했다.

순임의 몸을 탐하기 위해 하나이가 부하들을 시켜 벌이는 짓이라고 생각했다. 이런 생각을 하니 그토록 자상하다고 여겼던 하나이가 순간 짐승처럼 역겹게 느껴졌다. 순임은 일체 외출을 삼가고 작업에도 어떤 모임에도 참여하지 않았다. 이대로 굶어 죽어버릴 작정을 하고 누워 있었다. 호사의 동료가 이러다 죽겠다며 순임의 식사를 챙겼다. 동료들도 그날 일어난 일에 대해 정확한 것을 몰랐다. 난데없이 순임을 낚아채가는 모습만 잠결에 목도했을 뿐.

순임은 며칠 만에 기력을 회복했다. 하지만 여자의 상실감, 어머니란 존재의 상실감은 순임을 무력하게 만들었다. 더구나 하나이에게 배신당한 느낌 때문에 더욱 상심이 컸다. 순임은 죽을 작정을 하고 호사에서 빠져나와 백사장을 거닐었다. 몇 번이고 바다에 풍덩 몸을 던지려고 마음먹었다.

하지만 좀체 발이 바다 쪽으로 떨어지지 않았다. 세상에 무슨 미련이 있단 말인가? 동무는 그 어둡고 차가운 현해탄의 바다에 어떻게 모질게도 몸을 던졌을까? 그래도 문득 심덕이 동무가 그립다는 생각이 들었다. 사랑하는 사내와 같이 사랑하는 사내의 사랑 속에 함께 영혼의 바다에서 죽음을 맞이했던 동무는 차라리 행복했을 것만 같았다. 순임은 어렵게 입술을 허락하고 겨우 마음의 문을 열었던 사내한테 배신을 당했다는 생각에 처지가 불쌍했다. 정말 강한 마음으로 바다에 몸을 던지리라. 동무를 생각하며 하염없이 울었다. 그러다가 그만 몸을 저 바다에 던지면 인생도 그뿐, 고해의 바다에 영혼을 묻으면 그만일테지……순임의 입가에서 동무의 노래 〈사의찬미〉가 절로 흘러나왔다.

광막한 광야에 달리는 인생아

너의 가는 곳 그 어데이냐
쓸쓸한 세상 적막한 고해에
너는 무엇을 찾으려 하느냐

순임은 죽을 생각으로 나왔지만 도저히 바다에 몸을 던질 수가 없었
다. 맨발로 백사장을 걸어 바닷물 속에 몸을 담갔다. 바닷물이 시리도
록 찼지만 가슴은 더욱 찢어졌다. 마지막 순임의 고운 목소리를 들어줄
이도 없는데 순임은 흥얼거리며 바다를 향해 한 발짝 씩 걸어 나갔다.
막상 바다에 발을 담그니 두렵지 않았다. 관부연락선 난간에서 죽음을
목전에 두고 사내와 최후의 정사를 벌인 동무의 심정은 어땠을까? 순임
은 물이 가슴에 닿을 때까지 망설이지 않고 걸음을 떼었다. 이제 고해처
럼 짠 바닷물이 철썩 목을 누르고 코를 닫고 눈을 가리고 머리를 잡아
당기면 한 많던 고해의 삶도 바닷물에 녹아버리겠지……하필 이 순간
에 눈물은 어찌 흘러 콧잔등을 뜨겁게 하는지, 더는 발을 뗄 수가 없어
순임은 엉, 엉 울었다.
　바로 이때, 순임의 뒤에서 불쑥불쑥 그림자가 나타났다. 그림자는 당
황한 듯 바다 속을 허우적이며 들어왔다.
　"순임 사마(님), 순임 사마……"
　목소리의 주인은 하나이 원장이었다. 하나이의 목소리는 다급했다.
순임은 직감적으로 하나이 원장임을 알아차리자 더욱 용기가 생겨 바
다 속으로 나아갔다. 하나이가 덜컥 순임의 뒷덜미를 잡아당겼다. 순임
은 버티지 않고 하나이 손에 붙들려 백사장으로 나왔다. 공연히 눈물
이 왈칵 쏟아지며 설움이 복받쳤다. 저도 모르게 하나이의 가슴을 두들
겨 팼다.

"순임 사마, 어찌 날 피하려는 거오?"

"…………"

"순임 사마, 대체 무슨 일이오? 왜 목숨을 바다에 던지려는 것이오?"

"…………"

순임은 대답하지 않고 흐느끼고 있었다. 하나이가 웃옷을 벗어 순임의 어깨에 걸쳐주었다. 순임은 하나이의 손을 뿌리쳤다. 생각하면 괘씸하기 이를 데가 없었다. 소박한 순임의 꿈, 여자의 꿈을 송두리째 앗아가 버린 사람. 순임은 난데없이 돌아서서 하나이의 뺨을 올려쳤다.

"어 어 이거 순임 사마……"

"하나이, 다신 내 앞에 나타나지 마오."

"순임 사마, 대체 어째서 갑자기 이렇게 변했단 말이오?"

"하나이, 몰라서 그런가요? 당신이 나한테 무슨 짓을 한지 몰라서 이러오?"

순임은 파도 소리보다 크게 소리 내어 울었다. 이렇게 말을 하니 더욱 설움이 속에서 불타듯 위로 솟구쳤다.

"나는 모르겠소. 내가 순임 사마한테 무슨 짓을 하다니 대체 무슨 소리오?"

"날 잡아다 왜 수술대에 눕혔느냔 말이오?"

순임은 차마 떨어지지 않는 말을 뱉어냈다. 그날의 일을 생각만 하면 소름이 돋고 허걱, 숨이 막혔기 때문이다.

"아니 순임 상, 수술대에 눕히다니 게 무슨 말이오?"

"하나이가 시킨 짓이 아니란 말이오?"

하나이는 자신이 모르는 일이 생겼음을 직감하고 일단 순임부터 진정시켰다. 순임을 모래사장에 앉히고 해안 뒤쪽에서 땔감을 가져와서 불을 붙였다. 어둠 속에 불이 타닥타닥 타올랐다. 불이 괄하게 타오르면서 순임의 얼어붙었던 몸이 풀렸다.

"난 순임 사마가 무슨 말을 하는지 하나도 모르겠소. 대체 무슨 일이 있었는지 내게 자세히 얘기해 주오."

순임은 자신에게 일어났던 일이 결국 하나이와 전혀 관계없이 일어난 일임을 이제야 알게 되었다. 순임은 먼저 마음이 놓였다. 하나이란 사람이 순임을 배신한 것이 아님을 알자 순임의 목에서 울음이 다시 껵, 껵 올라왔다. 하나이는 그런 순임을 진정시키느라 마치 아기를 달래듯이 음, 음 소리까지 내며 등을 두들겨주었다. 순임은 그날 있었던 일을 빠짐없이 사실대로 하나이 한테 들려주었다. 하나이의 순임에 대한 마음이 변치 않았음을 확인하는 순간 순임은 뜻밖에 기뻤다.

배신의 날카로운 이빨로 소중한 생명을 물어뜯어 바다에 몸을 던졌더라면 죽어서 더는 눈을 감지 못했겠지, 하는 생각마저 들었다. 그날, 순임은 여전히 젖은 몸을 하나이 한테 주었다. 문둥이가 되고자 순임의 피를 뽑아 자기 혈관에 수혈한 사람, 순임은 별안간에 자기가 행복하다는 생각이 들었다. 하나이와 함께라면 이제 죽어도 여한이 없을 거란 용기마저 생겨났다. 하나이와 몸을 섞고 얼마간 행복한 시간을 가졌지만 순임의 행복은 그리 오래가지 못했다.

하나이 원장에게 정말 거짓처럼 문둥병의 징조가 나타나기 시작한 것이다. 순임의 피를 주입하고 얼마 지나지 않아 서서히 나타나기 시작한 나병은 나이 탓인지 젊은 사람보다 빠르게 하나이의 몸을 점령해버렸다. 하나이는 온몸에 반점이 돋고 여기저기 결절이 생겼으며 눈썹과 머리도 빠지고 팔과 다리까지 마비되기 시작했다. 하나이는 곧장 힘이 빠져 기력이 달났고 몸저 누워버렸다.

물론 하나이는 순임으로부터 수술에 관한 얘기를 들은 바로 다음날, 의무관과 보조 간호사를 불러 질책하고 밖으로 쫓아버렸다. 순임이 바라는 원생들에 대한 모든 조건들을 하나이는 들어주었다. 원생들에게 아주 편안한 생활을 약속했고 일본식 생활이나 일본식 복장 등도 모두 없애버렸다. 하나이 원장은 독서를 많이 하도록 했고 순임의 특기를 살릴 수 있도록 악극이나 창극 공연도 하게 했다. 영화도 상영해주고 지방의 연예단도 불러 공연하여 원생들의 지치고 아픈 심신을 위로해 주었다.

　원생들은 하나이 원장의 인자함에 모두 감동했다. 그리고 순임과의 순애보 같은 사랑 얘기도 알게 되면서 하나이는 원생들로부터 부모처럼 존경을 받았다. 원생들을 가족처럼 여겨주고 하나의 인간으로 대접해 주려고 애를 썼다. 그의 인간됨이 후덕하고 원래 격조 높은 인품을 지닌 사람이었지만 순임과의 관계를 통해 더욱 그런 성품이 원생들을 향해 귀한 쓰임이 되었다. 하지만 지금 하나이는 죽음을 목전에 두고 있었다. 순임은 이 모든 것이 자신의 기구한 운명 때문으로 여기고 있었다.

　슬픈 추억이라도 되듯 순임은 인영에게 하나이 원장과의 야속한 인연에 대해 숨김없이 얘기해주었다. 순임의 얘기가 끝났을 때에 달은 많이 기울어서 달빛이 사뭇 흐렸다. 싸늘한 밤이지만 인영은 순임과 손을 잡고 백사장을 싸각싸각 걷는 것이 좋았다. 순임은 눈물을 흘리고 흐느낌에 어깨를 들썩이면서도 하나이 원장과의 만남에 대해 후회하지 않는다고 했다. 하나이는 죽음을 무릅쓰고 순임에게 모든 것을 보여주고자 했고, 순임 역시 하나이가 보여주고자 하는 것을 구김 없이 받아주었다. 그래서 이제 당장 하나이가 죽는다 하더라도 그를 사랑하고 그에게 몸을 바친 일에 대해 정말 후회가 없다는 것이었다. 순임의 태도는 마치 하나이의 죽음을 준비하는 의식처럼 인영에게는 비쳐졌다.

"인영에게 이렇게 털어 놓으니 후련한 걸……"

"순임이 고모, 정말요?"

"내가 누구한테 하나이 일들을 털어놓을 수가 있었겠니? 이제 정말 후련하다. 죽는다 해도 하나도 억울하지 않을 거야."

"순임이 고모, 반드시 병이 나아서 하나이 원장님 사랑 받아야 하우."

"호호호, 울 인영이래 사랑이 뭔지나 알간?"

"사랑이 뭔지 인영이도 알고 있수다. 내래 마음속에 혼인할 사내도 있수다."

"호호호, 인영이 정말이니? 인영이 혼인할 사내가 있단 말이누, 호호호?"

"있답네다. 우리 말(마을) 지석 오빠하구 손가락 걸구 약속까지 했단 말이야요."

"에그 인영이 고저 속이 튼실하게 찼구나야. 얼른 치료 받구 병 나아서 지석 오빠하구 혼인 해야 갔구나야……"

"아우 부꺼(부끄러)……"

호사에 돌아온 그날 순임은 내내 잠을 이루지 못했다. 순임이 밤새 뒤척이는 것을 인영은 바로 곁에서 지켜보았다. 하나이에 대한 존경심이 인영에게도 생겨났다. 순임으로부터 숨겨진 이야기를 듣고서 그에 대한 존경심은 예전보다 확실히 깊었다. 하나이 역시 비록 몸은 아프지만 인영을 특별한 시선으로 바라보고 특별히 대해주었다. 하나이는 몸이 극도로 쇠약해지고 간혹 바람 쐬러 밖으로 나오던 일도 멈추고 자리보전하고 누워버렸다.

하나이는 서생리 관사에서 누워 있었다. 구북리에서 순임은 하나이 관사까지 날마다 걸어갔다. 하나이 원장의 상태가 나빠지자 아예 순임은 구북리를 떠나 서생리 관사에 머물렀다. 인영이 관사까지 가서 순임을 만났다. 하나이의 죽음이 목전에 닥쳤다는 것을 원생들은 알게 되었다. 원생들은 존경하는 하나이의 죽음이 닥치자 모두 안타깝게 여겼다. 그런 중에도 하나이는 원래 주민들을 설득해 병원을 확장했다. 남생리를 어렵사리 매수해 시설을 확장하고 나환자 200여 명까지 더 수용할 수 있었다.

원생들은 하나이 원장에 대한 보답으로 하나이가 살아계실 때 기념비를 건립하기로 의견을 모았다. 원생들은 물론 직원들조차 기념비 건립에 반대하지 않았다. 결국 논의 끝에 창덕비를 건립하기로 결정하고 건립기금을 모으기 시작했다. 원생들이 형편에 따라 십시일반으로 기금들을 내어놓았다. 환자 대표단에서 서생리 관사로 하나이를 찾아갔다. 창덕비 건립에 대한 의견을 모았고, 기금까지 모으고 있다고 하나이에게 알리자 하나이는 극구 사양했다. 환자 대표부를 따로 불러 완강히 거절하고 만약 세운다면 원장직에서 물러나겠다는 최후의 통첩까지 했던 것이다.

원생들은 하나이 원장의 이런 숭고한 뜻을 거역할 수가 없어서 후일을 기약하자고 의견을 모았다. 당장은 하나이 원장의 건강을 회복하는 일이 급선무라 생각했기 때문이다. 하지만 그런 원생들의 간절한 바람에도 불구하고 하나이 원장은 그만 운명하고 말았다. 하나이 원장은 고국 일본을 떠나 머나먼 타국 외딴 섬에서 가족도 없이 관사에서 쓸쓸히 생을 마감했던 것이다. 소록도의 모든 원생들은 진정으로 하나이 원장의 죽음에 애도하고 슬퍼했다. 가슴에 슬픈 리본을 달고 정성스런 마음

을 모아 성대히 장례식을 치러주었다. 인영은 장례식 내내 순임의 손을
잡고 같이 눈물을 흘렸다.

하나이가 죽은 이듬해 하나이 원장 창덕비 건립추진위원회가 다시
조직되고 착수에 이르렀다. 당시 원생들로부터 모금한 금액은 80원에
달했다. 원생들의 마음을 하나하나 엮어 자혜의원 본관 옆에 하나이 원
장 창덕비가 세워졌다. 창덕비 창립식에 도지사를 비롯 지방 관서장, 여
러 기관장 등이 참석하여 평소 인간답고 격조 높은 하나이 원장의 뜻을
높이 기렸다.

하나이의 후임으로 야자와(天澤俊一郎) 원장이 취임했다. 그는 하나
이 원장의 방침대로 자혜의원을 이끌어 갔지만 틈만 나면 거금도에 낚
시하러 다니는데 바빴다. 그래서 원생들은 그를 일컬어 '거금도장'이란
별호까지 붙여주었다. 야자와 원장 재임은 겨우 3년 6개월 정도였지만
바깥에서 세력을 키워 소록도에 들어온 문둥이 집단의 알력으로 소란
한 시절이었다. 특히 경상도와 전라도의 첨예한 감정대립이 이 시절에
발호하기 시작했다. 이른바 경전(慶全)싸움의 효시였다. 그래도 야자와
원장의 후임으로 악랄한 수호원장이 취임하기 전까지는 그래도 원생들
에게 소록도는 견딜만하고 소박한 꿈도 지닐 수가 있는 공간이었다.

제7장

경전(慶全)싸움

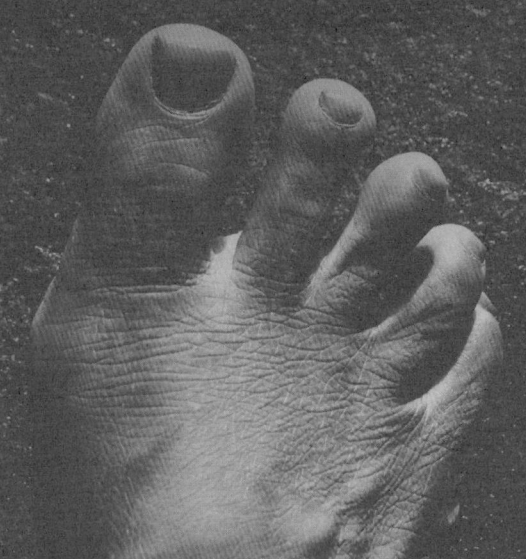

하나이 원장은 비록 죽었지만 환자들에게 많은 혜택을 주었다. 당시 조선의 문둥병 환자들은 집안에 숨어 지냈기 때문에 무학자가 많았다. 하나이는 이들을 불쌍히 생각해서 3년 연한의 보통학교를 설립해 지덕을 함양하도록 했다. 남, 북 병사 공히 보통학교 교과서를 분배하고 문자를 해독하게 했다. 하나이가 죽기 전까지 학생 수는 200여 명에 육박했다. 하나이의 업적은 죽은 뒤에 더욱 빛이 났다.

대개의 환자들은 가벼운 환자들이었기 때문에 하나이는 외려 집안에 있으면 병의 경과가 나빠질 것을 염려해 작업을 하도록 했고, 이들이 생산한 제품을 가지고 경비에 충당했다. 또한 환자들의 작업 의욕을 높이기 위해 일정액의 작업 장려금도 지급했다. 하나이 원장 당시 환자 단속 계장의 급여는 월 1원 20전이었다. 쥐를 1마리 잡으면 5전을 주었고, 파리 100마리 당 5푼을 주었다. 재봉과 세탁 등은 갑, 을, 병 등급을 매겨 차등 있게 지급했다.

신발 수선 환자는 10 족에 5전을 지급하고 목공은 1일에 5전을 지급했다. 이발공의 경우 1명에 5푼, 화분 손질 1일 3전, 짚신 1족 3전, 새끼 152미터 4전 등 세목을 정해 정확히 지급하도록 했다. 벌목공은 하루 5전, 분뇨처리 1일 5전, 하수 청소 1일 3전, 화장은 시체 1구에 25전, 벼를 손질하고 벼를 도정하는 일은 각각 하루 2전씩을 지급했다. 환자들은 비록 고된 일을 하면서도 하나이를 원망하지 않고 고마움을 느꼈다. 노력에 대한 대가를 지급하자 환자들은 나름대로 삶의 의욕을 갖는 경우도 많았다.

하나이가 환자들의 생활에 이토록 활력을 불어넣는 일들 가운데 단연 환자들에게 최고의 일은 남녀 연애의 빌미를 갖도록 했다는 점이다. 신책(神冊)을 모셔놓은 일본식 예배집을 기독교 예배당으로 사용하도록 하여 종교를 허용한 것은 말할 것도 없지만, 남자 환자의 의복을 여자 환자로 하여금 주 1회 세탁하도록 하고 1회에 쌀 3홉을 지급하도록 했다. 하나이는 사내들이 빨래하는 것을 어려워하고 또한 몸이 불편한 환자들은 빨래를 하는데 애로가 많다는 것을 인정해 아예 제도화 시켰던 것이다.

비교적 아픈 정도가 가벼운 환자는 부첨인(附添人:도우미)이라 하여 중환자의 신변잡사를 보살피도록 했다. 사내들 가운데 은근히 눈에 봐둔 여자들에게 자신의 빨래를 부탁했다. 여자들은 마음에 드는 사내의 부탁을 들어주는 것으로 은근한 자신의 마음을 드러냈다. 이런 일을 계기로 은근히 눈이 맞아 연애를 하게 되는 경우가 많았다.

하나이 원장의 배려는 눈물이 나도록 환자들에게 호의적이었지만 유독 하나만은 하나이 조차 허락하지 않았다. 환자가 늘어나면서 분파행위가 염려되었던 하나이는 사조직을 결성하는 것만큼 단호히 대처했다. 하지만 하나이가 워낙 인품이 빼어나고 인간적인 사람이란 것을 알고 은밀히 조직을 만들었다. 일본어에 능통한 박순주(朴順周)란 환자를 중심으로 어려운 이웃을 보호하며 서로 돕는다는 취지에서 은밀히 수성청년회(水星靑年會)가 조직되었다. 박순주는 나중에 시력을 잃고 환자들의 미움을 사서 결국 원생의 손에 죽임을 당하는 비운의 사람이었다.

박순주의 수성청년회에 자극을 받은 나머지, 경상도 청년 권종희는 농업진흥회(農業振興會)를 조직하였고, 도병록(都炳祿)이란 자는 소년층을 규합한 일심동맹회(一心同盟會)를 조직했다. 원장 몰래 은밀히 활동하던 이들 조직들은 결국 당국에 적발되어 하나이 원장은 아픈 몸에도 불구하고 철저히 조직의 두목들을 호출하여 질책하고 해체시켜버렸다. 이들 조직의 두목은 대개 바깥에서 부랑자를 모아 생활했던 두목들이었다.

하나이가 죽고 야자와 원장이 취임하자 이들 조직들은 가장 살판이 났다. 부랑환자들을 강제로 수용했기 때문에 환자 수가 8백여 명에 달했고, 협소한 중에도 방랑하던 중에 똘마니를 수십 여 명씩 거느리며 왕초 노릇을 했던 축들은 그런 이력을 앞세워 군림하려들었다. 무엇보다 문전걸식 하던 문둥이 집단을 통솔하기란 쉬운 일이 아니었다. 야자와 원장은 시설의 운영에는 하나이 방식대로 따르면서도 방만하게 운영했다. 날씨가 좋고 시간이 나면 항상 거금도에 사냥을 나가거나 낚시하러 들어갔다. 환자들이 붙인 '거금도장'이란 별호는 공연히 등장한 것이 아니었다.

야자와는 환자들 가운데 단속 계장을 위촉해 늘어난 환자들을 통솔하고자 했다. 단연 경상도 대표 권종희와 전라도 대표 김창옥이 두각을 나타내기 시작했다. 특히 전라도 대표 김창옥은 사교술이 뛰어나고 일본말도 유창해서 누구보다 야자와 원장의 신임을 받았고, 일본 직원들과도 끈끈한 관계를 유지하고 있었다. 김창옥은 보통학교의 교사(敎師)로 임명받아 아이들을 가르치는 일도 맡았다. 김창옥은 자기 밑에 최영화란 직속부하까지 심어놓았다. 환자들 위에 군림한 사람이 바로 김창옥이었다.

당시 경상도는 환자 수에 있어서도 전라도에 약간 밀리는 상황이었다. 자혜의원 개원부터 입소하기 시작한 전라도 환자에 비해 경상도는 약간 늦게 입소한 때문이었다. 환자 자치기관은 이미 김창옥과 최영화가 장악했다. 전라도 환자들에게 당연히 유리하게 작용했고, 경상도 출신들의 불만은 커져갔다. 특히 전라도 출신의 환자를 대표한 간부들에 대해 경상도 환자들의 시기와 질투가 당연히 극대화 되었다.

야자와는 콧수염을 길렀지만 안경은 착용하지 않았다. 이마가 벗겨져서 넓었고 콧날이 서양인처럼 우뚝했다. 볼이 통통한데다 눈은 움푹해서 첫눈에는 이국적으로 느껴져서 낯설었지만 마음이 악랄한 사람은 아니었다. 야자와는 예쁜 여자를 데리고 거금도에 들어가는 것을 좋아했다. 하나이의 연인이던 순임을 데리고 들어가려다 응하지 않자 인영을 데리고 가려고 했다. 인영의 미모는 시간이 흐를수록 더욱 성숙해 보였고, 치료가 잘 되어 눈썹도 새로 많이 돋아났다. 그래도 인영은 엄마와 할머니의 당부대로 눈썹먹을 바르는 것을 게을리 하지 않았다. 시설에서 인영의 빼어난 미모에 대해 환자들 사이에 모르는 사람은 없었다. 특히 하나이의 연인이던 순임과 같은 호사에 묵고 있어서 더욱 모르는 이가 없었다.

환자들 가운데 인영이한테 빨래를 맡기는 사람들이 늘어났다. 제법 나이 차이는 났지만 깜찍하고 예쁜 인영이를 동생으로 삼으려는 축들이 많았기 때문이다. 나병 주요 치료약이 DDS라는 약인데 이를 본따 소록도에서 환자끼리 맺은 결의형제, 결의 부모자녀를 DDS가족이라 불렀다. 당연히 권종희와 김창옥은 인영에게 빨래를 부탁했다. 박순주 역시 인영에게 빨래를 부탁했다. 인영은 박순주의 부탁은 즉시 거절했다. 하지만 권종희와 김창옥의 경우 두 사람 모두 녹동 선착장에서부터 각별히 인연이 깊은 터라 누구 하나를 선택하지 못했다.

인영은 고민 끝에 비록 힘이 들겠지만 두 사람 모두의 빨래를 해주자고 마음먹었다. 권종희와 김창옥은 서로 대립하는 사이지만 인영의 이런 제의를 둘 다 받아들였다. 박순주는 인영이 두 사람의 빨래를 맡아주기로 했다는 소식에 인영에게 반감을 갖기 시작했다.

권과 김은 나이 지긋한 처녀이며 일본에서 음악을 공부하다 문둥병에 걸려 입소한 순임에 대해 각축전을 벌였다. 순임이 비록 나이는 이들보다 많았지만 여전히 곱고 꾀꼬리 같은 목소리에 여성다운 멋도 있었으므로 사내들은 보는 사람마다 눈을 흘겼다. 순임이 하나이의 연인이었다는 사실은 이들에게 순임에 대해 신비한 느낌을 가지도록 했다.

인영은 이곳에서 가장 세력 있는 집단의 두목들과 DDS가족관계를 맺고 사랑 받고 귀염 받으며 생활했다. 인영이 빨래를 하는 것을 다른 환자들이 거들어주었다. 특히 순임은 신경이 손상 받아 감각이 달아난 마목의 몸으로 인영을 도와주었다. 인영은 순임 고모와 노래를 하며 빨래하는 시간이 무척 정겹고 좋았다. 가족이란 이름으로 고모니 삼촌이니 하는 호칭도 싫지 않았다. 인영은 권종희와 김창옥에 대해 삼촌이라 불렀다. 그들이 이곳에서 모든 환자들을 지휘하는 것을 보면 인영은 공연히 힘이 솟구쳤다. 권종희와 김창옥은 서로 옥신각신 알력이 붙어도 인영 앞에서는 마치 가족이나 되듯 다소곳했다. 하지만 인영이 모르는 알력은 결국 엄청난 패싸움으로 번지게 되었던 것이다.

인근주민들이 진료를 받으러 들어왔다. 주위에 진료 시설이 없는 탓에 외부 환자들이 들어와 진료를 받았다. 하루 평균 20여 명을 넘는 환자들이 특별히 마련된 건강지대라는 공간에서 진료를 받았다. 주민들 중에는 환부가 깊어서 입원하는 경우도 있었고, 중환자도 있었는데 필요한 경우에는 의관이 직접 왕진을 나갔다.

하루는 주민이던 여성 환자 하나가 이곳에 진료 받으러 왔다가 구북리를 향해 미친 사람처럼 달렸다. 구북리 소나무 아래서 난데없이 엎드려 절을 올리고 비손을 했다. 사람들은 이런 모습을 보고 이상하게 여겼다. 하지만 인영은 대번에 여자가 선착장에서 만난 금화라는 여자임을 알아보았다. 금화는 빨래터에 나타나서 혼잣말로 시부렁거렸다. 마치 금화 곁에는 순임도 있고 권종희, 김창옥, 박순주 등이 있었다.

인영이가 빨래를 하는 빨래터에는 사내들이 특히 많이 몰려왔다. 권과 김은 서로 으르렁대다가도 인영이가 빨래를 가지러 와서 빨래터에 가는 날은 색시처럼 시치미를 떼고 얌전해졌다. 순임이 가느다란 목소리로 노래를 부르는 모습을 저만치 감상도 하면서 인영을 보고 환하게 웃어주었다. 외딴섬에서 가족이란 이름으로 만나 이렇듯 공감을 나누는 것을 나름대로 은근히 즐기는 것이었다. 금화라는 여자가 소나무 아래서 비손을 하고 빨래터에 들렀을 때 환자들의 시선이 모두 금화에게 모아졌다. 금화에 대해 아는 사람은 인영이 뿐이었다. 인영은 자신의 앞날에 대해 얘기해 주던 금화라는 여자를 확연히 기억하고 있었다.

인영은 반가워서 금화에게 손을 흔들어주었다. 금화는 환자들을 더듬으며 마치 인영이 있는 데로 다가왔다. 권과 김이 이건 또 뭐여? 하듯 삐딱하게 고개를 비틀어 금화를 쳐다보았고, 박순주 역시 손바닥으로 눈을 자꾸 훔치며 금화를 쳐다보았다. 금화에게 가장 먼저 말을 걸은 사람은 권종희였다.

"어이 그짝은 가마이 보이 여기 사람이 아닌 모냥인데 어데서 왔소?"

"음마 시방 나보고 묻제라? 나 쩌그 서낭당 사요. 어째 그라요?"

빨래터 사람들이 일제히 금화에게 시선이 꽂혔다. 금화는 권종희의 얼굴을 요모조모 살펴보며 대살지게 말했다. 금화의 빼쏘는 눈빛이 남달랐던지 권은 슬그머니 뒤로 빠져버렸다.

"서낭당이라니 오메 거기가 그라면 무당이요? 얼추 본께 무당 같기두 헌데……"

김창옥이 금화에게 말을 붙였다.

"나 무당 아니어라우. 그냥 서낭신이 내 몸에 같이 사는 것이제, 내가 무당은 아니어라우."

금화의 말에 김창옥의 고개가 갸우뚱해졌다. 김의 틈을 박순주가 파고들었다.

"근데 어째 여글 왔당가? 쩌그 선착장 실성한 처자 맞제?"

박순주는 숫제 손가락을 빙글빙글 돌리며 미친 사람이라는 시늉까지 곁들였다. 인영은 금화 처자한테 보여준 박순주의 태도가 역겨웠다. 인영의 기억에 금화 처녀는 마음씨가 고운 사람이기 때문이었다. 박순주의 되바라진 말을 듣고 금화는 날카롭게 박을 쏘아보았다. 금화의 박을 향한 시선이 어찌나 날카로웠던지 박이 절로 시선을 거둘 정도였다. 이때, 금화가 박을 향해 알쏭달쏭한 말을 했다.

"그 짝은 제명에 못 살겠소. 아이그 시상에나 어찌 대낮에 급살을 맞는다냐……"

"뭐야 이 씨팔 년아? 미칠라믄 제대루 미치든가……"

금화의 툭 내던지는 말에 박순주의 표정이 급히 어두워졌다. 하지만 박은 환자들이 일제히 보는 앞이라 기죽지 않으려고 금화에게 쌍소리를 뱉어냈다.

"내가 어쩨 고것을 알 것소. 서낭신님이 그라고 가르쳐준께 허는 소리제라. 내 말이 틀린가 인자 보씨요. 급살을 맞아두 보통 급살을 맞는 거이 아니구만. 음메 시상에 무슨 징조까이, 어쩨 그짝 마빡에 칼날이 번뜩인다요……"

"아니 이런 씨팔 년이 터진 주둥이라구 함부루 입을 놀려댄다냐, 썩 저리 꺼져 쌍년아……"

"어이 물병 박씨, 공연한 소리 아닌 모양인디 너무 야박하게 쌍욕하지 말드라구……"

김창옥이 끼어들었다. 환자들 가운데 결절이 있는 사람은 습성이라 하여 물병이라 불렀고, 신경 환자는 건성이라 해서 깡병이라 불렀다. 환자들끼리 편안하게 이처럼 부르는 것을 불쾌하게 생각하지 않았다.

"뭐여, 지금 깡병 김씨가 나한테 시비 거는 것인가?"

"시비는 무슨 시비, 아 이치가 그러지 않냐고잉. 이 처자 말이 맹탕 틀린 말도 아닐 것 같은디……물병 박씨 목 따겠단 넘들 한 둘 아닌 거 모른당가?"

"이런 씨팔, 이쁜 인영이 키워서 잡아 묵을라고 하는 놈이 바루 너지?"

"아니 이런 씨방새가, 말이면 다여 좃같은 새키가……"

금화가 나타난 빨래터가 갑자기 싸움판이 벌어져버렸다. 인영이를 입에 올리며 입에 담지 못할 말을 뱉은 박순주의 옆구리를 김은 단숨에 발끝으로 걸어찼다. 옆구리를 걸어차인 박이 돌멩이를 집어 들어 김의 머리통을 내려치려 하자 재빨리 권종희가 돌멩이를 제압했다. 박과 권이 붙들어 싸우다가 김이 박과 난투를 벌였다.

그러다가 갑자기 싸움의 대상이 없이 자기들끼리 분에 못 이겨 치고 박고 난리가 나버렸다. 바깥에서 하던 습관들을 저당 잡혀 다들 몸이 간지러웠던지 판이 벌어지자 싸울 대상이 없는 자들까지 길길이 날뛰었다. 급기야 직원들이 득달같이 달려와서 채찍으로 제압을 했다. 환자들이 아무리 싸움에 능란해도 직원들은 결국 상대할 수가 없었다. 당장 직원들을 물리칠 수는 있다 해도 결국 저들의 채찍을 피할 처지가 아님을 모르지 않았다.

인영은 선착장에서 목격한 싸움 이래 이렇게 크게 벌어진 싸움을 접한 것은 처음이었다. 싸움의 중심에 자꾸 자신이 연관된 느낌에 마음이 편하지 않았다. 권종희와 김창옥은 비록 서로 힘겨루기를 은연중에 하고 있었지만 인영과의 인연 때문에 간극을 유지하고 있었다. 또한 김창옥은 유창한 일본어 실력으로 순임과의 소통이 누구보다 깊었다. 순임은 일본에서 음악학원에 다닐 정도로 일본어에 능통했기 때문에 이런 언어의 공통점은 둘을 더욱 소통하게 만들었다. 순임 역시 하나이 원장 죽음 이후 외로움을 느끼던 터에 김창옥의 존재를 통해 공허한 심경을 달래는 눈치였다.

인영은 모른 척 해도 순임과 김창옥이 남몰래 백사장에 나가 밤새도록 얘기를 나누고 들어오던 사실도 알고 있었다. 인영은 누구든 외로운 순임이 고모의 마음을 달래주는 사람은 좋은 사람이라고 생각했다. 김창옥은 선착장에서부터 인영에게 호의를 베풀어주고 힘을 북돋워 주었기 때문에 좋은 느낌을 지니고 있었다. 김창옥이 순임과 긴밀한 소통을 하는 사이임을 권종희 역시 모를 리가 없었다.

인영을 두고 힘겨루기를 하고 빨래 부탁을 하던 권과 김은 급기야 순임의 존재로부터 더욱 감정의 대립이 격해졌던 모양이었다. 더군다나 야자와 원장의 그림자처럼 행세하며 세력을 키우고 소록도에서 무소불위의 힘을 환자들 사이에서 행사하던 김의 태도에 대해 권은 은근히 이를 갈고 있었던 모양이었다. 인영을 중심에 두고 위험한 가족 같은 모습을 하면서도 순임을 중심에 두고 앙칼진 승냥이처럼 기회만 되면 물어뜯을 준비가 그들은 되어있는 사람들이었다.

이런 권과 김의 대립에 결정적인 순간이 다가왔다. 소록도 자혜의원 규정에는 어떤 경우에도 환자들은 밀주(密酒)를 담가서는 아니 된다. 그런데 북병사에 살던 경상도 두목 권종희가 남몰래 금지된 밀주를 담근 것이었다. 이런 사실을 김창옥의 부하가 알게 되었고, 김창옥은 이제야말로 권종희를 박살낼 수 있는 절호의 기회를 잡았다고 생각했다.

권을 뭉갤만한 기회를 호시탐탐 노리던 김은 권의 호사에서 밀주가 부글부글 끓기 시작한 시점을 잡아 일본인 직원에게 밀고해버렸다. 직원들이 댓바람에 권의 호사에 들이닥쳤고 권의 호사 아랫목에 부글부글 끓던 밀주를 발견하게 되었다. 야자와 원장의 신임을 받던 김창옥의 사주로 결국 권종희는 소록도에서 강제 퇴소를 당했다. 한데 권종희가 본부 직원들의 손에 이끌려 강제 퇴소를 당하던 날 김창옥 등 전라도 집단은 이를 자축하고 있었다. 사방에 하얀 눈이 덮여 소록도가 설국(雪國)처럼 화사하던 날 밤, 힘깨나 쓴다는 전라도 환자들 십여 명이 호사에 모여 여흥을 벌였다.

권의 부하 강갑수란 자가 이런 상황을 파악하고 있었다. 두목이 강제 퇴원 당해 속이 끓던 권의 부하 스무 남은 명이 일제히 몽둥이를 하나씩 들고 김창옥 일행이 여흥을 벌이고 있는 호사에 들이닥쳤다. 난데없이 몽둥이를 들고 습격한 권의 부하들과 김창옥 일행들은 순식간에 격투를 벌였다. 권의 부하들은 사정없이 몽둥이를 휘둘렀다. 사태를 간파한 김의 일행들은 먼저 등잔불부터 소등시켰다.

누가 누구인지 모를 좁은 호사에서 치고 패는 상황이 계속 되었다. 팔이 으스러지고 허리가 꺾이고 몽둥이가 서로 엇갈려 텅, 텅 부딪치는 소리가 들렸다. 비명을 지르는 소리가 하늘을 찔렀다. 싸움은 밤새 끝나지 않았다. 야자와 원장은 보고를 받고 직원들을 데리고 싸움을 진압하러 들이닥쳤다. 직원들의 채찍질을 당하고서야 싸움은 멈추는 듯 했다. 야자와 원장은 일단 경상도 집단을 신병사에 머물게 하고 직원들로 하여금 감시하도록 하고, 전라도 집단을 구병사에 머물게 하여 역시 감시토록 했다.

날이 밝은 뒤에 야자와 원장은 쌍방 대표들을 불러 화해를 종용했다. 그러나 화해는커녕 분위기가 더욱 살벌해졌다. 경상도 무리에서 김창옥 전라도 두목에 대한 강력한 질타를 요구하고 나섰기 때문이다. 경상도 부하들은 살아도 같이 살고 죽어도 같이 죽는다는 구호를 외치며 원장과 대치했다. 여기 참여한 경상도 환자들은 당시 백여 명에 육박했다. 이들은 전라도 김창옥을 당장 여기에서 퇴소시키지 않으면 죽음을 불사하고 싸움을 벌일 거라고 엄포를 놓았었다.

야자와의 그림자나 다름없었던 김창옥을 내치기란 쉬운 일이 아니었지만 경상도 집단의 반발은 뜻밖에 강력했다. 경상도 환자들은 분위기에 편승해서 녹동으로 밀고 나가려는 시위까지 벌였다. 이에 야자와는 하는 수 없이 김창옥 등 핵심 세력 4명의 퇴소를 결정했다. 외부에서 경찰 병력이 이들의 소란을 저지하기 위해 집결하고 나서야 결국 사태는 수습되었다. 핵심 세력 네 명의 퇴소와 함께 이들을 신처럼 추종했던 환자들 열다섯 명이 설득에도 불구하고 자진해서 이들과 동행 퇴원했다.

경전 싸움이 종말을 고하는 순간이었다.

인영은 이런 혼란을 통해 많은 심적 상처를 받았다. 인영을 아끼던 두 명의 청년이 빠져나간 자리를 공허함이 채우고 있었다. 더군다나 순임이 고모의 상처 역시 인영 못지않게 적지 않았다. 하나이가 죽고 겨우 마음을 추슬렀던 대상이던 김창옥의 퇴출은 순임에게 상처의 갈기마저 뽑혀나간 느낌이었다. 인영과 순임은 다른 때보다 더욱 의지하며 DDS가족의 끈을 돈독히 하고 있었다.

인영은 뜻밖에 김창옥의 퇴출로 상심이 크던 순임의 모습을 보고 놀라지 않을 수가 없었다. 인영이가 생각하는 이상의 관계인줄도 모른다는 생각이 불쑥 들었는데 인영은 불순한 생각은 하지 않으리라 작정하고 있었다. 왜냐하면 권과 김이 퇴출당한 이후 인영에게 한가하게 이런 생각을 가다듬을 마음의 여유가 없었다. 권과 김의 퇴출로 살판 난 박순주가 존재하고 있었기 때문이다. 박순주 역시 문둥병에 걸리기 전에 중등교육을 받은 사람으로 일본에서 생활한 경험이 있는 사람이었다. 나름대로 일본어에도 능통한 편이었고 박은 뜻밖에 부부끼리 입소한 환자였다. 부부가 같이 입소하여 병원 규정에 의거해서 별거를 하고 있는 상황이었다. 부부간의 만남은 철저히 통제 되었고, 면회를 원할 경우 철저히 직원의 통제 하에 이루어졌다.

박순주는 이런 상황임에도 은근히 여성편력이 강하고 물질에 욕심이 많은 사람이었다. 인영이와 DDS가족이 되고자 하였지만 권과 김에 밀려 한 차례 치욕을 당했고, 은근히 순임에게 관심을 지닌 터에 권이나 김 등과는 적대적이지 않을 수가 없었다. 상황이 이런 터에 권과 김이 빠져나간 시설에서 박의 기세는 하늘을 찌를 정도였다.

당시, 조선총독부는 한국의 나환자를 12,000명 정도로 추산하고 있었다. 그러나 부랑환자 등이 많아 실제로는 이를 훨씬 능가한 숫자였다. 그럼에도 나환자 수용능력은 매우 소수에 지나지 않았다. 소록도 자혜의원과 외국의 선교사들이 운영하는 요양소를 합쳐 겨우 2,500명 수용에 그칠 뿐이었다. 조선총독부에서는 이런 사실을 인식하고 있었기 때문에 나병의 근절이 최상의 식민정책임을 통감하고 조선총독부 위생과가 중심이 되어 나병환자 구제를 위한 대대적인 기금조성에 들어갔다.

평양에서도 조선총독부는 기금행사에 열을 올렸다. 도지사를 주축으로 평양공회당에서 음악회를 개최하여 기금을 조성했다. 경성에 본부를 두고 대대적으로 모금운동을 벌이기 시작했다. 경성에서는 요정의 여자 종업원들을 시작으로 산발적인 모금운동까지 벌어지는 상황이었다. 영친왕이 해마다 2만 원씩 나환자를 위한 기금으로 기부약속을 했고, 일본의 태후 역시 1만 원을 기부하면서 앞으로 2년 동안 매해 만 원씩을 약속했다.

조선의 나병 퇴치운동에 열을 올리면서 총독부와 관리들은 솔선하여 자금을 모았다. 관리들은 친척이며 지인들까지 기부에 끌어들였을 정도였다. 따라서 민간 기부자들도 속속 등장했다. 소학교에 다니는 학생들도 이런 운동에 동참하고 있었으며, 형무소에 수감된 수형자들까지 작업수당으로 저축한 돈을 할당해서 기부했다. 총독부에서는 이를 독려하기 위해 열성분자들에게 포상을 하고 관할 도청에서 포상 전달식도 거행했다.

조선의 나환자 퇴치를 위해 가장 열정을 가진 인물은 단연 경기도 위생과장 수호(周防正季)라는 사람이었다. 수호는 일본의 애지의전(愛知醫專) 출신으로 처음 경기도 위생과에 발령을 받았다. 그는 경기도에서 마약중독자 퇴치로 업적을 쌓았고 위생에 있어서 탁월한 공적을 세운 인물이었다. 그는 특히 일본 애지현의 야간학교를 다니면서 건축, 설계, 제도 등 다양한 기술을 습득한 사람으로 명예욕이 강하고 승부욕 역시 강렬한 사람이었다.

수호는 조선의 나병 퇴치에 남다른 욕망을 지니고 있었다. 당시 전남 위생과장이던 후배 요시오까(吉岡貞藏)에게 은근히 청탁을 넣었다. 조선에서 나 요양소 건립을 전부 자신이 하고 싶다는 의지를 보이면서 요시오까에게 총독부에 건의하도록 양해까지 구했다. 이를 바탕으로 요시오까는 정말 총독부에 나 요양소 건립과 퇴치의 전반을 수호한테 맡겨보는 것이 어떻겠냐는 간청을 의뢰했다. 이를 계기로 수호는 소록도 자혜의원 4대 원장에 취임하게 되었던 것이다.

수호가 소록도에 첫발을 딛는 순간 소록도는 새로운 역사의 장이 되기 시작했다. 소록도는 이제 요양소가 아니라 수용소에 다름 아니었다. 환자들은 지금까지 그래도 힘이 들었지만 수호의 시절은 일본 치하에서 조선인이 받는 유린과는 차원이 달랐다. 원생들은 누구나 인간으로 취급받지 못하고 노예처럼 취급 되었다. 노예만도 못한 벌레라고 자탄하며 스스로 소나무 등에 목을 매는 환자들이 늘어나기 시작했다.

이런 수호의 등장에 가장 고무된 사람은 환자들 중에 여전히 막강한 힘을 행세하고 있던 박순주란 사람이었다. 박은 수호 이전에도 다른 환자들과는 차별된 능력 즉 통역이 가능한 자로 군림하며 환자들 사이에서 남다른 권세를 부렸다. 박은 철저히 일본 측 편에 서서 환자들을 통솔하는데 가담했고, 소수의 환자 대표단을 꾸려 환자들의 의견을 수렴하는 데 앞장섰다. 그리고 의견이 통합되지 않을 시에 은근히 엄포를 주고 폭행까지 마다하지 않았다. 진작부터 박순주의 태도에 반감을 사던 원생들인데 더욱 박에 대해 반감은 고조되었다.

인영은 박의 기승에 마음이 불편했다. 박은 호시탐탐 인영과 순임에 대해 가탈을 부렸다. 권과 김이 있을 때에 당했던 수모를 되갚아주려는 듯이 박은 기회를 노렸다. 인영과 순임을 넘보는 것은 물론 고의적으로 수렁에 빠트릴 작정을 하고 있었다. 철저히 일본의 편에 서서 환자들을 부렸고, 나름대로 환자들을 밟고 호사를 누렸다. 수호가 소록도 자혜의 원에 4대 원장으로 부임하는 순간부터 인영과 순임의 치욕적인 날들이 시작되었다. 그네들뿐만 아니라 소록도의 모든 환자들은 수용소에 갇힌 하나의 노예에 다름 아니었다.

제8장

DDS가족

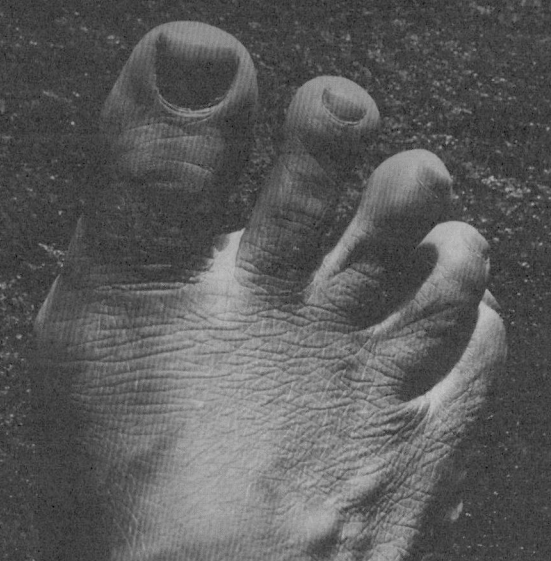

수호(周防正季) 원장은 야심이 크고 명예욕이 강한 사람답게 부임과 동시에 추진력을 발휘하기 시작했다. 그는 전체 환자를 운동장에 집합시키고 일장 훈시를 했다.

"내 첫째 목표는 확장이오. 이 소록도노 세계 제일에 나 요양소가 될 거무니다."라고 포부를 밝혔다. 수호가 부임할 당시 소록도에 입소한 환자는 총 1,200여 명에 육박했는데 수호는 가장 먼저 이들 가운데 10여 명을 환자 대표로 선출했다. 수호의 지시나 공지 사항은 이들에게 먼저 전달되었다. 수호가 이들에게 강력하게 전달한 공지 사항은 처음에는 일견 타당한 것처럼 보였고, 말대로라면 소록도에 천국 같은 환자들의 보금자리를 당장 만들어줄 것만 같았다.

"우리가 유랑생활을 할 게 무어냐? 가족들마저 우리 때문에 동네에서 괄시를 받고 살지 않느냐?"

하고 환자 대표들을 모아놓고 수호가 훈시를 하면 대표들은 각자 담당한 환자들을 모아놓고 그대로 전달했다.

"수호 원장님 말씀 들어본께 틀림없이 맞는 말이더만. 우덜이 그동 안 얼마나 박해도 받구 멸시두 받아왔는가 말여. 하니께 우리가 여기에 낙원을 만들어서 가족들한테 누 끼치지 말고 살면 얼마나 좋겄냐 말여 잉."

말인즉슨 틀림없는 말이요 결코 빈말이 아니었다. 여기 입소한 원생들 중에 가족들의 품을 떠나면서 가족으로부터 혹은 마을로부터 버림받고 쫓기듯 잡혀 들어온 기억이 없는 사람은 없을 것이었다. 그래서 수호의 강력한 의지에 입을 모아 박수를 보냈고, 대표들의 전달에 동의했던 것이다. 대표들의 설득에 감동을 한 나머지 적극적인 협력을 다짐했다.

하지만 원생들에게 기다리고 있는 것은 혹독한 노동이었다. 나환자 3천여 명을 수용하겠다는 당찬 계획까지 세운 수호는 부임과 동시에 환자들을 노동에 동원했다. 누워있는 중증 환자들조차 일할 거리를 모색한 사람이 바로 수호였다. 수호는 시설 공사의 비용을 절감하기 위해 원생들의 노동력을 완벽하게 이용했다. 섬 안에서 벽돌 제조에 적합한 흙을 발견하고, 가마를 만들어 직접 원생들로 하여금 벽돌을 굽도록 했다. 원생들의 피땀으로 만들어진 벽돌은 품질이 최상이었다.

소록도 해안에는 당시 콘크리트 재료에 적합한 사토가 엄청나게 매장되어 있었다. 수호는 벽돌제조 방침까지 마련하여 벽돌을 제조했다. 벽돌이나 토관, 콘크리트 제품 등은 직접 내부에서 자급하고 목재 등 다른 건축자재는 원산지에서 저렴하게 들여왔다. 이를 시작으로 소록도 원생들의 노동력 착취의 시발점이 되었던 것이다. 하나이나 야자와 때도 노동은 있었지만 수호처럼 잔인하지 않았다.

인영은 수호가 부임한 이후 순임과 더불어 혹독한 노동에 시달리고 있었다. 그녀들뿐만 아니라 소록도의 거의 모든 원생들은 노예와 같은 생활이 전개 되고 있었다. 새벽 4시에 기상해서 벽돌을 찍기 위해 해안 뒤쪽에서 진흙을 퍼서 이고 왔다. 작업현장에서 중앙 운동장까지 상당히 멀었다. 팔과 다리 그리고 온 몸이 성치 않은 몸으로 원생들은 밥 먹는 시간을 제외하면 하루 종일 일만 했다.

환자들은 누구 가릴 것 없이 모두 힘들었기 때문에 다른 누군가를 위로할 여유조차 없었다. 흙을 퍼서 담아 머리에 이고 와서 흙벽돌 제조기에 넣어 벽돌 모양을 만든 다음 굴뚝에서 항상 연기가 솟고 있는 벽돌공장으로 이동했다. 벽돌공장에서 벽돌을 구워낸 다음 나온 것을 선창가까지 이고 매고 이동했다. 새벽 별을 보고 나와 저녁에도 별을 보고 집에 들어왔다. 일한 대가(代價)로 일정액의 급여를 받았지만 형식에 지나지 않았다. 급여에 비해 몸으로 겪는 고통은 하루하루가 지옥 같았다. 손과 발, 등에 결절이 있거나 신경 이상으로 장애를 지닌 원생들이 하루 종일 무거운 벽돌 틀을 만지며 실랑이를 했다. 아예 한꺼번에 두 장의 벽돌을 찍을 수 있도록 고안한 성형 틀은 거의 60여 킬로에 육박해서 환자들에게 엄청난 부담이었다.

하루 종일 끊어지는 허리를 굽혔다 폈다 씨름하며 채찍과 폭행을 당하면서 일하다 집에 돌아오면 다시 일이 기다리고 있었다. 다름 아닌, 가마니를 치는 일이었다. 특히 몸에 장애가 커서 바깥일을 못하는 환자들은 가마니를 치도록 했다. 가마니 치기 역시 결코 만만한 작업이 아니었다. 몸 상태가 좋은 원생들도 밤에 다시 가마니 치는 과업을 할당 받았다. 수호는 부하인 사또〔佐藤三代治〕라는 간호주임(혹은 간호장)을 데리고 환자들의 일을 독려했다. 사또는 일본 놈들 중에서 가장 악독한 사람이었다. 일을 하면서도 사또라는 간호장이 주변에 오면 몸을 부르르 떨었을 정도였다. 사또는 그 만큼 환자들을 노예처럼 악독하게 부려먹었다. 사또의 손에는 환자들을 억압할 채찍이 기계처럼 대롱거리고 있었다.

가마니 치기는 주로 2인이 1조가 되어 작업을 했다. 가마니틀에 씨줄과 날줄로 가마니를 치는데 짚을 다듬어 새끼를 꽈서 이것을 가마니틀에 고정시킨 다음 다른 한 사람이 볏짚을 갈고리를 이용해 날줄 사이로 잽싸게 잡아당기면 다른 사람이 재게 바디를 내려친다. 찰카닥 찰카닥 하고 호사마다 가마니 치는 소리가 밤새도록 끊이지 않았다. 특히 추운 겨울밤에는 새벽까지 가마니를 치는 소리가 슬프게 들렸다. 환자 사람 당 가마니 몇 개, 하는 식으로 분량을 정해주면 할당량을 완성하기 위해 허리가 끊어질 정도로 열심히 가마니를 쳐야 했다. 인영이가 아무리 평양에서 부유한 강 초시네 딸이었어도 소록도에서 예외란 어느 누구도 없었다. 원생들은 죽을 정도로 힘이 들지만 참아내며 벽돌을 찍고 가마니를 쳤다. 원생들은 결코 인간이 아니요, 치료받아야 하는 환자도 아니었다. 다만 노동을 하기 위해 소록도에 붙들려 온 노예였고, 기계에 다름 아니었다.

이렇게 환자들의 피와 땀으로 완성된 벽돌은 일본에 수출까지 했다. 원생들의 결과물로 소록도에서 시설을 짓는 작업도 있었지만 품질이 뛰어났기 때문에 일본에 보내졌다. 당시 도저히 견딜 수가 없던 환자들은 약을 받아 복용하지 않고 병이 도져 죽기를 바랐을 정도였다. 가마니 짜는 새끼에 목을 매다는 환자도 발생했고, 야산의 나무에 목을 매는 환자도 발생하게 되었다. 그렇다고 노동의 강도가 약해진 것은 하나도 없었다. 새벽부터 작업에 매달리다 아침을 먹고 오전 작업을 끝내고 잠시 숨을 고르면 득달같이 호루라기를 불었다. 호사 앞에서 일본 놈들과 환자들 대표들이 돌아다니며 빽, 빽 소리를 질렀다.

몸이 불편한 환자들은 할당량을 채우지 못해 채찍을 맞아야 했다. 벽돌도 마찬가지고 가마니 역시 마찬가지였다. 인영은 권종희와 김창옥 등 DDS가족이 출소한 뒤라 누구의 도움도 받지 못했다. 인영이 뿐만 아니라 순임 역시 마찬가지 입장이었다. 특히 인영과 순임을 노리던 환자 대표 박순주의 다그침은 더욱 힘들도록 했다. 박은 인영과 순임에게 부러 많은 할당량을 부과했고, 밥 먹고 쉬는 시간조차 틈을 주지 않았다.

　인영과 순임은 쓰러지기 직전으로 인영은 수호 원장 부임 이후 시간이 흐를수록 몸이 만신창이가 되어 가고 있었다. 순임 역시 결절이 생기고 얼굴에 반점도 생겼다. 평소 백사장을 거닐며 불렀던 노래는 엄두도 내지 못했다. 바깥출입까지 철저히 감시를 당했다. 워낙 힘이 들어 목매 자살을 하는 사람도 늘고 헤엄을 치다 녹동 앞바다 못 미쳐 지쳐서 잡히는 경우도 있고 그대로 바다에 수장되는 경우도 있었다. 어느 날, 보이지 않은 사람은 목을 매달아 죽었거나 바다 건너 탈출하다 죽었거나 붙들려서 맞아 죽었거나 하던 사람들이었다.

　수호는 부임하자마자 1회에 10만 장을 생산할 수 있는 벽돌 제조공장 건설에 착수했을 정도였다. 벽돌 공장은 3개월 만에 준공되었으며, 벽돌 제조에 서툴러서 처음에는 중국인 연와공을 고용하여 기술을 습득하도록 했다. 수호 원장은 소록도의 확장에 모든 에너지를 쏟아 부었다. 수호는 구북리를 비롯 남병사, 동병사 등 3개 부락에서 일을 할 수 있는 환자들을 하루도 빠짐없이 공사장에 출역토록 했다. 환자들은 3전에서 5전의 급여를 받고 노예처럼 공사현장에 투입 되었다. 벽돌 공장에서 환자들의 피와 땀을 먹고 생산된 벽돌은 속속 환자들의 새로운 병사로 건립되었다. 환자들은 자신들의 낙원을 자신들의 손으로 건설한다는 달콤한 말에 빠져 손이 떨어져나가고 발가락이 떨어져나가는 것을 눈 번히 뜨고 목격하면서도 일을 멈출 수가 없었다.

수호가 계획한 대로 공사의 진척은 순조롭게 열렸지만 워낙 지형이 언덕과 구릉으로 열악해서 환자들의 허리가 꺾일 수밖에 없었다. 외부에서 들여온 자재들은 하치장도 없는 선착장을 통해 하역되었기 때문에 하역에만도 엄청난 고통을 분담해야 했다. 선착장에서 자혜의원으로 연결되는 도로는 도보로만 가능한 통행로 하나였다. 수호는 이에 나예방협회에 의뢰해서 직영으로 시설공사에 착수했고, 하치장 공사도 빠른 시일 내에 마쳤다.

수호는 통신 시설 없이 확장 공사를 완성하기 어렵다는 것을 깨닫고 녹동 우편소에서 자혜의원까지 해저 및 육선 설비로 전화를 가설하기로 하여 6개월 만에 개시했다. 소록도 사무 본관에도 교환기를 설치해서 33대의 전화까지 가설하였다.

소록도 확장 공사에 노예처럼 투입된 환자들의 손에 의해 벽돌이 제조되고, 외부 자재가 하역되었으며, 골재 등도 운반되었다. 도로를 개설하는 데나 도배 등을 하는 데도 환자의 품이 전적으로 활용되었다. 관사 지대를 지을 때는 외부에서 투입된 전문 기술자와 수백 명의 인부들이 현장에 천막을 치고 합숙했다. 당시 환자들이 생산한 적벽돌은 4백만 장이 넘었고 시멘트 벽돌도 2백 70만 장이 넘었다.

토관은 1만 3천여 개를 넘었고 연간 동원 인원이 9만 8천 여 명에 육박했다. 당시 만들어진 병사가 동생리와 중앙리였다. 특히 중앙리의 연립식 병동은 중앙을 가로지르는 복도를 중심으로 좌우로 13개의 병동을 시설했다. 총 162개의 병실을 지어 각 마을에 산재해 있던 중증 환자와 지체 부자유 환자들을 일괄 수용했다. 당시에는 관사지대가 서생리에 있었는데 서생리를 병사지대로 편입시키고 직원들은 신축 관사지대로 이동하도록 했다.

　인영은 숙소에서 잠이 들기 전에 순임과 같이 끌어안고 울었다. 같은 호사를 사용하던 다른 원생들도 잠이 들기 전에 흐느낌이 잦아졌다. 인영은 몸이 크게 축나서 기력이 다해 일에 빠지는 경우가 많았다. 인영의 몫이 남아 있을 때는 누군가 인영의 몫을 해내야 할당량이 완성되었는데 순임 역시 몸이 많이 망가져서 인영을 돕기에 어려운 여건이었다. 인영은 틈만 나면 죽을 생각을 하게 되었다. 인영과 순임에게 반감을 가지고 있던 박순주는 간호장 사또를 앞세우고 인영의 호사에 들이닥쳐 다그쳤다. 박순주는 당시 가장 원생들의 반감을 사는 인물이었다. 일본 놈들 앞잡이를 하며 같은 환자들에 채찍을 가했다. 인영은 마음속으로 박을 향해 벌을 받으라고 항상 호사에서 기도했다. 인영의 이런 기도가 하늘에 닿았는지 박순주는 정말 벌을 받기 시작했다. 왜냐하면 박의 눈이 멀어지기 시작했던 것이다. 하지만 박의 눈이 멀어도 그의 행동은 달라지지 않았다. 환자들 앞으로 할당된 쌀이나 보리, 여드레에 한 번 나오는 쇠고기, 돼지고기 등을 중간에서 떼어먹었다.

　박은 이런 수법으로 제법 살기가 나아졌는지 수호 원장한테 부부가 함께 수용된 환자들에게 가정제도를 허용해 달라고 간청했다. 부부지간의 정을 강제로 격리하는 것은 천륜을 가로막는 처사라고 수호를 설득했다. 환자들의 원성이 높으니 바깥 나환자 요양소에서 허용한 것처럼 가정을 일굴 수 있도록 해달라고 애원했다. 하지만 수호는 아직 시기상 적절하지 않다며 단호히 거절했다. 부부환자들의 지속적인 건의에 힘을 입어 부부끼리 가정을 일굴 수 있도록 허락한 것은 몇 년 뒤였다. 일반인이 내연관계로 인정한 환자, 호적상의 부부인 환자, 각 병사지구의 사장(舍長)이나 유력한 인사가 인정하는 경우 등의 조건이 붙었고, 특히 이런 요건을 구비한 자라 하더라도 반드시 남녀 공히 단종수술(斷種手術 :정관수술)을 실시해야만 했다.

인영은 스스로 바다에 몸을 던질 생각도 해보았지만 죽지 못했다. 소록도에 환자들을 위한 교회가 진작 생겼지만 인영은 교회에 나가지 않았다. 수호가 부임한 이후 고달파서 여러 번 목을 매달아 죽을 생각도 했지만 우연히 교회에 순임을 따라 갔다가 부모한테 물려받은 몸인데 마음대로 죽으면 죽어서도 지옥에 간다는 말을 듣고 덜컥 겁이 났다. 당장 사는 것이 지옥 같아서 지옥을 떠나기 위해 죽으려는 것인데 불지옥에 떨어진다는 말을 들으니 그런 생각이 싹 달아나버렸다.

수호 원장 시절에는 매월 1일과 15일에 모든 환자들은 신사참배를 하도록 강요당했다. 일본인들이 모시는 신 앞에 참배해야 하는 것이었다. 환자들은 쉽게 일본 신사 참배에 대해 동의하지 않았다. 인영 역시 이런 강요 때문에 고통을 느끼고 있었다. 순임은 하나님을 믿는 기독교인이기 때문에 더욱 신사참배를 받아들이기 어려웠다. 신사참배를 거부하면 당장 채찍을 맞아야 했고 혹독한 고문을 당해야 했다.

망가진 몸으로 비틀거리며 하루 종일 중노동을 하고 밤에 역시 가마니를 짰다. 거기다가 애국반 회의니 시국강연회니 하는 모임에 불려 다녔다. 몸은 녹초가 될 대로 녹초가 되고 있었다. 벽돌을 굽고 가마니를 짜는 일에 송진 따는 일도 추가 되었다. 송진 채취뿐만 아니라 숯을 굽는 일에도 동원되었다. 토끼를 잡아 껍질을 벗겨 토끼가죽 역시 제조했다. 산채로 토끼를 잡아 껍질을 물로 말끔히 씻은 다음 햇볕에 말려서 가죽을 다지면 그 가죽으로 다양한 제품을 만들 수가 있었다. 주로 토끼 가죽은 일본으로 수출했다.

상황이 이렇게 되자 환자들의 불평불만은 한없이 높아만 갔다. 그 무렵에 인영은 녹동 우체국으로부터 전달받은 한 통의 편지를 받았다. 평양 집에서 인영에게 보내온 편지였는데 인영은 편지를 받아들자 가슴이 두근거렸다. 소록도에 입소하면서 마음속에서 완전히 지워버린 것이 있다면 당연히 가족에 대한 것이었다. 소록도에 입소하니 환자들이 모두 가족들을 원망하는 경우가 많았다. 가족의 사랑도 받지 못하고 종내 가족의 버림을 받아 소록도에 내몰리듯 붙들려 왔다며 신세한탄들을 했다.

인영 역시 가족이 원망스러운 것은 마찬가지, 하지만 마음속에 원망하려고 생각도 하지 않았다. 가족과 이별할 때 흘린 가족들의 눈물을 인영은 보았기 때문에 그런 눈물로 충분히 위로를 받았다고 생각했다. 문둥병에 걸린 몸으로 가족의 사랑을 기대한다는 것 자체가 어울리지 않았다. 그런데도 막상 집에서 보낸 편지를 받게 되니 순간적으로 가족의 품이 그립고 옛날 생각이 간절히 떠올랐다.

인영은 소록도 시설에서 사는 자체가 힘이 들어 가족을 생각할 겨를도 없었지만 설령 겨를이 있더라도 가족에 대한 미련은 진작 버렸었다. 한데 어째서 이렇게 편지를 개봉하는 손이 이렇게 떨리는 것인가? 가족들은 다들 잘 계시겠지? 부모님도 건강하고 인후 오빠 역시 잘 지내겠지? 지석 오빠 얘기도 편지 속에 담겨 있을까? 이런 복잡한 생각을 하며 인영은 떨리는 손으로 편지를 뜯었다. 아아……편지는 인후 오빠가 인영에게 보낸 것이 분명했다. 인영은 갑자기 흘러내린 눈물을 옷소매로 훔치며 읽어 내려가기 시작했다. 인영은 편지의 첫머리를 읽은 다음 마음을 가다듬었다. 인영아, 인후 오빠야. 그동안 치료 잘 받고 있느냐? 하며 서두를 작성하고 있었다.

하지만 인영은 편지의 서두를 읽은 다음 호흡을 몰아쉬지 않으면 안 되었다. 할머니가 돌아가셨다는 부음에 관한 내용을 보았기 때문이다. 편지에서 인후는, 할머니가 인영이를 소록도에 데려다 주고 평양 집에 돌아온 이후 아프기 시작해서 얼마 안 되어 자리보전 하고 눕더니 그만 돌아가셨다고 적고 있었다. 인영은 뺨에 뜨거운 눈물이 펑, 펑 흘러내린 것을 훔칠 새도 없이 다시 한 번 정신이 아득해질 뿐이었다.

할머니의 부음에 이어 아버지의 부음 역시 인후는 또박또박 적고 있었기 때문이다. 인영아, 할 수 없이 아버지의 부음도 전한다. 잘 새겨두 어라. 이렇게 인후 역시 마음을 가다듬듯 차분히 아버지의 부음을 적고 있었다. 아버지는 총독부 평양부에서 일본 관리들이 나와 집을 빼앗는 과정에서 저항하다 죽었다고 적고 있었다. 일본 놈들한테 집을 빼앗기 고 평양 외곽으로 나와 어머니 모시고 살고 있으며, 가족의 혈통을 잇기 위해 얼마 전 의주 사는 고모의 중매로 참한 여자와 혼인해서 슬하에 아들 하나를 두었다는 말도 적고 있었다.

홀쩍 지나가버린 세월이 이렇게 한순간에 인영의 곁으로 득달같이 다가와서 발목을 붙들고 울어대는 형국이었다. 인영은 울음이 배꼽 근 처에서 분출해서 명치를 막고 가슴을 막고 이내 숨통까지 막고 있다는 것을 느꼈다. 인후는 어머니의 소원이 평양을 떠나 인영이가 있는 녹동 에서 살고자 하는 것이라며 조만간 녹동에 집을 구할 수 있는 여비를 마 련해 어머니를 대동하고 일간 다녀올 것이라는 말을 덧붙였다.

그리고 추신, 하며 적은 내용 역시 인영을 충분히 놀라게 하고 있었 다. 편지 뒷장에 덧붙인 내용은 지석에 관한 소식이었는데 지석이 일본 순사와 싸움을 했다는 죄로 평양 형무소에 수감된 지 1년이 넘었다고 적고 있었다. 인영은 짧막한 편지에서 가족들의 근황과 지석의 근황에 대해 충분히 짐작할 수가 있었다. 어머니 정씨가 인영의 곁으로 온다는 말에 인영은 공연히 울음이 쏟아졌다. 인영의 편지를 순임이 몰래 읽고 밤새 둘이 끌어안고 울었다.

"인영아, 힘을 내라. 절대 딴맘 먹으면 안 된다. 세상에 인영이가 얼마나 보고 싶으면 엄마가 녹동에 와서 사실 생각을 했다니……쯧, 쯧……."

"고모, 할머니도 돌아가시고 아버지도 돌아 가셨다네요."

"인영이 여기 데려다 주시고 할머니 힘드셨을테지……"

순임이 인영의 등을 토닥여주었다.

"고모, 인영이가 죄를 받은 거야요. 아버지까지 돌아가신 걸 보면 인영이 죄를 받은 거 맞다요."

인영은 속에서 바윗덩이 같은 울음이 터져 나왔다. 바윗덩이는 그대로 배꼽에 얹히더니 가슴을 짓누르고 숨을 턱 막히게 만들었다.

"나라 잃은 설움이야. 나라를 빼앗겼으니 일본 놈들 한테 집두 빼앗기구……"

"고모, 우린 언제까지 수호 원장 밑에서 뼈 빠지게 일만 해야 하우?"

"에그 누가 알았니? 조선이란 나라는 잊혀지는 거이야. 이렇게……"

"난 사또 간호장 꼴두 보기 싫우. 어제 채찍으로 다섯 번을 얻어 맞았어요."

"죽일 놈들, 인영아 어디 등 좀 보자."

인영은 순임에게 상의를 벗어 등을 보여주었다. 인영의 등짝에 빨간 줄이 실타래처럼 돋아 있었다. 사또의 채찍에 맞아 피가 돋은 것이었다.

"아이 에그나, 이 피멍 든 것 좀 보라. 쳐죽일 놈들……"

인영의 상처를 감싸주면서 순임은 울었다. 인영이 순임의 어깨를 이번에는 다독거려주었다. 이렇게라도 같이 가족이 되어 끌어안고 잘 수 있어서 그나마 인영에게 위로가 되었다. 인영은 밤새 잠을 이룰 수가 없었다. 할머니, 아버지 생각을 하면 공연히 눈물이 흘렀다. 인후 오빠 생각을 하면 당장 평양에 달려가 올케도 만나보고 조카도 만나보고 싶었다. 엄마가 정말 녹동으로 내려올 수 있을까? 인영은 꿈에라도 엄마의 얼굴을 보고 싶은 적이 수도 없이 많았다. 가족을 잊으려고 해도 꿈속에 나타나는 가족의 모습까지 외면하기 어려웠다. 정말 엄마를 보고 싶은 마음 간절했다. 그러다가 문득 지석 오빠 생각을 하면서 슬픔에 복받쳤다. 지석은 어쩌다가 일본인과 싸워 형무소에 끌려가게 되었을까? 지금 지석은 어디에서 무엇을 하고 있을까? 날이 밝을 때까지 인영은 잠을 이루지 못했다. 한숨도 잠을 자지 못하고 수호의 천국을 위해 일터로 나와야 했다.

수호는 항상 훈시 때면 "나는 이 섬에 뼈를 묻을 각오로 왔수무니다." 하고 특유의 음성과 제스처로 환자들에게 강조했다. 환자들의 노동을 독려하는 말이었다. 수호가 부임한 몇 년 뒤에 소록도 자혜의원은 총독부의 칙령에 따라 조선총독부가 관리하는 국립 나 요양소가 되었고 명칭도 소록도 갱생원으로 개칭되었다. 이에 따라 수호에게 부여한 권한도 막강해져서 수호는 마음만 먹으면 죽일 수도 감금할 수도 있는 막강한 권한이 부여되었다. 상황에 따라 환자를 60일까지 감금할 수 있는 권한까지 주어졌다.

그럴 것이, 당시 소록도 갱생원 원생들은 빨간 벽돌로 특별한 건물을 짓는데 동원되고 있었다. 수호가 부임한 이후 야심차게 밀어붙인 1차 확장공사의 막바지에 이르고 있었다. 환자들은 빨간 벽돌을 끊임없이 본관 뒤쪽에 짊어지고 머리에 임을 이듯 날랐다. 유난히 붉은 H형의 건물은 고압적이었다. 환자들은 자신들의 손으로 빚은 붉은 벽돌로 높이 담을 쌓기 시작했다. 그런데 손수 구워서 만든 빨간 벽돌로 높이 뺄은 담벼락을 따라 들어가니 작은 방들이 올망졸망 줄을 지어 있었다. 환자들은 방이 아늑하고 예쁘다고 말하면서, 이게 누가 생활하는 방이냐 물었지만 아무도 알 수가 없었다.

환자들은 시키는 대로 벽돌을 나르고 시키는 대로 잡역을 했을 뿐이다. 그런데 시간이 흐를수록 방의 윤곽이 이상했다. 방의 한쪽에는 이상하게 재래식 변기 같은 것도 설치하고 더군다나 바람벽에는 쇠창살을 둘러치는 것이었다. 아니 누굴 잡아다 가둘려구 이런 쇠창살이라냐, 하면서 환자들은 농담처럼 지껄였지만 나중에 드러난 것은 이 건물이 바로 환자들을 잡아 가둘 수 있는 감금실이었던 것이다. 감금실 방은 열 개를 넘었는데 옆에는 시체를 해부할 수 있는 해부실도 있고, 그 옆에는 단종대(斷種臺:정관수술대)가 놓일 자리였지만 당시에 일하는 환자들은 이를 전혀 눈치 챌 리가 없었다. 또한 구북리 산기슭에도 음습한 건물이 여러 동 들어섰다. 바로 소록도 형무소였다. 광주형무소 소록도 지소의 명목으로 소록도 내에 삼엄한 형무소까지 설치되었던 것이다.

소위 수호 원장 부임 이래 소록도에는 1차 확장공사가 시작되어 약 1년 여 동안 환자들의 노동을 집중적으로 동원해서 빠른 시일에 마무리 되었다. 당시 경무총감, 경무국장, 위생과장 등이 참석하여 성대하게 낙성식을 치렀다. 원생들의 피와 땀과 눈물로 이룩한 훈장과도 같은 업적이었다. 1차 확장공사 기간에 죽어나간 환자들이 셀 수 없이 많았고, 손과 발이 얼어서 떨어져 나간 사람도 수없이 많았다. 노력 동원의 중심에는 당연히 수호 원장이 있었으며, 수호의 시중을 들던 사또 간호주임의 채찍과 악랄한 폭력이 공사의 기간을 앞당겼다. 이들의 계획에 앞장

서서 환자들 사이에 절대적인 권력을 행사하던 인물이 또한 환자 대표 박순주였다. 박은 병이 도져 시력을 거의 잃은 상태에서도 욕심을 부리 면서 일본 놈들 앞잡이 노릇을 톡톡히 하고 있었다. 또한 조선인 직원 오순재와 송희갑 역시 그들의 시녀처럼 행동하며 원생들을 괴롭히는 자들이었다.

1차 확장공사를 통해 병사를 확보한 수호는 전국에 흩어져서 치료를 받거나 부랑하고 있는 환자들을 1천여 명을 공수 받았다. 그래서 1935년 말경에는 소록도 갱생원에 입원한 환자가 4천여 명에 육박했다. 외부 환자들을 공수 받을 때 원생들은 모두 동무들의 입원을 축하하기 위해 들어오는 입구에 서서 노래를 부르며 박수를 쳤다.

오너라 동무야 눈물을 씻고서
머리를 들어라 은혜가 넘친다
이제야 왔도다 지혜의 동산에
우리의 신천지 같이 개척하세

병을 나아 보겠다고 소록도에 자원해서 들어온 사람도 있겠지만 대부분 총독부 순사들한테 붙들려 오는 환자들이었다. 더러 나환자 집단에서 부랑하며 떠돌던 환자들도 있었다. 인영은 입소하는 원생들 환영회에서 할머니를 정성껏 버스에 태워주던 청년 이동(李東)을 만나게 되었다. 문득문득 잠을 이루지 못할 때 떠올랐던 고마운 얼굴이 바로 이동이었다. 이동이란 청년은 인영의 생각보다 늦게 소록도에 입소한 것이었다. 왜냐하면 지난날에 이동은 어머니 병환 때문에 돌아가시면 장례라도 치른 후에 입소한다는 말을 얼핏 했던 기억이 있기 때문이다. 이동이란 키가 껑충한 청년을 다시 소록도에서 만나게 되니 인영은 새로운 감회가 되살아났다. 이동은 중앙리 병사에 입소했다. 이동은 눈썹이 없고 얼굴이 한쪽으로 약간 일그러졌지만 크게 불편해 보이지는 않았다. 이마에 박힌 검정 사마귀와 사람 좋은 인상은 여전해 보였다. 인영은 이동을 만나 얘기를 나눌 기회가 있어 이런저런 얘기를 나눌 수가 있었다. 이동은 할머니 안부를 물었고, 인영은 할머니가 돌아가셨다는 편지를 평양의 오빠로부터 얼마 전에 받았다고 대답했다.

"오메, 고운 할매가 돌아가셨구만잉. 어쩌까 우리 인영이 맘 아파서, 아따 인영이 많이 커서 인제 혼인해도 되겠는디……"

"아냐요, 아저씨. 한데 어째 이렇게 늦게 입원 했습네까?"

"쪼깐 그런 일이 있었구만잉. 울 엄니는 진작 돌아가셔가꼬 장례 다 치르고 여게 고향 떠난 지도 오래 되었이야. 근디 여그서 인영이 본께 정말 겁나게 반갑다이."

"예, 나두야요, 아저씨."

"인영아, 우리가 보통 인연은 아닌디 아저씨가 뭐라냐? 그냥 삼촌이라 해라. 뭐 듣자니까 DDS가족이라는 것두 있다등만……"

"예, 그렇게 하갔시오, 삼촌."

인영은 이동이란 청년이 남처럼 여겨지지 않았다. 가장 힘든 시기에 따뜻한 가슴으로 할머니와 인영이를 대해주던 사람, 이렇게 보게 되니 정말 가족을 만난 듯이 기뻤다.

"오메 삼촌 소리 들응께 겁나게 좋아부네. 인영아, 어떤 놈이 널 힘들게 하는 놈 있으면 삼촌한데 말해라이. 내가 목이 달아나도 우리 인영이 지켜줄텐께……"

"호호호, 아이 이동 삼촌 보니 좋아라. 삼촌, 빨래 인영이가 해줄게

요."

"아녀 인영아, 너 힘들지 않냐? 몸이 많이 상했구만이, 얼굴은 그래도 젤로 이쁘다……"

"아이 삼촌두……"

인영은 이동으로부터 저간의 일들을 전해 들었다. 이동은 어머니 장례 이후 전국을 떠돌았다고 했다. 고향에서 지척인 소록도에 들어오지 않은 것은 소록도에 들어가면 얻어맞고 하루 종일 일만 한다는 소문을 은근히 들었기 때문이었다. 이동의 어머니는 죽을 때에 이동에게 반드시 후사를 보라는 유언을 남겼다고 했다. 이동은 그래서 병이 낫는다면 여자를 얻어 반드시 아들을 낳아야 한다고 힘주어 말했다.

인영은 이동과의 인연으로 이동과 같은 중앙리 마을 대표를 맡고 있는 이길용이란 사람과도 가족처럼 가까운 사이가 되었다. 이길용은 전북 순창 사람이라 했는데 손가락이 달아나고 없을 정도로 심한 상처를 지니고 있었다. 이동과 이길용이 같은 마을에 입소해 가깝게 되면서 자연스럽게 인영과도 가깝게 지낼 수가 있었다. 순임과도 자주 기회가 되어 어울릴 수가 있었기 때문에 자연스럽게 가족처럼 여기게 되었다.

수호 원장은 1차 확장 공사를 성공리에 마치자 새로운 야심을 품기 시작했다. 세계 최고의 나 요양소를 향한 박차를 가하기 위해 2차 확장공사를 시작했다. 따라서 원생도 1천여 명 이상의 확장 계획을 지니고 있었다. 이동은 숨을 고를 틈도 없이 인영과 같이 노동현장에 투입되었다.

움직일 수 있는 모든 원생들은 하나도 놀고먹는 사람이 없었다. 팔과 다리가 없는 사람도 노동에 동원되었다. 팔이 없는 사람은 팔뚝으로 일을 하도록 종용 당했다. 다리가 없는 사람은 무릎걸음을 해서라도 작업을 하도록 강요당했다. 팔과 다리가 없는 사람들은 목다리를 하고 노동 현장에 투입되었다. 목다리란 의수(義手)와 의족(義足)을 끼워 활동하는 데 지장이 없도록 하는 것인데 그런 몸으로 새벽부터 밤늦도록 공사현장을 누볐다. 일종의 지옥이나 다름이 없는 곳이었다.

수호의 다그침은 더욱 급해지고 갱생원으로 바뀌면서 강화된 원장의 권력은 이를 충분히 뒷받침해 주었다. 간호주임 사또의 채찍 역시 쉴 새 없이 날아 다녔다. 수호 원장의 다그침 보다 노동에 투입된 원생들은 사또라는 간호주임의 채찍에 더욱 두려움을 느꼈다. 오죽하면 환자들 사이에 사또가 나타나면 '샛바람 불었다'고 말했을 정도였다. 샛바람이 불었다는 것은 사또가 나타났다는 말로 원생들은 이 말을 듣는 순간 쉬다가도 벌떡 일어나 작업을 했다. 일을 하지 않은 것을 알면 사또의 채찍이 여지없이 어깨나 등허리에 찍혔고 어떤 날은 몽둥이가 허리를 꺾었다.

이런 고통 속에서도 진정한 마음으로 하나 되어 가족이 된 사람들이 있어서 견딜 수가 있었다. 하지만 공사 현장에서 노동에 지쳐 쓰러져도 웃을 수 있는 유일한 시간이 있었다. 구북리에 사는 병우 때문이었다. 병우는 소록도에서 또덕이란 이름으로 더욱 알려져 있었는데 원생들은 또덕이를 모두 바보로 알고 있었다. 또덕이는 단연 소록도에서 유명한 사람이었다. 바보처럼 엉덩이를 까고 장난 같은 춤을 추고 특히 수호 원장의 특유한 목소리를 흉내 내어 원생들을 웃겼다.

원생들이 어이, 또덕이 어디 가나? 하면 바보처럼 방긋 웃고 만다. 원생들이 놀려도 또덕이는 그저 웃을 뿐 화를 내지 않았다. 또덕이는 몸이 불편한 원생들의 약을 타다 주기도 하고 소록도 우편소의 편지 담당이었다. 우편소에서 편지를 마을별로 분류해서 마을에 배달하는 일을 하고 있었다. 원생들은 또덕이를 보며 지친 심신을 달랬다.

인영 역시 또덕이를 보면 힘든 일도 힘든 줄 모르고 지나갔다. 하지만 인영은 또덕이를 한 번도 놀려먹지 않았다. 인영은 또덕이 눈을 남몰래 들여다 볼 기회가 있었는데 사람들이 생각하는 바보가 결코 아니라고 생각했다. 또덕의 눈은 빛이 났고, 그의 가슴 속은 텅 빈 바보가 아니라 가족에 대한 그리움도 있고 무엇인지 모를 깊은 생각도 있어 보였다.

인영은 결코 병우라는 소년이 바보가 아니라고 생각했다. 바보인 척을 하며 환자들을 즐겁게 하는 속이 깊은 아이라는 생각이 들었다. 그럼에도 병우의 틀어진 입과 비뚤어진 눈썹, 장난스런 몸짓 등을 보면 저도 모르게 웃음이 나왔다. 하지만 그가 아무리 근심 걱정도 없이 바보처럼 쏘다녀도 그의 가슴 깊은 데에 숨어 있는 남모른 사연이 있을 것이라고 인영은 생각했다. 병우는 마을에 크고 작은 잔치가 있는 날은 꼭 나타나서 먹을 것을 얻어먹었다. 수호나 사또 등도 병우를 보면 측은해 보였던지 그저 웃을 뿐 채찍을 들지 않았고 작업에도 동원시키지 않았다.

수호 원장은 황태후의 초청을 받아 궁성에 들어가게 되었는데 당시 궁내에서 사육한 계란 다섯 알과 메추리알 다섯 알을 선물 받았다. 소록도에 선물 받은 알들을 가져와서 수호는 병우 소년에게 건네며 부화 사육하도록 했다. 병우는 계란과 메추리알을 건네받은 뒤에 정성을 다해 부화시켜 결국 번식에 성공했다. 이렇게 해서 생산된 계란을 특히 중증 환자들에게 제공해서 태후의 자비를 주입시켰다. 태후가 관심을 가질 만큼 당시 소록도는 나라의 관심이 되고 있었다.

소록도 갱생원에서 병우를 모르는 환자는 아무도 없었다. 병우를 통해 시름을 달래고 고향 생각도 했다. 노동 현장에서 어쩌다가 병우를 보면 환자들은 힘든 것도 잊고 활짝 웃었다. 병우 같은 바보도 저렇게 열심히 사는데, 하며 스스로 위로했다. 수호의 수족인 사또 간호주임의 채찍은 날카롭게 살갗에 감겼다. 사또의 채찍은 화가 나면 병우의 어깨에도 얹혔다. 병우는 사또의 채찍질에도 그저 웃기만 했다. 얼굴을 찡그리는 법도 없다. 모든 것을 받아들이는 순응주의자가 바로 병우였다. 사또 옆에는 항상 눈이 어두운 박순주가 붙어 다녔다. 간혹 조선인 직원 오순재와 송희갑은 게으름 피우는 환자들을 적바림 했다. 이들 모두 사또와 같은 패들이었다. 사또의 허락 없이 절대로 쉴 수가 없는 노동현장이었다. 가혹한 매질을 당해 죽은 사람이 나타나도 달라지지 않았다.

어느 날 봄밤에 인영은 소년 병우와 마주쳤다. 인영은 벚꽃이 흐드러지게 피어 향기를 흩날리는 가로수 길을 걷고 있었다. 고향 생각에 잠을 이루지 못하다 슬쩍 빠져나와 걸어보는 길이었다. 달빛이 청명한데 저기 멀리 바다 쪽에 등대 불빛이 반짝거렸다. 등대가 생기면서 인영은 이렇게 등대의 불빛 깜박거리는 모습을 감상하는 밤이 정겨웠다. 환자들을 산책하게 한답시고 수호는 소록도 내의 도로에 벚나무를 일제히 심었다. 군데군데 홍단풍도 심고 무화과나 복숭아나무도 심었다. 마을의 미화를 위해 정원사까지 불러 그림처럼 단장했다.

인영은 벚꽃의 향기에 취해 눈을 감고 있었다. 돌아가신 할머니와 고흥에서부터 소록도를 향해 걷던 길을 음미하며 눈물을 흘렸다. 이제 세상에 자취 없는 아버지의 엄한 유교식 교육 뒤에 숨은 자상함과 심려 깊은 부정(父情), 인영과 헤어지면서 몸을 가누지 못하고 우물가 담벼락에 손을 짚던 모습을 떠올리니 절로 눈물이 흘러내렸다.

오빠의 가족들도 마음속에 떠올려 보고, 엄마와 함께 녹동에 내려온다는 오빠의 편지를 떠올리니 감회의 눈물이 여간 주체할 수가 없었다. 그러다가 문득 지석 오빠를 생각하면 가슴이 얼얼하게 아려왔다. 더군다나 소록도에 득달같이 설치된 형무소를 떠올리면 가슴이 먹먹했다. 산기슭에 박혀 뾰족한 철조망으로 둘러쳐진 담장, 총을 들고 보초를 서는 경비들의 삼엄함을 인영은 노동을 하며 수없이 목격했다.

지석 오빠도 조선 땅 어디에서 저토록 삼엄한 경비들의 감시 속에 숨을 죽이며 살고 있을까? 지석 오빠는 인영을 아직 생각하고 있을까? 몸이 많이 망가진 인영의 모습을 보면 지석은 고개를 틀어버리지 않을까? 인영은 그럴 때마다 고향 마을에서 지석이 약속한 순간을 떠올려 보았다. 그리고 인영은 지석이 깎아 만들어준 장승을 여전히 품속에 간직하고 있었다. 장승을 지니고 있으면 인영의 병도 낫고 지석이도 만날 수가 있으리란 믿음 때문이었다. 무엇보다 소중한 것이 장승과 떠나올 때 물려받은 구봉침이었다. 혼인을 하면 구봉침을 넣어 베개를 만들어 지석 오빠와 같이 베고 잘 수 있을 거란 바람을 인영은 여전히 마음속에 품고 있었다.

"이쁜 인영이 누나……"

인영은 달빛 아래서 깜박 옛 생각에 젖어 있다가 자신을 부르는 소리에 깜짝 놀랐다. 마음을 가다듬고 보니 병우였다. 병우의 키가 훤칠했다.

"병우로구나. 병우, 안자고 왜 나왔누?"

"또, 또덕이 잠, 잠 안와……"

병우는 자신의 별호를 부르면서 말했다. 병우는 인영의 앞에서 다른 원생들 앞에서처럼 바보짓을 하고 있었다. 인영은 병우에게 바짝 다가갔다. 아니, 어쩌면 병우가 인영이 쪽으로 바짝 다가섰을 것이다.

"병우가 엄마 생각나는 모양이구나……"

"또덕이 엄마 없다, 아버지도 없다. 다리 밑에서 왔다……"

병우는 여전히 바보의 짓을 했다. 인영은 이제는 자기 쪽에서 병우에게 바짝 다가섰다.

"병우야, 누나 얼굴 들여다 봐……"

"누나 이쁘다……"

"그런 소리 하지 말고……"

"누나 벚꽃 같이 이쁘다……"

병우의 말투는 영락없는 바보, 또덕이 말투였다.

"병우야, 누나 눈 쳐다 봐."

봄밤의 벚꽃 흐드러지는 달빛 아래서 인영이 말했다. 병우는 멍한 모습으로 인영을 바라보았다.

"…………"

"너 또덕이 아냐, 넌 병우야, 넌 바보 아냐……"

인영의 다그치는 듯한 말에 병우는 입을 더는 열지 못하고 꿀 먹은 벙어리가 되었다. 인영은 병우가 정말 바보가 아닐 것이라고 생각했다. 그의 눈을 들여다보면 결코 병우의 눈은 바보의 눈이 아니었다. 눈동자 너머에 깊은 생각이 묻혀 있고 꽉 다문 입술 속에 놀라운 비밀들이 웅크리고 있을 것만 같았다. 사람들 앞에서 바보 행세를 해도 혼자 있을 때는 문득 문득 깊은 생각에 잠기는 병우임을 인영은 남몰래 관찰했던 것이다.

"누나, 나는 바보가 좋아요."

"병우야, 왜 바보가 좋누? 얻어맞기 싫어서? 사또 주임 채찍이 싫어서?"

인영의 말에 병우는 대답하지 않고 물끄러미 올려다보고 있었다. 인영은 순간 병우의 날카로운 시선을 달빛 아래서 문득 보았던 것 같았다.

"사람들 웃는 게 좋누? 사람들이 웃어서 좋누? 엉덩이 까고 흔들어대면 뭐가 좋누?"

"인영이 누나, 내가 지금 보다 더 바보가 돼서 사람들이 나를 보고 웃고 같이 춤을 출 때가 좋아요."

"병우야, 네가 그런 생각을 하고 있었누? 환자들이 불쌍해서?"

"누나 고마워요. 누난 날 바보로 보지 않아서 고마워요."

"너 고향이 어디니? 부모님은 살아 계셔?"

인영은 병우와 이렇게 달빛 아래서 말을 하게 되면서 가슴이 콩닥거렸다. 인영의 생각처럼 병우가 정말 바보가 아니어서 놀랐다. 하지만 환자들을 생각하며 나름대로 바보 행세를 하는 병우의 말에 갑자기 가슴 속에서 서글픔이 밀려왔다. 인영의 물음에 병우는 대답하지 않고 한참 동안 달을 바라보았다.

"엄마하고 같이 달 보았던 적이 있누?"

인영의 물음에 이제야 병우의 고개가 끄덕거려졌다.

"어디에서 달을 보았누?"

"다리 밑에서……"

"누나하고 장난치지 말라 했지. 어디에서 엄마랑 달을 보았는데……"

"우리 마을 뒷산 소나무 밑에서……"

"엄만 어디 있누?"

"죽었어요. 엄만 뒷산 소나무에 목매달아 죽었어요."

"정말이누? 널 혼자 두고 죽었어?"

인영의 물음에 병우는 고개를 끄덕였다. 인영은 이렇게 병우와 더욱 가까운 사이가 되었다. 병우의 비밀을 알고 있는 사람은 아마 인영이 뿐일 것이다. 병우가 갸름하게 생기지는 못했어도 병우의 몸은 사내의 기질이 넘쳤다. 비록 걸을 때에 약간 절뚝거려도 병우의 몸은 장성한 어른이나 한가지였다. 인영은 병우의 비밀을 알게 되면서 더욱 병우에게 각별히 따뜻한 마음을 주었다.

병우의 아버지는 일본 사람이었다. 조선의 여인을 겁간해서 태어난 아이가 병우였다. 병우는 일본 사람 피를 받아 태어났지만 자식으로 대접받지 못하고 마을에서 쫓겨났다. 엄마는 마을 뒷산에서 목을 매었다. 병우는 혼자 떠돌다 문둥병에 들었고 부랑자 집단에 들어갔다. 일본의 핏줄이라고 하면 맞아죽을 것이 분명해서 병우는 바보 행세를 했다. 이름도 모르고, 고향도 모르고 부모가 누군지도 모른다. 다리 밑에서 솟아났다. 병우가 자신을 지키기 위해 터득한 방법이 바보처럼 사는 것이었다.

인영은 병우와 가까워지면서 이런 놀라운 사실들을 알게 되었다. 하지만 일본인 아버지가 누구인지, 일본인 가족들은 어디 있는지 하는 것까지 병우에게 들을 수는 없었다. 병우는 인영이 생각하는 이상으로 많은 비밀을 간직하고 있는지도 몰랐다. 소록도에서 어떻게 박병우란 이름으로 등록이 되어 있고, 또덕이란 이름으로 어떻게 불리게 되었는지 인영으로선 알지 못했다. 인영은 이제 병우를 있는 그대로 받아들이기로 마음먹었다. 병우가 바보짓을 하면 인영은 이후 더욱 가슴이 아팠다. 인영은 또덕이 바보짓에 결코 웃지 못했다. 또덕의 비밀을 인영은 아무한테도 꺼내놓지 못했다. 병우의 깊은 뜻을 생각하며 물끄러미 바라볼 따름이었다. 갱생원 원생들에게 여전히 기다리고 있는 지옥 같은 노동과 채찍, 폭행과 감금 등을 생각하면 병우야말로 지금보다 더욱 바보가 되어야 하는지도 몰랐다.

제9장

본정파, 이춘상의 결투

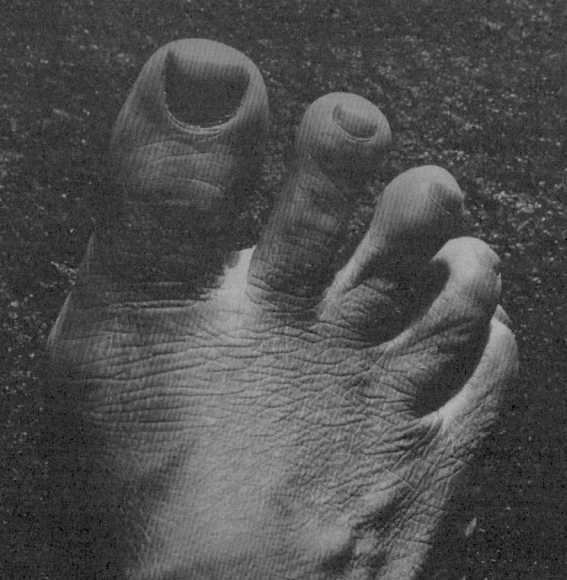

지석은 인영이가 총독부의 강압에 억눌려 어쩔 수 없이 전라도 땅으로 내려가던 무렵, 비록 어린 나이에도 하늘이 무너지는 슬픔을 느꼈다. 인후와 같이 날마다 인영이와 함께 놀았던 뒷산에 올라가 짐승처럼 뛰어다녔다. 닥치는 대로 토끼 사냥도 하고 새총을 만들어 새를 잡았다. 쓰러진 나무를 깎으며 옛날 인영에게 깎아주던 장승을 만들며 옛 생각에 젖기도 했다. 인영이를 데리고 떠난 인후의 할머니가 평양에 당도하기만 인후와 내내 기다렸다. 인영의 소식이 궁금했기 때문이었다.

인영의 할머니가 당도하여 인영의 소식을 듣자 더욱 슬픔이 더해졌다. 인후보다 지석의 울음소리가 더욱 컸고 흐느낌도 깊었다. 지석은 언젠가는 인영을 만날 수 있으리란 기대를 한 번도 저버리지 않았다. 하루하루 날이 더디게 저물었지만 지석은 언젠가는 인영에게 다가갈 수 있는 날이 오게 되리라 믿었다. 이상하게 인영을 생각하면 가슴이 아프다가도 언젠가는 반드시 만날 것만 같은 희망이 생기는 것이었다.

인후의 할머니는 전라도에서 올라오신 이후 이상하게 시름시름 아팠다. 마을에 퍼진 소문에는 인영을 떼어놓고 온 게 사무쳐서 병이 났다고 했다. 인후의 할머니는 처음에는 파리한 얼굴로 마당에 나와 걷거나 먼 산바라기를 하거나 했지만 시간이 지나면서 밖에 나오지 못했다. 그냥 안방 아랫목에 이부자리를 깔고 자리보전 하고 누워버렸다. 주재소가 있는 데서 의원 나리까지 다녀갔다.

하지만 인후의 할머니는 이내 돌아가시고 말았다. 마을에는 꽃상여가 슬프게 나갔다. 지석의 할머니는 동구 밖에 멀뚱히 서서 인후 할머니 시신이 놓인 관을 어깨에 걸머지고 하염없이 슬픈 장승곡을 부르며 지나가는 상여꾼들을 보며 눈물을 훔쳤다. 인영의 어머니 정씨나 아버지 강 초시의 울음은 절도 있었지만 슬픈 기운이 어깨에 무겁게 얹혀 걸음을 제대로 떼지 못했다. 할머니 상여를 따라 울음소리가 크게 퍼진 것은 당연히 인후의 울음이었다. 인후는 할머니의 죽음을 가장 슬퍼했다. 특히 인영이가 할머니의 죽음을 모른다는 생각을 하면서 인후의 가슴 속엔 슬픔이 하나 가득 담겼다.

인후의 할머니가 돌아가신 이후 지석과 인후는 더욱 돈독해졌다. 슬픔이란 것은 동무끼리 나눌 수 있는 공간이 있다는 것을 서로 깨달았다. 왜냐하면 인후 할머니가 돌아가신 이후 얼마 지나지 않아서 지석의 할머니마저 자리보전 하고 누워버렸다. 지석은 인후와 같이 뒷산에 올라가 병에 좋다는 약초들을 캐서 달여 드렸다. 정씨가 시시 때때로 사립문을 열고 들어와 지석이 할머니의 병세를 살폈다. 강 초시는 의원나리를 부르기도 했다. 하지만 지석의 할머니 역시 자리보전 하고 누운 지 채 석 달이 되지 않아 돌아가시고 말았다.

지석과 인후는 더욱 의지했다. 이제 지석은 완전히 고아가 되었다. 인후 어머니나 강 초시는 천애 고아가 되어버린 지석을 제 자식처럼 아끼며 보살펴주었다. 끼니를 챙겨주고 잠자리도 봐주고 더러 인후와 같이 자도록 배려해주었다. 인후와 같이 이불을 덮고 누우면 밤새 둘이 도란거리고 잠을 이루지 못했다. 같이 돈을 모아 인영이를 보러 전라도에 가자는 말도 했고, 일본 놈들이 조선 사람한테 더욱 포악하게 군다는 말도 했다. 조선 사람들은 어째서 일본 놈들 밑에서 억압받고 살게 되었을까? 하는 말도 나누었다. 만세운동 이후에 일본 놈들의 태도가 달라지는 듯 하드니 더욱 깐깐하게 군다는 말도 하며 인후와 지석은 동시에 한숨을 내뱉었다.

그리고 은근히 이불 속에 얼굴을 묻으며 지석이 나지막이 속삭였다.

"일본 놈들이 조선인들 집까지 빼앗아 간다누나."

"어째 조선 백성들은 이렇게 당해야 하는 거누, 지석동무……"

"그야 힘이 없으니깐 두루 그렇지……나랄 일본 놈들한테 팔아먹어치웠으니깐 두루……"

"나랄 팔아치운 놈들 내 손으루 고저 칵 죽이고 싶누나……"

"인후야, 내래 이 손으루다 불피코 일본 놈들 때려죽일 거우다. 인영이 전라도로 끌려간 거 이거 죄 일본 놈들 짓이라누나……"

지석은 일본 놈들이 조선이란 나라를 빼앗아 갔기 때문이라기보다 인영이를 전라도에 강제로 잡아간 것에 불만을 키우고 있었다. 지석은 정말 속으로 다짐을 했다. 반드시 일본 놈들을 자신의 손으로 혼쭐을 내주겠다는 각오를 밤마다 잠을 이루지 못하고 다지고 있었다.

그들의 염려처럼 일본 놈들은 인후의 집에 들이닥쳤다. 인영이를 잡아가려고 들이닥친 때보다 더욱 많은 일본 밀정들과 순사들, 주재원들이 들이닥쳤다. 대궐 같은 집을 닥치는 대로 밟고 다니며 이곳저곳을 살폈다. 이런 일이 있고서 얼마 안 되어 집을 불하(拂下)할 것에 극구 반대

하는 강 초시를 남몰래 은밀히 불러내어 쥐도 새도 모르게 일본 순사가 칼로 찔렀다. 강 초시는 바로 그 자리에서 절명했다.

이런 일련의 일들이 일본 놈들이 저지른 일이라는 것을 사람들은 모르지 않았다. 강 초시의 장례 역시 죽은 듯이 울음을 삼키며 치를 수밖에 없었는데 장례마저 은밀히 감시하는 밀정들이 따라붙었기 때문이다. 결국 인후네는 헐값에 집을 불하하고 더욱 후미진 외곽지역으로 쫓겨나왔다. 장례를 치른 다음 얼마 뒤에 인후는 어머니의 바람대로 의주 사는 고모의 중매로 참한 여자를 만나 혼인했다. 가문을 일으키려면 빨리 후손을 봐야 한다는 어머니의 말씀에 의주 고모가 합세하여 재깍 혼인을 치렀는데 다행히 인후의 마음에 쏙 찬 처자여서 마음에 흡족했다.

지석이 아는 것은 여기까지였다. 지석은 인후에 관한 이후의 소식을 알지 못했다. 인후가 혼인한 뒤에 지석은 완전히 혼자의 처지가 되었다. 그러던 어느 날, 평양의 어느 골목에서 일본인 순사를 구타한 죄로 도망가다 붙잡히고 말았다. 지석의 눈에 일본 순사가 마치 짐승처럼 여겨졌다. 산속에서 짐승을 만나 죽지 않고 살아야 한다는 듯이 필사적으로 덤벼들었다. 하지만 사실은 일본 순사들이 인영이를 데려가고 강 초시까지 죽였다는 생각을 하면서 원수를 갚는다는 심정으로 저지른 일이었다.

지석은 평양 형무소에 잡혀 가서 폭행죄란 명목으로 2년 형을 선고받았다. 지석은 형무소 철창 안에 갇혀 지내면서도 하나도 후회하지 않았다. 자신의 손으로 일본 순사를 혼내줬다는 자부심마저 느껴지는 것이었다. 일본 순사를 죽이지 못한 것이 외려 안타까울 따름이었다. 지석은 일본 놈들을 혼내주는 일이라면 사람을 죽여도 두렵지 않다는 용기마저 샘솟았다. 어디에서 이런 용기가 솟아나는지 몰랐지만 형무소에서도 전혀 기가 죽지 않았다. 처음에는 죽을 각오로 일본 놈들이 들이 밀어준 밥도 거절했다. 하지만 젊은 사람이 형무소에서 허무하게 죽는다는 것은 너무 억울하다는 생각이 들었다. 악착같이 챙겨 먹자. 어떻든지 형무소를 빠져나가자. 노역을 하는데도 열심히 했다. 지석은 노역 시간에도 몸을 남들보다 부지런히 놀렸다. 감방에 들어오면 힘줄이 튀어나오도록 팔굽혀 펴기를 했다. 이렇게 세월을 죽치며 몸을 망가뜨릴 수는 없었다. 지석은 다른 동무들보다 체격이 우람했다. 건장한 체격을 지탱하기 위해 지석은 각별한 노력을 기울였다.

평양 형무소에서 무사히 형기를 마치고 지석은 무조건 경성으로 내려왔다. 형무소에서 만난 동무들을 따라 경성에 와서 부랑자 집단에 합류했다. 지석은 힘으로는 어디서든지 자신이 있었기 때문이다. 또한 피붙이 하나 없는 조선 땅에서 이제 믿을 거라고는 힘밖에 없다는 생각이 들었다. 그러나 지석이 정작 경성에 내려온 것은 인영이가 머물고 있다는 전라도 땅과 조금이라도 가까이에서 생활하고 싶었기 때문이다. 지석의 마음속에는 여전히 인영에 대한 그리움이 그림자처럼 붙어 다녔다.

지석은 청계천변 부랑자 집단에 들어와서도 꼬봉 노릇은 결코 하지 않았다. 지석은 청계천변에서 주로 생활했다. 청계천은 당시 자동차 소리가 하루 종일 땅뿌리를 울렸고, 세련된 구두 발자국 소리는 경쾌했다. 청계천에서 마음만 먹으면 화신 백화점까지 한 식경이었다. 지석은 경성에서 밤의 화려함에 가슴을 다잡기 어려웠다. 경성 사람들은 서양식 양복에 서양식 모자를 쓰고 분주히 움직였다. 서양 음식이 주를 이루고 커피, 맥주, 초콜릿 등이 사람들의 입맛을 사로잡았다.

명지청(현재 명동)에 있는 '마루비루'라는 데 들어가서 커피를 시켜놓고 축음기에서 흘러나오는 음악을 들으면서 고향 생각에 잠기는 것을 좋아했다. 윤심덕의 '사의찬미'를 들으면 간이 녹는 느낌이 들었다. 남인수의 '황성옛터'가 흘러나올 때는 다방 여기저기에서 훌쩍거리는 축들도 있었다. 고향 생각의 뒤끝은 항상 인영의 생각이었다.

남촌(충무로, 명동 일대) 일대에 가면 당구도 칠 수 있고 영화도 관람할수가 있었다. 지석은 남촌을 무대로 삼던 부랑자 집단에서 두목 격으로 일을 했다. 남촌파의 두목이 바로 지석이었던 것이다. 집단의 멤버들은 대개 오갈 데가 없는 자들로 꿈이나 희망 등이 없이 하루하루 먹고 사는 일에 치우친 자들이 대부분이었다. 거기에 주먹깨나 쓴다는 축들이 은근히 머릴 들이밀고 들어와 지석의 밑으로 합류했다.

지석은 이들을 인간답게 다스려서 멤버들한테 존중 받는 사람이었다. 무엇보다 지석은 조선의 청년들이 안타깝고 불쌍했다. 나라를 빼앗기고 일본 놈들한테 노리개가 되어 채찍을 받고 총구에 부들부들 떨 수밖에 없는 운명들이 서글펐기 때문이다. 지석의 패거리들은 남촌을 무대로 구걸도 하고 야바우 짓도 하고 술집들 기도도 봐주었다. 수건이나 안경 등도 팔고 잡화를 짊어지고 다니며 돈벌이를 했다. 땀 흘려 돈을 벌어 식구들이 사이좋게 나눠먹을 정도로 의리라면 조선에서 제일이었다.

하지만 이런 일도 쉬운 것만은 아니었다. 어디에나 경쟁자가 있게 마련이었다. 남촌을 무대로 하는 지석파의 숙적은 애초 본정(현 충무로)을 무대로 돈벌이를 하고 있었던 집단이었다. 활동 구역이 겹치면서 마찰이 생기기 시작했다. 본정파는 이춘상이란 경상도 청년을 내세워 남촌파를 삼키려고 했다. 하지만 지석 역시 어렵게 획득한 남촌 일대 나와바리를 본정파에게 할애할 만큼 뒤가 무르지 않았다. 상대의 뜻을 들어줄만큼 여유가 없었기 때문에 말로 해결할 수 있는 성질이 아니었다.

그래서 하는 수 없이 날을 잡아 양쪽 부하들이 지켜보는 가운데 지석과 춘상은 맞장을 뜨기로 했다. 사내답게 오직 깡도 필요 없고 힘으로 결판을 내자고 제안한 사람은 의외로 남촌파 보다 본정파였다. 지석은 힘으로 겨루는 일은 누구한테 뒤지지 않을 자신이 있었기 때문에 흔쾌히 받아들였다. 청계천 수표교 (현 청계2가) 다리 밑에서 대낮에 한판 깔끔하게 붙자고 했다. 수표교는 물길을 건너는 통로이며 당시 홍수를 조절하는 다리로서 중요한 기능을 하고 있었다. 가뭄이 들어 다리 밑이 말라붙었기 때문에 돌기둥을 활용하며 싸우기에 적합했고, 무엇보다 엄지기둥 사이에 덩달아 서 있는 동자기둥의 난간석이 바깥 시선을 막아주었다. 이쪽저쪽 멤버들이 가운데를 기준으로 절반씩 나눠 서서 싸움을 지켜보았다. 모두 쉰 나우 되는 멤버들이 지켜보는 가운데 지석이나 춘상 역시 체면이 걸려있는 문제이기 때문에 잔뜩 긴장한 모습이었다.

지석이 보니 춘상이란 작자는 체격이 당당하지만 지석에는 미치지 못했다. 지석은 춘상의 존재에 대해 얼핏 들었던 적은 있었다. 실제 맞장을 뜨자고 대면하기는 처음이었다. 지석이 보니 어딘지 모르게 팔이 어설퍼 보인다는 생각이 들어 은근히 마음속에 무시하는 마음이 일어났다.

"리춘상이라 했더누? 하 상판 보니 기구한 팔자로세……"

"뭐이 새키야, 너가 평양에서 굴러왔다는 놈이냐? 허우대는 좋다만 어째 너놈 몸속에 흐르는 피가 꾸정물이라카이……"

이춘상 역시 멤버들에 둘러싸인 때문인지 기죽지 않으려고 이바구를 늘어놓았다.

"하이구 자뿌룩하문 점쟁이 노릇까지 하겠누나. 너래 어찌 넘에 피를 들여다 본다 지껄이는 거이누, 경상도 보리 문둥이 새끼가……"

지석의 짓씹는 말에 춘상이 펄쩍 뛰어 몸을 날려 왔다.

"어허, 말본새 한번 방정 맞다카이. 아그들아, 이 성님이 아무래도 오늘 몸을 한번 풀어야 할따…… 한데 싸움질도 절차라는 것이 있는 법이라카이. 나는 형씨 말마따나 경상도 보리 문둥이 이춘상이여. 울 아버진 이수봉이고 독립운동을 하시지……"

지석은 춘상의 말이 어디까지 사실인지 알 수 없었으며 당시 믿으려고 하지 않았다. 부하들 앞에서 개폼을 잡아보려는 것으로 받아들였다. "어찌 더런 입으루 독립운동을 모독하누? 터진 주둥이라구 함부루지껄이면 재미없지. 나로 말할 것 같으면 평양 형무소 출신이야. 어떻게 평양 형무소를 들어갔냐 하면 내래 일본 순사놈 들을 땅바닥에 매다 꽂은 죄루 2년 콩밥 먹구 나왔지비……"

지석의 말에 남촌파 부하들이 박수를 쳤다. 춘상과 지석은 누구랄 것도 없이 주먹자랑이 아니라 자신의 출신을 거들먹거렸다. 어떤 주먹보다 독립을 내세우는 일이 당시 조선인에게 가장 먹혀들었다. 일본인에 대한 저항심이야말로 어떤 주먹보다 힘이 세다는 것을 조선인들은 비록 부랑자들이라 해도 모르지 않았다.

"세상이 썩었다 캐도 너무 썩었구마. 그딴 형무소 콩밥이 뭐가 대단하단 말꼬? 나로 말할 거 같으면 아버지, 작은 아버지 모다 독립운동에 몸을 담고 있는 몸이여. 뭐시라 평양 형무소 출신 이 거 시장스럽구러, 어찌 그기 자랑이라 카노. 이 춘상이는 안중근일 가장 존경하는 사람이다 이 말이라카이. 알았제? 자, 알았으믄 들어 온나, 내 너 같은 조선 놈하고 실갱이질 한다는 기 억수루 슬프거든 시방……아가 들어 온나, 퍼뜩 끝내자……"

춘상은 몹시 여유작작한 모습이었다. 말은 그렇게 해도 서둘지도 않고 쩨쩨하게 지체하지도 않았다. 지석은 춘상의 말을 되새겨 보면서 부하들의 표정을 살펴보니 이미 말의 기세에 눌려버린 표정들이었다. 기세에 밀릴 수는 없어 지석이 되받았다.

"캬 거 동무래 입만 열면 꽝포(거짓말)를 치누나. 어데 감히 안중근을 입에 담누. 너가 안중근을 존경한다면 내래 안응칠이를 존경한다. 어째, 됐소까?"

지석의 말이 끝나자 저쪽 부하들이 야, 안응칠이 누꼬? 하며 야단들이었다. 안응칠이 누꼬? 절마(저 이) 저 뻉을 쳐두 어째 알아듣게 쳐야지……하며 웅성거렸다. 하지만 그때, 춘상의 표정은 분명 부하들의 그것과는 달라 보였다. 지석의 말을 듣는 순간 춘상의 표정은 뜻밖에 어두워졌기 때문이다. 지석 역시 갑작스럽게 어둑해진 춘상의 표정을 보고 머리가 아득해졌다. 하자는 싸움은 하지 않고 입 싸움만 하다 끝난다면 부하들에게 입장이 난처할 것만 같았기 때문이다.

"무식한 시러베자식들, 얌마, 안응칠이가 안중근이지 누꼬? 무식한 넘들, 너들이 무식하니까 절마(저 놈)가 우덜을 가지고 논다카이 시방. 시끄럽구러, 야 일단 한판 붙자카이. 들어 온나. 빨랑 들어 온나, 아가야……"

지석은 춘상의 입에서 튀어나왔던 독립운동 하는 말들이 맹탕은 아님을 순간적으로 깨달았다. 하지만 숨을 고를 겨를도 없이 아가야, 하고 얕잡아 보는 말에 지석은 화가 머리꼭뒤를 찔렀다. 지석은 큰 체구를 이용해 황소처럼 춘상을 향해 뛰어들었다. 춘상의 면상을 갈기려고 손을 크게 휘둘렀다. 춘상이 제법 재바르게 몸을 피했다. 이번에는 지석이 큰 키를 이용해 직각으로 발을 꺾어 찼다. 춘상의 눈썹이 발끝에 스치는 느낌이었지만 공격은 공허했다.

이춘상, 그는 흡사 미꾸라지처럼 요리조리 잘도 피해 다녔다. 지석이 팔을 휘두르고 다리를 번쩍 번쩍 꺾어 올리면서 숨을 헐떡거릴 때 지석

의 부하들은 애간장이 타들었다. 맞힐 듯 맞힐 듯 하드니 결국 춘상의
날랜 동작에 땀만 흘리고 허공에다 주먹질을 하는 격이 되고 말았기 때
문이다. 이렇게 힘을 빼고 나니 지석의 기력은 바닥을 맴돌았다. 지석은
그래도 기죽지 않으려고 움직이는 동작은 멈추지 않았다. 춘상이 아직
얼마나 힘이 남아 있는지는 가늠할 수가 없었지만 지석은 끝까지 기에
서 밀리지 않아야 한다고 생각했다.

"아그들아, 평양 오사리잡놈 힘 빠졌다 카이. 내 손 잡혀주꾸마. 자, 퍼
뜩……."

춘상은 지석의 힘이 달아난 사실을 넌지시 눈치 챘던 모양으로 이제
슬슬 가지고 놀았다. 지석은 정말 힘이 빠져 손을 잡혀준다 해도 잡아
넘어뜨릴 재간이 없었다. 몸을 왼쪽에서 오른쪽으로 서서히 움직이며
숨을 고르고 있었다. 춘상은 씨익 이죽거리더니 자신감에 차서 양쪽 손
을 아랫주머니에 찌르고 그냥 지석의 도는 방향으로 따라서 돌고 있었
다. 춘상이 주머니에 손가락까지 찔러 넣었으니 지석은 체면이 말이 아
니었다. 지석은 어떻든지 춘상을 한번 꺾어야 한다는 욕심에 그의 빈틈
을 순간적으로 노리고 있었다. 빙글빙글 시계 방향으로 돌고만 있자 부
하들이 참지 못하고 안달을 했다.

"으메 씨방새키, 평양 쌈질은 이리 구멍만 노리는갑따. 답답해 죽겠다
카이……."

"절마(저 놈) 저 여다서 뭘 해볼끼라고 저래…….뭔가 잘못돼도 한참 잘
못 된기라. 춘상이 성님, 뜸들이지 말고 우예 되동간 한번 우당탕 치고
빠져나 봅시다."

춘상의 부하들이 설레발을 치는 사이 지석의 체면은 더욱 뭉개지고
있었다. 지석은 이제 반대 방향으로 발을 떼기 시작했다. 방향이 갑자기

바뀌자 춘상이 약간 긴장하는 듯했다. 지석은 시계 반대방향으로 돌면서 잽싸게 주먹을 날렸다. 순간적인 동작이었지만 춘상은 손을 주머니에 찌른 채로 민첩하게 피했다. 지석의 발끝이 춘상의 턱밑을 노리는 체하다가 난데없이 무릎의 성문 쪽을 찍었다. 춘상의 몸이 뒤로 물러나며 약간 균형을 잃은 듯했다.

"대장, 바로 거기여. 한 번 더 찍어 줘버려. 거기 쫌 더 위엘 찍등가, 그냥 좆 몽둥이 빠져뿔게 말여이……"

부하들이 웅성웅성 싸움판 바짝 좁혀들었다. 지석은 부하의 말마따나 춘상의 낭심을 호되게 한번 치고 빠질 생각까지 했지만 비겁한 짓이었다. 3대 독자인 지석에게 아이를 낳아 손을 잇는 일이야말로 조상에 효도하는 것이었다. 저 놈 춘상이도 자기 집안에선 귀한 자식일 터, 낭심을 당해 손이 끊기는 불효를 자초하고 싶진 않았다.

"대장, 저 놈 좆뭉댕이 걸어 차버리랑께……"

"아니다. 내래 사내 대장부 아닌감. 내가 3대 독자로 우리 할머니 돌아가실 때 꼭 처자 만나 대를 이어라더누나. 저 놈 낭심 좆대불면 내가 저 놈 조상님네들한테 죄를 받지 않겄누. 그냥 허릴 꺾어뻐린 것이 돕는 거지……"

"아그들아, 절마(저 놈) 꼴에 의리가 잼병이라카이. 낭심이 좆대나 허리가 꺾이나 힘 못 쓰는 것은 마찬가지 아이라? 엄메, 겁나게 섭해부러야이……"

하고 춘상이 지석의 말시답을 하면서 공격을 개시한 것은 바로 그때였다. 지석이 이런저런 생각을 추스를 사이도 없이 춘상의 발이 마치 허공에서 맘껏 발차기 연습을 하던 것처럼 현란하게 지석의 명치를 찍고 들어왔다. 지석은 갑작스런 공격에 일격을 받고 엉거주춤 뒤로 물러났다. 본정파 부하들이 호들갑스럽게 함성을 치며 박수를 쳤다. 춘상은 두 리기둥에 등을 한번 밀착한 듯하더니 용수철처럼 몸을 튕겨 아랫주머 니에 찔러 박은 손을 빼내어 손바닥으로 날을 세워 이번에는 쏜살같이 지석의 옆구리를 찔렀다. 지석은 춘상의 동작이 얼마나 날쌨던지 피할 겨를이 없었다. 민첩하고 날카롭고 강력했다. 지석이 주먹깨나 쓴다며 거들먹거리고 다녔지만 이런 주먹은 처음이었다.

"알만할따, 남촌파 두목이 어째 평양 허재비라냐. 춘상이 성님 저리 비키시오. 가만 보니께 나도 한번 해 볼만 하겄네이. 어이 그짝 난 말여 부산 자갈치여……"

"야 야 아그들아, 부산 자갈치란다. 옴마 자갈치가 많이 상했구만 이……"

남촌파 부하들이 일제히 웃음을 흘렸다.

"그래 부산 자갈치, 뭔 말을 그리 섭하게 하누? 찬물도 위아래가 있는 법, 그리는 못하제. 난 함경도 쪽제비라구 들어는 봤눔? 너 놈은 먼저 나 부터 눕혀야 써."

하며 양쪽 부하끼리 순간적으로 치고받고 난리법석이었다. 우열도 없 이 그저 부둥켜 앉고 난잡하게 땅바닥을 굴렀다. 싸움이랄 것도 없이 부 둥켜안고 두 놈이 땅바닥을 구를 때 양쪽 부하들은 덩달아 같이 웃었 다. 한쪽에선 자기들끼리 부둥켜 땅을 구르며 싸움을 하고 이쪽에선 지 석과 춘상이 서로 기회를 노리고 있었다. 지석은 자갈치와 쪽제비가 서 로 부둥켜안고 구르는 데에 정신을 빼앗기고 있는 춘상의 뒷덜미를 잡 아 패대기 쳐버릴 생각으로 날쌔게 덤벼들었다.

그러나 춘상의 주의력 또한 빈틈이 없었다. 그런 느슨한 순간에도 춘 상은 주위의 모든 상황을 훤히 읽고 있는 듯했다. 피하지도 않고 그대로 몸을 웅크린 다음 어깨로 지석의 큰 몸뚱이를 받아 넘겨버렸다. 지석이 허공에 붕 떠서 땅바닥에 쿵 떨어지는 것은 시간문제였다. 싸움은 이런 식으로 끝나버렸다. 지석이 붕 떠서 곤두박질 치는 모습을 보고 남촌파 부하들은 한숨을 흘렸고 본정파 부하들은 함성을 질렀다. 춘상이 마치 개선장군처럼 말했다.

"너 김지석이라 했제? 싸움질론 한 수 아래여. 힘으론 그냥 됐고 탁 까놓구 깡으루 한판 붙자카이."

지석은 부하들이 보는 가운데 체면이 말이 아니었지만 싸움으론 분명 춘상이 한 수 위에 있음을 알았다. 그래도 부하들이 지켜보고 있는 터라 기상은 굽히지 않았다.

"솔직히 네들하고 싸우고 싶진 않아 한번 당해준 거야. 안중근일 존경한다는 두목을 패봐라, 내래 뭐가 되겠누. 내래 조선 역적 되고 싶지 않아서 너한테 당해준 거이지. 그래, 깡으로 한판 붙잔 말이가? 좋지, 깡이라면 내가 한번 보여주갔누나……"

지석의 말에 양쪽 부하들 모두 멍한 표정들이었다. 지석은 사실 변명 같은 것이었지만 지석의 말에 심지가 깊이 박혀 있어서 부하들 역시 머리를 갸우뚱거렸다. 지석의 말이 어쩌면 본심인지도 모른다고 생각했다. 지석은 평양에서 일본 순사한테 붙잡혀 모질게 고문을 당하고 형무소에서 세월을 저당 잡히면서 가장 어리석은 놈들이 조선인끼리 싸우는 놈들이라 여겼다. 조선인이 상대할 적들은 조선인이 아니라 일본 놈들이란 것을 지석은 확연히 깨달았던 것이다. 조선인끼리 치고 박고 싸운들 제 살에 흠집 내는 일밖에 되지 않았다. 지석은 난데없는 영웅심에 양쪽 부하들이 있는 데서 돌멩이 하나를 집어 들어 손바닥을 땅바닥에 엎어놓고 힘껏 내리쳤다. 부하들이 본능적으로 비명을 질렀다. 지석은 이렇게 자신의 손바닥을 돌멩이로 힘껏 내리친 다음 의도적으로 춘상을 돌아보았다. 춘상이 지석의 곁으로 오더니 역시 지석의 돌멩이를 빼앗아 자신의 손바닥을 역시 땅바닥에 엎어놓고 힘껏 내리쳤다. 지석은 다시 한 번 똑같이 돌멩이를 내리쳤다. 이상하게 피만 흐를 뿐 통증이 없었다. 몇 번이라도 내리칠 수 있을 것만 같았다. 춘상을 비스듬히 올려다보며 빨리 손바닥을 짓뭉개라는 신호를 보냈다. 바로 이때, 춘상이 한걸음 물러났다.

"어이, 그쪽이 이번엔 이겼어. 난 두 번 다시 내 손가락을 짓뭉개진 못하겠어. 그쪽이 깡으룬 이겼다카이. 그래 내가 그짝 밑에 들어갈까 그짝이 내 밑으루 들어올까……"

춘상의 기상은 지석이 당해낼 재간이 없었다. 시원하고 막힘이 없이 사태를 처리했다. 지석은 마음속으로는 '내가졌다' 하고 생각했다. 춘상의 그런 배려에 지석은 은근히 춘상이 존경스러울 정도였다.

"거 무시기 그딴 소릴 지껄이우까? 보니 그짝 싸움 실력이 보통이 아닌데……우리 사이좋게 동무 맺읍세다."

지석의 정중한 말에 갑자기 부하들의 태도가 화기애애하게 밝아졌다. 부하들 역시 피차 피를 튀기고 싸워봐야 자기들만 피를 본다는 것을 모르지 않았다. 또한 경성에는 행세깨나 한다는 다른 세력들이 여럿 진을 치고 있다는 것도 모르지 않았기 때문이다. 무엇보다 조선인끼리 싸움질 해봐야 일본 놈들이 잡아갈 명분만 키운다는 것은 경성에서 논다는 놈들은 누구나 알고 있는 사실이었다. 다들 기분이 좋아져서 야, 우리 오늘 피맛골 가서 한잔 마시자, 하는 춘상의 말에 함성을 질렀다.

바로 그때, 다리 저쪽에서 일본 순사들이 여러 명이 뛰어왔다. 놈들은 다리 밑에서 부랑자들의 싸움이 벌어졌다는 첩보를 접수하고 일시에 들이닥친 것이었다. 오랜만에 뱃속에 달콤한 술맛을 보여주게 생겼다고 함성을 지르는 것도 잠시, 부하들은 너나없이 사방으로 흩어지고 말았다. 순사들은 닥치는 대로 채찍을 휘둘렀고, 손에 수갑을 채워 본정 경찰서로 압송했다. 부하들 절반은 수갑이 채워지고 포승줄로 묶여 경찰서에 압송되었던 것이다.

갑작스런 사태에 지석은 당황했다. 당황키는 춘상 역시 마찬가지였다. 본정 경찰서에서 조사를 받고 부하들은 거의 모두 즉결 심판에 처해져서 며칠 씩 구류를 살았다. 하지만 지석과 춘상은 두목으로 몰려 더욱 철저한 조사를 받아야 했다. 총독부에서 부랑자들 가운데 특히 일본인에 대한 저항감이 높은 자들을 대대적으로 색출하고 있었다. 독립운동의 씨를 말려야 일본인들이 안심하고 조선에서 생활할 수 있으며, 일본이 조선을 원활하게 통치할 수 있다고 믿고 있었기 때문이다.

온갖 고문을 당하며 밤을 새워 조사를 받고 호송차에 짐짝처럼 태워져서 서대문 형무소의 어둑한 감방에 투옥 되었다. 다행히 춘상과 지석은 같은 방에 투옥 되었는데 방은 채 1평도 되지 않을 정도로 비좁았다. 눈을 감으면 좁은 바람벽에서 혼령들이 튀어나올 것만 같았다. 서대문 형무소에서도 조사는 계속 되었다. 지석은 이미 평양 형무소의 전과가 있었기 때문에 어느 때보다 긴장하고 있었다. 형무소 생활이 얼마나 힘든 곳인지 지석은 충분히 경험했기 때문이었다. 결국 그들 모두 경성지방법원으로부터 유죄 선고를 받았다. 일본인 검사는 전혀 근거 없는 말로 엮어 둘 다 죄인으로 만들어버렸다. 자백을 받을 때까지 채찍과 고문으로 그들을 닦달했다. 춘상과 지석 모두 폭행 및 절도와 장물수수 죄가 적용 되었다. 거기에 이상하게도 춘상에게는 교사죄가 더해져서 징역 1년에 벌금 50원에 처해졌고 지석에게는 소란죄에 전과가 있는데다

독립자금 모집책이란 죄가 덮어 씌워져서 5년 형이 선고되었다. 5년이
란 세월이 형무소에서 어떤 세월이란 것을 지석은 모르지 않았기에 앞
날을 생각하면 아득할 뿐이었다.

"형씨, 아버지가 정말 독립운동을 하우?"

지석이 물끄러미 바람벽에 시선을 박고 있는 춘상을 향해 물었다. 춘
상이 되는대로 지껄였는지도 모른다고 생각했기 때문이다.

"사내대장부가 어찌 더럽게 혀를 놀린다 말이라? 울 아버지가 독립자
금 모집책을 했꾸마. 큭, 큭 빙신 같은 놈들, 하는 짓들 허군……울 아버
지 죄를 어찌 그쪽한테 뒤집어 씌웠을 거나……"

지석은 춘상의 대답에 어안이 벙벙했다. 일본의 덫에 제대로 걸렸다
는 생각이 들었다. 춘상의 말투로 보아 거짓말을 지껄이진 않는 모양이
었다. 지석은 어둑한 감방에 갇혀 신세가 옹색해도 춘상의 모습이 돋보
였다. 조선인끼리 치고 박고 한바탕 싸움을 치른 사실에 지석은 부끄럽
기 그지없었다. 존경스런 표정으로 물끄러미 바라보고 있자 이번에는
춘상이 쪽에서 물어왔다.

"보소, 형씨. 내도 하나 물어 봅시다. 그짝 돌멩이로 손가락 내리칠 때
사실 아픈 거 맞제? 부하들 앞에서 가오(폼) 잡을라꼬 참았제? 내 말이
틀렸는교?"

지석은 춘상의 물음에 갑자기 머리가 어리둥절했다. 가만히 생각해
보니 무슨 용기로 손을 그렇게 돌멩이로 내리 찍었는지 모를 일이었다.
더군다나 손을 내려칠 때 아팠는지 어땠는지 알지 못했다. 아득하게 기
억을 되살려 보니 전혀 아픔을 느끼지 못했던 듯했다. 지석은 춘상의 물
음에 씨익 웃으면서 받았다.

"내래 어찌 그리 했는진 모르겠지만 아프진 않았소다. 이 붕대 속에

상처가 부하들 앞에서 훈장이 되길 바랬는데 어이쿠, 무슨 팔짜가 가오잡자 형무소 직행이니 언……"

춘상은 무슨 생각에 잠긴 듯하더니 갑자기 몸을 일으켜 세우고 지석에게 가까이 다가왔다. 춘상이 지석의 손을 잡고 칭칭 동여매진 붕대를 풀었다.

"아니 도, 동무, 어찌 이러누? 어찌 손가락 빤쓰를 벗겨내누?"

"콜록 콜록.....계집 빤쓰가 됐든 손가락 빤스가 됐든 한번 벗겨 보구 싶다카이. 허 참, 내캉 괜히 경상도 보리 문둥이라 카는줄 알제?"

지석의 손바닥에서 붕대를 걷어내는 춘상의 동작은 민첩했다. 마치 붕대를 날마다 껴안고 살았던 사람처럼 동작이 숙련되어 보였다. 지석은 춘상의 존재가 갈수록 궁금해져서 차라리 이렇게 같이 형무소 감방에 있는 순간이 다행일지 모른다는 생각이 들었다. 하루살이처럼 떠돌다 짐승처럼 아무데나 등을 붙이던 날들이 속절없이 흘렀었다. 춘상이 같은 동무가 곁에 있다면 형무소에 몇 년을 썩는다 해도 괜찮을 것만 같았다.

"관절(대관절) 무슨 소리오? 경상도 보리 문둥이래 뭐 누구네 강아지 이름이오?"

"칼, 칼, 칼……실은 내에 문둥병을 앓았단 말요. 열 네 살 때 병이 나꾸마. 대구 애락원 드가서 치료 받구 좋아져가 경쾌 퇴원해 나오지 않았는고. 칼, 칼, 칼……"

지석은 춘상의 대답에 거의 기절을 할 뻔 했다. 그의 뇌리에서 하루도 달아나지 않던 이름이 바로 인영이었다. 문둥병에 걸려 총독부 순사들한테 쫓기듯 전라도 땅에 내려가 버린 인영을 생각하면 항상 가슴이 먹먹했다. 춘상이 문둥병 환자였다는 말에 지석은 정말 운명처럼 만났다는 생각이 들었다.

"거 춘상이 동무 맘 고생이 컸갔소구래. 내래 연분 하던 마을 누이동생이 고저 문둥병에 걸려서리 전라도 땅에 내려 갔다오."

춘상은 몸을 숙여 지석의 상처를 꼼꼼히 들여다보더니 지석의 말에 허리를 펴고 상처 붕대를 다시 둘러매며 지석을 뚫어지게 응시했다. 춘상이 역시 지석의 말을 듣고 보통 인연이 아니라고 생각하는 것만 같았다.

"어찌 그래 뚫어지게 꼬나 보오?"

"거 허우대 멀쩡한 동무가 내캉 여 깜방서 조차 대거릴 하는갑따. 그래 그 처자 이름이 뭐꼬? 불두덩 구경은 했겠제?"

지석은 춘상의 입에서 튀어나온 상말에 본능적으로 화가 났다. 가슴속에 하루도 거르지 않고 품어오며 그리움을 키워오던 인영에게 욕을 먹이는 듯싶어 손을 쳐들어 어눌하게 한방 먹이는 시늉을 했다.

"감히 어데라구 주둥일 그 따우로 놀리누? 우리 인영이래 열 두 살 적 문둥병 걸린 것두 억울한데 어이 욕을 먹이누 말이라……"

"칼 칼 칼……불거웃도 나지 않아서 헤졌단 말이라? 인영이라 캤능교? 이름 한번 억수루 이쁘네 가시나. 한데 형씨, 전라도 땅이믄 소록도 들어간 모양인데 마 거게 입소한 환자들 억수루 고생한다카이. 뭐, 새벽에 졸린 눈 부비고 나와서 온종일 채찍 맞구 노역하다가 달밤에 언 몸으루 숙소에 들어간다는데에 머 그냥 손이 얼어가 손가락도 떨어지구 발가락도 떨어지구 마 지옥이라 카드라……"

지석은 춘상의 말이 어디까지 사실인지 몰랐지만 그의 말을 듣고 더욱 인영이 그립다는 생각이 들었다. 인영이 마을을 떠난 이후 더는 인영에 대해 어떤 소식도 듣지 못했다. 인영이를 소록도에 집어넣고 왔다는 할머니의 소식이 지석이 아는 인영에 대한 모든 것이었다. 춘상의 말이 사실이라면 인영은 지옥 같은 데서 얼마나 자신의 병을 원망하고 가족을 원망하며 하루하루 살아가고 있을까? 지석이 정성껏 깎아준 장승은 효험이 있었을까?

지석은 춘상과 같이 밤이 새는 줄도 모르고 이야기를 나누었다. 춘상역시 일본 놈을 폭행하고 달아난 사실을 무용담처럼 들려주었다. 지석은 춘상이 독립운동을 하는 집안의 자제임을 알았고, 춘상이 지석에게 들려준 어떤 말도 가식이 아님을 깨달았다. 벽을 보면 숨이 턱 막히는 좁고 어둔 공간에서 지석과 춘상은 함께 체온을 느끼며 반드시 살아 나가자고 맹세했다. 의리로 동무가 되자며 수없이 손가락을 걸었다.

하지만 지석은 5년이란 세월을 여기에서 버틸 재간이 없었다. 지옥 같은 공간에서 5년을 무슨 수로 버텨낼 수가 있을까. 어떻든지 사는 길이란 형무소에서 빠져나가는 길밖에 없다고 생각했다. 그러던 어느 날, 지석에게 서대문 형무소를 벗어날 수 있는 절호의 기회가 주어졌다. 당시에는 지석에게 당연히 감옥을 벗어날 수 있는 절호의 기회처럼 여겨졌던 것이었다. 그러나 실상은 일본 놈들의 꼬임에 넘어간 것이며, 지석에게 있어 생사를 가르는 갈림길의 시초가 되었던 것이다.

조선총독부에서는 형무소에 수용된 죄수들의 명부를 가지고 있었는데 한 명씩 불러 특별지원병이 되면 죄를 면해주고 감옥에서 당장 나갈 수가 있다고 설득했다. 좁은 감옥에 갇혀 발광을 하던 죄수들은 너도 나도 가리지 않고 특별지원병에 응모했다. 지원병이 되면 형식적인 신체검사를 거쳐 특별지원병 훈련소에 입소해서 6개월 정도 훈련을 받는다고 했다. 그런데 지원병이라기보다 강제 차출된 측면이 농후했다.

지석은 은밀히 춘상과 논의를 했다. 지금 이렇게 지원병이 되어 훈련을 받고 어느 전쟁터로 끌려 나가는 것이 아니냐? 일본을 위해 일본군의 이름으로 목숨을 바치는 것이 아니냐? 염려 하던 중에 정말 조선인 죄수들의 이름을 일제히 일본식 이름으로 바꾸었다. 지석은 어떤 의미인지 모르지만 '카게노 이츠와리'라는 이름을 부여받았다. 나중에야 알게 되었지만 이 이름 속에는 '어두운 사기꾼'이란 뜻이 담겨 있어서 공연히 기분이 나빴었다.

그런데 춘상은 일본 놈들의 설득에 완강히 반대를 하는 모양이었다. 형무소 출발을 하루 앞둔 밤에 지석은 은근히 춘상에게 물어보았다. 춘상은 자신이 형무소에서 죽을망정 일본 놈들을 위해 총알받이가 되기 싫다는 말을 했다. 또한 자신이 한때 만주에서 마적생활을 하며 목숨을 내걸고 빼앗긴 조국을 되찾고자 발버둥을 쳤는데 이제 와서 감옥을 벗어나고자 특별지원병이 된다는 것은 옳지 않다고 단호히 밝혔다.

하지만 지석은 5년이란 세월을 형무소에서 버텨낼 재간이 없었고, 형무소에서 죽을 바엔 차라리 바깥바람을 쐬는 것이 현명하다는 생각이 들었던 것이다. 춘상은 형무소에서 남고 지석은 어느 날 밤에 서대문 형무소를 출발해 차창이 검은 커텐으로 가려진 군용 트럭을 타고 이동했다. 특별지원병들의 훈련소가 있는 용산 26부대라는 곳이었는데 일본 청년들과 조선청년들이 오합지졸로 섞여 있었다.

훈련소에 첫발을 내딛던 순간부터 채찍이 시작되었다. 트럭에서 내리자마자 어떤 말도 없이 닥치는 대로 채찍을 휘둘렀다. 저항하는 자들에겐 몽둥이가 기다리고 있었다. 날마다 얻어터지며 울면서 눈물로 훈련을 받았다. 배가 고파 뱃가죽이 달라붙을 정도였고 그럼에도 훈련의 강도는 정신을 잃을 정도로 강력했다.

어떻게 시간이 흘러가는 줄도 모르고 죽기 아니면 살기 식으로 훈련을 받고 겨우 훈련을 마치자 다시 지원병들을 기차에 태워 대구라는 곳으로 이동했다. 대구에서 역시 기다리던 국방색 군용트럭에 몸을 싣고 어떤 산속으로 들어갔다. 대구에서 역시 혹독한 훈련 속에 채찍을 당하고 고통을 당하며 그러더니 어느 날, 일제히 부산으로 이동했다.

아아, 칠흑의 밤을 뚫고 철로를 달려 고향에서 끝없이 멀어지는 지옥 같은 시간, 부산에서 지석 일행을 기다리고 있는 것은 관부연락선이었다. 일본 시모노세키를 향해 서글픈 뱃고동이 울릴 때 조선의 청년들은 마침내 일본 놈들의 의도를 아득하게 깨닫게 되었다. 아아, 맘속으로 염려했던 일들이 지석에게 기다리고 있었던 것이다.

제10장

단종(斷種), 달아난 청춘

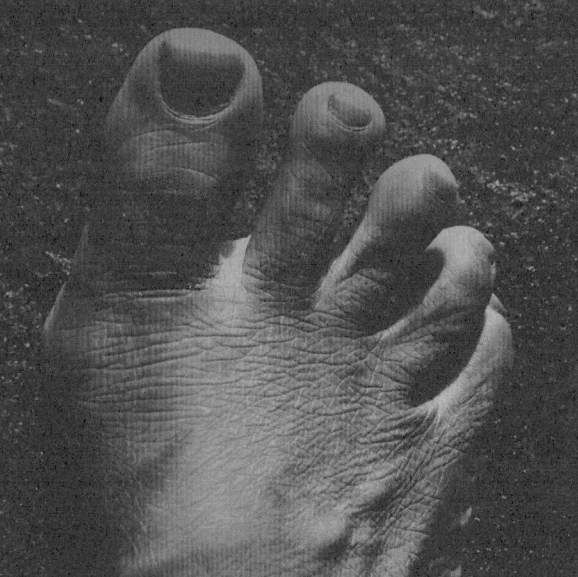

인영은 아무리 노역에 시달리어 신역이 고달파도 희망을 잃지 않았다. 편지에 알려온 어머니 정씨와 인후 오빠가 소록도에 다녀갈 거라는 기대 때문이었다. 몇 번이나 죽을 생각도 하지 않은 것은 아니지만 이제 팔이 떨어져 나가고 발가락이 떨어져 나간대도 절대 죽을 생각을 하지 않았다. 또한 지석에 대한 그리움이 다시 마음속에 싹트면서 지석이 정성스레 깎아 만들어준 장승을 꺼내 목에 걸었다. 반드시 장승이 자신의 생명을 지켜줄 것이라고 인영은 믿었기 때문이다. 하지만 생각할수록 가슴 아픈 현실은 눈물 밖에 샘솟지 않았다. 지석 오빠는 지금 형무소에 갇혀 있을까? 아님 형무소에서 나와 어디를 부랑하고 있을까? 할머니 돌아가셨으니 이제 지석 오빠는 천애의 고아가 분명한 것이다. 아아, 불쌍한 지석 오빠! 환자들 가운데 성품이 나쁜 환자들이 인영에게 따리를 붙고 일본 직원들이 수작을 걸어도 인영은 오직 지석을 생각하며 오롯이 참아낼 수 있었다.

하지만 이런 가족의 생각이나 지석 오빠에 대한 생각도 사치에 다름 아니었다. 갱생원의 동료들은 집에서 떠나올 때와 달리 많이 실의에 빠져 있었다. 인영 역시 마찬가지, 집을 떠나올 때는 그래도 병이 나아 올 거라는 믿음이 있어서 가족이나 동무들은 울어도 정작 자신들은 울지 않았었다. 하지만 막상 소록도에 들어와서 맞이한 생활은 하늘과 땅 차이였다. 등허리에 내리 꽂힌 채찍에 단번에 그런 기대는 물거품이 되어 버렸다.

뭍에서 짐이 들어오면 환자들이 맨발로 물속에 들어가서 짐들을 하역했다. 땔감이든 석탄이든 먹을 양식거리든 하역을 하기 위해 예외 없이 바닷물에 발을 담갔다. 선창이 만들어지기 전까진 수없이 이런 생활을 되풀이 했다. 추운 겨울에도 맨발로 바닷물에 들어가서 하역을 하고 발이 얼어붙으면 갯가에 모닥불을 피워놓고 발을 녹였다. 상황이 이렇고 보니 노역을 하다가 손가락이 달아나고 발가락이 얼어서 떨어져 나간 경우는 수도 없이 많았다.

갱생원 원생들 사이에 문둥병은 절대 낫지 않는다는 말이 나돌았다. 인영은 그럴 때가 가장 가슴이 아팠다. 병이 나아 지석 오빠와 혼인도 해서 아이도 낳고 고향 떠나올 때 선물로 받은 구봉침을 두른 베개도 같이 베고 행복하게 사는 꿈을 아마 날마다 꾸었는지도 모른다. 애써 고개를 저어 마음속에서 스스로 외면해 왔는지도 모른다. 아니 돌이켜 생각해 보면 날마다 그런 날들의 연속이었던 것 같았다.

몸이 고달파도 가족과 지석을 생각하면 참을 수가 있었다. 가족의 힘이란 어떤 힘보다 강력하다는 것을 인영은 느꼈다. 그래도 손가락과 발가락이 달아난 원생들보다 인영은 처지가 나았다. 손가락이나 발가락이 달아난 원생들은 손발이 모두 있는 원생들을 한없이 부러워했다. 바늘을 집을 수 있고 젓가락질을 손으로 할 수 있다는 것이 얼마나 행복한 일인지 모르지 않았다.

손가락이나 발가락이 달아난 원생들은 자신의 처지를 비관해서 부러 약도 버리고 그저 일을 하다 죽을 각오까지 하는 경우도 많았다. 일을 하다 죽을 각오를 하는 환자들은 곁에서 보면 대번 짐작이 갔다. 그들은 일을 하는데 두려움이 없었다. 엎어지고 넘어져도 힘겹게 일어나서 일을 계속 했다.

죽을 각오로 일을 하는 모습이 인영에게는 악착같이 살기 위한 몸부림처럼 비쳐졌다. 석탄재도 꾀를 부리지 않고 갯가에 내다 버리고 병을 주워 바닷물에 헹구고 환자들이 버린 붕대를 모아 다시 빨아서 사용했다. 농사를 지을 때는 밭둑을 깎고 도랑에 돌도 쌓았는데 돌이 크면 돌을 깨서 쌓아야 했다. 농사지은 나락이 들어오면 정미소에 나가 벼를 찧었다. 보리도 타작해서 말려 보리쌀을 찧고 눌러서 납작보리를 만들었다. 이렇게 마련한 곡식들은 환자들에게 아주 조금씩 배급해주었다. 그러니 항상 먹을 양식이 부족해서 환자들 대부분은 껄떡거리지 않으면 안 되었다.

정미소 일이 힘이 덜 든다고 판단한 일본 놈들은 남정네들을 목도꾼으로 차출했다. 목도는 노역장에서 돌멩이를 나르는 일인데 가장 힘이 들었다. 목도꾼들은 커다란 돌멩이를 둘이서 혹은 넷이서 양쪽에서 지렛대를 어깨에 메어 운반했다. 수호 원장의 소록도에 대한 야심찬 계획은 환자들의 피와 살을 도려내는 작업이었다. 날만 새면 일터에 나가야 했기 때문에 환자들 사이에는 '찌까다비로 찰 것인가, 몽둥이로 칠 것인가?' 하는 말이 돌았다. 일을 열심히 해도 찌까다비로 차고 몽둥이로 때렸다. 아무리 일이 고단하고 힘이 풀려도 쉴 수가 없었다.

환자들은 소록도에서 인간이 아니었다. 분명 불 속에 뛰어들어 죽으려고 들어온 불나방이었다. 동물보다 짐승보다 못했다. 산에 있는 소나무를 옮겨 심을 때도 지옥 같았다. 소나무를 뿌리 채 깊숙이 파서 새끼로 얽어 흙이 떨어지지 않도록 이동했다. 만약 흙이 떨어지거나 하면 모진 채찍질을 당해야 했다. 물론 채찍의 중심에는 악명 높은 '사또'라는 간호주임이 있었다. 사또는 마음에 들지 않으면 버럭 채찍을 휘두르고 화를 내며 환자들을 향해 고성을 질렀다.

"문둥이 새끼들 보라. 이렇게 해서 어찌 살겠냐 말이다. 너희 놈들 죽어봐야 이 소나무 하나만도 못한 목숨들이다."

이렇게 고성을 지르며 채찍을 마구 휘둘렀다. 환자들 사이에 '사또'의 이름만 들어도 치를 떨지 않는 사람은 한 명도 없었을 것이다. 수호 원장은 또한 확장공사를 성공적으로 마무리 하고 황태후의 초청으로 궁에 들어가 선물까지 하사받은 상황이어서 의욕이 십분 넘치고 있었다. 그래서 다시 2차 확장공사에 돌입했다.

조선에 흩어진 나환자들을 모집해 1천여 명을 더 수용한다는 당찬 계획이었다. 몸이 불구인 환자들을 노예처럼 부려 수호 원장은 놀라운 성과를 거두었다. 작업 중에 쓰러진 환자들이 엄청나게 많았다. 손과 발에 동상을 입어 손발을 못 쓰게 되어버린 환자들도 부지기수, 얼어붙은 손가락이 떨어지면 스스로 떨어져나간 손발가락을 주어 울면서 작업장에 묻었다.

당연히 환자들의 불만은 소리 없이 하늘을 찔렀다. 이런 내막을 뒤로 한 채 외부에서 시찰을 나오면 누구 할 것 없이 경탄과 찬사를 늘어놓았다. 건물들과 도로망, 아름다운 풍치까지 소록도는 환자들의 피눈물로 겉모습은 마치 훌륭한 낙원처럼 보여지고 있었다. 수호원장은 세계 제일 가는 시설을 만들기 위해 마치 미친 사람 같았다. 수호는 자신의 충성스런 마음을 증명해 보이고자 했으며, 자신의 공적을 내외에 과시하고 싶은 마음이 강했다. 환자들을 노예처럼 부리며 놀라운 성과를 올려도 수호의 눈에 차지 않았다. 당연히 환자들에 대한 채찍과 폭행이 더욱 가열 찰 수밖에 없었다.

환자 대표 박순주는 이런 수호의 야심을 파악하고 철저히 수호의 심복이 되었다. 원생들과 관련한 일이면 무엇이든 박순주와 수호 사이에 논의가 되었다. 여기에서 박순주는 지나치게 수호에게 충성했다. 박이 수호에게 충성하는 일은 환자들을 교묘히 닦달하고 부리며 환자들을 착취하는 일이었다. 일본국에 충성하는 의미에서 원생들로부터 국방헌금을 걷어 상납하자는 의견은 박순주의 머리에서 나왔다. 사또 역시 박의 의견에 맞장구를 쳐서 각 마을 간호주임 및 환자대표 등을 불러 연석회의에 부쳐서 통과시켜버렸다.

각 마을로 돌아가서 부락 대표들은 사장(舍長) 회의를 열어 회의 결과를 공지하고 서면에 연서를 받았다. 이렇게 지나친 충성에서 비롯된 국방헌금 때문에 원생들은 전원 반 홉 정도의 식량배급이 줄어들었다. 수호 원장에 대한 반감이 하늘을 찔렀다. 채찍을 매달고 사는 사또에 대한 원망과 분함은 이루 말 할 수가 없었다. 무엇보다 같은 동료로서 환자 대표를 맡고 있는 박순주에 대한 원생들의 배신감은 끝 간 데를 몰랐다. 원생들 가운데 박을 처단하기 위해 이를 가는 환자들이 늘어나기 시작했다. 박에 대해 누구보다 혀를 물고 죽고 싶은 사람은 전라도 순창 사람 이용길이었다. 이렇게 얽히고 꼬이기 시작한 관계는 나중에 정말 박을 살해하는 계기가 되고 말았다. 이용길은 박순주를 은밀히 찾아가 죽이고 형무소에 붙잡혀 가서 스스로 자살하게 된다.

박순주는 아내와 같이 소록도에 들어왔기 때문에 수호 원장한테 부부동거를 수차례 의뢰했다. 박의 지나친 충성심에 수호 역시 마음이 움직여 결국 부부동거를 허락했다. 부부가 갱생원에 들어와 같이 생활하던 원생들은 뛸 듯이 기뻐했다. 남의 눈치를 보지 않고 떳떳한 공간에서 활발하게 부부생활을 할 수 있게 되었다는 것은 원생들에게 여간 마음의 위안이 되었다. 부부생활이 급한 원생들은 임시로 방의 중간에 광목으로 포장을 치고 마음을 졸이며 살림을 했다. 주위에 원생들이 없는 틈을 타서 눈치껏 부부관계를 치렀다. 2차 확장공사 시에 1동에 여섯 개의 방이 자리 잡았고, 부부동거 허가 신청서 역시 보도과를 경유해 수호 원장이 직접 결재했다. 하지만 부부생활의 조건은 혹독한 것이었다. 부부생활을 원하는 원생들의 경우 반드시 의무과에서 정관수술을 받는 조건이 붙었던 것이다. 수술 필증을 제출해야 동거가 가능했다. 원생들은 어이가 없어 등을 돌리고 욕을 퍼부었다.

이런 조건 때문에 실제 신청자는 생각보다 많지 않았다. 특히 부부 모두 중증 환자의 경우 거들어줄 환자를 조달하기 어려워서 동거가 쉽지 않았다. 부부사에 입사하기 전에 신사참배를 해야 하는 것도 걸림돌이었다. 당시 그리스도를 최고의 신으로 여기며 위로를 받았던 환자들로서는 내키지 않은 제도였다. 그럼에도 이런 제도는 훗날 원생들 사이에 너무 외로워서 부부의 인연을 맺는 경우가 많아 800여 쌍에 육박할 정도였다.

인영과 순임은 잠을 이루지 못한 날들이 늘어났다. 일이 특별히 고된 날은 이상하게 잠도 오지 않았다. 다음 날 짐승처럼 끌려가서 죽도록 일을 해야 한다는 생각은 잠마저 달아나게 만들어버렸다. 노역의 고통이 지속되면서 원생들 대부분은 병세가 악화되고 수족에는 상처투성이로

얼룩져 있었다. 그럼에도 전혀 개의치 않고 노역을 지속시켰다. 부부사에 입소한 원생들을 보고 많은 원생들이 부러워하기도 했다. 밤에 잠들기 직전 순임이 인영에게 심심파적으로 말했다.

"인영이두 나중에 사랑하는 사내 만나 혼인하고 부부사에 동거하거라."

"에그 순임이 고모 어찌 인영이한테 그런 말 하오까? 나는 사내가 싫습네다."

"어머, 인영이 혼인하겠다는 사내 있다고 하지 않았누?"

순임의 말시답 끝에 인영의 뇌리에는 지석이 떠올랐다. 하지만 생각하면 가슴만 미어질 따름이었다. 형무소에 들어갔다는 지석의 행방을 어찌 알며 설령 안다손 쳐도 나병의 몸으로 어떻게 지석을 만날 수가 있을 것인가? 인영은 저도 모르게 긴 숨을 내쉬었다.

"인영이 마음 아픈 모양이구나. 고모가 잘못 했누나. 이제 그딴 얘기 하지 않을게……"

"아냐요, 고모. 인영인 사내 만나 꼭 아이를 낳을 거야요. 옛날 소록도 입소할 적에 금화, 라는 여자가 그랬어요. 인영이 팔자에 아이 하나 있다구……"

"어머 그랬구나. 인영이가 정말 아이 갖고 싶나 보구나. 하나님께 달라고 하면 들어주실 거야. 인영아, 우리 같이 예배당 나가서 기도하자."

말은 그렇게 했지만 둘 다 기력이 다해 몸을 일으키기 어려웠다. 그러다가 잠이 들어 밤새 고통을 털어내느라 잠꼬대를 하거나 가위에 눌렸다. 눈을 붙인지 얼마 지나지 않아 새벽닭이 울었고, 새벽닭이 우는 것과 동시에 마을마다 원생들의 잠을 깨우는 호루라기 소리가 들렸다. 환자들에게는 아무리 세월이 흘러도 산더미 같은 일거리가 쌓여 있었다.

아침이 되자 노역을 독려하는 직원들의 고함소리가 하늘을 찔렀다. 부산하게 뛰어 다니는 발뒤축 소리들이 가슴을 옥죄게 만들었다. 맨발을 차가운 바닷물에 담가가며 백 촉 짜리 백광전등의 등대를 완성하고 이어서 종루를 세웠다. 등대는 청명한 날에 십리 밖에서 자취를 느낄 정도였다. 종루는 남생리 뒷산 봉우리에 세웠는데 서본원사에서 기증을 받은 종을 달기 위해서 원생들은 근로봉사라는 명목으로 노역에 부쳐졌다. 10척 정도의 석축을 쌓았는데 석축을 쌓는 돌은 환자들이 직접 손으로 운반했다.

소록도에 불교를 신앙하는 원생들은 이상하게 하나도 없었는데 종루는 마치 법당을 보는 듯했다. 들보에 연꽃과 색색의 용을 그려 넣었다. 이렇게 완성된 종루에서 울리는 은은한 종소리는 나중에 소록도 전체에 울려 퍼졌다. 은은한 종소리는 원생들의 시름과 슬픔을 싣고 멀리 바다 건너 녹동까지 울려 퍼졌다. 그러나 간절한 바람을 담은 듯한 은은한 종소리는 허무한 메아리만 남기고 공허하게 되돌아왔다.

몇 번씩 직원들의 다그침이 있었지만 인영은 도저히 일어날 수가 없었다. 정말 죽인다고 해도 몸을 일으켜서 노역장에 나갈 수가 없을 것만 같았다. 차라리 이렇게 죽어버리고 싶은 마음이 불쑥불쑥 그림자처럼 울렁거렸다. 순임이 마음을 졸이며 몸이 깔아진 인영의 상태를 보고 박순주에게 선처를 호소했지만 받아들여지지 않았다. 순임은 인영을 보호하기 위해 어떤 밧줄이든지 잡고 싶었다. 비록 썩은 밧줄이라 해도 당장 인영을 위해 할 수 있는 무엇이든 해야 한다고 순임은 생각했다. 박순주에게 호소했지만 호통만 듣고, 그래도 조선인 직원들을 찾아가 하소연 했다. 오순재와 송희갑의 바짓가랑이를 붙들고 인영의 처지를 선처해 달라고 매달렸지만 공연한 짓거리만 되고 말았다.

"쳐 죽일 놈들, 즈이 놈들 배때기 따뜻하니 눈에 뵈는 거이 없다 이거지. 내가 그냥 저 우다질 놈들을……"

이런 내막을 알게 되어 박과 일본 측 조선인 직원들을 향해 한 마디 내쏘는 사람은 바로 이길용이었다. 이길용은 마을 대표를 하면서 그래도 원생들을 생각하는 데 앞장서고 무엇이든 원생들의 권리를 주장하고 원생들 입장에서 일을 하는 사람이었다. 그래서 이길용에 대해 마을 원생들은 존경의 태도로 깍듯이 대했다.

이길용이 원생들의 권리 등에 대해 다른 부락 대표들 보다 지나치게 민감한 반응을 보이는 것에 가장 백안시를 하는 사람은 바로 박순주였다. 박과 이는 항상 일촉즉발의 상태에서 첨예하게 대립하고 있었다. 환자들에 대한 착취가 눈에 보듯 뻔한 상황이 지속되면서 박에 대해 더욱 악랄하게 이를 뿌드득 갈고 있는 사람 역시 이길용이었던 것이다.

이날은 만령당을 새로 짓기 시작한 날이었다. 신생리 방향 산허리에 생긴 납골탑이 바로 만령당이었다. 원생들은 스스로 만령당을 지었다. 만령당을 신축하면서 원생들은 스스로 자신의 몸을 영원히 소록도에 가두고 말았다. 왜냐하면 원생이 죽으면 화장을 해서 이곳 만령당에 안치했기 때문이다. 그들은 스스로 이것이 자신들의 영혼을 여기에 가두게 되리란 것을 처음에는 알지 못했다.

부지공사를 시작해서 석재와 골재를 운반하고 도로 등을 개설하는 데 수많은 환자들이 노역에 참여했다. 이런 시설들의 낙성식에 지방의 유지 등은 물론 경무국장 대리까지 참석하여 성대하게 치렀지만 정작 원생들은 죽어서 여기 만령당에 이르는 길이 순탄치 못했다. 여기에서 죽은 원생들은 하나도 빠짐없이 시체 해부를 당해야 했기 때문이다. 구북리 화장터에서 곪고 상처투성이의 육신을 훌, 훌 벗어버린 원생들은 한줌 유골이 되어 가로 세로 각 20센티미터의 상자에 유폐되고 말았다.

사또는 이날도 원생들의 노역을 감시하느라 혈안이 되어 있었다. 만령당을 짓느라 모든 원생들이 허리를 꺾어가며 손발을 잃어가며 차라리 일하다 쓰러져 죽기를 갈망하며 일을 할 때, 인영은 도저히 호사에서 일어날 수가 없었다. 순임 역시 노곤하고 피죽이 되어버린 몸을 겨우 일으켜 노역 현장에 나왔다. 순임이 마저 일을 하지 못하면 인영의 처지가 더욱 난처할 것이며, 순임이 인영의 몫까지 일을 해야 하기 때문이다.

순임은 머리에 수건으로 똬리를 틀어 얹고 벽돌 원토 채취장에 당도했다. 벽돌을 임을 이듯 만령당까지 운반해야 한다. 채찍을 휘두르며 요리조리 펄펄 나는 사또는 다부지고 깡마른 체격에 노역장의 원생들을 피도 눈물도 없이 다그친다. 키가 껑충한 남생리 이동(李東)에게 사또가 명령을 하고 있었다.

"너, 저기 작은 소나무 두 그루 반드시 옮겨 심으라."

사또는 소나무 두 그루가 작업에 방해 된다면서 이동에게 소나무를 옮겨 심도록 지시했다. 끼가 껑충한 이동은 허리를 굽히며 알았다는 동작을 해보였다. 이때, DDS가족으로 인연을 맺은 순임이 이동을 만났다.

"누이, 인영이는 어째 안 보이까잉?"

"에그, 동생. 인영이 몸이 많이 아파서 일어나지 못했지……"

"죽일 놈들, 사또 저놈한테 어제 많이 맞았다면서요?"

이동의 물음에 순임은 대답 대신 고개를 힘없이 끄덕거렸다. 이동은 입술을 깨물었다. 사또를 생각하면 원생들의 마음은 누구나 부글부글 끓었다. 하지만 사또에게 대적할 원생은 아무도 없었다. 사또는 곧 수호 원장의 심복이요, 사또에게 대거리를 하는 것은 일본 천황에게 덤비는 것과 같다. 죽기를 각오하지 않은 이상, 누구든 사또에게 대적할 용기를 내기란 결코 쉬운 일이 아니었다.

이동은 사또의 명령도 잊어버리고 숨 가빠 뛰기 시작했다. 구북리 인영의 호사까지 한 번도 쉬지 않고 단숨에 뛰었다. 호사의 방문을 열고 들어갔을 때 인영은 신열이 오르고 비몽사몽 헛소리까지 하고 있었다.

"아이고 인영아, 이동 삼촌이여. 어디가 어쭈고 아프다냐이?"

이동의 물음에도 인영은 기척을 느끼지 못한 모양으로 헛소리를 하고 있었다.

"어, 엄마, 오, 오라비……어, 어디 가……"

"오메, 울 인영이 헛소리 하는갑따잉, 인영아……"

이동은 인영의 이마에 손을 짚었다. 이동은 눈썹이 없고 얼굴만 한쪽으로 비뚤어졌을 뿐, 상태는 누구보다 양호했다. 그래서 인영이가 노역을 하며 힘들어 할 때 이동이 인영의 몫을 대신하기도 했다. 이동이 인영을 흔들어 깨우자 인영이 기척을 느끼며 윗몸을 일으키려 했다.

"아녀, 인영아, 누워 있그라. 삼촌이 너 몫은 할텡께 염려 말고잉. 오메, 몸이 그냥 불덩이네, 인영아, 아침은 먹었다냐?"

"아냐요, 삼, 삼촌, 입맛이 통 없어서……"

"아녀, 인영아, 입맛 없어도 뭐라도 챙겨 먹어야 혀. 아 그래사 엄니도 보고 오빠도 보제? 인영이 금방 잠꼬대 하는 거 본께 엄니 생각 많이 난갑다잉."

인영은 겨우 몸을 일으켜 세웠다. 이동은 몸져누운 인영의 모습을 보며 마음이 아팠다. 인영은 몸이 죽어라도 일어나야 한다는 생각이 들었다. 구겨진 종이처럼 망가진 몸을 인영은 힘껏 힘을 다해 일으켜 세웠다.

"인영아, 어째 안 눕고 일어선다냐잉?"

"삼촌, 이제 어지간히 쉬었어요. 나가서 일을 해야 삼촌이나 순임 고모한테 신세지지 않죠."

하며 인영이 겨우 자리에서 몸을 일으켜 세웠다. 이동은 이런 인영의
모습을 보고 쯧, 쯧 혀를 찼다. 몸이 아프다고 마냥 누워있을 수 없는 실
정이란 것을 이동은 모르지 않았다. 동료들이 인영의 몫을 대신하는 것
은 한계가 있었다. 노역에 빠지면 결국 나중에 인영 자신에게 벌칙이 돌
아온다는 것을 모르지 않았기 때문이다. 그러나 인영의 몸은 생각보다
많이 지쳐 있었던 모양이었다. 호사를 나오다가 결국 다시 쓰러지고 말
았다. 당장 채찍이 등에 얹히고 몽둥이가 어깨에 꽂힌다 해도 몸을 움직
일 기력이 모두 달아나버린 모양이었다. 이동은 쯧, 쯧 혀를 연신 차대며
일본 놈들과 직원들을 욕하며 인영을 부축해 다시 방에 눕혔다.

"인영아, 쪼깐 눈 좀 붙이고 있그라. 삼촌이 본관에 들러 해열제라도
좀 구해볼텐께……"

"이동 삼촌, 인영이 괜찮대두……콜록콜록……"

"음마, 감기까지 왔는갑따, 가만 누워 있어라. 힝 다녀 올텐께……"

이동은 인영의 아픈 모습을 보니 살을 깎는 듯이 자신의 마음이 안타
깝고 아팠다. 소록도 갱생원에서 누구 하나 몸이 성한 사람은 없지만 가
족이란 인연으로 마음을 주고받으며 위로하며 살아가는 자신에게 인영
의 존재는 절대적이었다. 이동은 사람의 운명이란 자연스런 인연을 따
라 결정되는 모양이라고 생각했다.

이동은 인영의 호사를 나와 역시 구북리의 병우의 호사에 들러보았
다. 또덕이는 환자들의 약 심부름을 척, 척 잘도 했다. 또덕이가 약제과
에 가서 약을 달라 조르면 천하 없이 약제과 직원들은 또덕이한테 약을
주었다. 약을 주지 않으면 또덕이가 아이처럼 조르기도 했고 직원들 앞
에서 웃겨주기도 해서 그야말로 환자들이 아플 때 심심찮게 도움이 되

었다. 병우의 부재를 확인하고 이동은 또덕이가 관리하는 닭 사육장으로 향했다. 걸어서 반시간 남짓, 이동은 사또가 지시한 명령도 잊어버린 채 인영을 위해 하루를 소요했다. 병우는 아주 규모 작은 사육장에서 땀을 뻘, 뻘 흘리며 일을 하고 있었다.

"또덕아, 이리 와봐라."

"아찌, 무슨 일⋯⋯."

병우는 여전히 바보 같은 음성, 바보 같은 표정, 바보 같은 몸짓으로 말했다. 하지만 눈썰미 매운 이동의 눈에도 이동은 결코 바보가 아니었다. 인영이가 병우에 대해 말을 하기 전에도 이동은 또덕이가 결코 바보가 아니란 것을 모르지 않았다. 어쩌면 갱생원의 모든 환자들이 병우의 정체를 알면서도 모른 척하며 그런 분위기를 즐기고 있는지도 몰랐다.

"저기 머시냐, 인영이가 많이 아프다 시방."

"인영이 누나가 어디 아파, 아찌?"

"어저께 사또한테 호되게 맞았잖냐, 그래 그렁가 저렇게 몸져 누웠이야. 아침밥도 안 묵고 기침까지 콜록콜록 함시로 이마가 불떵이구만아⋯⋯."

"사또, 무, 무서워, 아찌 나, 나도 사또한테 맞았어, 여기 여기⋯⋯."

병우가 바보처럼 말하며 이동에게 바지를 반쯤 벗어내려 보여주었다. 이동이 보니 병우의 엉덩이에도 빨간 핏자국이 고여 있었다. 이동은 절로 쯧, 쯧 혀를 찼다. 그러면서 덧붙여 말했다.

"병우야, 아저씨 앞에서는 바보행세 하덜 마. 너 바보 아니란 거 알고 있응께. 바보 행세 하는 것도 힘들 것이다. 하덜 마, 인자. 바보 행세 하는 것도 한 두 번이지 원생들도 너 바보짓 보구 웃는 게 아녀. 맘속으론 우는 겨. 병우야, 너도 가슴에 한이란 것 맺혀 있지? 긍께 일부러 바보 행세 하덜 말어."

이동의 말에 병우는 정말 말귀를 알아들었는지 당장에는 바보처럼 말하지 않고 바보처럼 행동하지 않았다. 병우는 이제 망설이지 않고 본부를 향해 뛰었다. 병우는 자신이 인영을 위해 무엇을 해야 하는지를 알아차리고 부리나케 본부를 향해 뛰었다.

병우가 본부로 내려간 사이 이동은 걱정이 되어 인영의 호사로 다시 왔다. 인영은 아까보다 더욱 고통이 심한 몸짓으로 끙, 끙 앓고 있었다. 몸에 손을 대보니 온몸에 신열이 마치 가마솥 끓듯 했다. 이동은 안 되겠다 싶어 인영을 일으켜 겨우 등에 업었다. 등에 업고 치료 본관을 향해 뛰었다.

중간에 병우를 만나 병우와 같이 교대로 인영을 업어서 치료 본관에 도착했다. 병우의 손에는 감기약이 들려져 있었다. 이동의 말을 놓치지 않고 약제과장 닛다(仁田良逸)는 착실히 인영의 약을 조제한 모양이었다.

"예쁜 인영이가 아팠다 이거."

하고 의무과장 타다(多田景義)가 말했다. 타다는 평소 일본인이지만 인영의 미모에 은근히 관심을 가지고 있는 사람이었다. 약을 제대로 가져온 것을 보면 병우는 분명 바보가 아니란 것을 이동은 알 수 있었다. 수호 원장은 보이지 않고 다른 의료진들이 인영을 진찰하며 체온도 재고 청진기도 들이댔다. 이동은 이제 마음이 조금 놓여 인영을 의료진에 맡긴 채 병우와 같이 본관에서 걸어 나왔다.

이동은 작은 소나무를 옮겨 심어달라는 사또 간호주임의 명령도 잊어버리고 하루를 보냈다. 인영이가 난데없이 사경을 헤매는 바람에 경황이 없어 벌어진 일이었다. 이동은 다음날, 원토 작업장으로 출두하라는 사또의 명령을 받았다. 이동은 이제야 자신이 사또의 명령을 까맣게 잊어버리고 있었음을 깨달았다. 원토 작업장에는 원생들이 망가진 몸들을 요령지게 놀리며 노예처럼 일을 하고 있었다. 이동은 작업장에 가까이 올수록 소름이 돋았다. 사또의 호출이 무엇인지 알고 있기 때문이었다. 그럼에도 인영이 밤새 기력을 많이 회복했다는 말에 한시름을 놓게 되었다.

이동은 사또 앞에 대령했다. 사또는 이동을 보자마자 채찍부터 마구 휘둘렀다. 이동은 사또 간호주임의 채찍을 피하지 않았다. 채찍을 피하면 더욱 사나운 채찍과 폭행이 기다리고 있기 때문이었다. 채찍을 고스란히 몸으로 받아야 사또의 고약한 성미를 충족시킨다는 것을 원생들은 모르지 않기 때문에 누구나 사또의 채찍을 받을 때는 요령을 피우지 못했다.

"너는 소나무만도 못한 생명이다 이거."

작은 소나무 두 그루보다 못한 생명, 사또의 채찍이 껑충한 키의 등허리를 후려칠 때 찰싹 찰싹 채찍이 감겨들었다. 채찍은 마치 날이 있는 듯이 이동의 껑충한 신체를 천천히 깎아내렸다. 찰싹! 이동의 껑충한 키가 자라목처럼 움츠러들었다. 찰싹, 이동의 넓은 어깨가 양쪽에서 곧추 세워지는 듯하더니 힘없이 흘러내렸다. 찰싹, 날카로운 채찍은 이동의 종아리에 엎히기 시작했다. 찰싹, 횟수가 거듭될수록 이동의 이마에 땀방울이 맺혔다. 찰싹, 이동은 악으로 사또의 채찍을 모두 받아냈다. 결국 견디지 못하고 자리에 주저앉고 말았다.

아아, 이동은 눈물을 흘리면서 수치스러움에 몸을 파르르 떨었다. 아니, 몸이 떨리는지 가늠하기 어려울 정도로 무너진 자신이 그저 못마땅했다. 채찍이 살을 베고 지나갈 때, 저항하지 못하고 채찍을 온전히 받아내는 자신이 저주스러웠다. 이동이 채찍을 당하는 순간에 원생들 누구도 사또의 채찍을 저지하지 못했다. 감히 매타작을 버는 일임을 모두 알고 있기 때문에 마음은 수없이 속으로 사또를 떠밀고 저지해도 실제 행동으로 보여주진 못했다.

이동이 자리에 고꾸라지자 이번에는 사또의 발길질이 시작되었다. 악독한 인간, 저리 악독한 놈이 조선 천지에 어디 있을까? 이동이 사또한테 당하고 있는 때에 마치 수호 원장이 시찰을 나와 이런 광경을 목격했다. 수호가 너볏이 입을 놀렸다.

"호호호, 건설역군의 훈장은 바로 사또 몫이다."

하면서 이번에는 수호 원장이 다가와서 이동의 발등을 구둣발로 밟아버렸다.

"날래 일하라. 너희들은 황국신민이다."

이동은 마치 자신이 벌레라도 되듯이 몸을 꿈틀거렸다. 자신이 마치 벌레처럼 여겨졌다. 수호의 발길질에 벌레처럼 움직이는 영락없는 벌레, 배알도 없는 벌레, 이러다가 어느 순간 놈들의 발바닥에 몸을 밟혀 죽을 허망한 벌레. 수호와 옆에서 대동한 조선인 직원 오순재와 송희갑 두 놈역시 덩달아 수호를 이어 이동에게 발길질을 퍼부었다. 같은 조선인 직원이 이동에게 발길질을 하는 것을 보고 누군가 노역 환자가 "이런 씨부랄⋯⋯"하자 이 순간을 놓치지 않고 사또가 대뜸 채찍으로 뺨을 올려쳤다. 환자의 오른쪽 뺨에 단숨에 빨간 줄이 돋았다. 이동은 작은 소나무두 그루가 자신의 몸을 이렇게 막장으로 몰아넣을 줄 전혀 예상하지 못했다. 수호 원장이 조선 직원과 같이 자리에서 벗어나고서도 사또의 폭행은 계속 되었다.

사또는 채찍을 휘두르다 지치고 구둣발로 밟다 지친 나머지 숨을 고른 이후 방망이를 집어 들었다. 방망이 세례를 당한 순간 이동은 하늘이 노랗다 못해 이제 자기 목숨은 여기서 끝이로구나, 하는 생각을 했다. 순간, 뜨거운 눈물이 두 눈에서 쭈룩 흘러내렸다. 어머니 돌아가실 적에 남긴 아들을 낳아 반드시 대를 이어라는 유언이 떠올랐다. 엄니, 약속 지키지 못해 미안하요잉, 하면서 이동은 마음을 모질게 먹었다. 이래 죽나 저래 죽나 매한가지, 이럴 바엔 비록 나라 잃은 미천한 조선인으로 태어나 버러지가 되더라도 한번 꿈틀 저항이나 하고 죽자, 하는 되다만 생각들이 스치는 것이었다.

사또의 방망이가 이동의 어깨에 다시 내리꽂히던 순간, 이동은 팔등으로 사또의 방망이를 막았다. 방망이를 막은 다음 껑충한 키를 이용해서 발등으로 사또의 턱을 올려 찼다. 전혀 예상치 못한 이동의 반격에 사또는 바로 그 자리에서 쓰러졌다. 쓰러져 누운 사또를 향해 이동은 성난 황소처럼 덤벼들어 사타구니를 짓밟았다. 아악! 사또의 비명소리가 주변을 울렸다.

원생들이 사방에서 몰려들었다. 우려스런 표정들이었지만 이동의 구타를 막으려는 축들은 없었다. 어떤 결과가 닥친다 하더라도 여태 당했던 일들을 생각하며 고소해 하는 원생들이 대부분이었다. 죽을 만큼 사또에게 분풀이를 하고 이동 스스로 동작을 멈추었다. 이제 죽을 각오를 하면서도 속은 후련했다. 이동이 사또한테 덤벼 환자의 본때를 보인 것은 비록 환자들이라 해도 벌레처럼 취급하지 말라는 경고였다.

일본인 감시자들이 들이닥쳤고 수호 원장과 조선인 두 놈 역시 사건 현장에 당도했다. 이동은 저항하지 않았다. 비겁하게 도망을 택하지도 않았다. 이미 죽음을 각오한 몸이었다. 도망을 친다면 그에 대한 분풀이는 원생들에게 꽂힐 것을 알았기 때문에 그대로 오라를 받았다. 이동은 바로 그 자리에서 포승줄에 묶여 어디론가 옮겨졌고 결국 짐승처럼 질질 이끌려 들어갔다. 이동이 이끌려 들어간 곳은 원생들의 손으로 직접 건물을 지었던 H형의 붉은 벽돌집에 있는 감금실이었다.

이동은 감금실에 갇혀 수없이 구타를 당했다. 사또를 폭행한 것에 대해 수호 원장을 비롯한 일본 측 직원들은 사과하고 반성을 촉구했다. 그러나 이동은 죽으면 죽었지 비겁한 행동을 하지 않았다. 그러자 이번에는 이동을 붉은 벽돌집의 다른 방에 집어넣었다. 감금실이 분명한데 다른 방이었으며, 어떤 시설도 없고 오직 어둔 방만 덜렁했다. 대체 무슨 짓을 하려고 여기에 옮겨 넣은 것일까? 이동은 별의별 생각을 다해보았다.

그런데 이상한 것은 갇힌 방의 바람벽에 수도꼭지들이 여러 개가 박혀 있었다. 어둠에 익숙해지자 차츰 모습을 드러내던 소굴, 벽돌을 나르며 H형의 붉은 벽돌집을 지을 때부터 원생들 사이에 말들이 많았다. 감금실 중에서도 벽에 펌프가 있는 것으로 보아 시체 해부실이거나 아님 다른 은밀한 용도가 있을 것이라고 믿었다. 하지만 시체 해부실로 사용하기에는 해부대도 없고 너무 음침했다. 아무 용기도 없고 덜렁 어둠 속에 방만 놓여 있는 것으로 보아 해부실은 아니라고 말들이 모아졌다.

이동은 바로 그런 방에서 죽음을 각오하고 반성을 하지 않고 사과도 하지 않고 버티고 있었다. 마지막으로 이동의 의견을 물었고, 단호히 죽여 달라 외치자 '독한 문둥이 새끼' 라는 욕설과 함께 수도꼭지에서 차가운 물이 콸, 콸 쏟아지기 시작했다. 이동은 바람벽에서 물이 쏟아지는 모습에도 처음에는 대체 무슨 일이 일어나고 있는지 짐작조차 하지 못했다. 시간이 한참 흐른 뒤에야 이동은 방의 용도를 알게 되었다. 퍼뜩 뇌리에 번개가 치듯 생각이 떠올랐다. 이동은 문둥병에 걸려 오랜 세월 모질게 참아내며 살아오면서도 이토록 절망적인 순간은 없었다. 물이 무릎을 적시고 배꼽을 적시고 점점 가슴팍을 적실 때에 비로소 자신을 물에 수장시키려 하는 것을 알게 되었던 것이다. 아아, 모든 생각들이 달아나버렸다. 죽음이란 상상보다 훨씬 사람을 두렵게 만들었다. 물이 배꼽을 적시고 가슴의 허파를 밀어 올리고 목을 적실 때에야 살아야 한다는 생각이 간절해졌다.

물이 쾰, 쾰 떨어지는 소리는 마치 숨통을 조이는 자물통 닫히는 소리처럼 들렸다. 어둠 속에서 무서운 기세로 물이 차올랐다. 차가운 물의 기세는 입술을 막고 당장 숨통을 조여들 기세로 가파르게 상승했다. 낮인지 밤인지 어둠속에 오직 숨통이 막힌다는 불안과 공포만이 가득했다. 아아, 엄니, 먼놈에 팔짜가 이렇다요. 참말로 이렇게 죽을랑께 억울하요이. 자식새끼 하나 남기덜 못하고 왜놈들 손에 이렇게 허무허게 죽을랑께 징하게 서럽소잉……

들어줄 사람도 없는데 이동은 혼잣말처럼 울먹였다. 어둠속에 동화되어 이제 쾰, 쾰 물 떨어지는 소리조차 들리지 않았다. 쐬악 쐬악 코를 막아대며 올라오는 물의 위력을 보여주려는지 갑자기 불이 밝혀졌다. 이동은 불이 밝혀지자 죽음이 코앞에 둥, 둥 떠다니는 것을 목격했다. 징한 놈들, 이렇게 죽어가는 모습을 바깥에서 지켜보며 키득거리고 있는 감시자들을 향해 외쳤다.

"나 살고 싶읍께 살려주시옷. 머든 시키는대로 할팅께라……"

"조센진 같은 놈, 너도 별수 없는 조센진이지……"

"오메 숨 막혀 죽겠소. 얼릉 살려 줏시오. 머든 한단 말이요. 오메 씨팔, 나 죽을 줄 모르고 이렇구롬 땀 뻘, 뻘 흘림시로 적벽돌 날랐구만잉……오메 억울한거잉……"

이동은 체면이고 나발이고 따질 겨를이 없었다. 차라리 죽는 것이 낫다고 일을 저질렀지만 막상 눈앞에 둥, 둥 떠다니는 죽음의 물비늘을 보니 환장하게 두려웠다. 당장 살고나 보자는 마음이 꼭 보리개떡 먹고 방구 뀌듯 뽕, 뽕 흘러나왔다. 언릉 나 좀 여기서 꺼내 주랑 말이요. 오메 징한 놈들, 이렇구롬 조선 문둥이들을 죽일 요령을 했구만잉……하면서 목에 핏줄을 세우며 외쳐대기 시작했다. 나럴 이렇게 죽인 넘들 내가 물귀신 되먼 반다시 쩌그 녹동 앞바다에서 발목댕이 잡아당겨 뿔랑께, 언릉 살려 주시옷!

이동의 의식은 여기에서 멈춰버렸다. 이동은 물고문 방에 대한 기억이 더는 없었다. 숨통이 막혀 코앞에 물이 차오를 때까지 키발을 세워 숨을 들이 마시고 있었는데 기력이 다하고 물이 점점 차올라 그만 물속에 잠기고 말았던 것이다. 그럼과 동시에 이동의 의식 역시 물의 수면 아래로 가라앉고 말았던 것이다.

그가 의식을 차려보니 처음 집어넣어진 감금실이었다. 얼마나 시간이 흘렀는지 종잡을 수가 없었다. 어찌된 영문인지 생각을 집중해도 도무지 물속에 빠져죽은 귀신의 손아귀가 자신의 발목을 물속에서 잡아당기던 황당한 모습만 떠올랐다. 오메, 인자 본께 옆방 어디에서 물귀신에 홀렸능갑네요, 하는 소리가 절로 터져 나왔다. 온몸은 젖어 느끼한 물 냄새가 진동했고, 온몸이 움직일 때마다 근육이 떨어져 나가는 듯이 아팠다. 쥐새끼처럼 초라한 몰골을 보니 이동은 자신이 인간이 아니라 짐승만도 못한 벌레라는 말이 틀림없다고 여겨졌다.

그런데 놀라운 것은 죽음을 자초하고 벌인 일이었는데 이렇게 살아있다는 것이 너무나도 황홀했다. 아아, 이동은 그래서 절대 자신의 목숨에 위험을 가하는 어리석은 행동은 스스로 하지 말아야지 하고 독한 마음을 먹었다. 비록 문둥이라도 살아 있다는 것이 이렇게 행복한 것이로구나, 생각하니 돌아가신 부모님이 그립고 가족들이 그리웠다. 무엇보다 인영이가 지금쯤 어떻게 되었는지 여간 궁금한 것이 아니었다.

문틈 사이로 보니 빛살이 여리게 들어오고 있었다. 문을 열어봐야 어두운 적벽돌 뿐임을 모르지 않았기에 차라리 문틈 아래로 꺾여 들어오는 빛살이 이동에게 반갑지 않을 수가 없었다. 저 빛살은 살아있음의 축복이다. 이동은 이렇게 생각하며 살아 있음에 감동해서 하염없이 눈물을 흘렸다.

이동은 감금실에서 이런 상태로 이틀 정도 있었지만 먹지 못해 비몽사몽이었다. 정확히 자신이 얼마나 감금실에 갇혀 있는지 가늠하기조차 어려웠다. 비몽사몽 중에 누군가 감금실 문을 열고 들어왔다. 이동은 순간 여기에서 반드시 살아서 나가야 한다는 사명감에 사로잡혔다. 감금실 문이 열리는 순간 확 밝아진 시야 때문에 눈살을 찌푸렸다. 밤이 아니라 낮이 분명한 모양이었다. 감금실이라면 감금실 앞의 우물에 앙상한 감나무 줄기들이 바람에 아우성치듯 흔들리고 있을 것이다. 이동이 사또를 넘어뜨려 사단을 내던 날에 유난히 차가운 바람이 불었던 것을 이동은 떠올려보았다.

"이동, 살아 나가고 싶나?"

"오메, 살아 나가고 싶다마다요. 언능 꺼내 줏시요. 머든 시키는대루 할텐께라우. 언릉 꺼내 주란 말여라우."

"방법이 있긴 한데……뭐든 시키는 대로 한다 했지?"

"아먼이요. 뭐든 한다고요. 긍께 언능 좀 꺼내주란 말요잉."

이동은 악착같이 감금실에서 꺼내달라고 매달렸다. 여기에 있다가 길래 죽음 밖에 닥칠 것이 없음을 깨달았기 때문이다. 이동은 속으로 이를 갈고 있었다. 지독한 일본 놈들, 세상에 환자들을 이렇게 죽이려고 감금실도 만들고 시체해부실도 만들어 놓은 모양이었다. 일본 놈들 생각하면 치가 떨렸지만 당장 여길 빠져나가고 싶은 마음은 간절했다. 이런 데서 일본 놈들 한테 죽는다면 자기 목숨 하나 사라지는 것은 문제되지 않지만 조상 대대로 이어오던 핏줄이 끊기는 불효를 저지른다는 것이 두렵고 무서웠다.

이동은 무엇이든 시키는 대로 하겠다는 각서를 쓰고 감금실에서 빠져나왔다. 그러나 감시 직원은 이동을 감금실에서 꺼내 호사로 가라고 풀어주지 않았다. 이동은 크레졸 냄새가 진동하는 H형 건물의 단종대로 이끌려 들어갔다. 단종대에 들어가니 하얀 가운에 마스크를 쓰고 무릎까지 올라오는 미색 고무장화에 살색 고무장갑을 끼고 의료진이 대기하고 있었다. 의관인 모양이었는데 의관 옆에는 간호사와 보조 간호사까지 마치 이동을 기다리고 있었다는 듯이 대기하고 있었다.

"어째 이런 데로 나를 데려 온다요? 여그가 뭐하는 데라요잉?"

"이동, 네가 살아 나가는 방법은 단 한 가지다."

의관이 고무장갑 낀 손으로 이동의 목덜미를 누르면서 고압적으로 말했다. 이동은 잔뜩 긴장한 표정으로 의관과 간호사, 감시 직원 등을 번갈아 바라보았다. 낌새가 심상찮은 것이 뭔가 이상한 일이 벌어지려는 모양이라고 순간 생각했다.

"머시라? 그 한 가지가 뭐이다요?"

"대일본제국을 위해 우생수술(優生手術)을 하는 일이지……살고 싶다면 순순히 응하라."

"우생수술? 대일본제국? 그게 먼 말이다요? 아따 답답한 거 알아듣게 좀 말해보시요이."

"단종(斷種) 수술이랍니다. 쉽게 말해서 조선말로 불알 깐단 말이지요."

"오메 오메, 머시라? 내 불알을 깐다고라우? 옴마, 이것들이 인자본께 느작없는 짓을 할라는구만잉. 울 엄니 돌아가실 적에 오대독자 면해라구 울면서 유언을 하셨는디 머시라? 불알을 깐다고라우, 시방?"

조선인 보조 간호사의 자세한 설명에 이동은 뜨건 쇠죽이 콧속으로 들어오는 듯이 깜짝 놀라 숨을 헐떡거렸다. 이제야말로 죽었으면 죽었지, 불알을 까고 사내로 살아갈 수는 없는 법이었다. 이동은 단종대에서 어떻게 하면 용수철처럼 튀어 빠져나올 수가 있을지를 생각했다. 하지만 건장한 청년 두 명이 불쑥 다가오더니 양쪽에서 이동의 견대팔을 악착같이 낚아챘다.

이동은 순식간에 청년들에게 견대팔을 잡힌 채로 목덜미까지 자라목 잡히듯 붙잡혀 수술대에 눕혀졌다. 양쪽 팔과 양쪽 발을 질긴 노끈으로 수술대에 잡아 묶었다. 입에 솜을 틀어넣어 소릴 지르지 못하도록 아갈잡이를 했다. 그리고 놈들은 마취도 하지 않고 이동에게 단종 수술을 집도했다. 일본은 1915년 이후 우생수술을 일본과 조선에서 동시에 시행했다. 나병은 바로 옆에 있어도 전염된다고 믿어 환자를 격리하는 것이 최상의 정책이라 여기면서 조선의 문둥이들 역시 부랑자나 걸식환자를 잡아들여 대대적인 격리를 시작했다. 그리고 나병은 부모로부터 자식에게 유전된다고 당시 잘못 인식해서 우생수술을 병행하기 시작했다. 낙태와 정관 수술이 횡행하면서 일본뿐만 아니라 조선의 나환자들 역시 엄청난 인권유린을 당했다. 더는 조선 땅에 나환자가 생기지 않도록 철저히 단종 수술을 시행한 것이었다. 단종이란 동물로 치자면 난소와 정소를 제거하고 식물로 치자면 수술이나 암술을 제거하여 생식능력을 완전히 제거하는 작업이었다.

이동은 젊은 청춘의 파멸을 수술대 위에서 무참히 바라보았다. 문둥병에 걸려 몸은 초라해도 맘속에는 끓는 사랑도 있었고, 가정을 일궈 자손을 번식하려는 수컷 본능도 있었다. 이동은 놈들의 메스가 국부에 닿을 때 청춘을 통곡하며 모래알처럼 번성하라던 신의 섭리에 저항했다. 그렇게 허무하게 이동의 핏줄은 차갑고 날카로운 놈들의 메스 앞에 무릎을 꿇어버렸다. 이동은 하염없는 수치 앞에 하늘을 똑바로 쳐다볼 수가 없고, 조상의 면전에 어찌 고개조차 똑바로 쳐들 수가 있을지 아득했다.

이제야말로 남은 것은 죽음뿐이라는 생각이 머릿속에 강렬하게 각인되었다. 조선말로 불알을 저당 잡힌 주제에 감히 어찌 여자의 자궁 속에 양기를 담글 것이며, 그토록 가슴 졸이며 하룻밤의 방사(房事)마저 꿈꿀 수가 있으랴. 아아, 핏줄로 연결된 지하에서 조상들의 통곡 소리가 귓전에 들려오는 듯도 하다. 이동은 밤새 머리를 이불속에 틀어박고 울었다. 호사의 동료들이 이동의 딱한 처지를 듣고 남의 일이 아님을 알기에 같이 눈망울 씀벅거리며 울먹일 뿐이었다.

밤새 차가운 달이 이동의 호사 창문을 쓸쓸히 비췄다. 이동은 담을 넘어 들어온 밝은 달빛마저 원망스럽다는 생각이 들었다. 새벽닭이 울 때까지 이동은 한숨도 잠을 이룰 수가 없었다. 꼬끼오, 정답게 들리던 닭울음소리가 밤새 가슴속에 자란 천 겹의 생각들을 단숨에 걷어내 버렸다. 새벽닭이 울자 동시에 마을 환자대표들이 원생들을 잠에서 깨워 노역장에 내보내기 위해 분주히 움직이기 시작했다.

제11장

엄마의 체취

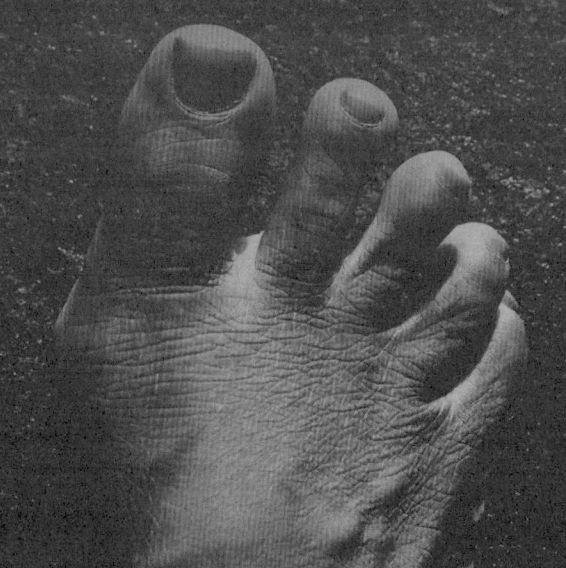

인영은 기력을 회복했지만 이동의 소식에 가슴이 찢어지는 듯했다. 자기 때문에 이동이 당한 수치와 모욕 그리고 불효를 생각하면 당장 죽고 싶었다. 오빠로부터 편지를 받았지만 만날 기약도 없고 고향 소식은 세월이 훌쩍 흘렀어도 전혀 들을 수가 없었다. 인영이 이동의 소식으로 힘들어 하자 순임이 말했다.

"인영아, 고모하고 같이 기도하러 가자. 마음이 힘들고 몸이 고달플 때는 하나님이 최고더라. 가서 하나님 앞에 속사정도 말하고 실컷 울고 원하는 것도 말씀 드리자. 하나님은 기도하면 다 들어주신다."

순임의 말에 인영은 고개를 저으며 미소만 지을 뿐이었다. 하나님을 마음속에 간직하며 용기를 잃지 않고 살아가는 순임이 인영은 부러웠다. 하지만 인영은 순임처럼 그렇게 하나님을 받아들이지 못했다. 인영은 자신이 언젠가는 스스로 죽을지도 모른다고 생각했기 때문이다. 바다에 몸을 던져 죽을 생각도 했고, 다른 원생들처럼 나무에 목을 매달아 죽을 생각도 수없이 되풀이 했다. 하지만 자신의 목숨을 자신이 끊으면 지옥에 간다는 목자의 말씀은 인영을 예배당 문턱에서 강력하게 밀어냈다. 지옥 같은 세상이 싫어서 죽는데 다시 지옥에 빠진다는 것은 생각만 하더라도 끔찍했기 때문이다.

자혜의원이 문을 열고 원생들에게 종교생활은 결코 쉽지 않았다. 일본 원장과 간호주임 그리고 사장(舍長)의 지휘 감독으로 원생들은 철저히 일본의 천조대신을 숭배토록 억압 받았다. 하나이 원장이 오면서부터 조선 환자들의 편의를 봐주기 시작했고 신앙의 물꼬가 처음 터지기 시작했다. 당시 원생들 가운데 신앙을 지키기 위해 소록도를 탈출하다 붙들린 경우도 있었다. 하나이 원장 시절에 일본인 '다나까'라는 목사가 총독부의 허가를 받아 이틀 동안 소록도를 방문해 집회를 하였는데 교회설립의 효시라 할 수 있었다.

하나이 원장이 원생들이 병사의 호사에 모여 집회를 하는 것을 불쌍하게 여겨 천조대신을 모시던 곳을 예배당으로 사용토록 허락해주었다. 당시에는 신도수가 손에 꼽을 정도로 적었는데 당시에는 일본 목사의 설교를 통역해서 복음을 전달했다. 하나이 원장은 순임을 사랑하기 훨씬 이전부터 조선인 환자들에게 매우 우호적이었다. 하나이는 성품 자체가 원생들의 존경을 받을 정도로 대단한 일본인이었다.

천조대신의 '가미다나'(神棚)를 아예 없애버리고 전용 예배당으로 활용하도록 했을 정도였다. 일본에서 일본인 나환자였던 '미쓰이'(三井輝一)를 불러들여 교회관련 일을 하도록 했고, 문학이나 미술 등에 있어서도 봉사를 하도록 했다. 하나이 원장 때 남병사 확장 시에 예배당도 같이 증축했다. 거기에 '남부교회'를 세워 신도들이 부활 성수 예배를 보게 되었는데 당시에는 목사가 없어 매달 한 차례 전도원을 초대해서 예배를 보았으며, 일본인 마사이의 설교를 들었다.

소록도 원생들은 당시 교회에서 만든 노래를 애창곡으로 불렀다. 순임 역시 노래하는 것을 좋아해서 밤마다 조용히 노래를 불렀다.

이곳과 저곳에 나눠 있는
이 땅에 주인은 누구인가
가정과 사회가 배척하는
불쌍코 가련한 우리 동포

원생들 중에 기독교를 신봉하며 하나님을 의지하고 용기를 잃지 않고 살았던 환자들은 십일조도 정확히 하면서 교세를 가다듬었다. 하지만 수호원장이 부임하면서 기독교 탄압 역시 시작되었다. 원생들의 대변자를 자처했던 일본인 나환자 '미쓰이'는 병원당국과의 심각한 마찰을 빚게 되었다. 원생들에게 매우 힘이 되어 주었던 '미쓰이'는 결국 일본으로 쫓김을 당했다. 그런 핍박 중에도 소록도의 교세는 매우 확장되고 있었다. 신입환자들 환영회도 하고 환영가도 만들어서 불러주었다.

소록도의 종교 탄압은 조선총독부의 종교 탄압과 같이 흘러갔다. 당시 소록도에서 교회를 이끌어 오던 일본인 목사가 축출 당했다. 일본은 목사를 축출하더니 포교사 승려를 당시 광주형무소 소록도 지소의 교도관으로 채용한 것이다. 소록도에서 기독교를 말살하자는 취지가 반영되었기 때문이다. 그 일본인 포교사는 부인과 같이 소록도에 들어와서 그는 불교에 대한 포교와 병사지역 소학교 아동들에게 일본글을 가르쳤고, 부인 역시 나환자가 데리고 들어온 아동들을 가르쳤다.

그러나 소록도 원생들은 불교에 전혀 경도되지 않았다. 4년여의 포교에도 불구하고 신도 수는 오십 여명을 조금 넘을 정도였다. 반면에 기독교는 박해를 받을수록 더욱 교세가 확장되었다. 〈성서조선〉이란 관련 잡지도 구독하고 종교 잡지에 원생들이 글도 기고했다. 이런 인연으로 성금 및 물품 등의 선물까지 답지했다.

확장공사가 계속되면서 시설이 늘어나자 당연히 환자들의 수용도 늘어났다. 따라서 기독교 뿐만 아니라 천주교 신자들도 입원을 하는 것이었다. 1930년대 중반에 이미 소록도에는 세 명의 입원환자가 있었는데 이를 계기로 한 신부의 소록도 전교를 통해 소록도에 천주교가 전해지기 시작했다.

천주교는 기독교처럼 활발하진 않았지만 인영은 천주를 마음속에 받아들였다. 인영이 천주교를 마음속에 받아들여 항상 오른쪽 팔에 묵주를 걸고 다녔다. 인영은 이상하게 조용히 묵상하는 묵주기도가 마음에 들었다. 주님의 기도와 성모송도 암송하고 영광송도 암송할 때마다 성모 마리아의 영광이 몸에 임하는 느낌이었다. 그럼에도 소록도에서 천주교의 확장은 걸음마 단계에 지나지 않았다. 십여 년이 되어서야 한 신부님의 집전으로 환자들을 수용한 병사에서 공식 미사를 올렸다.

하지만 수호 원장의 종교탄압은 결코 만만치가 않았다. 수호의 탄압은 병사지대 공회당 뒤쪽에 소록도 신사 분사를 설치해서 원생들로 하여금 신사참배를 강요했다. 특히 부부가 동거하기 위한 조건으로 신사참배를 강요당했다. 싫어도 울며 겨자 먹기로 신사참배를 하였지만 동거를 포기하고 신념을 택한 환자들도 많았다.

일반 원생들도 신사참배에 대한 거부감을 지니고 있었다. 하지만 종교를 지닌 자들의 배반감은 하늘을 찔렀다. 신사참배를 노골적으로 거부하는 환자들은 직원들의 호출을 받았다. 수없이 구타를 당하고 고문을 당했지만 죽음과 신앙을 맞바꾸는 원생도 늘어났다. 구타와 감금을 당해내지 못해 신앙을 꺾는 환자들도 늘어났다. 철저히 살기 위한 투쟁이며 신념이었다. 살기 위한 신념이란 어떤 환자들에겐 철저히 신사참배에 응하는 일이었으며, 어떤 환자들에겐 철저히 배반하여 온갖 구타와 고문을 온몸으로 받아내는 것이었다. 어떤 길이 절대적으로 옳은 일인지 판단하기란 누구에게나 쉽지 않았다.

순임 역시 신사참배를 거부하다 늑신하게 얻어맞았다. 순임의 몸은 형편없이 축나 있었으며, 하나이 원장과 순임이 인연을 맺을 당시의 모습과는 많이 변해 있었다. 인영은 순임을 따라 신사참배에 거부했다가 모질게 채찍을 맞았다. 인영 역시 순임과 같이 신념을 꺾지 않았기 때문에 몸은 많은 고문으로 크게 축나 있었다. 그래도 인영은 순임이 고모와 함께 하는 것에 만족했고 힘이 들어도 순임이 고모가 곁에 있어 견딜 수가 있었다. 같은 DDS가족이라도 인영과 순임의 관계는 남달랐다. 다른 원생들의 눈에 두 사람은 마치 모녀처럼 다정하게 비쳐졌던 것이다.

"뭔놈에 어가 행렬이라냐 씨발. 인자 하다하다 애기들까지 동원을 하능구만잉. 이런 씨팔 놈들 어째사 쓸까이……"

원생들의 불만은 끊이지 않았다. 일본의 신사참배는 청년들과 아이들을 중심으로 열렬히 전개 되었다. 참배 날이 되면 일본 놈들은 청년과 아이들을 동원해서 일본의 신주를 모신 가마를 들고 소록도 각 마을을 순회하도록 했다. 일본의 이런 저의는 일본의 신사에 대해 조선 나환자들이 엄숙한 마음을 갖도록 하기 위한 상술이었다. 하지만 원생들은 이러한 일본의 풍습에 저항적이었다. 특히 기독교 신자들 가운데는 철저히 신사참배를 거부한 환자도 있었다. 이에 일본은 구북리의 예배당을 회수해버렸으며, 회수한 장소에서 치료소를 겸해버렸다. 또한 소비조합 판매소로 활용했다.

인영과 순임 역시 끝끝내 신사참배를 거부하는 바람에 모진 채찍을 맞았다. 고초와 고문을 하며 환자들을 얼러서 일본 놈들은 참배에 협조토록 종용했다. 가혹한 고문 뒤에 일본 놈이 이제 순순히 신사참배에 복종하겠다고 대답하라 종용하자 순임이 입술을 깨물면서 소리쳤다.

"고로시데 구다사이."(죽여주십시오.)

"이런 악바리 조센진 같으니……감히 네 년이 원장을 붙어먹었다지……"

악랄한 일본 직원이 입술을 한쪽으로 한껏 끌어내리면서 소리쳤다. 그리고 인영을 향해 순임에게 했듯 신사참배 복종을 종용했다.

"고로시데 구다사이."(죽여주십시오.)

순임이 단호히 내뱉자 인영 역시 용기를 내어 단호히 외쳤다.

"아니 면상이노 반반한 조선 문둥이년들이 마음이노 독종이므니다!"

일본인 직원의 폭행은 더욱 거세졌다. 강력히 거절하는 원생들을 직원들은 퇴원하도록 종용했다. 그래서 나병의 치료도 받지 못하고 더욱 몸이 망가져서 귀성 퇴원하는 원생들도 있었다. 인영과 순임 역시 혹독한 매질을 당하고 바깥으로 쫓겨날 입장이었지만 부락 대표 이길용과 최일봉 등의 선처로 겨우 풀려날 수가 있었다.

인영과 순임은 이토록 혹독한 고초와 고문을 당하고도 이튿날부터 다시 노역에 동원되었다. 소록도에서의 생활이란 노역의 연속이요 노예의 연속이었다. 일은 끝날 기미를 보이지 않았으며 마치 일본은 조선인 나환자를 노역자로 이용하기 위해 소록도에 잡아들인 모양 같았다. 일본은 공사 중에 값이 나가는 문화재까지 발견 되자 원생들을 문화재 발굴 현장까지 투입시켰다. 청동거울이며 돌도끼, 돌살촉 등 청동기 유물이 발견되었기 때문이다. 인영뿐만 아니라 소록도에 들어온 모든 원생들은 움직일 수 있는 한 노역에 부쳐졌다. 환자들도 처음에는 시키는대로 죽는 시늉까지 해가며 노역에 임했지만 힘에 부치고 죽어 나가는 동료들이 늘어나고 도망치는 동료들이 발생하면서 노역에 등한시 하게 되었다.

일본은 마치 중일 전쟁이 발발해 더욱 허리띠를 조이며 원생들의 노동력을 착취하고 들었다. 작업장에 나가면서 받는 손톱만큼의 노임도 제대로 주지 않았다. 일주일 간격으로 제공되던 연료조차 확연히 줄여버렸고, 밥도 하루 두 끼 밖에 주지 않았다. 따라서 낮에 불도 지피지 못하도록 했고 아파 누운 사람에게 미음 하나 제대로 끓여 먹일 수가 없었다.

일본 순시와 원생 사이에 마찰이 자주 빚어지는 것은 당연한 일이었다. 악독한 순시들은 호사를 다니면서 불을 지피는 호사를 감시할 정도였다. 순시 가운데는 조선인 순시도 있었는데 조선인 순시가 더욱 악랄했다. 조선인 순시를 노리는 원생들이 생겨난 것은 당연한 일, 하루는 조선인 순시의 순회 당번 일을 사전에 파악해서 숲속에 숨어 있다가 환자들이 그 순시를 낭떠러지로 밀어 떨쳐버렸다. 당시 이 사건에 가담한 원생들이 '저 놈 잡아라.' 하고 소리를 질렀는데 마을 사람들은 이들이 노루사냥을 하는 줄로 알았다고 했다.

일본인 직원들과 간호주임에 의해 순시는 구출 되었다. 당시 가담한 원생들은 한 사람도 예외 없이 체포 되었다. 죽을 각오를 하고 울분을 떨친 일이기에 원생들은 체포되었음에도 후회하지 않았다. 가담한 원생 중에 일본 놈들에 의해 강제로 단종 수술을 받은 불효자식 '이동'이 속해 있었다. 이동이 끌려간다는 소식을 듣고 인영과 순임이 득달같이 달려왔다.

인영은 자신 때문에 이동이 일본 놈들에 의해 몹쓸 짓을 당했다는 사실에 절망하고 있었다. 모든 불행한 일들이 인영 때문에 자초한 일만 같아 인영은 이동을 볼 때마다 가슴을 쓸어내렸다. 포승줄에 묶여 끌려가는 이동 일행을 먼빛으로 보았지만 아무리 선처를 호소해도 소용없는 일이었다. 이동은 소록도 형무소에 갇혀 6개월의 형을 선고 받았다.

이동이 소록도 형무소에 수감 되고서 인영의 심경은 더욱 바닥으로 떨어졌다. 순임의 몸도 더욱 망가져서 걸을 때는 심하게 다리를 절었다. 인영 역시 치료를 등한시 한 뒤로 몸이 많이 상해 있어서 얼굴이 붓고 등에 결절이 늘어났다. 평양 집을 떠나올 때 가져온 구리거울을 오랜만에 꺼내어 자신의 모습을 인영은 들여다보았다. 눈썹이 하얗게 달아난 허전함에다 머리도 많이 빠져 서먹하고 마마자국 같은 자국이 소말소말 얽은 얼굴은 썰렁했다. 아아, 고향에서 오빠와 어머니가 오더라도 무슨 염치로 이런 얼굴을 내밀 수 있으랴. 자신의 모습을 알아 볼 수나 있을지……인영은 저도 모르게 도리질을 했다.

그래도 인영은 자신이 여자라는 것을 잊지 않으려고 노력했다. 오랜만에 눈썹먹을 꺼내어 눈썹을 그려 넣었다. 호사의 동료들은 이런 인영의 모습을 보고 '인영이 혼인하고 싶나보다'하고 놀려 먹었다. 신사참배를 거부하다 혼쭐이 났던 사건 이후 인영과 순임은 각각 분리 되었다. 순임은 서생리로 호사를 배정받고 인영은 구북리를 떠나 중앙리에 배치 되었다. 중앙리는 치료 본관에서 가깝다는 것이 마음에 들었지만 순임 고모와 멀어지는 것은 마냥 슬펐다. 인영이 자꾸 구리거울에 얼굴을 비쳐보고 구봉침까지 꺼내 들여다보자 같은 방의 식구들이 연신 '인영이 혼인하고 싶나보다' 하고 놀려댔다.

그러나 인영은 동료 원생들의 이런 놀림에도 전혀 화를 내지 않았다.

눈썹먹을 바르니까 고향 생각이 절로 떠올랐다. 온다던 가족은 어째서 이렇게 더디 오는 것인지, 아님 무슨 사연이 있어 오지 못하는 것인지, 자꾸만 불길한 생각들이 떠올랐다. 은근히 장승을 꺼내어 들여다보면서 지석 오빠를 생각했다. 소록도 형무소에 짐승처럼 이동 삼촌이 포획당해 이끌려 가는 모습을 보니 불현 듯 형무소에 들어갔다는 지석이 떠올랐었다. 눈썹먹을 그리는 순간에도 지석의 모습이 떠올랐다. 인영을 지켜주겠다던 지석의 목소리, 장승을 만들어주며 병이 꼭 나을 거라 용기를 주던 지석 오빠, 인영의 눈에서 하염없이 눈물이 떨어진다. 호사의 동료 원생들은 이런 인영의 속내를 모르고 히히덕거린다. 인영은 그래도 이렇게 원생들이 히히덕거리는 것을 보니 한결 기분이 나아졌다. 일에 지치고 채찍과 고문에 시달려도 잠시지만 호사에서라도 동료들끼리 이렇게 소곤대며 웃고 하는 시간이 소중하게 여겨졌다.

일본이 중일전쟁을 일으키면서 갱생원 원생들은 예전보다 치욕적인 생활에 돌입했다. 병을 나아 보겠다는 희망 하나 짊어지고 왔는데 병은 커녕 노예 같은 생활에 날마다 시달렸다. 원생들은 죽음을 무릅쓰고 도주를 감행한 모양이었다. 하루가 다르게 사단이 일어났다. 원생들의 도주로는 숲이 우거져 은폐에 유리한 지역이었다. 늙은 소나무들, 잡목들이 우거진 구북리 십자봉 쪽에서 중점적으로 일어났다. 원생들은 은밀히 여기 숨어 있다가 지나가는 어선을 돈으로 매수해서 도망쳤다. 성미가 급한 원생들은 헤엄쳐서 나가다가 그만 힘이 달려 죽어나간 경우도 있었다. 뭍에 사는 사람들이 밤에 몰래 목선을 타고 들어와서 나무를 베어갈 정도로 어둑하게 우거져서 원생들 입장에선 탈출하기 절호의 장소였다. 환자들의 탈출이 수없이 늘어나자 본부에선 해안선을 따라 순찰로까지 만들 정도였다. 성치 않은 몸을 놀려 한계를 넘어서지 않으면 결코 이뤄낼 수 없는 작업들을 원생들은 차질 없이 해냈다.

원생들의 노예 같은 작업량은 수호 원장의 포부를 이루어나가는 절대적인 힘이었다. 수호는 하나씩 이루어 나갈수록 다른 계획을 세워 총독부에 관심을 독차지하고 싶었다. 수호의 야심은 원생들의 노예 같은 작업량이 하나씩 이루어주었던 셈이다. 수호 원장이 자랑하기 좋아하고 드러내기 좋아하며 특히 조선총독부에 대한 끝 모를 충성심에 불타고 있음을 가장 잘 이해하고 있는 사람이 바로 간호주임 사또였다. 사또는 마치 수호의 명예욕을 이루어주기 위해 철저히 수호의 그림자가 되었다.

사또는 수호의 눈빛 하나, 표정 하나만 봐도 그가 무엇을 원하는지 대번에 알아차렸다. 수호가 하나를 지시하면 사또는 두 개 세 개를 내다보며 부하로서 역시 충성심을 확연히 보여주었다. 사또의 옆에 환자 대표 박순주가 있어 죽이 아주 척, 척 잘도 맞았다. 환자들의 헌금을 유도하고 각종 명목을 들어 돈을 거둬들이며 식량까지 줄여가며 충성에 열을 올렸다. 환자들 사이에서 이제 도저히 살기 어렵다는 말이 수없이 삐져나왔다.

그럼에도 환자에 대한 노역과 금전의 착취는 끊이지 않았다. 차라리 바다를 건너다 죽어나간 동료들이 그립다는 말도 돌았다. 하지만 막상 독하게 마음을 먹다가도 뻔히 잡혀서 맞아 죽거나 가다가 바다에 빠져 죽을 일을 생각하면 슬그머니 독한 마음은 꽁무니를 내려버렸다. 채찍을 맞으면서 노역장에 나가 뼈가 빠지도록 일을 해야 하는 숙명 같은 날들이었다.

사또는 원생들 중에 건장한 환자들을 특별히 선발해서 십자봉에서 캐낸 바윗덩이를 운반하고 있었다. 소위 바위를 운반하는 목도꾼들을 선발한 것이었다. 사또는 그들을 남들보다 좀 더 많은 일당을 주마고 속여 채찍을 휘둘렀다. 바윗덩이를 잘 다듬어서 정원석으로 쓰려는 모양이었다. 십자봉에서 내려오는 길이 험악하기 때문에 목도꾼들은 넷씩 한 조가 되어 어깨에 바윗덩이를 짊어졌다. 펑퍼짐한 바윗덩이 위에 사또가 올라타고 서서 일을 지휘했다. 발을 자칫 잘못 내딛으면 낭떠러지로 추락하는 위험한 길, 견디지 못하고 쓰러지는 환자들의 어깨에 여지없이 채찍이 가해졌다. 쉬고 싶어도 마음대로 쉬지 못하고 반드시 사또의 허락이 있어야 쉴 수 있었다. 인간의 한계에 부딪쳐 어쩔 수 없이 목도꾼들이 전원 쓰러져버리면 사또의 입에서 욕설이 튀어나왔다. 잠시 뒤에 달아난 힘들을 한데 모아 다시 목도채를 잡으면 사또가 먼저 이렇게 소리쳤다.

"야마모리!"(고봉밥)

"어기여차……"

사또의 선소리를 받아 목도꾼들이 외쳤다.

"야마모리!"

"어기여차……"

하며 사또와 하나가 되어 환자들은 호흡을 맞췄다. '야마모리'라는 것은 일본 말로 고봉밥을 일컫는 것이었다. 전쟁마저 치르면서 가뜩이나 나빠진 식량사정 때문에 사또 등은 환자들을 고봉밥이라는 말로 유혹했다. 환자들은 먹을 거라도 양껏 먹어보자는 심산으로 죽을 각오를 하고 일에 박차를 가하는 것이었다.

"야마모리!"

"어기여차……"

"고봉(가득) 뜨기다."

"어기여차……"

지나가는 환자들은 이런 노랫소리에 박수를 치는 경우도 있었다. 또한 어떤 환자들은 목도꾼들의 매기는 소리를 듣고 양껏 먹을 수 있는 목도꾼들을 부러워하는 눈치였다. 목도꾼들은 몸이 버틸 수 있는 한계에 달하자 죽음을 각오하고 설사 죽을 각오로 목도채를 놓아버렸다. 휴식의 짬도 허락하지 않고 사또의 채찍은 다시 시작되었다. 하지만 목도꾼들이 이토록이나 죽을 둥 살 둥 신역을 쏟아 바윗덩이를 운반하는 일에 비해 먹을 것은 생각보다 초라했던 것이다. 목도꾼들의 불만 역시 하늘을 찔렀던 것은 당연한 일이었다.

인영 역시 일본 놈들의 채찍과 고문을 감당할 재간이 없었다. 반항하는 것도 한 두 번이지 죽음을 각오하지 않는 이상 지속하기 어려웠다. 1일과 15일에 신사참배를 함은 물론 여전히 가마니를 짜고 벽돌을 굽고 송진을 채취하고 나무로 숯을 굽는 일 등에 동원되었다. 인영의 몰골은 말이 아니었다. 인영은 틈틈이 구리거울을 보면서 공연히 염려 되었다. 차라리 평양에서 어머니와 인후 오빠가 다녀가지 않기를 바랐는지도 모른다. 하지만 어찌 인영에게 가족이 그립지 않았으랴.

마침내 인영은 그리운 가족을 만나게 되었다. 인영이 노역장에서 허리를 꺾으며 노역을 하는데 병우를 앞세우고 직원이 소식을 알려주었다. 빨리 중앙리 호사에 가서 깨끗한 옷으로 갈아입고 사무본관 쪽으로 와서 수속을 밟으라는 얘기였다. 인영은 자신의 모습에 수치를 느끼면서도 한편으론 가슴이 뛰어 정신이 없었다. 가족을 떠나온 지 얼마 만에 만나는 가족의 모습이란 말인가? 어머니는 어떻게 변해 있을까? 인후 오빠는 더욱 늠름해졌겠지……끝 모를 상념들이 뇌리에 가득 찼다.

인영은 비록 집을 떠나올 때와 달리 모습이 많이 달라졌지만 그리운 가족들을 만난다는 생각에 잔뜩 긴장이 되었다. 무슨 옷을 어떻게 차려 입을까? 소식을 들었던지 서생리 병사에서 순임이 고모가 득달같이 달려와서 짬을 내어 인영의 옷매무시를 가다듬어주었다. 인영은 집을 떠나올 때 가져온 노랑회장저고리를 꺼내 곱게 단장했다. 일본 직원들한테 빼앗길 뻔한 한복들은 순임이 고모 덕택에 이렇게 간직할 수 있었다. 인영은 눈썹먹도 그리고 집에서 가져온 얼레빗도 꺼내 머리단장도 했다. 평면 구리거울도 다시 꺼내 앞태와 뒤태를 비쳐보았다.

"에그나, 우리 인영이 누구한테 혼인할거나……예쁘구나."

"고모, 정말 인영이 예쁘우?"

"예쁘기만 하갔누? 고저 하늘에서 내려온 선녀 따로 없누나."

"고모두 참……"

인영은 설레는 마음으로 직원의 안내에 따라 면회 왔다는 가족들을 만나러 갔다. 중앙리 병사 인영의 호사에서 나와 치료본관을 지나는데 인영의 노랑회장저고리의 모습이 고왔던지 일본인 직원들의 시선을 빨아들였다. 인영은 이렇게 단장하고 얼굴에 분칠까지 하고 나서니 모처럼 자신이 여자로 돌아온 느낌이었다. 여자라는 것을 잊고 살아온 세월이 얼마인가? 일본 직원들과 조선 직원들이 번갈아 쳐다보는데 인영의 얼굴은 마구 붉어졌다. 나병에 들어 고향을 떠나 가족과 헤어진 지 어언 10여 년이었다. 단 한 번도 소록도 밖을 나서지 못했고 노예처럼 일만 하던 세월이었다. 하늘을 우러러 보니 갑자기 인영의 눈에서 눈물이 뜨겁게 흘렀다. 지나간 날들이 주마등처럼 눈앞에 펼쳐졌다.

동생리를 지나 좁다랗게 이어진 길을 따라 인영이 걸었다. 인영은 한쪽 다리를 절뚝이고 있었다. 가족들 앞에서 이런 모습을 보여주지 않으려고 절뚝이지 않으려고 모질게 마음먹고 걸었는데도 저도 모르게 자꾸 저만치에선 절뚝이기 시작했다. 인영은 연신 평면 구리거울을 꺼내 자신의 모습을 비쳐보았다. 공연히 가족들 앞에 나타나려니 수줍다는 생각마저 들었다. 올케와 조카도 함께 왔을까? 새로운 가족을 만난다는 설렘에 몸은 고달파도 오늘처럼만 인영의 마음이 즐거웠으면 좋겠다는 생각이 문득 들었다.

소록도 감시소를 경계로 직원들이 활동하는 구역과 환자들이 활동하는 구역으로 나누어진다. 직원지대에는 사무본관이 있고 구락부 공회당도 있고 양돈이나 계사도 있고 새로 설치한 우체국도 있다. 긴장을 했는지 공연히 병우도 떠오른다. 병우가 저기 계사에도 드나들고 우체국에 드나드는구나. 병우는 각 마을 편지까지 담당하고 있었다. 인영은 면회소에 들어가기 전에 다시 한 번 자신의 옷매무시를 하고 한 바퀴 돌아 몸태도 살펴보고 구리거울도 꺼내 얼굴을 비쳐보고 얼레빗으로 머리까지 빗었다.

면회소에 들어서는 순간 잔뜩 긴장하여 발이 잘 떨어지지 않았다. 직원이 손짓으로 어서 염려 말고 들어가라고 했다. 면회소에 발을 들이민 순간 인영은 한복을 곱게 차려입은 어머니 정씨와 그토록 꿈속에 그리워하던 오빠 인후를 보았다. 정씨의 얼굴에서 지나간 십여 년의 세월이 느껴졌지만 한복은 여전히 곱다. 인후 오빠는 중후한 어른처럼 변해 있었는데 일본식 상하 양복을 입고 있었다.

"인영아, 엄마누나."

"어, 엄마……"

정씨의 목소리도 젖어 있었고, 인영의 목소리는 목이 맺혀 단말마가 되고 말았다. 그리운 어머니의 목소리를 들으니 절로 눈물이 쏟아졌다.

"인영아, 자, 잘 있었누……."

"오라버니……."

인후 역시 말끝을 맺지 못하고 울먹임이 되고 말았다. 십여 년의 세월이 만들어낸 감격의 순간인지 몰랐다. 인영 역시 목이 맺혀 말이 매끄럽지 못했다. 그런데 면회실은 엄연히 자리가 분리되어 있었다. 환자석과 가족석 중간에 몇 미터의 공간이 있었는데 양쪽을 배꼽까지 올라온 나무합판으로 만든 턱이 분리하고 있었다. 칼과 채찍을 옆구리에 찬 감시원이 저만치에서 면회를 감시하고 있었다. 환자와 손을 잡고 가까이 접촉하면 전염이 된다고 당시에는 믿고 있었기 때문에 철저히 분리하고 감시토록 했다.

"인영아, 몸은 어떠누?"

인영은 정씨의 물음에 대답하지 못했다. 노랑회장저고리를 입고 눈썹 단장도 하고 분을 발라 진단장을 했지만 몸의 여러 군데에 결절이 있고 신경이 무디어 걸음까지 절뚝거리고 있었다.

"엄마, 인영이 이렇게 살아 있잖아요. 견딜 만 하답니다."

"에그 인영아……."

정씨는 하염없이 눈물만 흘리고 있었다. 당장 인영에게 달려가 끌어안고 싶은데 감시자의 눈매가 너무 날카롭다. 정씨는 가슴속에 묻고 살아온 세월 동안 인영을 단 한 번도 잊어본 적이 없었다. 딸애가 바로 눈앞에 있는데 다가가지 못한 처지가 참으로 안타깝다. 정씨는 평양 집을 정리하고 이제 나머지 삶은 인영의 곁에서 하기로 작정하고 내려온 몸이었다. 딸애와 나머지 생애를 같이 하는 것이 정씨의 마지막 소원이었다.

"인영아, 엄마 원망 많이 했지?"

"아, 아냐요, 엄마."

"울 인영이 혼인할 때도 되었는데……여기서도 중매가 들어온다 들었누나."

"웅, 엄마. 하지만 인영인 혼인 싫답니다."

인영의 뇌리에 지석 오빠의 모습이 떠올랐다. 지금 지석은 무엇을 하고 있는지, 어디에 있는지 여간 궁금한 것이 아니었다. 소록도 내의 남자 원생들 사이에 인영의 인기는 대단했다. 수호 원장이 인영의 미모에 빠져 은근히 추행하려들었고, 인영을 마음에 두고 있는 일본 직원들도 적지 않았다.

"인영아, 구봉침은 건사하고 있누?"

인영이 고개를 끄덕이며 대답했다. 다 자란 처녀의 모습이지만 이럴 때의 표정은 마치 어리광을 부리는 모습 같았다.

"어제 밤에두 꺼내 보았어요. 인후 오빠, 올케하고 조카도 보고 싶어요."

"그래, 인영아, 다음에 기회가 되면 데리고 내려올게."

"울 인영이 혼인하구 싶은 게지? 그렇지?"

"아냐요, 엄마. 혼인은 무슨 혼인야요. 몸도 성치 않은데……"

"아이그 울 인영이……어디 인영아 손 잠 잡아 보자꾸나."

하며 정씨가 불쑥 중앙 분리대 앞까지 걸어 나갔다.

"인영아, 어서 이리 다가 오니라. 울 인영이 손 좀 한번 만져 보자우."

"아냐요, 엄마. 문둥병 전염되면 큰일 난다요."

"인영아, 어서 와라. 이리 어서 온나. 엄마 괜찮누나. 엄만 문둥이가 되어두 이제 괜찮아. 아니 엄마두 이제 인영이 너처럼 문둥이가 되고 싶구나. 인영아, 어서 다가 온나. 손 좀 잡아보자."

이때, 저쪽에서 한눈을 팔다가 정씨가 중앙 분리대에 다가서 있는 것을 보고 대뜸 일본 감시자가 소리쳤다.

"아니, 버릇없는 조센진 보라. 당장 물러서시오!"

"어머니, 어서 뒤로 물러나세요."

하고 인후 역시 정씨를 뒤로 물러서도록 채근했다. 인후의 마음속에 정씨마저 나병에 전염되면 안 된다는 소신이 자리 잡고 있었기 때문이다. 하지만 감시원과 인후의 채근에도 불구하고 정씨는 뒤로 물러서지 않았다. 인영은 눈물을 흘리면서 어머니를 바라보고 있었다. 어머니의 뻗은 팔이 많이 야위어 보였다. 인영은 당장 손을 뻗어 어머니 손을 만져보고 싶었지만 차마 그럴 수는 없었다. 어머니에게 다가설 수 없는 자신의 처지가 너무나도 싫고 안타깝단 생각이 들었다.

인영이 눈물을 흘리고 있는데 순간 정씨의 동작은 재빨랐다. 서로 경계선을 넘지 못하도록 만들어 놓은 중앙 분리대를 정씨는 순식간에 타고 넘었다. 감시자는 형식적인 감시를 했던 모양으로 정씨의 잽싼 동작을 감시자의 민첩성이 따라잡지 못했다. 득달같이 담을 넘어오듯 정씨는 중앙 분리대를 넘어 인영에게 달려갔다.

"엄마……"

"울 인영이 어디 한번 만져보자."

정씨는 순식간에 넘어와서 인영의 얼굴을 만져보고 정씨의 뺨을 인영의 뺨에 부볐다. 이런 갑작스런 변고에 놀란 감시원은 채찍을 휘두를 태세로 중앙 분리대 쪽으로 달려가 손짓을 하며 당장 넘어오라고 소리쳤다. 인후는 정씨의 갑작스런 행동에 아연해서 입을 벌리고 아무런 말도 하지 못하고 멀뚱히 바라보고 있었다.

"에그나, 울 인영이 얼굴이 푸석푸석 하누나. 어디 이쁜 울 인영이 얼굴 좀 보자."

"어, 엄마……"

정씨와 인영은 이제 다른 사람의 눈을 의식하지 않았다. 일본인 감시원은 중간에서 발을 동동 굴렀다. 감시원은 인영이 쪽으로 불쑥 다가서지 못했다. 감시원 역시 전염을 우려한 때문인지 함부로 인영이 쪽으로 접근하지 못했다. 그는 소리만 지르고 있었다.

"거 나쁜 조센진이노 날래 이리 나오므니다!"

"어머니, 어서 나오시라요."

감시원과 인후의 다그침이 앞뒤를 다투듯이 거푸 이어졌지만 정씨는 호락하지 않았다. 감시원의 다그침이 있으나 마나 정씨에게 아무 것도 들리지 않고 아무 것도 보이지 않았다. 오직 인영의 얼굴, 인영의 목소리, 인영의 체취만이 정씨에게 느껴지고 있었다. 인영 역시 이제 일본 감시원의 눈치 따윈 의식하지 않았다. 얼마 만에 만져보는 어머니 손이며 따뜻한 어머니 목소리며 세월을 거치며 뇌수처럼 각인되어 있던 어머니 체취란 말인가? 이제 죽어도 여한이 없다는 생각이 들었다. 인영은 한껏 어머니 정씨를 끌어안았다. 저도 모르게 어머니 얼굴에 인영의 얼굴을 부볐다. 인후가 저만치 먼빛으로 뜻밖에 벌어진 불상사에 넋을 놓고 바라볼 뿐이었다.

"인영아, 아이 에그나, 울 인영이 곱기도 하지. 이래 노란회장저고릴 여태 건사 했구나."

"엄마, 어디 아픈 데는 없어요?"

"어미도 이제 손자를 보지 않았누? 어깨도 결리고 무릎팍도 쑤시고 하지만 한 몸 건사할 수 있다 아직은……인영아, 어미 이제 평양 올라가지 않을 거란다."

"아니 엄마, 어째 평양에 올라가지 않아요?"

"어미는 인제 남은 여생 울 인영이 곁에 살라구 하누나. 작정하구 내려왔니라. 녹동에 기거할 집두 인후 오라버니가 구해 놓았어."

"인영이 괜찮습네다. 어찌 엄마까지 고생하려 한답네까?"

"아니다. 어미 이제 인영이 곁에서 살고 싶다. 어민 이제 여기 녹동에서 울 인영이 목소리도 듣구 숨소리도 듣구 이쁜 얼굴도 보구 살련다. 들자니 뭍에서 소록도 병원으루 진료들 받으러 다닌다누나. 어미가 여게 있으니 이제 인영이도 힘 내거라. 울 인영이 외로워선 안 되지……암, 안 되고 말곰……."

정씨는 인영의 모습을 보려고 얼굴을 조금 멀찍이 뗐다. 정씨 생각에는 인영이 아직 귀엽고 예쁘기 만한 딸애다. 인영의 눈가에 끝없이 눈물이 흘러내렸다. 인영 역시 정씨의 얼굴을 자세히 바라보니 꿈만 같았다. 할머니, 아버지의 모습이 문득 정씨의 얼굴에서 겹쳐 떠올랐다. 인영은 다시 설움에 복받쳐 울었다. 이런 모습을 멀찍이 떨어져 지켜보던 일본인 감시원은 이제 도저히 안 되겠다 싶었던 모양이었다. 감시원이 중앙 분리대를 조심스럽게 넘어와서 인영이 있는 쪽으로 살금살금 걸어왔다. 인영과 정씨가 서로의 체취에 취해 몸을 끌어안고 오랜 세월의 공백을 메우고 있는 순간에 감시원의 채찍이 정씨의 등에 꽂혔다.

"이런 악종들 같으니……날래 떨어지라!"

"아악……"

"날래 떨어지무니다!"

"아악……"

감시원의 채찍은 인정사정없이 붙들고 있는 정씨와 인영의 어깨와 얼굴을 휘감았다. 대번에 정씨의 얼굴에도 인영의 얼굴에도 예리하게 핏발이 섰다.

"이놈들아, 어데 감히 울 인영이 몸에 손을 대누……때리려거든 이 늙은 년 뺨을 때리라. 이 오사리잡놈들아……"

인영을 때리려고 하는 감시원을 막아서며 정씨가 말했다. 인후까지 중앙 분리대를 넘어와서 감시원과 정씨 사이에서 발을 동동 구르는 듯했다. 인후의 건장한 힘이 순간 감시원의 어깨를 잡아당겨 갑자기 땅바닥에 패대기를 쳤다. 감시원의 채찍이 정씨와 인영의 어깨와 얼굴에 생채기를 내는 순간 인후의 눈에 분노 같은 핏발이 돋았기 때문이다. 다른 감시원이 득달같이 달려와서 불손한 사태를 마무리 지었다. 다행히 인후의 주머니에 돈이 있어서 꿈돈(뇌물)을 주고 사태를 수습했다.

"인영아, 치료 잘 받아라. 어머니래 녹동항 부근에 거처 마련하셨다. 간혹 너를 면회할 수 있을 것이야."

"인후 오라버니, 고마워요. 참, 지석 오라버니 소식은……"

"지석이 소식 오라비도 깜깜하다. 평양 형무소에서 2년 형기 마치고 경성으로 내려갔다는 소식만 동무들한테 들었는데 이후 소식은 오라비도 모른다."

인영은 인후를 바라보며 고개를 끄덕거렸다. 지석의 소식을 인후 역시 모른다는 생각에 인영은 한껏 심드렁해졌다. 하지만 정씨가 평양에 올라가지 않고 녹동에 살게 되었다는 생각을 하니 기분이 다시 고조 되었다. 감시원들은 좀 전의 불상사도 있어선지 빨리 정씨 등이 면회실을 빠져나가기를 종용했다. 훗날을 기약하며 인영은 아쉬운 발길을 돌아설 수밖에 없었던 것이다. 멀어지는 가족의 뒷모습을 인영은 오래오래 바라보았다. 정씨와 지석 역시 감시원에 떠밀리듯 하며 되돌아 나가면서 연신 인영이 있는 쪽으로 뒤를 돌아보았다. 그럴 때마다 비스듬히 한쪽 모습을 보이며 인영은 어서 가라고 손사래를 쳤다.

중앙리 호사로 돌아오면서 인영은 하염없이 눈물이 흘렀다. 예전의 설운 눈물이 아니라 감격의 눈물이었다. 어머니를 보고 오빠를 보다니, 인영은 정말 꿈만 같이 느껴졌다. 꿈을 꾸고 있는 것은 아닌지 살을 꼬집어보았다. 희미하게 느껴지는 통증, 원래 나병 환자들은 감각이 떨어지고 심할수록 감각이 많이 떨어진다. 심한 경우 완전히 감각을 잃어버릴 수도 있다. 인영은 중앙리 병사에 돌아오는 길에 목에 걸고 있는 장승을 꺼내 수없이 만져보았다. 지석 오빠가 나쁜 병을 낫게 하고 나쁜 기운을 내쫓는다고 만들어준 장승, 오랜 세월 소중히 간직해 오던 장승, 그래도 장승을 만지면 지석의 체취를 맡을 수가 있고, 옛 일들이 한가롭게 떠올랐다. 형무소에서 나와 경성으로 내려왔다는 소식을 접한 것만도 인영에게는 흡족했다.

　중앙리 호사에 돌아오자마자 인영은 밀린 숙제들을 하기 시작했다. 중앙리는 원래 중증 환자들을 위해 지어진 병사인데 인영은 부첨인(중증 환자 돕는 가벼운 환자)이 되어 중앙리 병사에 배정된 것이었다. 하지만 부첨인(附添人)이라 하여 노역이 완전히 면제되는 것은 아니었다. 그래도 중증 환자들 보다 움직일 수도 있고 걸을 수도 있는 인영으로서는 희망을 버리지 않고 반드시 치료하여 세상에 나간다는 희망을 가져보았다. 어머니도 있고 오빠도 있고 조카들도 있다. 근황은 몰라도 지석 역시 어디에 있든 인영을 잊지 않을 거라고 인영은 생각하며 호사의 중환자들을 씻기고 호사 청소를 하고 호사 밀린 빨래도 하기 시작했다.

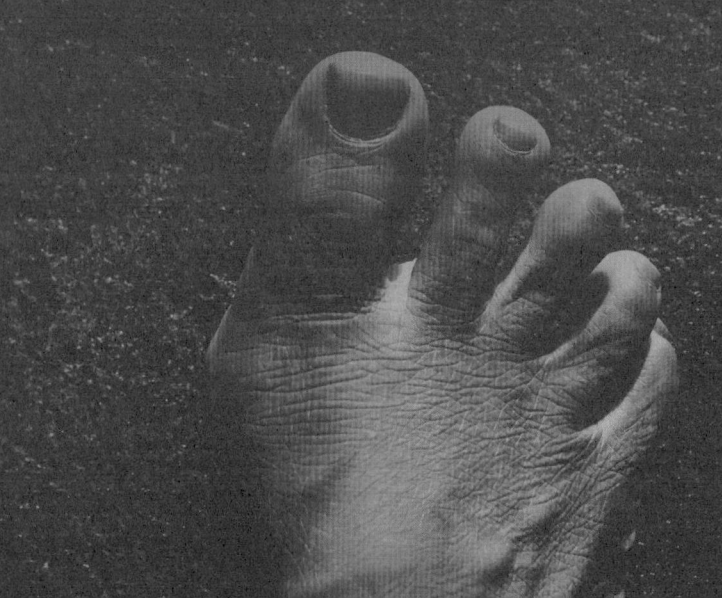

제12장

소록도 형무소의 영웅, 이춘상

이동이 순시 구타 사건으로 동료 원생들과 같이 소록도 형무소에 수용되던 날, 형무소 내부는 시끌벅적했다. 이동을 비롯한 원생 환자들이 감방에 들어와 입담들을 늘어놓기 시작했던 것이다.

"하이고 병환이 자네 봤제? 거 김 순시 놈 말여잉. 잔뜩 겁에 질려가꼬 그냥 살겠다고 좆 빠지게 낭떠러지 구르덩구만잉……"

"성님, 우덜이 그냥 징채(성기)를 쑤욱 잡아 빼 뻐렸어야 했어라우. 음메 개놈에 새끼, 그 개좆 같은 새키 땜시 이렇크롬 깜방 신세징께 억울한 거이……"

"아따 참말로 구북리 놈들 노루 사냥하는 중 알고 튀어 나오는 짓들하군….칼, 칼, 칼…아니 내가 말여 저놈 잡아라 항께 꼭 머시냐 거 노루 사냥 하는 중 알았던가벼……"

어둑한 감방 안에 수용된 환자들은 너나없이 웃었다. 옆방에서 귀를 기울이고 있던 환자들도 대체 무슨 일인가 귓바퀴를 신입들이 들어온 방에 모으고 있었다.

"개놈새키, 우덜이 이렇게 깜방 신세 질거 같으면 그냥 콱 죽였어야 하는디...사또 개새끼 하고 거 머시냐 오순재 하고 송희갑이 말여……"

"어메 개새키들, 그 간나구 같은 넘들 이름 석 자 들먹이들 말드라고 잉. 같은 조선 놈 끼린디 어째 머릿속은 그렇게 다르당가."

"그러게 말여잉. 계술이 자녠 어째 한 마디가 없능가? 뭐셔 이렇그롬 깜방 신세 지니께 억울하다 시위하는겨 시방? 순시 같이 죽이잘 때는 언제고잉……"

"아, 아녀라우. 그냥 이동 아저씨 보니께 인영이 그 가시나가 생각나서 그러요. 아따 거 가시나 한번 잡아묵으면 징그럽게 맛있었던디……"

이동의 곁에 있던 일행이 내내 침묵을 하다 상스러운 말을 꺼내자 이동이 주먹으로 건장한 청년의 등짝을 한번 후려쳤다.

"너는 임마 그저 계집 타령이냐? 너 인자본께 가시나 한 번도 못 잡아먹어봤냐잉?"

"어허, 나를 멀로 보고 아저씬 그런 말을 한다요? 이러뵈도 우리 집 뒷집 석자 년을 내가 조졌소. 머 문둥병만 안걸렸더라문 그냥 아들 딸 낳구 살 것인디 에그 썩을 팔자야……"

"하하하…..어째 하필 석자라냐. 이름 한번 희안쿠만잉. 근디 이동이 말여, 인영이 고것 젖가슴 툭 불거진 게 암내 풍기게 생겼던디……"

"머셔? 울 인영인 머시냐, 고상한 애여. 너 놈들 더런 주둥이에 그렇그롬 오르락 내리락 할 이름이 아니란 말여. 당최 너놈들 울 인영이 입맛 다시지 말어라. 울 인영인 일찍부터 정해진 사내가 있던구먼....."

"아니 먼 말여라우? 아 인영이 정혼이 있단 말여라우? 음마, 그 사내도 문둥이라요?"

"아녀 아녀, 어릴 적 이웃집 오라비라나 뭐라나. 아 그저 인영이가 문

둥병 걸렸을 때도 말여, 아 즈이 엄니두 못하는 정성으루 상처도 어루만
져주구 머시라냐, 거 악귀를 쫓아낸다구 장승도 나무로 깎아 걸어준 사
내라여."

"음마, 차말로 눈물 없이 못 듣는 순정이요잉. 인영이 고것 참 이쁘긴
하제. 순임이 고년이 그전엔 인물은 최고였는디 인영이 가시나가 그냥
나이 먹으면서.... 역시 말여, 여자는 저 위쪽이란 말이 맞어. 머 순임이
그년도 평양이라등만……"

"순임이 고년 말이 나왔으니께 그러는디 하나이 원장님이 순임이
따 먹을라고 얼매나 몸이 닳았으면 그래 주사기로 순임이 피를 뽑아
지 몸에 찔러 넣었어. 어 참, 사내란 것들은 말여 알다가도 모를 것들이
여……"

"순임이 누이도 참 괜찮은 여잔디 안 됐제. 아 윤심덕이 동무라는디
윤심덕이 보다 인물도 낫구 거 꾀꼬리 같은 노래 실력에다 머 하나이 간
장 녹을만 했제……"

"근디 순임이 고년 방댕이 큰 거 봐라. 애를 낳았으면 펑 펑 쏟아냈을
것인디....아이쿠 그냥 수술대에서 핏줄 짜른 인류을 생각하면 어매나 죽
일 넘들……"

"거 말하면 뭐 하겠능가. 다 나라 빼앗긴 우리 조선 놈들 잘못이제. 누
굴 탓할 거여. 근디 너그들이 어째 순임이 순임이 그러냐? 순임이 누나
나이 솔찬이 먹은 여자여어잉…… 그나저나 수호 원장 새끼하고 사또
개새끼 하고 말여 박순주 요놈들은 내 손에 목을 따버릴텡게 아, 지켜들
보더라구잉……"

이동이 목에 힘을 실어 말했다. 이동은 정말 자기 목숨이 달아나는
한이 있어도 자기 손으로 이들을 죽일 작정을 하고 있었다. 이미 단종대

에 눕혀지던 순간 이동은 자신의 장래는 사라진 것이나 진배없다고 생각했다. 이제 이동에게 죽음조차 무섭다는 생각이 들지 않았다.

그날, 이동 일행이 수용된 감방은 밤새 흐물흐물한 말들이 멈추지 않았다. 간수가 와서 몇 번씩 단속을 하고서야 궁시렁 궁시렁 말들이 멈췄다. 일본인 간수도 있고 조선인 간수도 있었다. 하지만 조선인 간수나 조선인 직원들의 횡포 역시 일본인들을 능가했다. 그래서 같은 조선인 직원들을 신뢰하지 못했고 오히려 강한 반감마저 지니고 있었다.

이동 일행은 같은 감방에서 지내며 낮에 바깥에서 작업을 하는 시간에 다른 죄수들과 만날 수가 있었다. 당시 소록도 형무소에는 스무 명 남짓한 죄수들이 수감되어 있었는데 비교적 나병의 상태가 가벼운 죄수들이었다. 병의 상태가 심한 죄수들은 소록도 중환자실에 입원해서 치료를 받았다. 또한 병원의 의료진들이 며칠에 한 번씩 형무소를 방문해서 죄수들의 몸 상태를 진찰하고 치료했다. 죄수들의 치료는 주로 투약과 결절의 치료에 의존했다.

"거 형씨가 이동이란 사람이라?"

"누군디 반말지거리루 나를 물은다?"

작업장에서 감시의 소홀을 틈타 이동에게 낯선 죄수가 다가와서 물었다. 낯선 죄수의 물음에 이동은 큰 몸을 한번 털어내며 자세를 가다듬었다. 난데없이 일격을 받고 나가떨어질지 모른다고 항상 생각했기 때문이다. 조선인 순시가 당하듯이 누군가 이동 자신을 노리고 있을지도 모른다고 생각했다.

"나는 경상도 보리 문둥이 이춘상이라카이. 듣자니까 순시 놈을 때려 눕혔다는데 참말이라?"

"옴마, 이춘상이라고 했소예? 거 경상도 성주 출신이라는……"

"나에 대해서는 얘길 들었는 모양이라……듣자니 거 형씨 깡이 좋다 캐서 이래 만나보고 싶었다카이."

"옴마 나에 대해서 그짝도 소문 들었는갑구만잉. 나 일본 놈들한테 불알 잡힌 놈이제. 내 살다 살다 불효막심하기는 처음인데...어째 나한테 그짝이 관심을 두는가 모르겠네잉."

"통성명은 필요 없을 듯하니 우리 친구 하자카이. 나이 출신 연고 이 딴 거 따지들 말고 사내답게 우리 동무하자카이. 언능 결정하소. 마 절 마(저 놈)들 눈치 빠릉께 언능."

"옴마, 경상도 주먹들이 알아준다는 이춘상이가 나 같은 넘한 테……."

"형씨, 우리 동무 하자카이. 깡이라 하믄 이춘상이도 한 가닥 한다 아 이요. 보소, 그짝 우리 친구등강 동무등강 손잡아 뿔자. 작업장에 나올 때 내가 신호 보내면 살며시 빠져가 내 한테 오이소. 우덜이 일본 넘들한 테 맹탕 당한다 생각하이 마 소름 끼친다카이. 거 알아 듣겠능교?"

이동이 난데없는 이춘상의 출현에 놀라 대답 대신에 눈만 씀벅거리 고 있는데 저쪽에서 감시원이 총을 어깨에 메고 득달같이 달려왔다. 감 시원은 당장 잡아먹을 듯이 달려와서 두 사람을 매의 눈으로 맹렬히 노 려보았다. 이동은 감시의 눈에서 살며시 비껴났고, 이춘상은 감시의 눈 총에 뒤지지 않으려는 듯이 맞받아 쏘아보았다. 감시가 이춘상의 어깨 에 채찍을 휘둘렀고 이춘상이 저항하는 동작을 취하자 어깨에서 총을 풀어 개머리판으로 이춘상의 가슴을 찍었다. 이동은 춘상의 표정을 보 고 더욱 놀랐다. 말로만 듣던 춘상이 아니었다. 개머리판으로 가슴을 찍 히고 배꼽을 찍히고 등짝을 찍힐수록 춘상은 미소를 지었다. 오메, 세상 에나……차말로 말로만 듣던 이춘상이 아니네 그려잉. 우리 같음사 벌

써 왝 소릴 질러댐서 거꾸라져도 열 번을 거꾸라졌겠는디 음마 맞을수
록 매질에 강한 몸인가벼잉, 그려 인생 한번 태어나 한번 죽는 거 이거
참말로 공평한 거여. 나보담 나이 한참 어리다만 의리로다가 동무 하겠
다잉……하며 이동은 생각하고 있었다.

이후부터 작업하러 나가는 시간에는 항상 이동은 감시의 눈을 틈타
춘상과 짧은 만남을 가졌다. 두 사람 모두 작업 시간이 기다려졌다. 춘
상은 사또라는 고약한 일본 놈을 죽을 각오로 들이 받고 불알까지 저당
잡혔다는 이동의 영웅담을 형무소에서 들었다. 불알 까는 사건은 영웅
담이 아니라 실제 사건이었던 것이며, 당사자를 만나 의기투합 할 수 있
다는 것에 희열을 느끼고 있었다. 이동 또한 문둥이로 부랑자가 되어 떠
돌면서 경상도 독립집안 자손이 문둥병에 걸렸는데 깡다구가 세고 특
히 일본인에 대한 반감이 하늘을 찔러 어지간한 조선인이 당해내지 못
한다는 소문을 익히 들었던 터였다. 이곳 형무소에서 그런 사람을 만난
다는 것은 안중근 같은 독립 영웅을 만나는 것에 다름 아니었다. 문둥
이가 되어 다행이다, 라는 생각을 태어나서 처음으로 하게 되었다. 허어
참, 사람답게 한번 살아볼 날이 나한테도 올지 모르겠구만잉, 하며 이
동은 코를 팽 풀었다.

"이동 아저씨, 접때 듣자니까 인영이란 여자 환자 여게 소록도 있다 캤
능교?"

"옴마, 동무하잔 때는 언제고 아저씨다냐잉?"

"아무리 세상 막 된다캐도 나보다 열 살이나 많은 아저씬데.....이 춘상
이 유교집안에서 자라 막돼 먹은 종자 아니라카이……"

"알았어, 옴마 거 춘상이 볼수록 사내답다잉. 아 근디 난데없이 울 인
영이 얘기는 어째 들먹인 것이여 시방?"

"머 DDS가족이란 거는 들어서 알고 있고요. 거 인영이란 여자 혹여 고향이 평양 아니던교?"

"얼씨구, 춘상이가 어쭈고 고것을 안당가? 맞어 평양이여."

"세상 좁다카이. 내가 서대문 형무소에 있을 적에 인영이 정혼자를 만났지 않능교. 거 지석이라카는 놈인데 글마 깡이 마 얼마나 셌던지 수표교 아래서 맞짱을 떴지 않았능교. 고마 거 돌덩이루 제 손등을 찍어 대두 눈 하나 깜짝 하지 않더란 말요."

"근디 지석이란 사내가 울 인영이 정혼자라는 걸 춘상이가 어찌 알어?"

"아 서대문 깜방서 같이 붙들고 잠서 과거살 귀신 씨나락 까먹대끼 지껄이던 동무 아닌교? 머라 고향 뒷산에서 문둥병 낫어라고 장승까지 만들어 췄다등마요."

"옴마 맞어. 인영이 정혼자가 확실한구먼잉. 인영이 목에 말씨, 아직 그 장승 덜렁덜렁 걸려 있어. 얼굴이 이쁜 게 사방에서 중매가 들오는 모양인디 인영인 말 귀에 염불이여. 쳐다보덜 안헌다고. 아, 울 인영일 여게 소록도 문둥이한텐 아깝제……"

"내가 문둥병에 걸린 걸 첨엔 숨겼지 않았능교. 마 조선놈끼리 깜방 갇힌 주제에 머 그깟 비밀이 어딨단 말고. 그저 미주알 고주알 밤새 살아온 얘기 지껄여댔지 않았것소. 지석이 동무가 먼참 창자까지 꺼내 탈, 탈 속엣말을 보여주덩마요. 그래서 나도 문둥병 걸린 얘기도 하고 경쾌 퇴원한 얘기도 하지 않았것소."

"근디 시방 그 지석이란 사내는 어디에 있당가? 인영이 고것이 여간 소식 궁금해 하능게 아녀이. 어메 춘상이 말을 들응께 나까지 그냥 애가 닳구만이……"

"평양 형무소에서 2년 남짓 깜방 생활했던 전과가 있어서 그랬는강 뭐 같이 싸움판 벌이다 일본 순사놈들한테 붙들려 가지구 5년형 받았잖능교. 저도 앞이 캄캄했을 밖에요. 일본 놈들이 방방이 불러다가 꼬드기는디 저도 살아나가고 싶었겠제예. 조선총독부 놈들이 죄수 명부를 가지고 다니면서 특별지원병이 되면 죄를 면해주고 당장 나갈 수 있다 캤능거라요. 마 특별지원병 훈련소 입소해서 6개월만 훈련 받으면 된다캤제....씨발놈덜, 조선 놈들 이름까장 일본 식으로 개명을 해설라 머 총알받이에 써묵을라캤던거 아니던교."

"그야 우리 같은 못난쟁이 생각에도 쪽발이 놈들 속내를 알갔구만잉. 근디 어째 춘상이는 그때 같이 나오덜 않았는가잉?"

"아저씨, 나는 좆 달고 나와서 일본 놈들 위해 총 들고 나가 싸우기 싫었다카이요. 솔직헌 말로 그땐 뭐 죽어도 그냥 깜방에서 죽자 생각하지 않았던교? 근디 참 살다 보이 문둥이 된 것이 고맙고 반가울 때도 있더란 말요."

"옴마, 먼 개발에 편자 같은 소리라냐잉. 문둥이 된 것이 머가 어쩌드라고오?"

"참말로 글타카이....서대문 형무소에 버티고 있을 적에 문둥병이 다시 도진거란 말이요. 내가 지옥 같은 서대문 형무소에서 여기루 내려온 거 이 거 문둥병 탓이단 말요. 아니 그렁교?"

"이 이 맞어 맞어. 들어본께 그러네잉. 즈이놈들이 문둥일 경성 복판에 가둬놓구 뭘 어이할꺼잉. 옴마, 근디 인제 본께 춘상이 팔이 많이 불편한가 봐야잉? 어째 그렇게 덜렁덜렁 한다?"

"예, 팔에 감각이 많이 떨어진 걸 보니 암만도 팔뚝 저리 내다버려야 할따……"

"에끼 이 사람, 병 걸린 것두 억울한 마당에 그딴 소리 말어. 여기서 형기 마치면 아 코 앞 병원에 가서 치료 받아 낫아사제. 안 그러냐 춘상아……"

춘상이 이동의 염려하는 말에 깊은 정을 느끼면서 살며시 웃어주었다. 바로, 이때 저쪽에서 감시원이 득달같이 달려왔다.

"네 놈들은 틈만 나면 같이 붙어 있스므니다. 무슨 모략을 짜나 해?"

"아, 아니라요. 아니라요……"

춘상과 이동은 동시에 감시원의 채찍을 받았지만 그래도 마음속에 웃음을 지면서 흩어졌다. 그들은 서로 많은 얘기를 나누면서 마치 오랜 정을 나눈 사람처럼 각별한 사이가 되었다. 이동은 춘상을 만나 민족이란 것을 생각하게 되었다. 그저 불알을 저당 잡힌 뒤에 이동은 마음으로 혼자 일본 놈들을 미워하고 야박하게 생각했지 춘상이처럼 어떤 뜻이 있어 놈들을 증오하진 않았다.

그런데 춘상이는 이동이 생각해도 확연히 다른 애들과는 달랐다. 어렸을 적부터 독립운동 하는 부모 밑에서 국가와 민족이란 것을 위하는 마음을 지니고, 어떻게 일본의 속국으로부터 벗어날까 생각하고 은밀히 조직이란 것을 만들어 놈들을 조질 생각까지 하고 있었다. 소록도의 산속 형무소에서의 날들은 이동에게 전혀 고달프지 않았다. 아니 비록 고달파도 희망이란 것을 버리지 않도록 만들어주었다.

형무소에서 동료들은 같이 문둥병에 걸린 동질감뿐만 아니라 춘상의 심지 곧은 애국심과 민족애에 마치 독립을 투쟁하는 전사들이 되어버린 듯한 착각마저 들었다.

"우리가 말요, 하늘로부터 치욕적인 버림까지 받은 몸이라 생각하모 기가 막힐 일이 아닌교? 하지만 몸뚱이가 문둥병에 걸렸다고 우덜 맘까정 문둥병 걸린 거는 아니란 말이라카이. 내 말은 우덜이 한맘 한뜻이 되어가 아작난 삭신에 말요, 불꽃이란 것을 한번 찬란히 피워보잔 말 아닌교? 어째 내 말을 알아듣겠는 사람은 그냥 한쪽 눈만 찡긋해보소.”

춘상의 말에 동료들이 너도 나도 눈들을 찡긋거리느라 야단들이었다. 처지가 딱한 나환자들이 처음으로 인간답게 뭔가 몸속에 꿈틀대는 무엇인가를 느꼈을 터였다. 춘상의 이런 훈시 같은 말들은 은밀히 형무소의 방마다 퍼져나갔다. 이춘상을 형무소에서 모르는 사람은 없었고, 이춘상의 이력에 대해 나름대로 은밀히 들었다.

춘상은 틈만 나면 각 방의 동료들이 서로 싸우지 말고 단합할 수 있도록 무리를 이끌었다. 형무소 직원들이나 감시원들이 전혀 눈치 채지 못하게 은밀히 형무소의 동료들은 하나가 되었다. 조선인은 모두 한 형제요 조선인끼리 싸우지 말며, 우리끼리 싸워봐야 우리들 몸만 상한다. 싸움을 해도 일본 놈들하고 알차게 싸우자. 문둥이라고 무시당하고 살아온 세월에 당당히 저항해서 건강한 조선 백성들이 본을 받도록 이 한 몸 희생하자 은밀히 약속했다. 어디서든 일본 놈들의 채찍과 폭행, 고문에 저항하되 기회를 봐서 함께 행동을 하자.

형무소 동료들 사이에 완벽하게 이런 약속이 되어 있었다. 특히 갱생원 시절에 싸움을 해서 외부로 쫓겨 나갔던 전라도 대표 김창옥과 경상도 대표 권종희 마저 이곳 형무소로 들어오게 되어 새로운 날들이 열리고 있었다. 형무소에는 은근히 성지와도 같은 분위기가 감돌았다. 평소 말들이 많은 죄수들의 생각이 깊어지고 표정 또한 진지해졌다. 김창옥과 권종희가 들어와서 처음에 얼마간은 보이지 않는 알력이 있었지만 이런 알력 정도는 이춘상에게 아주 작은 소란에 지나지 않았다. 춘상은 교묘히 이들에게 접근해서 한순간에 이들을 자기편으로 만들어버렸다.

"보소 보소, 비싼 밥들 퍼 묵고 조선 땅에서 제일 할 일 없는 놈이 뭔동 아는교? 내사 마 뜸들이지 않고 말할랍니더. 같은 조선 놈 잡아먹겠다고 으르렁대는 놈이라카이. 조선 놈들끼리 치고 박고 싸운다 치면 우덜이 일본 놈들 한테 무슨 꼴이 되겠능교? 저러니까 개돼지들처럼 나랄 빼앗겼다카지 않겠능교? 마 우덜이 힘을 합쳐가 우예되동간 일본 놈들 하나라도 내쫓아야제 제 살 깎아먹는 빙충이는 되지 말라 이 말입니더."

춘상의 말에 누구도 감히 나서서 토를 달지 못했다. 김창옥과 권창희 역시 머리를 숙여 춘상의 말을 고분고분 경청했다. 은근히 맘속으로 춘상을 영웅처럼 존중했고 춘상의 말이라면 절대 어긋나게 행동하지 않았다.

이동은 춘상과 함께 형무소에서 생애 처음으로 사람답게 살고 있음을 깨달았다. 자기 같은 무지렁이 문둥이라도 조선을 위해 사람답게 한 번 살아볼 수 있다는 신념이 굳건히 생겼다. 형무소에서 갱생원 동료들의 소식은 간간히 들을 수가 있었다. 춘상은 은밀하게 바깥의 조직을 연결해서 면회도 할 수 있었다. 또한 소록도 우편소를 통해 바깥의 동무들로부터 편지까지 전달 받을 수가 있었다.

형무소까지 편지를 전달하는 사람은 병우였다. 병우는 직원구역에 있는 우편소에서 편지를 간추려 각 마을에 분배하고 형무소에 직접 편지를 전달했다. 형무소 직원들은 병우를 정말 바보로 생각하고 있었다. 글을 읽을 줄도 알고 글을 쓸 줄을 알아도 쓸개 하나쯤 빠진 칠푼이 정도로 생각했다. 그래서 우편소 직원들이나 직원지대 직원들, 형무소 직원들은 모두 병우를 가벼운 심부름꾼 정도로 여겼다. 그들 가운데 누구도 병우의 내쏘는 눈빛을 들여다보려 하지 않았고, 병우 생각 너머에 담긴 사연들을 알려고 들지 않았다. 그러나 춘상이는 벌써 보는 눈이 달랐다. 우연히 작업장 곁을 지나는 병우와 마주치면서 춘상은 병우의 눈빛 너머에 숨은 진실을 넌지시 들여다보았다.

"이동 아저씨, 또덕이란 놈 말요. 저놈 바보 아니제요?"

"옴마, 참말로 춘상이 자넨 말여 눈썰미 하난 기똥차구만잉. 맞어, 저놈, 절대 바보 아니여잉. 인영이 아플 적에 이놈이 말여 인영이 약을 제대루 지어 오더랑께이……"

춘상의 머릿속은 복잡하게 움직였다. 병우를 활용하면 뭔가 소득이 있을 거라고 생각했다. 그래서 춘상은 장차 병우와 친하게 지내야 한다는 것을 모르지 않았다. 춘상은 병우를 한번 활용해 보기 위해 가벼운 임무를 부여했다. 이동으로 하여금 인영이한테 정혼자 지석의 근황에 대해 편지를 쓰도록 했다. 이동은 정말 좋은 생각이라 말하면서 정성껏 눌러 편지를 써서 품에 지니고 다녔다. 이동이 적은 지석에 관한 편지는 모두 춘상이가 얘기해준 내용이었다. 기회를 엿보다가 마치 작업장 곁을 지나는 병우에게 춘상과 이동은 은밀히 접근했다. 간수가 눈치 채지 못하도록 잽싸게 검불더미에 앉혀놓고 편지를 전했다.

"병우야이, 너 인영이 누나 알제? 이 편지 인영이 한테 은밀히 전하그라잉. 누구한테 들키면 안 되는 것 알제?"

"병우야, 넌 우리 친구라. 넌 똑똑한 조선청년이라, 글치?"

춘상이 거들자 병우가 고개를 끄덕이며 잔소리 붙이지 않고 잽싸게 편지를 받아들고 뛰기 시작했다. 병우가 편지를 받아 돌아간 그날부터 은근히 춘상과 이동 등에게는 새로운 관심이 생겨나기 시작했다. 병우를 통해 은밀한 임무를 수행하는 듯한 자부심이 생겨나는 것이었다. 또한 일행들은 병우를 통해 은밀히 편지를 받고 싶어 했다. 어떤 내용이든지 바깥의 소식을 듣고자 하는 마음이 강렬했기 때문일 것이다. 그리고 춘상 일행의 바람처럼 병우는 가장 먼저 인영의 편지를 전했다. 이동 삼촌에 대한 안부에서부터 지석 씨에 대한 소식을 듣게 되어 고맙다는 얘기도 적고, 이춘상이란 동료를 알게 되어 반갑다는 말도 덧붙였다. 인영이는 순임이 고모와 같이 이동 일행이 무사히 출옥해서 같이 소록도 병사에서 생활하기 바란다고 끝을 맺었다.

이동은 인영의 편지를 은밀히 전달 받은 뒤에 기분이 좋았다. 가족이란 이름으로 인영의 편지를 받는 것은 그리움에 대한 간절한 기다림이었다. 이동에게 기다리는 것은 곧 그리움의 다른 말이었다. 그리움이란 그에게 기다리는 것과 같은 모습이었다. 노을이 떨어지는 형무소 언덕배미에서 막연히 무엇을 기다린다는 것은 좋은 것이었다. 아아, 가족이란 좋은 것이구나, 이동은 이런 생각도 들었다.

춘상은 세상의 살이라는 것은 이치가 있고 절차가 있고 과정 같은 것이 있음을 형무소에 있으면서 뼈저리게 깨달았다. 마음이 앞서면 넘어지기 쉽다는 것도 알았다. 내일에 대한 계획이 없이 막연히 세월이 흐른다는 것이야말로 인생에서 가장 허무한 것이라고 생각했다. 그래서 무작정 세월을 보내지 않되 철저히 계획하며 내일을 희망하면서 해가 뜨고 지는 것을 거듭하기를 기원했다. 왜냐하면 이제 머잖아 형기를 마치고 출소할 때가 임박했다는 것을 춘상이 모르지 않았기 때문이다.

춘상이 뿐만 아니라 이동 일행 등도 그런 날들을 손꼽아 기다리고 있었다. 특히 이동은 막연히 형기를 마치고 나가서 인영이 등 가족을 만난다는 문제보다 불알까지 저당 잡힌 일본 놈들한테 뭔가 따끔한 맛을 보여줄 수도 있음을 타진했기 때문이다. 독립군의 자식이며 문둥이들 사이에 이름을 날린 춘상이와 같이 한다면 문둥이들이라고 해서 조선을 위해 애국하지 말란 법이 없다는 생각이 들었다. 결연한 마음을 다지면서 사뭇 이동은 자기가 대견히 여겨지고 무슨 운명처럼 불효자가 되었던 것인지도 모른다는 생각마저 들었던 것이다.

병우를 통해 마치 약속이나 한 듯 쪽지가 오고 갔다. 병우는 바보 행세를 노련하게 하면서 이쪽저쪽의 상황들을 알리는 매개 역할을 제대로 하고 있었다. 공회당에서 원장 입회하에 창극 공연이 있었다는 사실도 병우가 전달한 쪽지를 통해 은밀히 알게 되었다. 창극단이 구성되어 원생들에게 노래도 가르쳐주고 연극 등도 한다고 했다. 신극단도 경쟁을 하듯 조직되어 명절이나 경축일에는 사뭇 경쟁조차 하며 공연한다는 것이었다. 농악 등도 하고 가극도 하며 영화 상영도 한다는 소식을 전했다. 이동은 창극단에 최일봉이 단원으로 있음을 알고 반가움에 몸을 떨었다. 노역에 지친 원생들을 달래기 위해 이런 극단 등을 운영하고 있음을 충분히 눈치 채고도 남았다.

출소가 코앞에 닥쳤을 때 춘상의 이맛살을 찌푸리게 하는 소식이 쪽지를 통해 은밀히 날아들었다. 인영이가 보낸 쪽지가 아니라 순임이 보낸 쪽지였다. 이동은 쪽지를 보는 순간 마침내 의무과장 타다(多田景義)란 놈이 인영에게 추행을 했다는 소식을 접했다.

"이런 씨팔놈 새키 봐라잉. 옴메, 울 인영이 몸에 손을 대야잉?"

"이동 아저씨, 뭔데 그카요?"

춘상이 별안간에 이동의 손에 들린 쪽지를 낚아채갔다. 이동은 어금니로 속살을 잘근잘근 씹으며 뿌드득 이를 갈았다. 춘상이 이맛살을 찌푸리며 말했다.

"타다 의무과장 흥 이 놈도 손 좀 보입시더."

"암만, 감히 울 인영이를 건들어야 엉? 옴메 벼(火) 난거 씨발……"

"이쁜 것이 죄여, 인영인 넘 이뻐서 저 쪽바리 놈들 까징 침을 흘린

당마요. 어메, 씨팔 일본 놈들이 먼저 잡아 묵으면 징그럽게 아깝겠네 예……"

"넌 임마야 뭔 소릴 그렇구름 한다냐. 하여간 너란 놈은 답이 없다잉. 아 이 엉세판에 가시나 누가 먼저 따먹나 시합하자는 거여 머여? 언능 엎드려 뻗쳐라 여그 이. 내 상식으론 가만 못 있겠구만잉……"

"야, 사정없이 엉덩이 밟아 줏시오. 하이고 누가 나 좀 실컷 두들겨 패 주면 좋겠네잉. 실컷 한번 얻어 맞아봤음 좋겠어……"

일제히 동료들이 웃을 때 간수가 슬며시 머리를 감방으로 들이밀었다. 쥐 죽은 듯이 조용해지면서도 배꼽 밑에선 까르륵 웃는 소리가 밀고 올라왔다. 춘상이 실컷 패달라는 동료의 엉덩짝을 발로 밟자 밟히면서 더욱 키득거리고 웃었다. 다시 일제히 동료들이 웃었다.

"감히 어데서 웃나, 너들은 여기가 감옥이란 거 잊었나?"

간수의 말에 누군가 역시 웃자는 소리이듯 대답했다.

"감옥인줄 알제. 조선 문둥이 감옥 1호, 알고 말고 씨팔 놈……"

긴 겨울의 차디찬 바람도 감방의 웃음 결에 밀려나고 있었다. 겨우내 춘상은 간수의 호의를 받아낼 수가 있었다. 햇볕을 좀 더 많이 받고 작업을 핑계로 감옥소 바깥으로 출입을 더욱 많이 했다. 소록도 형무소 직원으로 있는 조선 청년의 도움으로 다른 간수들과 일본인 간수들의 호의마저 얻을 수가 있었다. 춘상은 어렸을 적부터 조상들의 은밀하고 치밀한 계획들을 눈으로 직접 보아왔던 터라 이런 작은 집단에서 뜻을 펼치는 것은 아주 어렵게 생각되지 않았다.

춘상이가 형무소에서 가장 중요하게 실천한 것은 체력을 다지는 일이었다. 자칫 감방 안에 있다가는 그나마 몹쓸 몸이 더욱 망가질 수도 있음을 알고 있었다. 그래서 춘상은 틈만 나면 바닥에 엎드려 팔굽혀 펴기를 했고 무릎을 수없이 굽혔다가 펴기를 반복했다. 한쪽 팔의 상처가 심해지면서는 한쪽 팔로만 팔굽혀 펴기를 했을 정도로 악착같이 건강을 보살폈다.

팔의 힘이 빠지면 그대로 바닥에 드러누워 윗몸 일으키기를 했다. 몸 속의 모든 힘이 완전히 바닥이 나서 도저히 몸을 일으킬 수가 없을 때에야 춘상은 운동을 멈추었다. 누가 봐도 악바리 중의 악바리에 다름 아니었다. 누구든 이런 춘상의 모습을 보고 함부로 행동하거나 함부로 지껄이지 못했고 바깥의 영웅담을 늘어놓다가도 살며시 꽁무니를 감춰버렸다.

더군다나 춘상의 이런 행동은 그저 일신을 위해 이러는 것이 아니라 뭔가 남다른 뜻이 있다는 것을 알았기에 어떤 동료들도 함부로 대하지 못했다. 춘상의 예리한 눈매에 눌려 간수들도 춘상이를 함부로 다루지 않았다. 춘상은 야밤에 녹동에서 목선을 타고 은밀히 들어오는 자들과 접선도 했다. 춘상은 이들로부터 자금을 지원 받았다. 이런 자금을 적절히 활용해서 춘상은 형무소의 간수들을 교묘히 이용했다. 시간이 지날수록 춘상은 형무소의 간수들을 자기편으로 달달하게 기울도록 주물렀다. 춘상은 이렇게 해야 이곳에 갇혀 지낸 동료들이 좀 더 편히 숨을 쉴 수 있을 것이라 여겼기 때문이다.

이춘상의 가슴을 들뜨게 만드는 소식이 형무소에 날아들었다. 미나미(南次郞) 조선총독의 갱생원 시찰에 관한 소식이었다. 춘상은 은근히 형무소의 직원이나 외부 소식통에 의해 이런 비밀스런 정보를 입수했다. 미나미 조선총독의 방문 소식과 함께 춘상은 애가 닳았다. 춘상 뿐만 아니라 이동과 일행 역시 마음 졸이기는 마찬가지였다. 미나미 총독의 방문 예정일이 달포 앞으로 바짝 다가와 있었다. 춘상은 미나미 총독의 방문 이전에 형무소에서 출옥해야 한다고 생각했다.

"미나미 총독이 8월 15일 경에 소록도에 상륙할 예정이라카이. 거보다 먼저 마 경성에서 목포에 당도해가 경비선을 타고 제주도 연안을 순찰할꺼라요. 소록도에 상륙하는 시간은 대략 새벽 여섯 시 경 될끼고……"

"춘상이 고것 분명한 정보 맞겄제?"

하고 이동이 물었다. 이동은 손가락을 짚어가며 형무소 출옥할 날짜를 계산하고 있었다.

"틀림없는 정보라요. 아저씨, 얼추 출옥 날짜 다가오지예?"

"옴마, 동지섣달 여그서 나고 벌써 유월 아닌가잉? 근디 저놈들이 우덜을 형기 마쳤다고 재깍 풀어줄랑가 모르겄서, 아 내 맘이 안놓인당께……"

"아저씨, 염려 말소. 이 춘상이도 내달이면 형기 만론데 머 법대루 한다캐도 충분하요. 혹은 모르는 일이니까 저 간수 놈들 그 전에 한바탕 구워 삶아대면 안 되겠능교. 위에서 명령 떨어진다캐도 절마(저 놈)들이 틀어뿔면 우덜은 제 날짜에 여기 벗어나지 못한당마요."

"그려, 그려. 춘상이 자네가 한번 힘 써보더라고이. 우리는 일단 춘상이 자네 시키는대루다 할테니께 말여. 모다들 목심 내놓을 각오들은 했겄제잉?"

이동의 다부진 말에 춘상이 고개를 쳐들어 좌우를 쳐다보았다. 춘상이 좌우를 쳐다보자 동료들이 소리 없이 고개들을 끄덕거렸다.

이후에도 그들은 같이 있는 시간이면 항상 머리를 맞대고 무슨 얘기들을 나누었다. 춘상은 항상 이들 중의 댓방 노릇을 했다. 독립군의 집안 후손으로서 당연한 일이었다. 춘상이처럼 확실한 애국심과 민족애를 지닌 사람은 없다고 이동은 생각했다. 보기보다 훨씬 생각이 깊고 심지가 곧은 사람이 춘상이라고 이동은 생각했다.

하루는 춘상이 이동에게 불쑥 이렇게 물었다.

"아저씨는 특기가 뭐가 있능교?"

"머셔? 허허 나 같은 무지렁이가 뭔 특기가 있겠능가? 고저 소 끌고 논밭 쟁기질 하는 거 밖에 없제. 소 끌고 쟁기질 하는 것도 특기가 될랑가 모르겠어……"

"조선 사람 치곤 아저씬 좋은 특기 가졌다카이. 우덜이 나랄 빼앗겨서 그렇제 들판에 나가 일하는 것이사 제일 아닝교? 머 그건 그렇다 치공 아저씨 잘 하는 노래 뭐가 있능교?"

"난데없이 먼 노래타령이여? 아 내가 부르는 노래사 있제. 갱생원에 있을 적엔 말여, 똥 누러 갈 때마다 혼자 불렀던 노래가 있긴 하제……"

"한번 해 봇시오, 아저씨."

"하이고 남우세스런디 머……그러면 한 번 뽑아 볼까이?"

춘상이 고개를 이동에게 돌리며 눈짓으로 재촉했다. 이동은 공연히 많은 사람들 앞에서 노래라도 부르는 냥 헛목을 잡으며 긴장했다. 어둔 감방 안에서 몇의 동료들 눈동자가 이동을 향해 저절로 굴러왔다.

황성옛터에 밤이 되니 월색만 고요해
폐허에 스른 회포를 말하여 주노나
아 가엾다 이 내 몸은 그 무엇 찾으려고
끝없는 꿈의 거리를 헤매어 있노라~~~

이동이 부른 노래는 당시 유행하던 조선 최초의 대중가요였다. 단성

사에서 처음 이애리수가 불러 순식간에 조선 천지에 퍼졌고 조선총독
부는 이 노래의 유행을 막으려고 백방으로 힘을 썼지만 쓸데없는 짓이
었다. 이동의 노래에 장단을 맞추던 동료들이 일제히 노래를 따라 불렀
다. 춘상이 마저 눈을 지그시 감고 노래를 불렀다.

성은 허물어져 빈터인데 방초만 푸르러
세상이 허무한 것을 말하여 주노라~~~

갑자기 노래 소리가 커져 감방의 방들마다 노랫소리가 피어올랐다.
당황한 간수들이 득달같이 달려와서 노래를 제지했지만 노래는 멈추지
않았다.
"입 닥치므니다. 노랠 멈추란 말이다."
"야, 너그들, 오늘 된 맛 좀 볼 거야?"

아 외로운 저 나그네 홀로서 잠 못 이루어
구슬픈 벌레소리에 말없이 눈물져요~~~

노래는 멎었지만 여기저기에서 고향 생각 가족 생각에선지 훌쩍거리
는 소리가 들렸다. 춘상이 잠시 뜸을 들이다가 입을 열었다.
"황성의 적(荒城의 跡)이란 노랜 언제 들어도 좋단 말요. 이동 아저씨,
갱생원에서 창극 공연 한단 얘기 들었는데 그게 언제던교?"
"아, 머시냐, 원생들 허리 뿌러지게 일 시켜가꼬 건설부대 어쩌고 험서
머 건물 하나 짓고 밑 닦아주고 달래고 또 등대 하나 세워놓고 똥구멍
긁어주고······"

"그것도 말여, 즈이놈들 심심해서 만든 수작질 아니랑가? 말인즉슨 위로잔치를 하네 마네 하제만 원생들 앞세워 저이놈들 잔치하는 짓거리들이여. 거 장화홍련전인가 뭔가 함서 울 원생들이 얼마나 연습들 하느라고 고생 먹었드라요. 아 다들 아는 얘기 아닌가이?"

춘상이 묻기는 이동에게 물었지만 이동이 뜸을 들이는 사이 다른 동료가 제풀에 열을 내며 말을 늘어놓았다. 여기저기서 불만 섞인 목소리로 궁시렁 궁시렁 말들이 많았다. 춘상은 무슨 생각에 잠겨 있는지 매우 골똘한 모습이었다.

"그런 공연을 우덜이 출옥하면 언제쯤 구경할 수 있겠능교?"

"옴마, 춘상이 자네가 머 풍악 구경 못해 환장했당가?"

"아니라카이, 그기 아이고, 내사 마 궁금해 묻능기라요."

"명절이다 경축일이다 하믄 그나 뭔 공연을 하나쯤 하긴 할 거여. 근데 무담시 뭔 공연 얘기라냐이?"

춘상이 이동의 물음에 목소리를 아주 낮추며 말했다. 춘상이 목소리를 아주 바닥에 깔아버리듯이 낮추자 동료들이 벽에 기대 있다가 몇은 바닥에 귀를 대고 눕고 몇은 바짝 춘상이 얼굴 쪽에 자기 얼굴을 가져다 대고 있었다.

"거 내가 어릴 적에 부친을 따라 만주에도 가고 봉천에도 갔단 말요."

"만주 봉천, 그란다……"

춘상의 말을 중간에서 끊으며 이동이 안달을 했다. 같은 방에 있는 동료들 모두 무슨 비밀스런 공작을 하는 듯이 올빼미 눈들을 하고 쳐다봤다.

"거 만주 봉천에 망명 나와 살던 독립군 들이 제일 좋아하는 놀이가 북청 사자 놀음이라요."

"북청 사자놀음? 북청이라믄 머여 쩌그 함경도 북청 말이다냐?"

"예, 아저씨. 북청 사자놀음이라능 것이 여간 재밌단 말요."

"난 황해도 봉산 탈춤이라는 건 들어 봤는디 북청 사자란 말은 금시초문이다. 밤에 장작불 피워 놓구 밤새 탈놀이를 하는 것인디 오월 단오날 말여."

"거 경상도 문둥인 입잠 잠자코 있어라. 춘상이 댓방 얘기 좀 듣게……"

"것 보소. 권가 놈이 끼 들대를 끼들어라이."

"전라도 개똥이도 입잠 닫어. 어차피 시방 농담 따먹기 하는 거 아닌 것 같어. 춘상이 댓방 표정 본께 심각하당께……"

"예, 맞는 말이라예. 자, 귀잠 바짝 내 쪽으로 대들 보소. 북청 사자 놀음이라카능 게 뭐냐면 말요. 사내 두 놈이 사자탈을 쓰고 마당에서 뛰노는 거라요. 한 놈 머리는 사자 머리가 되고 두 놈 다리는 사자 다리가 되는 거라예."

"그랑께 사자탈을 뒤집어쓰고 이리 비틀 저리 비틀 궁둥이도 요래요래 흔들면서 장날 바람난 문둥이 만치로 노는 짓들 말이제?"

"아따 씨발, 그냥 말을 갖다 대도 어째 하필 문둥이라냐. 그렇다 치고, 그 사자 놀음인지 호랑이 놀음인지 시방 어째 난데없이 사잘 불러오능겨?"

"들어 보이소. 그 사자란 놈이 불알 밑에 칼을 숨겨 두었다 칩시대이."

"글타 치고, 어쩌?"

"구경꾼들 중에 사자 불알 밑에 숨은 칼자루를 누가 보겠능교? 사자 놈이 사추릴 더듬는지 니노질 더듬는지 누가 알겠능교?"

"그야 당연지사 모르겠제. 사자 몸뚱이 속에서 불알을 만지든 사추릴 더듬든 어이 알겨? 한다……"

"헐헐헐……"

"아따 진지한데 웃덜 말구, 한디?"

"예, 구경꾼들 중에 미나미 총독이 있다믄 불알 밑에 숨긴 칼끝이 누굴 노려야 되겠능교?"

"오메 오메, 시상에나, 인자 그 뜻을 알겄구만잉……."

"어따 겁난 얘기시…..거 간수 온가 여쉬 보소 언능, 옴메 긍께 그 야기구만잉……하믄 문제는 머시냐, 여그 형무소에서 나가야 하는 것이 첫째고 말여……"

"둘째는 미나미가 여기 와서 북청 사자놀음을 봐야 하는 것인디 그게 우덜 뜻대루 될란가잉?"

"그야 환영 공연을 준비했다 카먼 되제. 아, 박순주나 거 머시냐 일본 넘들 앞잡이들 있쟈, 송회갑이 요놈들, 거따 얘길 해서 안 되믄 최일봉이한테 하는겨. 부락 대표 중에 나는 최일봉이 젤로 춘상이 댓방 뜻을 받아줄 성 불러……"

"글타 치고, 아 사자 껍질은 누가 어디서 준비한댜? 공연은 또 누가 어떻게 할따?"

"거는 이 춘상이한테 맡기시소. 내가 만주서 어릴 적에 몇 번 봐둔 가남이 있잖능교. 공연이란 거는 그저 앞 놈 뒷 놈 발만 하나 둘 하나 둘 하고 맞춰감서 풀쩍 풀쩍 뛰면 영락없을 것이라예……"

이동뿐만 아니라 춘상의 깊은 뜻을 형무소에 갇혀 있는 동료들 모두 알아들었다. 이런 은밀한 얘기는 몇 개 안되는 방마다 에누리 없이 전달되었다. 그들은 마치 자기들이 독립투사라도 되는 듯이 뿌듯해 했다. 누구도 하늘의 벌을 받은 환자가 아니었다. 누구도 밥만 축내다 벌레처럼 죽을 하찮은 목숨이 아니었다. 춘상이 때문에 형무소에 갇혀 있는 원생들은 다들 몰라보게 성숙한 의식을 가지게 되었다. 한번 죽지 두 번 죽어? 이런 말이 그들을 위로해주는 가장 강력한 무기였다.

미나미 조선총독의 시찰 기일이 다가올수록 이동 등의 마음은 다급했다. 순시를 붙잡아 구타한 사건에 가담한 원생들은 하나 둘씩 출옥을 했다. 이동만이 출옥을 하지 못하고 손가락을 연신 짚어가는 날들이었다. 춘상 역시 이미 출옥의 기일은 지났건만 최종 명령이 떨어지지 않고 있었다. 뜻을 같이 하자고 함께 고개를 박고 은밀히 얘기를 나누었던 동료들은 먼저 갱생원에 나가 춘상이 등이 출옥하기를 기다리고 있었다.

춘상은 형무소에서 시간을 잡치지 않았다. 출옥한 동료들과 은밀히 병우를 통해 쪽지를 교환하면서 상황을 가늠하고 있었다. 형무소 측은 한 떼의 환자들이 출옥한 이후 이상하게 이동과 춘상의 방을 격리했다. 어떤 까닭인지 모르지만 춘상은 작업장에서 기회를 틈타 이동과 의사를 교환했다. 그런 탓인지 춘상의 부하들이 밖에서 안달을 했다. 부하들은 춘상을 죽을 때까지 댓방으로 모시마고 의리를 다지던 축들로 주먹들이 대부분이었다.

어느 날 밤 새벽에 은밀히 간수가 춘상을 깨웠다. 춘상은 잠결에 깨어 상황을 파악하고 눈을 씻었다. 간수의 엄호를 받으며 형무소 뒤쪽으로 약간 경사진 산길을 따라 해안 쪽으로 걸었다. 부하들이 뭍에서 배를 사서 은밀히 섬으로 들어왔기 때문이다. 부하들은 조직을 이용해서 힘이 형무소 내에까지 미치고 있었던 모양이었다. 춘상은 불편한 손을 덜렁거리며 부하들을 만나 얘기를 나누고 부하들이 건넨 돈 봉투를 챙겨 방으로 돌아왔다.

춘상이 뭍의 부하들과 은밀히 해안 쪽에서 접선한 내용은 간수 밖에 모를 것이라고 춘상은 생각했다. 간수들 중에도 은밀히 뒤를 봐주는 조선 사람이 있는 줄도 모르는 일이었다. 춘상은 부하들이 마련해준 돈을 형무소 간수와 직원들에게 적절히 찔러 박았다. 형무소에서 나가는 일이 춘상에게 무엇보다 중요한 일이었기 때문이다. 돈이란 아무리 산처럼 싸 놓아도 쓰임의 때가 적절치 못하면 돈이 아니라 악이라고 춘상은 생각했다. 돈의 위력이 작용했던지 미나미 총독이 갱생원에 방문한다는 날을 보름 앞에 두고 춘상과 이동은 명령을 받았다.

"수형번호 25번 이춘상, 수형번호 30번 이동, 내일 오전 10시 형기 만료에 의해 출옥! 광주형무소 소록지소장 명에 의거, 위 두 사람은 내일 오전 10시 부로 소록도 갱생원에 전출한다."

춘상과 이동의 귀에 가장 존귀한 목소리로 들리던 간수의 명령서 고지였던 것이다. 아아, 하룻밤만 자자. 이제 다시는 형무소에 갇히지 말자. 차라리 죽어서 영혼이라도 자유롭게 정말 형무소에 갇히지 말자. 이런 춘상의 뜻이 이동에게 전달되었는지 모르지만 자정이 넘었을 때 옆방의 이동 방에서 세 번 딱, 딱, 딱 박수치는 소리가 들렸다. 껑충하게 키가 큰 이동의 해맑은 웃음기가 춘상의 꿈결에 조차 따라 들어왔다.

제13장

출소후의 전운(戰雲)

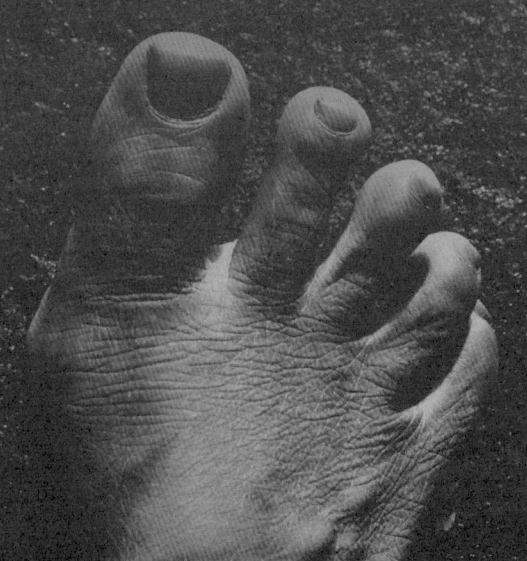

인영은 이동으로부터 쪽지를 받고 깜짝 놀랐다. 지석의 소식에 관한 것이었기 때문이다. 지석에 대해 깜깜 무소식이던 날들이 인영에게 지옥과도 같았는데 그날 이후 지석이 살아 있다는 확신을 가지도록 하는 쪽지를 인영은 머리맡에 두고 생각날 때마다 꺼내 읽었다. 인영에게 소식이란 슬플 때도 있지만 기쁨에도 인색하지 않았다. 그래서 인영은 소식이란 사람에게 반드시 필요한 것이라는 사실을 어렴풋이 깨달았다. 그립다, 보고 싶다, 아쉽다 등등 소식이야말로 인영에게 가장 강렬한 마약과도 같았다.

녹동에 자리를 잡았다는 어머니 소식 역시 인영의 모든 고통과 슬픔을 잠재워주었다. 인영은 정씨에 대한 소식을 금화에게 들었다. 금화는 외부 환자 진료를 받으러 예전처럼 갱생원에 들렀다가 인영과 마주할 수가 있었다. 금화는 인영이 처음 녹동항 선착장에서 보았을 때보다 많은 세월이 느껴지도록 모습이 변했다.

"아주마이, 진료 받으러 왔지요?"

서른 살 후반 정도 되었을 금화, 그녀의 이마에도 세월이 눌러앉기 시작했다.

"어따, 인영이 다리가 불편한 모양이구만잉. 어째 다리를 많이 절뚝인다냐? 얼굴도 비뚤어지고잉……"

"예, 다리에 힘이 빠져서 그럽네다. 아주마이, 어디 아파서 진료 들어왔어요?" "머리도 아프고 배도 아프고, 머시냐 서낭당에 비손을 안 해서 아픈지도 모릉께 핑계 삼아 들어 왔다."

"예, 아주마이, 잘 하셨어요. 뭐 하나 물어 봐도 되나요?"

"인영이 궁금한 거 얼굴 보니께로 많다. 서낭신님 그러신다 시방, 곧 서방 될 사람 만나겄다고잉……"

"예에? 아주마이 정말 점괘가 그렇게 나와요?"

"음마, 점괘 아녀. 서낭신님 말씀이시랑께. 내가 멀라고 쓰잘 데 없는 소리 짓거린다냐. 서낭신님 하신 말씀 있응게로……"

"저 아주마이, 처음 인영이 봤을 때 했던 서낭신님 말씀 기억해요?"

"하고 말고제. 인영이 한테 말씀 하셨잖어. 인영이 할매도 다 들었는디는……"

"아주마이, 그 얘기 한 번 더 묻겄다고 서낭신님 한테 말씀 좀 여쭤봐요."

"그려……서낭신님, 착한 인영이 처자 운명을 묻겠소. 이 처자 운명이 어떤 것이라요?……"

인영이 마음이 조급해서 끼어들었다.

"내 운명에 아이가 있는지 어떤 지……"

"서낭신님, 긍께 인영이 처자 앞에 피를 물릴 씨가 있소? 없소?"

인영은 마치 금화가 바로 앞에서 서낭신을 만나 눈 깜박 깜박 하면서 얘기를 하는 듯한 착각을 일으켰다. 너무나도 현실처럼 금화의 표정이 진지하고 거짓이 없어 보였기 때문이다. 인영은 그런 생각을 하면서 금화를 빤히 바라보았다.

"것 봐, 서낭신님 한 입루 두 말 안헌당께. 있대잖여. 있는디는 머시냐 젖두 한번 빨리지 못하구 이별수라잖여."

"예? 무슨 말을 그렇게 하신가요?"

인영은 금화의 입을 통해 들은 서낭신이 결코 말장난 하는 것이 아님을 깨달았다. 세월을 더듬어 보니 처음 선착장에서도 그런 말을 했던 것 같았다. 비록 당시에는 인영이 어린 나이였지만 그 희한하던 말만은 기억하고 있었다.

"도화살 낀 말띠 여자한텐 말여 용띠 사내가 질이여. 소록도 벗어나지 못할 팔짜라면 그냥 가차운 데서 용띠 사낼 찾아야 써……"

인영은 영락 처음 들었던 말을 들었다. 세월을 하염없이 건너와도 운명이란 변하지 않은 모양이었다.

"근데 아주마이, 도화살이 뭐요?"

"그짝은 말여, 한 사내로 만족할 상이 아니란 말여잉."

"에그 아주마이, 내래 사내 근처 얼씬 하기두 싫은 여자라요. 어찌 그런 상스런 말을……"

"문둥병에 걸렸다 해도 얼굴에 홍기가 돌고 박꽃처럼 이쁘단 말여. 여자는 얼굴에 홍기가 발그레하게 돌믄 그저 사낼 홀린단 말여."

"에이그나 아주마이 부끄럽시다래……"

"사낼 만나 살림 차리면 사내 잡아먹을 운명이라 이 말여잉. 도화살이 끼어 인영이 이마빡에 총각 귀신들이 날뛰능구만잉. 아 뻘 소리 아녀어……"

인영은 금화의 말에 더는 대꾸하지 않았다. 아이를 가져 핏줄을 만든다는 것은 인영에게 좋은 일이었지만 이별 수가 있다느니 도화살이 있다느니 하는 말은 듣지 않음이 더욱 나을 것만 같았다.

"인영이 처자, 여기 진득하니 앉아 봐 언능……"

"아주마이, 시방 노역장에 나가야 하오. 지체할 시간이 없단 말이우……"

"음마, 인영이 엄니래 많이 아프단 말여잉……"

"뭐야요? 금화 아주마이가 어찌 울 엄마를……"

"아침마다 선착장에 미친 할멈이 하나 있던구만……가만 보니께 정신은 멀쩡한 할멈인데 그냥 선착장에서 만나는 사람마다 붙들고 울 인영이 한테 데려다 달라 노랠 하는 거여……"

"울 엄마 맞는구만요. 한데 울 엄마가 미쳤다구요?"

"미치지 않구서야 제발 문둥이 만들어 달라구 의원나리 찾아다님서 노랠 불렀것어?"

"아이그 머니 불쌍한 우리 엄마……"

"나무 장작 마르듯 말랐어. 긍께 얼매 못가 세상 뜰란가 모른단 말여."

"에그 에그 안 된다 말임. 울 엄마 돌아가시면 안 되우. 아주마이……"

인영은 앞이 캄캄해지는 것을 느꼈다. 딸애가 그리워서 평양 살이 끝내고 죽을 작정으로 녹동에 내려오셨다더니 어찌……

"내래 바깥에 나갈 수가 없는 몸이야요. 울 엄마 한번 만나볼 수 있음 좋겠다요. 어찌 면회를 들어오지 않는답네까?"

"일본 놈들 전쟁통이라 어수선한께 뭐 면회구 뭐구 녹동 아니 고흥벌이 시끌시끌 허니께로 머 청년들 학상들까정 그냥 전쟁터 끌고 나간단 말여. 징용이라나 뭐래나 무선 넘들이여……"

인영은 모든 것이 자기 때문에 일어난 일만 같아 마음이 허허로웠다. 인영이가 죄가 많아 이런 일이 닥친 모양이라 생각했다.

"아주마이, 울 엄마 돌아가시면 어떻게 하우?"

"죽어나간 사람이 어디 한둘이당가? 장사라도 치러야 할텐디 시국이 어지렁께 말여……"

인영은 재개 호사로 뛰어 들어와서 여적 은근히 모아둔 돈을 꺼냈다. 허리가 끊어지고 어깨가 천근만근 무게에 눌리면서 인내하며 모아둔 모든 재산이었다. 그나마 환자 대표 박순주의 농간에 이마저 많이 떼이고 남은 것이지만 인영은 주저 없이 자루 속에 넣어둔 돈을 꺼내 금화의 손에 쥐어주었다.

"아주마이, 혹여 울 엄마 돌아가시면 장사(장례)라도 부탁하우다. 내 래 지닌 거이 이거 밖에 없어서……"

"음마, 인영이 인자 본께 날 우습게 보능구만잉. 어째 인영이 처자가 이 금활 아직도 미친 사람으루 보는겨?"

"아냐, 아냐요. 무슨 그런 말씀을 하신다우……"

"나 멀쩡한 사람여. 그냥 서낭신이 몸에 들어와 있을 뿐이제 사대육 신 멀쩡 혀. 그라고 점을 보러 오는 사람들도 있어잉. 점괘 보덜 않구 서 낭신 말만 전해 주는디두 그냥 고맙다구 돈도 주고 쌀도 주구 그려잉. 음마, 인영이 피땀 흘려 모은 돈을 어찌 내가 받는다냐? 그짝 돈은 나중 에 말여 요긴하게 써야제잉. 걱정 하덜 말어. 장사 치르는 거는 내가 해 줄텐께……"

"에그 불쌍한 우리 엄마……에고 에고……"

인영의 목구멍에서 저도 모르게 이런 울음소리가 삐져나왔다.

"인영이 엄니 상여 만들어서 쩌어그 저 둑방 있쟈? 방파제 언덕 말여,

저그 길게 뻗은디. 거기루 상여 떠메고 나갈텡께 혹여 바닷가서 상여소리 바람결에 들리믄 인영 엄니 황천길인줄 알어……"

금화의 말에 인영은 흑, 흑 흐느끼기 시작했다. 정씨의 죽음이 인영에게 얼마나 큰 고통이 될지 인영은 생각만 해도 아득했다. 앞날을 예측하는 실다운 금화의 말을 인영은 허투루 듣지 않았다. 인영은 금화를 처음부터 미친 여자로 취급하지 않았다. 금화의 눈에는 따뜻함도 배어 있고 간절함도 배어 있고 슬픔도 묻어 있었다. 인영의 눈에 분명 금화는 그렇게 비쳐졌다.

인영은 이동의 출소와 함께 이춘상을 만나게 되었다. 눈을 부릅뜬 이춘상의 인상은 그리 호의적이지 않았지만 의리 있는 사내답게 느껴졌다. 이동 덕분에 이춘상 역시 인영과 가족의 연을 맺게 되었다. 춘상은 인영보다 두 살 위여서 인영이 오빠라고 부르기로 했다.

춘상은 동생리 병사에 경증환자로 입소하였다. 춘상의 한쪽 팔은 심하게 불편한 모양이었지만 소록도에서 한쪽 팔의 불편은 사정이 좋은 편이어서 부첨인이 되어 중환자의 시중을 거들었다.

인영은 춘상으로부터 지석에 대한 얘기를 들을 때가 가장 행복했다. 형무소 출옥한 지 며칠 밖에 되지 않았지만 이미 쪽지를 통해 마음속까지 알고 있었기에 남처럼 여겨지지 않았다. 춘상에게 지석과의 만남부터 싸우던 일, 서대문 형무소에서 서로 껴안고 잠을 자던 일 그리고 헤어지던 일 등을 소상히 전해 들었다. 인영은 지석이 반드시 살아서 돌아올 것이라고 믿고 있었다. 인영이 아이를 낳는다면 그 아이는 분명 지석의 아이라고 생각했다. 금화의 예언이 사실이란 믿음보다 춘상의 말이 더욱 지석이 살아올 거란 믿음을 간절하게 했다.

"지석이 글마(그놈) 말여. 돌멩이로 자기 손등을 내려치는데 하이고 눈 하나 깜짝 하지 않더란 말이라."

"옴마, 깡다구가 어째 그렇게 셀꺼나잉? 지석이란 청년 말여잉……"

"아저씨, 들어 보소. 내가 가만 생각해 보니 말요. 지석이가 말요, 깡 다구가 센 거이 아니라카이."

"옴마, 그거이 깡다구 센 것이 아니면 뭐라냐잉?"

이동이 아주 재미난 얘깃거리 만났다는 듯이 DDS가족들이 옹기종 기 앉아 있는 데서 장난삼아 따리를 붙였다.

"문둥이는 제일 먼저 말요, 이 손가락 감각부터 없단 말요. 손가락 감 각이 떨어지니께로 돌멩이루 내려쳐도 아프지 않단 말이라요……"

"예끼 이 사람, 어야 춘상이, 나는 시방도 손가락 감각 하난 기똥차게 예민해 부러. 머시냐 그냥 사타구닐 만지면 간질간질 그냥 곰질곰질 하 이고 그냥 꼬추가 빳빳이 성질을 부리고 난리가 아니랑께……"

"어따 성님도 참, 거 춘상이 댓방 얘기나 잠 들어보잔 말이요. 거 끊어 묵지 말구, 꼭 재미 붙일라카먼 그냥 이동 성님이 고춧가루 양념을 넣구 만잉……"

일행들이 와르르 웃었다. 춘상의 말은 누구가 들어도 흥미롭고 재미 있었다. 독립군 얘기에서 왁자한 주먹 얘기, 하물며 여자 꼬셔먹던 얘기 까지 흥미를 더했다. 더구나 인영에게 춘상의 말은 항상 지석을 생각하 게 해서 그냥 얘기 보따리에 시선을 박았다.

"사람에 탈을 쓰고 돌멩일 내려치는데 눈 하나 깜짝 안할 수가 있능 교? 아니라카이, 인영이 얘길 들어보니까네 확신 더 서능구먼요. 지석이 글마 문둥병 환자 맞소."

"춘상 오라반, 아니 될 말이우다. 지석 오라반이 문둥병 걸리다이 아니 될 말이우다."

"인영아 아니라카이, 내사 문둥이들 많이 만나 보았잖냐. 몸에 말이라, 이미 병균이 들어와 있는데도 것두 모르고 썽썽히 다니던 사람 많더라카이. 지석이 글마는 징용 끌려 나간 거이 분명한데……"

"오라반, 지석 오라반이 징용을 끌려 나갔다면 어찌 살아 오겠는가요? 에그, 어찌 이런 일이 있단 말이누……"

"아녀, 이쁜 울 동생 눈에 뜨건 피눈물 나면 안되는기제. 오빠 말이 맞는가 틀린가 인제 함 보라카이. 지석이 글마 문둥병 걸려가 결국 소록도로 들어온다카이……"

"옴마, 그랑께 울 인영이 정혼자가 소록도로 들온다 말이여 시방? 인영이 한테 장승 만들어 줬다는 그 깡다구 센 놈이 말여잉?"

"이동 아저씨, 깡다구 센 놈이 뭔 말이라? 인영이 정혼자라문 조카 사위 쯤은 되는 데 말요."

인영의 가족들이 일제히 까르르 웃었다. 인영은 비록 몸이 고달파도 이렇게 가족이란 이름으로 만나 인연을 맺고 살기에 견딜 수가 있었다. 또한 춘상의 입소로 인해 이제 절실한 희망까지 지니게 되었다. 인영은 항상 마음속에 지석의 안전을 기원했다. 문둥이가 되었을 거라는 말을 춘상에게 들을 때에 인영의 마음속은 복잡했다. 다행인지 불행인지 까닭모를 심사만 어지러웠던 것이다. 이렇게라도 만나 위로하고 살아갈 수가 있다면 좋겠다는 생각은 인영 저도 모르게 가슴 깊은 데서 솟구쳐 올라온 바람이었다. 춘상의 말처럼 정말 지석이 문둥이가 되었다면 이건 하늘이 운명지어준 일이라는 안도의 마음까지 일었다.

미나미 조선총독의 방문 날짜가 코앞에 닥쳐왔다. 원생들은 총독의 방문을 앞두고 매우 분주했다. 소록도 갱생원 주위의 청소는 물론 마을

마다 단장도 하고 총독에게 보여줄 물건도 챙겼다. 인영은 노역장에서 일을 마치고 다른 동료들과 같이 중앙리 병사를 향해 분주히 걸었다. 그런데 미나미 총독의 방문일이 코앞에 닥치면서 이상하게 이동과 춘상 등의 표정이 진지해졌다. 인영은 그들이 무슨 일을 하려는지 구체적으로 알지 못했다.

"이동 삼촌, 어딜 그렇게 급히 간다우?"

"어, 인영아. 환자대표 박순주를 좀 만나야 할 일이 있어야."

"무슨 일이간요?"

"어따 인영이 너는 알 거 없어, 그냥 인영아, 뭔 일이 일어나두 너는 무조건 모르는 일이라고만 해야쓴다. 다 내가 뒤집어 쓸텐께……"

"아이그나 삼촌, 대관절 무슨 일이 일어난단 말야요?"

"아녀, 아녀, 인영아. 어 나중에 보더라고잉. 거 몸 좀 어떻냐잉? 다릴 많이 절던디……어째 많이 아픈거냐엉?"

"아직 견딜 만 하우다. 근데 이동 삼촌, 무슨 큰 일 저지를 사람 같아 보인다니요. 춘상 오라반두 가슴 속에 뭔가 숨기는 거이 있는 것두 같구서리……"

"아냐, 아냐, 인영아. 그냥 넌 모른 척 하거라와. 모든 책임은 우덜이 지는 것잉께 넌 무조건 먼일 나면 모르는 일이라 딱, 잡아떼면 되는 거여……"

"삼촌이 그러니 더 궁금합네다. 하여간 삼촌 몸조심 하우다."

"그려 그려……"

껑충한 키를 구부리며 바삐 걸어가는 뒷모습을 인영은 쓸쓸히 바라보았다. 이동이 출옥하면서 타다(多田景義)를 손본다는 말을 원생들로부터 듣고 인영은 자신을 위해주는 이동 삼촌의 마음에 고맙기도 하지만 한편 놀랐었다. 일본 직원들을 구타해서 몸이 멀쩡할 수가 있겠는가 말이다.

인영은 노역장에 나가기 전에 호사에서 목에 걸린 장승을 꺼내 보았다. 장승을 꺼내 볼 때마다 지석의 숨결이 느껴졌다. 지석은 얼마나 변했을까? 늠름한 청년이 되었겠지? 문둥병에 걸렸다면 물병(결절)일까, 아님 깡병(신경환자)일까? 별의별 생각들이 떠올랐다.

노역은 모든 원생들의 어깨를 변함없이 눌렀다. 이동뿐만 아니라 춘상 역시 노역장에 끌려나오지 않을 수가 없었다. 춘상은 말로만 듣던 수호 원장과 간호주임 사또의 사악함과 폭력성을 몸소 느끼게 되었다. 새벽부터 밤늦도록 채찍을 맞고 주먹밥을 먹어가며 손가락이 달아나고 발가락이 달아나며 노예처럼 일을 하는 동료들을 보며 춘상은 마음을 곱씹었다.

춘상 역시 수호 원장의 채찍을 받았다. 사또의 채찍과 사또의 곤봉을 여러 차례 받았다. 소록도 문둥이는 사람도 아니구나, 아아, 하는 탄식이 절로 터져 나올 정도였다. 새벽녘에 지게를 지고 벽돌 지러 가자고 독려하다 순식간에 감시원의 눈을 피해 지게를 내동댕이치고 바다를 헤엄쳐 나갔다는 원생에 관한 소문이 짜하게 퍼졌다.

이런 가운데 춘상 뿐만 아니라 원생들의 원성이 높아졌다. 차라리 죽자는 원생도 늘어나고 차라리 일을 하다 죽고 맞아 죽을 바엔 도망이라도 치자는 말도 돌았다. 수호와 사또 일행은 미나미 총독의 방문을 며칠 앞두고 바짝 고삐를 조이고 있었다. 춘상은 이동을 비롯해 형무소에서 뜻을 같이 하기로 했던 동료들을 은밀히 한데 모았다.

"갑자기 모이라캐서 미안습다. 이번 미나미 총독 거사는 마 미루입시더."

"옴마, 춘상이 거 먼 말이라냐? 최일봉이한테도 은밀히 얘기해 놓았는디는……"

이동이 실망스런 표정으로 말했다. 일행들은 영문을 모르겠다는 듯 동료들의 얼굴을 서로 물끄러미 바라보았다.

"이동 아저씨, 박순주 대표란 놈은 뭐라캅디까?"

"어 머셔, 박순주 그놈한텐 어림도 없더라구잉. 미나미 총독 갈 길이 바뿌게 공연 같은 거 보여줄 시간 없다고 딱 자르덩구만잉……"

"글타니까 박순주 개새키……어메 그 씨발놈을 어떻게 씹어불까나이……"

일행 중에 머리가 반쯤 빠진 동료 하나가 이를 뿌드득 갈며 말했다. 소록도의 원생들 가운데 박순주 환자 대표를 고깝게 보지 않는 사람은 없을 정도였다. 일본 놈들 앞잡이 역할을 하면서 원생들을 살, 살 꼬드겨 노역에 부치고 피땀으로 일군 돈을 갈취하며 자기만 호의호식 하는 악질이었다. 시력까지 잃은 사람이 부락 대표들을 포섭해서 수호 원장의 입지를 굳건히 다져주고 중간에서 검정새치 노릇을 하고 있었다.

"자, 자 잡음들 끄소. 내가 갱생원에 내려온 지 얼마나 됐능교. 열흘도 안 돼서 수호 저놈 채찍을 몇 번 맞았고, 사또 저 새끼한텐 곤봉으로 등짝을 열 번도 더 얻어맞았다 말요. 씨발, 우리 동료들이 얼마나 당했겠는지 알만하다카이. 그래 말요, 우덜이 죽여헐 놈이 미나미가 아니더란 말요."

"옴마, 춘상이, 아 미나미도 잡고 수호도 잡고 말여 사또 그놈도 잡으면 될 거 아니냐고……"

"이동 아저씨, 거사라는 것이 생각처럼 수월찮소. 쥐 한 마리 잡기두 옹색한 판에……우덜은 목숨 걸고 하는 일 아니겠소? 미나미 총독이든 수호든 한 판에 한 마리밖에 잡지 못한단말요. 한 마리 잡으면 우린 목숨 저당 잡히는 거란 말이라요. 알아 먹겠소?"

"어, 맞어 춘상이 말이 맞어, 우리가 불편한 몸으루 펄 펄 날 수가 없제. 긍께 우리는 말여, 목숨 버렸다 생각허고 덤벼야 한단 말여. 근디 맞어, 생각해 본께 그러네잉. 미나미 잡는다 치세. 거 우덜이 여적 당했던 수호 놈하구 사또 놈은 누가 목을 딸겨? 안그려?"

"맞어, 맞어, 춘상이 말이 백번 맞어, 춘상이 댓방 말처럼 말어. 미나미는 우덜이 아니래도 목 따고 싶은 조선 놈들 천지 버거질겨. 우덜은 수호 저놈하구 사또 저 놈 목만 따면 만사형통이여. 오메 죽어도 그냥 웃고 죽겠네. 두 놈 목만 따버리면잉⋯⋯"

미나미 총독 방문 일에 치르자고 했던 사자놀음을 가장한 공연은 자동적으로 무산되었다. 춘상의 뜻을 가상히 여기고 춘상에게 처음부터 호의적이던 사람 좋던 최일봉이 공연할 수 있도록 힘을 써준다는 말도 했지만 당장 눈앞의 원수를 잡아야 한다는 쪽으로 기울었다. 춘상을 비롯해서 뜻을 모았던 일행들의 아쉬움은 남았지만 목표물을 다른 쪽에 두니 아쉬움도 잠깐이었다.

미나미 총독 방문 일에 일행들은 모두 마음속에 칼날을 품었을 뿐 분노까지 분출하지 않았다. 일이 잘만 되었더라면 미나미의 심장에 칼을 꽂을 수도 있었을 것이었다. 하지만 춘상 일행은 멀찍이서 모든 상황을 지켜보고 있을 뿐이었다. 특히 춘상은 수호 원장과 사또 등의 원생들을 괴롭힌 직접적인 원수들에게 칼날을 들이댈 순간을 떠올리며 놈들의 동선을 섬세히 파악하기 시작했다.

미나미는 정말 거짓처럼 새벽안개를 뚫고 갱생원에 도착했다. 미나미를 환영하기 위해 원생들은 새벽부터 분주했다. 미나미가 도착하자 먼저 신사에 참배했다. 미나미를 수행하는 일행 중에 수호나 사또는 물론 박순주도 있고, 최일봉도 있었다. 조선의 직원들도 있었는데 춘상과 이동은 박순주와 최일봉에게 미나미를 수행할 수 있도록 부탁했지만 박순주의 거절에 같이하지 못했다. 미나미 총독은 기념식수를 하고 사무 본관에서 수호의 보고를 받았다. 미나미는 갱생원의 모든 직원과 직원의 가족들과 식사를 하고 짧은 훈시를 했다. 그리고 자동차를 타고 병사지대를 시찰했다.

원생들은 미나미 총독의 방문이 새벽이었기 때문에 일찍부터 노역에 총동원 되고 있었다. 며칠 전부터 준비작업을 하느라 몸들이 축날 대로 축났지만 특히 총독에게 보여주기 위해 작업에 한창이었다. 미나미는 형무소를 돌아 중앙 공회당에 들렀다. 원생들은 일시에 작업을 마치고 중앙 운동장으로 집결했다. 중앙 운동장에 집결한 당시 원생들은 총 3천 7백여 명에 이르렀다. 미나미 총독은 운동장에 집결한 원생들을 향해 훈시를 했다.

"여러분은 황국신민이다!"

"어따 우리가 황국신민이란다……"

미나미의 훈시 중에 누군가 입가에 빈정거림을 흘렸다.

"황국신민의 이름으로 피땀 흘려 이룩한 여러분의 노고에 치하한다!"

"그놈에 치하 두 번 받으면 두 발이 뭉그러질 판이여, 씨발."

누군가 군말을 하자 여기저기서 키득키득 웃는 소리가 들렸다. 직원 하나가 재게 원생들 쪽으로 와서 눈살을 찌푸리며 째려보았다. 너희들 어디 미나미 총독 돌아간 다음에 보자는 표정이 역력했다. 총독은 뜻밖에 구락부에서 하루를 묵었다. 하지만 춘상 일행은 수호와 사또의 목을 정확히 따기 위해 분노를 죽였다. 이튿날 이른 아침, 총독은 원생들과 전 직원들의 전송 속에 소록도를 떠났다.

미나미 총독이 떠난 이후 소록도 원생들은 더욱 치열하게 노역에 동원되었다. 예상처럼 지독한 채찍과 곤봉 등이 심심하면 날아와 박혔다. 차라리 맞아 죽자, 라는 원생도 있었다. 죽을 줄을 알면서도 도망치다 걸린 원생들도 부지기수였다. 바다에 뛰어들어 헤엄을 쳐서 건너다가 힘에 딸려 죽은 원생도 늘어났다. 혹독한 노역으로 춘상은 한쪽 팔을 잃었다. 노역 중에 춘상의 손가락이 하나씩 떨어져 나가더니 수호의 폭행과 사또의 가격으로 손가락이 모두 뭉개지고 팔뚝마저 달아나버렸다.

춘상은 수호와 사또에게 여러 번 진정했다. 환자들에게 너무 가혹한 노역을 시킨다, 환자들 가운데 집에 다녀오고 싶은 환자들에게 일시적으로 귀성 허가를 해 달라. 감금실을 당장 폐쇄해 달라, 환자들의 처우를 개선해 달라, 등등 무리한 요구를 했던 것이다. 춘상이 오기 전에 이렇게 조목조목 짚어 따지는 원생들은 없었기에 수호 등 운영자 입장에서 춘상은 껄끄러운 존재였다.

춘상은 자신의 팔이 달아난 것도 당연히 수호 원장과 사또 간호주임의 탓으로 여겼다. 그들의 채찍과 곤봉이 얼굴을 할퀴고 등허리에 박힐 때 춘상은 이를 갈았다. 그래, 어차피 죽을 목숨이라카이, 마이 두들겨 패쇼, 하며 이를 뿌드득 갈았다. 춘상의 이런 분노의 감정을 가장 잘 알아주는 이는 부락 대표 중에서도 최일봉이었다. 최가는 춘상의 집안 내력도 알고 춘상의 일제에 대한 저항의식도 알고 있었다. 조선의 문둥이를 위한 의리의 편력이 누구 못지않게 세다는 것도 모르지 않았다. 그래서 최일봉은 춘상이가 이동 못잖게 믿음을 주는 사람이었다. 앞뒤 재지 않고 멧돼지처럼 밀어붙이는 이동에 비해 간사한 일본 놈들을 상대하려면 최일봉처럼 앞을 내다보는 사람이 제격이었다.

　이런 중에도 전라도 댓방 김창옥과 경상도 댓방 권종희는 싸움질에 여전했다. 춘상은 이들을 불러다가 야단을 쳤다. 지금 우리가 싸워야 할 놈들은 전라도도 경상도도 아니다. 바로 일본 놈들이 우리가 싸울 적이다. 어째 조선 놈들끼리 바보처럼 싸움질을 하느냐, 이 나라 잃은 돼지만도 못한 우리가 전라도 경상도를 뭣 하러 따지고 드느냐, 등등 우리 민족이 당장 무슨 일을 해야 하는지 조목조목 설득했다.

　형무소에서부터 춘상의 말에 토를 달지 못했던 김과 권은 춘상의 설득에 고개를 끄덕였다. 이제 다시는 우리끼리 싸우면서 힘을 빼지 말자고 춘상이 앞에서 서로 다짐을 했다. 춘상의 머릿속은 매우 복잡했다. 가족이 그립고 두고 온 동무가 그리워도 밖에 나갈 수가 없는 몸, 차라리 죽자 해도 억울해서 죽기 어려웠다. 춘상에게 가장 위로의 말은 사람 한번 죽지 두 번 죽느냐는 것이었다. 수호 원장과 사또 간호주임을 노려보는 춘상의 눈매는 어느 원생들의 눈매보다 매서웠다. 마치 당장 새의 눈깔을 빼어먹을 듯이 독수리처럼 치열하게 쏘아보는 춘상의 눈가에는 언제나 뜨거운 눈물이 흘렀다.

　"춘상 오라반, 이동 삼촌 말려주셔야 하우."

　"인영아, 이동 아저씨 뭐를 말린단 말이고……"

　"삼촌이 자뿌룩하문(자칫하면) 타다 과장 손을 본다 하지 않우?"

　"인영아, 걱정 말라카이. 타다 고놈이 울 인영일 추행 했다는디 아저씨 성질에 카만 있게 생겼노? 그냥 모른 척 하라고마……"

　"오라반, 안 되우다. 이동 삼촌이 고저 내더러 이상한 소릴 하더란 말입네다. 고저 무슨 일이 일어나두 모르는 일입네다, 하면 된다면서……"

　"그럴 일이 쪼매 있었다카이. 인영아, 그냥 동생은 아픈 몸 치료나 잘

하라카이. 무장 다릴 절뚝거리는 갑데마……"

인영은 가족이란 이름으로 주위에 든든한 사람들이 있어 좋았지만 한편으로 항상 불길한 생각이 앞섰다. 춘상이란 사람은 결코 인영이 보기에 보통 사람 같아 보이지 않았고, 비록 몸은 불편해도 조선 사람이란 의식이 똑바로 박힌 사람이었다. 어른들이 독립운동을 했다면 그 밑에서 보고 배운 춘상의 머릿속에 무엇이 박혀 있으리란 것은 생각할 필요조차 없었다. 악독한 서대문 형무소에서 출옥하지 않고 죽음을 각오했다는 사실만으로도 춘상의 존재감은 감히 보통 사람이 우러러 볼 수가 없었다.

춘상에게 인영이 이런 우려를 담아 얘기를 하고서 며칠 뒤에 놀라운 변화가 일어났다. 인영은 처음에는 자신의 귀를 의심하고 눈을 의심했다. 결절이 심한 터에 치료실에 머물 시간이 다른 때보다 많은 인영의 눈에 타다 의무과장은 예전과 완전히 달랐다. 타다는 인영에게 예전과는 다르게 상냥했다. 희롱하는 말도 은근히 가슴을 더듬는 눈빛도 사라졌다. 타다로부터 인영이 이런 느낌을 받기는 처음이었다. 무슨 변화가 타다에게 일어났음에 분명했다. 인영은 이런 타다의 변화가 춘상과 이동 등으로부터 비롯되었을 것으로 생각했다. 대체 어떤 일이 있었기에 타다의 느물느물한 말투와 질퍽거리는 시선이 자취를 감췄단 말인가. 알다가도 모를 일이었다.

인영은 자초지종을 나중에 듣게 되었다. 춘상의 행동은 신사적이고 말끔했다. 춘상과 이동 등은 하루 밤 날을 잡아 타다를 붙들어다 백사장에 무릎을 꿇렸다. 살아서 곱게 지낼 거냐, 아니면 죽어서 화장장에 당장 불태워질 거냐? 하고 윽박질렀다. 타다는 간사한 본성이 잠깐의 망설임도 없이 나타났다. 제발 살려 달라 손을 싹, 싹 빌었다.

"조선 문둥이들 괴롭히지 말아라."

일본어에 능통한 전라도 댓방 김창옥이 통역을 맡았다.

"인영이 몸에 털끝 하나 만지지 말아라!"

조선말을 조금 할 줄 아는 타다의 입에서 통역보다 먼저 '하이! 하이!' 하는 대답이 터져 나왔다. 춘상 일행은 타다의 손끝 하나 건들지 않고 분위기로 제압했다. 건장한 환자들에 둘러싸인 타다에게 공포의 순간이었을 것이다. 타다는 이후 거짓말처럼 공손해 졌다. 인영을 대하는 태도 역시 예전과 완전히 달랐다.

춘상 등이 출옥하여 갱생원에 합류하면서 이상하게 갱생원의 분위기는 활력이 돋아난 느낌이었다. 실의에 빠진 환자들을 독려하여 조선 사람답게 문둥이도 한번 살아보자, 하는 말들을 많이 했고, 실제 마음 속으로 그런 다짐도 했다. 언젠가 병이 나아 가족도 만나고 동무도 만나고 사랑하는 사람도 만나자는 말도 했다. 그리고 조선인 끼리 절대 싸우지 말고 비록 노역에 힘이 들어도 서로 위해주고 살자 등등 예전과는 판이하게 달라진 분위기가 계속 되었다.

그러나 갱생원 원생들의 분위기가 약간 바뀌었다고 해서 원생들의 고통이 사라진 것은 아니었다. 새벽부터 밤늦게 까지 허리가 끊어질 듯이 노역에 시달리고 손가락과 발가락이 떨어져 나가는 고통은 여전히 계속되었다. 수호 원장은 오직 자신의 뜻을 이루고 일본에 충성하기 위한 명예욕에 불타 원생들을 닦달했다.

선착장 공사를 빌미로 기동할 수 있는 환자들은 한 명도 예외 없이 해안으로 집결시켰다. 남녀노소 가리지 않고 무거운 돌을 목도로 운반했다. 사내들은 지게에 돌멩이를 싣고 여자들은 머리에 돌멩이로 임을 이었다. 밤이 늦도록 불을 밝혀놓고 추위 속에서 일들을 했다. 수호 원장 뿐만 아니라 사또의 채찍과 곤봉은 숨 쉴 틈도 없이 사정없이 환자들의 몸에 꽂혔다.

춘상이 역시 노역에 동원되었다. 춘상은 이미 오른쪽 손가락을 모두 잃은 상태였다. 해안에서 작업을 마치고 호사에 돌아가면 다른 일이 기다리고 있었다. 부락별로 짚신, 가마니, 멍석 등을 할당 받았다. 작업을 마무리 할 때는 어김없이 그날의 할당량을 심사 받았다. 각 부락에 사또와 같은 간호장을 임명해서 채찍을 가하도록 했다. 부락의 대표 역시 작업장에 나와서 부락별 경쟁을 의식한 나머지 원생들을 독려했다.

"구북리 25만매 목표 달성!"

그날의 작업량을 셈해서 달성의 여부를 원생들을 모아놓고 발표했다. 목표 달성이란 말이 터져 나오자 구북리 원생들이 짝, 짝, 짝 박수를 쳤다.

"남생리 30만매 목표 달성!"

역시 남생리 원생들의 박수 소리가 들렸다.

"중앙리 15만매, 목표 미달!"

중앙리는 중증 환자들이 대부분으로 부첨인(도우미)들이 주로 작업량을 완수해야 했고, 중증 환자들 중에도 움직일 수 있는 원생들은 모두 노역장에 나왔다.

"중앙리 부락이래 이거 엉망이구만. 중앙리 전체 엎드려뻗쳐!"

주로 지체 부자유자들이 많은 중앙리 원생들이 대열에서 엎드려뻗쳐를 하느라 어수선했다. 사또와 다른 간호장들이 채찍으로 원생들을 후려쳤다. 몸이 부자유스런 환자들이 엎드려뻗쳐를 하다 픽, 픽, 옆으로 고꾸라지면 어김없이 곤봉으로 엉덩이며 등짝을 후려쳤다. 윽, 윽 신음소리를 흘리면서 다시 불편한 몸을 추슬러 엎드려뻗쳐를 했다.

"거 너무하는 구만잉. 아따 우린 말여 중앙리 환자들 아닌가벼. 다른 마을 하고 다른디 어째 우덜이 목표 미달이라구 이런 벌을 준댜!"

중앙리 마을 대표 이길용의 푸념이었다. 이길용은 손가락과 발가락이 많이 떨어져 나간 사람으로 마음씨가 곱고 평소 바른 말을 많이 했다. 사람이 좋은 탓에 부락 대표를 맡았고 특히 이길용은 전체 환자 대표 박순주에게 깍듯했다.

"거 중앙리 대표는 말여, 잔말 말어. 여긴 집단이니께 군대나 한가지란 말여. 여게 갱생원에 아프지 않은 사람 어딨단가. 당찮은 말 말소."

전체 환자 대표 박순주가 이길용을 힐난했다. 이길용이 순간 박순주를 노려보았다. 이길용은 애초에는 박순주를 존경했지만 박이 점차 이익을 챙기고 환자들을 힘들게 하며 철저히 일본 놈들 편에 있다는 것을 알고 삐딱하게 보는 중이었다.

"아따 선상님 말 한번 잘 했소. 선상님 눈엔 보이지 않겠지만 말이라. 울 중앙리 환자들은 다른 말 사람들하고 다르단 말요잉."

"머셔, 날 시방 욕먹이는 것이여? 내 눈이 멀었다고 자네까지 날 시방 욕 먹이는 것이냔 말여?"

"아따 선상님, 무슨 말씀을 그리 하신다요? 아니 선상님 눈이 보이지 않는 것이사 당연한 일이지라. 눈이 보이지 않응께 우덜 입장 만판으루 잘못 보고 있는 것이고요."

하며 이길용이 박순주에게 대들었다. 이런 모습을 보던 사또의 채찍이 사정없이 이길용에게 내리 꽂혔다. 사또란 놈은 자기 기분에 맞지 않으면 부락 대표들에게도 에누리 없이 채찍을 가했다. 동생리 줄 뒤쪽에서 이런 광경을 지켜보던 이춘상은 이를 뿌드득 갈았다. 춘상이가 옆의 원생들이 살짝 듣도록 말을 했다.

"으따 사또 저놈 저승길 멀지 않았다카이."

"저승길이 머시여? 그저 저런 악바린 말여 저 금산에 끌구가서말여 송탄(소나무 기름)불에 태워 죽여사 써어……"

춘상의 몇 줄 건너 남생리 줄에서 이동이 작은 소리로 씹었다. 춘상의 기상은 다른 원생들과 달랐다. 비록 조선의 나환자라 해서 결코 일본 놈들한테 기가 죽지 않았다. 하지만 춘상이 역시 모질은 수호 원장이나 사또의 매질에는 당해낼 재간이 없음을 알고 은근히 경계하고 있었다.

환자들은 노예나 다름이 없었다. 자유라고는 없고 철저히 하루를 노역에 저당 잡혔다. 일본 놈들은 전쟁을 치르면서 이런 환자들의 노역으로 일군 돈벌이까지 일본으로 공출시켰다. 원생들이 은밀히 사용하던 놋그릇까지 공출해서 일본으로 보냈을 정도였다. 먹는 것도 부실한 원생들은 놈들의 악행에 항거할 기력조차 없었다.

겨우내 산을 깎아 낮은 곳을 메우기 시작했다. 험하고 지세가 높은 십자봉까지 불편한 몸을 이끌고 가서 나무를 베어 내려오고 돌맹이들을 날랐다. 원생이 나무를 메고 가다 쓰러지면 채찍이 득달같이 꽂혔다. 채찍은 사방에 눈이 달린 모양이었다. 어떤 원생은 큰 바가지 두 개를 한데 붙여 바닷물에 뜨도록 만들어 도망치다 붙들려서 모진 고초를 겪었다. 죽을 것을 각오하고 도망치다 붙들린 것이 놈들의 채찍에 맞아죽는 것보다 낫다고 생각했기 때문에 당장 붙들려서 죽어가는 모습을 보고도 도망치는 원생들은 끊이지 않았다.

전라도 김창옥의 신세는 예전에 비해 초라했다. 수호 원장에게 김창옥의 유창한 일본 말도 통하지 않았다. 김은 그저 수호에게 골치 아픈 깡패나 같은 존재에 다름 아니었다. 노역 중에 김창옥은 게으름을 피우다가 백사장에 무릎을 꿇렸다. 다른 원생들이 줄을 지어 어지럽게 짐을 이고 지고 이동을 하는데 김창옥은 사또의 강력한 제압에 의해 손을 들고 무릎을 꿇고 벌을 서고 있었다. 김창옥이 벌을 서고 있는 동안에도 여럿의 원생들이 힘에 부쳐 쓰러지고 넘어졌다. 쓰러지고 넘어진 원생들에게 사또를 비롯한 마을 단위의 간호장들이 득달같이 달려가 채찍과 곤봉 세례를 퍼부었다.

권종희는 김창옥이 벌을 서고 있는 모습을 먼빛으로 보고 속으로 고소하단 생각도 들었다. 춘상이 이후 지나치게 지역감정을 내세워 예전처럼 대립하는 일은 사라졌지만 둘 사이에는 이상하게 상대에 대한 저항감이 자리 잡고 있었다. 처음 선착장에서 대거리를 하며 통통배를 탔을 때부터 아니 어쩌면 부랑자 집단으로 만나 함께 트럭에 탔을 때부터 서로 눈에 가시 같은 존재가 되었는지 모를 일이었다.

"어이 전라도 깽깽이, 꼴 좋다카이……"

하며 김창옥의 곁을 지나면서 권종희가 약을 올렸다. 권종희의 입담을 들은 사람은 김창옥이 뿐만 아니라 사또였다. 공교롭게 사또가 저만치서 권종희의 입담을 듣고 눈살을 찌푸렸다. 사또는 형무소에서 출소해서 입원한 이춘상 일당들이 내내 눈에 밟혔던 것이다.

"야, 너! 너 임마, 날래 이리 오라!"

"머셔? 지금 날보고 손가락 까딱 까딱 놀렸던교?

권이 사또 쪽을 바라보며 이맛살을 살짝 끌어내리면서 혼잣소리로 말했다. 동료들이 사또 쪽으로 시선을 돌려 일제히 바라보았다. 사또가 여전히 손가락을 펴서 까딱거리며 권을 향해 말을 하고 있었다.

"그래, 임마, 너 이리 오란 말야!"

작업을 멈추지 않으면서 원생들이 마치 구경거리라도 났다는 듯이 시선들을 던지고 있었다. 보통 사람과는 다른 권이 사또에게 어떤 태도를 취할지 원생들에게 호기심이 사뭇 일었기 때문이다. 권은 사또의 명령에 크게 주눅 들지 않고 당당히 걸어갔다. 사또는 권으로 하여금 자기 앞에 무릎을 꿇도록 지시했다. 하지만 권은 무릎을 얼른 꿇지 않고 노려보았다. 사또가 마치 싸움에 들어가기 전에 몸을 푸는 동작으로 어깨를 들썩들썩 했다가 허리를 좌우로 돌렸다가 제자리에서 풀쩍 풀쩍 뛰어 보였다. 권은 여전히 주눅 들지 않고 대체 사또란 놈이 뭐하는 짓이얏, 하는 눈초리를 하고 노려보고 있었다. 바로 그 순간 사또의 채찍이 권의 뺨에 찰싹 달라붙었다. 권이 뒤로 한 발 물러나며 호흡을 가다듬었다. 저쪽에서 김창옥이 이런 상황을 지켜보고 있다가 무릎을 펴며 자리에서 일어섰다. 사또가 김을 향해 소리쳤다.

"너, 이리 뛰어 와, 빨리 뛰어 와!"

김이 사또의 명령에 마땅치 못한 표정으로 느릿하게 걸어왔다.

"빠가야로, 날래 뛰란 말이다!"

"아이고 댓방, 빨리 뛰여, 저놈한테 어찌 당할라고 그러능가······저놈들 말여 인정사정없는 거 알제?"

전라도 부하들이 마음이 절로 급해 옆을 지나다가 김을 향해 주절거렸다. 사또 앞에 다가선 김을 사또의 채찍이 날카롭게 뺨을 올려쳤다. 사또의 채찍질은 마치 숙련된 조교처럼 정확했다. 뺨이든 등짝이든 마음먹은 곳에 정확히 빨간 생채기를 남겼다. 사또는 언제나 채찍이든 곤봉이든 총 개머리판이든 자기 하고 싶은 대로 해야 성이 풀리는 모양이었다. 사또의 채찍에 김은 약간 당황하고 있었다. 사또는 김과 권을 서로를 향해 마주보게 했다. 멀리서 원생들이 땀을 뻘, 뻘 흘리며 작업을 하다 이런 모습을 몰래 훔치고들 있었다.

"옴마, 머셔 시방. 여자 남자 맞선 보는 것도 아니고이. 어째 둘이 마주 서란 말이다냐……"

이동이 혼자 소리로 입을 열었다. 이동의 궁금증이 풀린 것은 몇 발짝 옮기지 않아서였다. 사또는 김과 권으로 하여금 상대의 뺨을 서로 치도록 명령했다.

"너 임마, 이놈 뺨을 힘껏 쳐라!"

사또의 명령에 조금 망설이던 김이 권의 뺨을 찰싹 올려 부쳤다. 뺨을 맞고 얼얼한 기분을 삼키며 안쪽 입천장을 권은 잘근잘근 씹었다. 김에 질세라 권이 힘껏 김의 뺨을 올려 부쳤다. 김은 마치 입안의 모든 근육들을 풀어 젖히기라도 하듯 우악살스럽게 입술을 움직여대더니 호흡을 가다듬으며 권의 뺨을 때렸다. 원생들에게 좋은 구경거리면서 가슴 아픈 순간이었다.

김과 권은 사또가 시키지 않아도 이제 자동으로 서로에게 뒤질세라 힘껏 뺨을 올려쳤다. 상대의 뺨을 열 대 이상 올려쳤을 때 춘상이 무리에서 이탈해서 김과 권 앞에 나갔다. 사또는 입에 담배를 물고 이런 모습들을 지켜보며 일본 놈들과 조선 직원들과 마치 즐기고 있는 모습이었다.

"창옥 아저씨, 멈치라카이."

춘상이 기력을 다해 상대를 가격하는 김과 권을 향해 말했다. 사또가 얼굴에 심술을 나타낼 수 있을 대로 험한 표정으로 춘상을 노려보았다.

"종희 아저씨, 멈치라카이. 아제들이요, 조선 사람들끼리 뭐하는 짓이라?"

춘상이 중간에서 김과 권의 옷자락을 붙들어서야 서로에 대한 공격이 끝이 났다. 사또의 채찍은 물을 것도 없이 춘상에게 향했다. 춘상의 얼굴에 사또의 채찍이 뱀의 혀처럼 날렵하게 할퀴고 가더니 빨간 생채기가 돋았다. 춘상은 인상 한번 찡등그리지 않은 채로 교묘한 표정으로 사또를 비웃었다. 사또의 채찍이 춘상의 어깨에 얹히는 순간 춘상은 잽싸게 채찍을 피하면서 말했다.

"사또 주임, 절마(저 놈)들 때리려거든 이 춘상일 때리이소."

춘상은 사또를 하나도 겁내거나 두려워하지 않은 표정이었다. 천 여명이 넘는 원생들이 작업을 하며 곁을 지나면서 이런 춘상의 기개를 모두 관망하고 있었다. 사또가 무슨 생각을 했는지 춘상에 대한 구타를 멈칫하자 춘상이 부러 사또에게 다가섰다.

"사또 간호장, 어여 치랄 말따. 여 불쌍한 조선 놈들 때리지 말고 이 춘상일 때리란 말따. 내 말이 안 들리능교?"

"옴마, 춘상이 말여, 어째 그러냐? 몸도 성치 않은 사람이 먼 가오여! 언릉 비켜서드라고. 길래 너 죽는단 말여잉……"

"아니라카이. 이동 아저씨요, 저리 비키라카이. 오늘 내 사또 이놈한테 맞아 죽을랍니더. 얼마나 얻어 터져야 죽는강 한번 시험해 볼랍니대이……"

"아서, 말어, 춘상아, 어찌 무모하게, 우덜 다른 뜻이 있잖여……"

"댓방, 이동 아제 말 들어 언능, 힘은 제대로 써야제, 댓방이 안 그렸는가. 말어, 어서 사또 간호주임님 벼나게 허덜 말구 언능 물러서야……"

이동 일행이 억지로 춘상을 이끌어 사또 있는 데서 저쪽으로 데리고 들어갔다. 사또는 순간 다른 날과 달리 채찍질이 주춤했다. 춘상이가 원생들 사이에 얼마나 존경 받고 있는지 사또가 모르지 않을 것이었다. 원생들이 순식간에 일제히 들고 일어서면 일본 놈들은 바로 앉은 자리에서 목숨이 끊어질 것임을 깨달았으리라. 춘상은 동료 원생들이 무자비하게 노예처럼 일을 하고 채찍에 시달리고 고문에 벌벌 떠는 것을 몸소 목도했다. 춘상의 마음은 그래서 더욱 단호했고 날마다 머릿속이 복잡했다.

동료의 자전거 짐받이에 의지하며 부락의 호사를 방문하는 환자 대표 박순주를 은밀히 불러내어 춘상이 말했다.

"대표님, 너무 나대지 말소."

"아니, 춘상이가 무슨 말을 하는겨 나한테?"

"조선 놈끼리 좆 달고 너무 야비하게 굴덜 말란 말요."

"임마, 나이 어린놈이 어른한테 말하는 버르장머리 하군……"

"어허 어째 말이 거칠다카이. 내가 장가를 들어도 열 번은 들었소. 그 짝이 늙었으면 늙었지 내사 마 어린놈이 아니란 말요……"

"시방 네 놈이 무슨 말을 할라고 날 보자 하는공……"

"거 명 재촉 하덜 말라 이 말요. 듣자니 그짝 목 딸려는 넘들 많던데 거 너무 혼자 배터지게 퍼먹덜 말구 같은 조선 놈들 불쌍히 여겨주소 마……"

춘상이 박순주의 멱살을 한쪽 손으로 치켜들었다. 박은 멱살을 잡힌 채로 기가 막힌다는 듯이 숨을 몰아쉬었다.

"오메 요런 상놈에 새키 보소. 날더러 시방 퍼먹덜 말라 주둥이 놀렸냐잉?"

춘상은 이번에는 박순주의 말에 대꾸하지 않은 채로 손가락이 달아난 불편한 손으로 박의 멱을 단박에 짚어 제압해버렸다. 박이 춘상의 덜 퍽진 손의 매운맛에 숨이 턱 막혀 허둥대는 것을 한참이나 지켜보던 춘상은 이내 단박에 짚은 박의 멱을 풀고 중앙리에서 치료 본관을 지나 동생리 병사에 돌아왔다. 밤새도록 동료 원생들이 노역에 지쳐 쓰러지던 모습, 수호와 사또의 채찍, 직원들의 구타에 시달리던 모습이 머릿속에 빙, 빙 돌았다. 춘상은 가장 지독한 놈이 수호 원장이라고 생각했다. 원생들의 치욕 같은 노역은 사또로부터 비롯된 것이여, 사또를 죽여야 원생들의 고통이 사라질 겨, 밤새 눈물이 흘러 베갯잇을 적실 때 무정하게 차가운 달빛은 하늘 모퉁이에 걸려 마치 떠나온 고향 마을의 정겨운 모습을 꿈속에 보여주는 듯이 애잔하게 기울고 있었다.

제14장

안중근을 존경한다카이

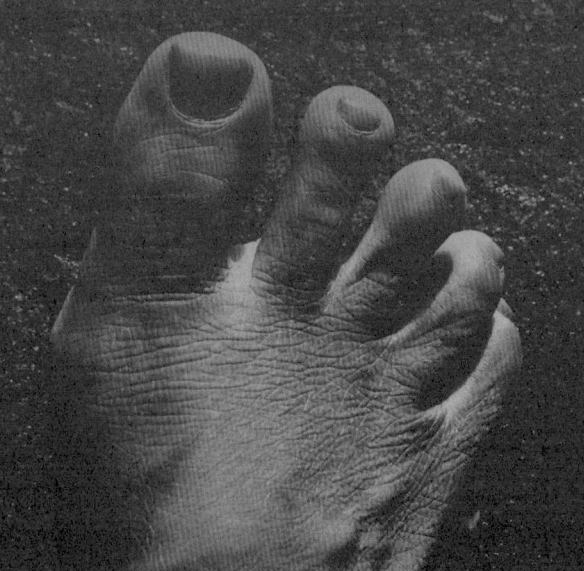

바닷바람은 차갑게 머리칼을 할퀴며 겨우내 원생들의 몸을 얼어붙도록 했다. 평양에서 이맘 때는 온 산 온 들녘을 백색의 천지로 만들려는 듯이 여전히 눈발이 남아 있어 앞산과 뒤뜰을 바라보면 눈이 시렸을 것이다. 소록도에는 미친년이 절로 들떠 봄 보다 먼저 치마 바람이 나듯 동쪽 바다 끝에서 불어온 따뜻한 기운이 응달에 남은 눈자리를 마지막으로 밀어냈다. 겨우내 인영은 노역을 하다가도 녹동 쪽으로 시선을 주었다. 사그락 사그락 눈자리를 녹이며 불어오는 훈풍에 정씨의 소식을 물었다. 무심히 지나는 바람의 입에서는 사각 사각 봄이 온다는 전령뿐이었다.

금화는 지난날에 한번 다녀갈 때 정씨의 위급한 소식을 전하더니 이후 무소식이었다. 인영의 넋은 몸에 없고 반은 달아난 사람처럼 바닷길에 둥둥 떠다녔다. 금화가 일러준 저쪽 먼데서 너울너울 떠나가는 상여는 겨우내 보이지 않았다. 정씨를 달래는 상두꾼들의 상여소리 같은 것도 듣지 못했다. 남보다 먼저 일어나 바닷가 연안에 쭈그리고 앉아 뭍을 바라볼 때 홀연히 정씨의 넋과도 같은 불덩이 하나가 어둑한 바다를 가로질렀다.

아이그 머니!

인영은 깜짝 놀라 몸을 파르르 떨었다. 인영은 온 신경이 정씨가 있는 녹동항에 쏠려 있었다.

"인영아, 에그나, 사람 목숨이 얼마나 질긴 줄 아누? 금쪽같은 딸애 여기 두고 그렇게 훌쩍 떠나지 않을 거누나."

순임은 항상 인영의 곁에서 위로하며 등을 두들겨 주었다. 인영이나 순임이나 모두 몸도 멍들고 마음도 멍이 들었다. 그날도 인영은 새벽 동이 트는 모습을 내내 바라보았다. 바닷물도 잠에 취한 탓인지 쿨렁쿨렁 출렁대지 않았다. 순임 역시 인영이처럼 잠을 이루지 못했다. 인영을 위로하며 백사장을 걸으며 지난날들을 떠올렸다. 노예처럼 일만 했던 세월, 그 세월의 흔적은 몸을 멍들게 하고 영혼을 멍들게 했을 뿐이었다. 순임이 마치 아이를 가진 여자처럼 헛구역질을 했다.

"고모, 애기 뱄어요?"

"아이 에그나 망측해라."

"요즘 헛구역질을 많이 하잖우……"

"애기 낳을 팔자라도 된다면 여한이 없갔누나."

"창옥 아저씨 몸이 많이 상해서 고모 맘 아프지요?"

"쳐 죽일 놈들, 우린 차라리 개나 돼지로 태어났어야 해."

"맞아요. 또덕이가 키우는 오리 신세가 우리보다 낫다요. 고모 그렇지요?"

"맞누나. 하긴 우리는 하늘이 버렸으니까. 근데 인영아, 내일 갱생원에 환자 천 명이 들어 온다누나."

"얘기 들었어요. 수호 원장이 그래서 혹독하게 노역 시켰던 거 아냐요? 조선에 떠도는 부랑환자들 잡아 들일라굼……"

"그려, 맞아. 인영아, 내일 좋은 일 만났으면 좋겠다. 울 인영이 웃는 모습 좀 보게."

"고모, 좋은 일이 뭐야요? 외딴 섬에서 인영이한테 좋은 일이 뭐가 있겠냐요."

"혹은 모르는 일 아니갔누. 인영이 정혼자가 그 천 명 중에 있을지……"

"어머 고모, 정말 그런 일이 있을까요? 하늘이 돕지 않구선 그런 일은 없을 거야요."

"이쁘고 착한 울 인영이래 하늘이 돕잖구 누가 돕는다누?"

"하하하……"

순임의 농담에 인영이 활짝 웃었다. 인영이 활짝 웃자 순임 역시 활짝 웃었다. 오랜만에 이렇게 이빨을 드러내며 활짝 웃는 것이었다. 사또의 혹독한 채찍으로 춘상 등이 가혹하게 언어맞은 일이 있고서 환자들의 웃음은 사라졌다. 또덕이가 엉덩이를 까내려도 웃지 않고 수호 원장의 흉내를 똑같이 내도 웃지 않았다. 설령 웃는다고 해도 속으로는 다들 울고 있으며 끝이 보이지 않는 노역의 날들을 증오하고 있었을 것이다.

"고모, 창옥이 아저씨 많이 연분하우?"

순임이 인영을 바라보며 살며시 웃었다.

"인영이 눈에 그래 보여?"

"창옥이 아저씨가 고모 많이 위해주잖아요. 하냥 부럽단 말야요."

"창옥 씨가 헤엄칠 줄 아느냐 묻더누나. 자꾸 만날 때마다 묻더누나."

"고모, 안 되우다. 그딴 맘먹으면 안 되우다."

인영은 김창옥이 무슨 뜻으로 순임에게 그렇게 물었는지 짐작하고 있었다. 헤엄을 쳐서 바다를 건너려는 것이었다. 원생들의 탈출 방법 중의 하나였다. 하지만 열에 아홉은 가다가 붙잡혀 돌아오거나 힘이 달려 그대로 바다에 수장되고 마는 것이었다. 죽어서 시체가 소록도 연안에 둥, 둥 떠내려 왔던 적이 여러 차례였다.

"예전에는 싸운 원생들을 말야, 바깥으로 내보냈지만 이제 감금실이나 형무소가 있잖우. 그러니 나가려구 마음대로 싸울 수도 없단 말이지……"

김창옥 역시 전라도 패거리와 경상도 패거리 싸움이 빌미가 되어 예전에 갱생원에서 내쫓김을 당했던 자들이었다. 일본이 중국과 전쟁을 치르면서 감시가 한층 심해졌고, 전쟁이 오래 진행되면서 감시와 고문 등도 한층 강화되었다.

"뭍에 나간다 한들 우리가 어디에 가서 발붙이고 살 갔누?"

"산속에 들어가서 살면 되잖우? 동굴 속에서……"

"에그나, 인영이 산속 동굴 속에서 살 수 있갔누?"

"응, 인영인 살 수 있어 고모. 우리 고향 마을 뒷산에 아주 좋은 동굴이 있었어요. 인후 오라비랑 지석 오라비랑 내내 동굴 안에 들어가 숨바꼭질두 하구 신랑각시 놀이두 하구 놀았단 말이야요."

"어머나, 인영이 신랑각시 놀이 어떻게 했누? 고저 인영이 어릴 적부터 사내 홀리는 뭐이가 있었구나야……"

"아 참 고모, 금화 아주마이가 말야요. 날더러 도화살이 끼었다구 했다니요. 사내 여럿 잡아 먹을 팔짜라구……뭐라더라 말띠 여자라면서……"

"말띠 여자 팔짜 드세다는 거는 알겠누나. 한데 울 인영이 더러 도화

314

살 끼었다는 거는 금화 그 처자 자기 팔자 모르는 거나 한가지누나. 감히 이래 착한 울 인영이더러 도화살이라니, 언 자던 앞 집 개두 웃겠누나……"

인영은 순임과 이렇게 고향 사투리로 말을 하며 다정하게 얘기를 나눌 때가 제일 좋았다. 가슴이 답답하고 명치끝이 먹먹할 때면 이렇게 순임과 같이 백사장에 나와 얘기를 하면 한결 기분이 나아졌다. 순임은 일본어에 능통한 김창옥이 형무소에서 출소해서 갱생원에 다시 입소했을 때 매우 기뻐했다. 하나이 원장 이후 가슴을 쥐어뜯는 고통 속에 헤매다가 서로 일본 얘기도 하면서 위안이 되었던 김창옥을 만나 아픔을 씻어내기 시작했는데 김이 뭍으로 쫓겨나간 이후 다시 시름에 젖다 몸도 더욱 망가지고 마음도 크게 상처를 받은 모양이었다. 인영은 속으로 이제 김창옥과 절대 헤어지지 말고 원생들 앞에서도 당당히 만나라고 말해주었다.

하지만 순임은 김창옥을 만나는 문제에 대해 많은 부담을 지니고 있었다. 둘이 은밀히 교감을 나누는 것은 괜찮지만 드러내고 만나는 것은 탐탁치를 않았다. 왜냐하면 원생들의 존경을 한 몸에 받은 하나이의 여자로 인식되고 있기 때문이었다. 순임이 김창옥을 노골적으로 받아들이게 되면 원생들 입장에서 보면 순임이 하나이를 배신한 일이 되어버리기 때문이었다. 순임은 그래서 김창옥이 바다를 헤엄쳐서 도망치자는 제의를 했을 때도 허락하지 않았고, 모든 원생들한테 공개하고 차라리 결혼을 해서 부부의 연을 맺자고 했을 때도 시큰둥해버렸다. 하지만 순임은 은밀히 김을 만나는 것까지 멀리하진 않았다. 순임 역시 너무도 지쳐 있었는데다 많이 외로웠기 때문이었다. 또한 순임이 김과 부부의 연을 맺기 위해서는 하나님에 대한 믿음을 버려야 했다. 신사참배를 조

건으로 수호 원장은 부부의 연을 맺도록 허용해주었다. 순임은 믿음이
누구 못지않게 강했다.

수호원장의 방식으로 소록도는 아름다운 요양소로 거듭나고 있었다.
누구보다 흡족한 사람은 당연히 수호원장이었다. 요양원의 뜰과 정원,
각 부락의 경치며 부락으로 연결된 길의 풍경들은 보는 사람의 눈에도
그만이었다. 환자들이 기거할 수 있는 병사도 충분히 확장해서 약속처
럼 천 여 명의 환자들이 입소했다. 인영은 새로운 환자들이 입소할 때마
다 마음을 졸이기 시작했다. 춘상의 말처럼 지석이 문둥병에 걸려 결국
소록도에 들어올 수 있을 거란 기대를 가졌기 때문이다.

환자들은 한꺼번에 들어오지 않았다. 하루하루 감당할 수 있는 환자
들을 조선총독부는 소록도에 들여보냈다. 그 마지막 날에 초라한 일본
옷을 입고 들어온 환자들 속에 섞여 있는 지석을 가장 먼저 알아보았던
이는 춘상이였다. 춘상이는 여전히 매의 눈처럼 예리한 눈매로 본관 앞
에 멀뚱히 서서 주위를 두리번거리는 신입 환자들 중에 지석을 발견했
던 것이다. 감시자가 고압적으로 통솔하고 있었기 때문에 춘상은 지석
에게 접근하지 못했다. 너무 반갑고 감격스런 나머지 춘상은 눈썹이 휘
날리도록 중앙리 인영의 호사를 향해 뛰었다.

"인영아, 인영아 내 말 좀 들어보라카이……"

"에그 머니나, 춘상 오라반이 어째 이렇게 숨이 넘어 간다누?"

"아야 인영아이, 저 저 저 본관 앞에 말이라, 지금 막 지석이가 왔드라
카이……"

"아니 뭐야요? 오라반, 실없이 어찌 남수(거짓말)를 치누? 춘상 오라
반, 오나칙(오늘 아침)에 아침 잘 못 먹었누?"

"아니라카이, 지석이 동무가 신입 환자 속에 있더란말다. 거짓부렁 아니라카이, 내 얼마나 반가웠으면 이래 달려 오겠능교……"

인영은 춘상의 말에 거의 머리에 번개가 치듯 놀랐다. 마치 꿈속에 휘익 지나가는 말의 갈기에 날카롭게 채인 듯이 번쩍 놀랐다. 인영은 자신의 귀를 의심했다. 어떻게 이런 일이 일어날 수가 있다는 말이지……

"오라반, 다시 한 번 말해 보소."

"지석이란 놈이 왔단 말이라 인영아, 정말 왔단 말이라. 근데 지석이 팔이 덜렁덜렁……"

인영은 춘상의 말이 끝나기도 전에 중앙리 호사에서 절뚝절뚝 달리기 시작했다. 본관까지 단숨에 달려 신입 환자들 무리를 찾아보았다. 하지만 신입 환자들 모습은 어디에도 없었다. 잔뜩 실망스런 표정으로 터덜터덜 걸어오다가 춘상이를 다시 만났다.

"인영아……"

"오라반, 본관 앞에 아무도 없던데……"

"아마 어데루 이동을 했을따……참말 지석이가 분명 하더라카이. 한데 팔이 하나 덜렁덜렁 하지 싶지 아마……"

인영의 얼굴에 갑자기 그림자가 울렁울렁 드리워지는 느낌이었다. 하지만 인영은 지석의 팔이 하나 달아났다 해도 이렇게 만날 수만 있다면 다행으로 여겼다. 지석의 팔이 모두 달아났다 해도 인영은 지석을 그리워했을 것이다. 살아서 인영 앞에 나타나 주기만 한다면 여한이 없을 것이라고 수도 없이 빌었던 일이었다. 춘상의 말처럼 살아서 소록도에 돌아왔다면 이건 정말 하늘이 맺어준 운명이라고 인영은 생각했다. 인영은 고개를 숙이며 떨리는 가슴을 진정시키면서 호사로 돌아왔다. 지석이 깎아준 장승을 정성스럽게 닦아 다시 목에 걸었다. 그리고 소중히 건사한 짐 꾸러미를 꺼내 집을 떠나올 적에 부모님께 물려받은 구봉침 등을 살펴보았다. 아아, 갑자기 뜨거운 눈물이 눈가에 쭈룩 흘러내렸다.

인영은 평면 구리거울로 자신의 얼굴을 들여다보았다. 여자라는 사실을 잊고 지낸지 얼마이던가. 인영은 어머니 정씨로부터 받은 느티나무로 만든 얼레빗으로 정갈하게 머리를 빗겨 내렸다. 머리카락이 빠지자 정성스레 한 올씩 챙겨 할머니가 챙겨주신 널따란 유지(油紙)에 곱게 싸서 빗접에 넣어두었다. 인영은 정씨가 떠날 때 당부하던 말이 새삼 떠올랐다. 신랑이 대처에 나가거든 얼레빗을 사달라고 했지. 신랑이 잊어버리면 하늘에 박힌 반달을 보라고 했지. 반달을 생각하라고 타이르라 했지……인영의 입가에 피식 웃음이 삐져나왔다. 인영은 저도 모르게 얼굴이 수줍게 붉어졌다. 근데 춘상의 말처럼 정말 지석이 왔단 말인가?

인영은 마음이 설레 안절부절 하지 못하고 다시 본관 쪽으로 나가보았다. 각 부락에서 치료를 받으러 본관으로 향하는 원생들이 많았다. 본관 앞에는 사람들로 붐볐다. 환자들을 통솔하는 직원들의 발길이 분주했다. 인영은 조선인 직원에게 오늘 입소한 환자들에 대해 물었다. 신체검사를 받고 이제 각 부락의 호사를 배정해서 잠시 후면 각 병사로 돌아갈 것이라고 대답했다.

인영은 본관 앞에서 어쩔 줄을 몰라 우왕좌왕 하다 다시 중앙리에 돌아왔다. 오전부터 일찌감치 노역에 동원되었던 환자들이 벌써 점심을 먹으러 들어오고 있었다. 인영 역시 호사의 중증 환자들을 위해 밀린 일을 한 뒤 오후에는 노역에 나가야 할 것이다. 그나저나 춘상의 말처럼 지석이 정말 소록도에 입소했는지 여간 궁금했다. 그러나 지석의 모습을 당장 볼 수가 없었다.

지석에 대해 다른 소식을 접하지 못하고 인영은 오후에 노역에 동원

되었다. 어떤 원생들은 벽돌 공장으로, 어떤 원생들은 송진을 채취하러 금산으로, 어떤 원생들은 숯을 구우러 갔다. 인영은 환자들을 위해 드넓은 운동장 공사를 하는데 동원되었다. 천 여 명이 넘는 원생들이 땀을 뻘뻘 흘리며 불편한 몸들을 놀려 작업에 여념이 없었다.

작업을 하는데 저쪽에서 한바탕 소란이 있었다. 환자들이 직원들의 손에 이끌려서 무더기로 본관 쪽으로 끌려가고 있었다. 나중에 알게 되었지만, 성서조선이란 책을 읽은 기독교인들을 무더기로 잡아다가 족쳤다고 했다. 그 책을 읽은 환자들을 일일이 수소문해서 호사까지 찾아가 가택수색을 했다는 것이었다. 순임이 이런 책을 읽고 있어서 당시 순임 역시 감금실에 감금을 당해 모진 고문을 받고서야 풀려날 수가 있었다. 성서조선이란 책에 조선총독부에게 저항하는 불결한 내용이 실렸다는 것이었다. 마지막 한 사람까지 살아남아서 독립을 위해 투쟁해야 한다는 내용을 은밀히 숨기고 있었기 때문에 벌어진 사단이라고 했다.

인영은 노역장에서 땀을 뻘뻘 흘리며 일을 하는데 한 떼의 원생들이 몸들을 쩔뚝거리며 불편한 모습으로 노역장에 합류했다. 셀 수 없을 정도로 많은 원생들이 이리 뛰고 저리 달리고 마치 분주히 할 일을 하는 개미들처럼 노역에 열중했다. 인영은 춘상이가 아니었다면 지석을 알아보지 못했을 것이다. 춘상이 저만치에서 인영을 알아보고 달려왔다.

"인영아, 어서 오라카이. 내가 지석이 왔다캤제. 지석이 저어 있대이. 저쪽에서 인영일 기다리고 있단 말이라……"

"아이 에그나……춘상 오라반, 어떻게 이런 데서……"

"할 수 없지……절마(저 놈)들이 환자들 사정 봐주는 놈이라? 택두 없는 소리 아닌교. 인영아, 거 바구니 저짝에 두구 이리 온나. 오빠 따라 어여 온나. 지석이 몸이 닳는다카이, 내가 뭐라카디? 지석이 분명이 여게루 온다캤제?"

인영은 이제야 실감이 나는 듯했다. 그래도 너무 급작스럽게 지석을 만나게 되어 자꾸 마음이 불안했다. 더군다나 이런 데서 이런 모습으로 지석을 대하게 되다니 여간 가슴이 아팠다. 눈썹먹을 그리고 얼레빗으로 머리를 빗고 해서 그나마 다행이었다. 춘상의 안내로 인영은 지석을 만나기 위해 작업 바구니를 저쪽에 놓아두고 절뚝거리며 걸었다. 절뚝거리는 모습이 인영은 싫었다. 지석 오빠에게 이런 모습을 어떻게 보여준단 말인가? 자꾸 수줍고 눈물이 났다. 춘상은 한갓진 데서 지석을 상봉할 수 있도록 자리를 마련해 놓았다. 인영은 춘상이 더없이 고맙다는 생각이 들었다.

"인영아, 여 함바 안에 들어가 보라. 오빠가 망 봐줄테니 지석이랑 실컷 회포 풀거라. 어째 대답이 없는교?"

인영은 정말 입을 뗄 수가 없었다. 자꾸 목이 마른 데다 자꾸 명치끝에서 흐느낌이 되어 목울대를 밀어 올렸다. 인영은 대답 대신에 하염없이 눈물을 흘리며 고개를 끄덕여주었다. 춘상이 어서 안으로 들어가 보라고 손짓으로 재촉했다. 인영은 함석으로 벽을 두른 간이 창고 문을 열고 얼굴을 천천히 들이밀었다.

어둠 속에 시커멓게 등을 돌리고 서 있는 사내, 정작 저 사람이 그토록 인영이 그리던 지석이란 말인가? 인영은 부러 새벽 바다가 천천히 몸을 풀 듯 가만가만 걸어 나갔다. 체수 좋은 사내가 인영의 발자국 소리를 듣고 안개를 젖히듯 신비한 모습으로 인영에게 돌아섰다. 그가 지석이란 모습을 눈에 담기도 전에 인영의 목에서 컥, 컥 목이 메었다.

"인영아, 나 지석 오빠야."

"지석 오, 오빠……"

지석이 인영에게 바짝 다가왔다. 어둠이 천천히 물러갔다. 인영은 팔을 벌려 지석을 안았다.

"인영아, 몰라보게 어른이 되었구나. 이게 꿈인 거냐? 생시인 거냐?"

"오빠, 정말 지석 오빠 맞아요? 어디 얼굴 한번 보자요."

인영은 고개를 쳐들어 지석을 빤히 올려다보았다. 갸름한 옛날 모습이 여전히 남아 있었다. 체수는 더욱 커졌고 늠름해져 있었다. 다만 지석의 팔이 하나 덜렁덜렁 했다.

"내가 이런 모습으로 나타날 줄 인영이 꿈에도 몰랐지?"

인영은 고개를 끄덕거렸다. 정말 이렇게 만나리라고는 상상도 못했다. 꿈에도 생각 못할 일이었다. 춘상의 말도 믿을 수가 없었다. 나병에 감염이 되었을 거라는 말을 듣고 믿지도 않았지만 만약 사실이라면 인영은 자신을 자책했다. 지석이 나병에 감염되었다면 모든 것이 자기 때문으로 생각했다. 설령 나병에 걸렸다고 이런 데서 만나리란 기대는 전혀 하지 않았었다.

"오빠, 어디가 어떻게 아픈 거야?"

"난, 눈썹이 빠지고 팔도 하나 달아났어."

"문둥병 때문에 팔이 달아난 거야?"

"아냐, 팔은 전쟁터에서 잃었어. 나도 인영이 너처럼 눈썹도 빠지고 결절도 있고…..인영아, 내가 이렇게 장애를 안고 나타나서 실망했니?"

"아냐, 지석 오빠, 실망 아냐. 가슴은 아프지만 실망까진 아냐. 나라 빼앗긴 죄인들이니까 그냥 이런 수모도 당한다 생각하는 거야."

"인후 여기 다녀갔어?"

"응, 한 번 다녀갔어. 엄마는 저기 녹동항으로 내려 오셨는데 마을 사람이 그러시더라. 엄마 많이 아파서 언제 죽을지 모른다누나……"

"저런……인영아, 너 아직 혼자라면서?"

인영은 눈물을 흘리면서 고개를 끄덕거렸다. 이렇게 살아서 자기 앞에 나타나준 지석이 너무 고마울 따름이었다.

"여기서 환자들끼리 혼인할 수도 있다면서?"

"응, 있는데 조건이 있다누나."

"조건? 대체 조건이라는 게 뭐라누?" "아이를 낳지 못하게 단종 수술을 하는 조건이래. 아이를 낳으면 문둥이가 나온다는 거지. 그래서 혼인을 하고 싶어도 망설이는 동무들 많이 있어……"

"이거야 원, 난 3대 독자인데 아니 핏줄을 끊는다는 게 인류를 끊는다는 거 아니니? 이런……우다질 놈들. 내래 죽을 고빌 몇 번이나 넘긴 줄 아니? 일본 놈들은 말야, 앞으로 천 년 만 년 천벌 받을 놈들이라……"

인영은 지석의 눈가에 맺힌 눈물을 보았다. 인영은 윗옷의 소매로 지석의 눈가에 맺힌 눈물을 닦아주었다. 그리고 지석을 다시 팔을 벌려 안아보았다. 지석 역시 감회에 젖어 말을 멎고 인영을 엉거주춤 안고 있었다. 인영은 지석이 달아난 팔을 의식하지 않도록 이렇게 말했다.

"지석 오빠, 우린 정말 하늘이 맺어준 거 아닐까? 오빠 팔이 하나 없는 게 인영이 맘에 왜 이렇게 뿌듯한 줄 모르겠어. 오빠, 다른 여자 혹처럼 달고 온 거 아니지?"

"그래, 인영아, 우리 어떻게든 치료 잘 받아서 말야, 혼인도 하고 아이도 낳자. 어떻게든 말야, 여기서 빠져 나가야 해."

"오빠, 여기서 나가 어디 가서 살 수 있겠누? 사람들이 우리 같은 환자들을 곁에 주려고나 하겠냔 말야."

"인영아, 일단 오늘은 복잡한 얘기 하지 말자우. 이렇게 만난 거 우리 둘이 축하 하자우. 내래 인영이 만나겠다구 전쟁터에서 악착같이 살아온 몸이란 말야."

인영의 입술에 지석의 뜨거운 입술이 닿았다. 인영은 생애 처음으로 남자의 입술이란 것을 느껴보았다. 남자의 체취라는 것을 느껴보았다. 지석의 입술이기에 지석의 체취이기에 너무나도 감미롭게 느껴졌다. 사내의 체취에 대해 밤마다 생각해 보았지만 이렇게 감미로운 느낌이란 상상도 하지 못했다. 아아, 사내란 좋은 것인가? 아냐, 지석이라서 좋은 거겠지, 인영은 이렇게 속으로 생각하고 있었다.

밖에서 춘상이 재게 문을 두드리며 들어왔다. 인영은 엉거주춤 몸을 풀었다.

"지석아, 차차 지난 얘기 나누기로 하자. 사또란 놈이 이쪽으로 오고 있어."

"사또?"

"마 여게서 가장 악랄한 일본 놈이라카이. 절마(저놈)한테 걸리면 빙신 되지 않으면 아마 죽어 나가야 할따……"

"뭐이야? 사또란 놈 상판 한번 구경 하자야."

"인영이 같이 예쁜 여자도 마 걸렸다카면 절반 빙신 된다카이. 지석이 너 아직 된맛 덜 보았나 본데 여게 수호 원장 놈부터 사또 절마, 다른 직원들 까지 마 갈수록 넘어야 할 산이 많단 말이라. 서대문 형무소 놈들보다 더 지독하단 말따……"

"보라, 동무, 거 춘상이 기상 어델 도망 갔누? 본정파(현 충무로) 두목 이춘상이 맞누? 동무 말마따나 안중근이 제일 존경하는 그 이춘상이가 맞난 말이다."

"지석 동무, 여게는 마 성질 부리는 데가 아니라카이. 마 저짝에 가면 말이라, 감금실도 있고 시체 해부실도 있단 말이라. 여겐 말이라, 우덜 목심이라는 거이 파리 목숨 한 가지라카이. 아껴서 질긴 목숨 한번 대차게 써먹어야 하지 않겠능교? 그카고 여겐 인자 동무만 있는 데가 아니라카이. 지석이 너가 죄를 지면 말이라, 인영이가 그 값을 치른다 말따……."

인영은 절로 고개를 끄덕거렸다. 춘상의 말이 맞는 말이다. 여기에서 공연히 어깨를 으쓱하고 거들먹댔다가는 채찍과 곤봉 신세 면하지 못할 것이었다.

"인영아, 너도 저 놈들 채찍 맞았드나?" "아, 아니야. 지석 오빠 그런 거 아니야."

인영 등이 함석문을 열치려는 순간 밖에서 먼저 문을 열쳤다. 사또가 근엄하고 고압적인 모습으로 안을 노려보았다. 채찍과 곤봉이 손과 허리에 들려 있었다. 인영은 더럭 겁부터 나서 오금이 저렸다. 인영은 사또한테 정중히 고개를 숙였다.

"아니 이런 쥐새끼 같은 조센진 놈들! 날래 나오라!"

꾸물거리고 있자 사또의 채찍이 인영의 어깨부터 후려쳤다. 사또의 채찍은 어디서든 본능적으로 기계처럼 날아들었다. 인영이 사또의 채찍에 휘감기는 것을 바로 뒤에서 지켜보던 지석의 이마에 깊은 주름이 패었다. 춘상이 지석의 성질을 알고 눈짓으로 어서 나가자고 다그쳤지만 지석은 큰 체격을 떡하니 버티고 사또를 내려다보았다. 지석의 체격이 커서 사또의 머리통이 지석의 턱밑에 걸렸다.

"인영아, 먼저 나가 있거라. 춘상 동무, 인영이 데리고 나가 있거라."

"지석 동무, 안 된다카이. 동무가 인영이하구 혼인도 하고 아이도 낳을라면 여게서 경솔하면 안된다카이."

"보라, 춘상이 동무, 내래 일본 놈들 때문에 수없이 죽을 고비 넘겼다. 인영이 봤으니 된 거야. 이제 어디서 죽든 여한이 없단 말야. 어서 나가 있어!"

지석의 말이 마치 날선 칼날처럼 고압적으로 들렸던지 사또의 표정이 어두워지면서 나가려는 몸짓으로 함석문 쪽으로 돌아섰다. 바로 그때, 지석이 한쪽 손으로 사또의 뒷덜미를 단박에 낚아채더니 단호히 소리쳤다.

"사또, 잘 들으라. 내 앞에서 조선 놈들 어깨에 다시 한 번 채찍이 꽂히면 너는 내 손에 죽는다. 난 말야, 너희 놈들 나랄 위해 전쟁터에 나가 한쪽 팔까지 잃은 몸이야. 조선에서 곱게 살고 싶다면 채찍 휘두르지 마라. 그러면 내 네 목을 따진 않겠다. 내 말 명심하라! 당장 나가라!"

뜻밖에 지석의 태도는 당당했다. 인영은 이제 당장 죽었다는 생각이 들었다. 대체 어째서 사또를 향해 이런 황당한 태도를 보인단 말인가. 이미 상황은 엎질러진 물이라는 것을 깨달았던지 춘상이가 여세를 몰아 가세했다.

"이봐, 사또! 넌 이따위로 나대다간 살아서 못 돌아간다. 내래 안중근 일 닮지 못해 안달을 하는 몸이란 말이다. 내 말 무슨 말인지 알겠냐? 어찌 대답이 없어?"

춘상이 이번에는 사또의 먹살을 거머쥐었다. 사또의 기운이 한풀 꺾이는 모양이었다. 사또는 이들이 보통 기세당당한 놈들이 아니란 것을 재깍 알아챘던 듯이 고개를 정신없이 끄덕거리며 밖으로 나가버렸다. 인영이 앞에서 사또가 이런 모습을 보인 것은 갱생원 이래 처음이었다. 인영은 순간은 좋았지만 장차 어떤 일이 닥칠지 염려되었다. 사또 역시 마음만 먹으면 언제든지 조선의 환자들을 죽일 수가 있다는 것을 인영은 모르지 않았기 때문이다.

소록도에 환자들이 대거 늘어나면서 환자들의 이동이 있었다. 지석은 이동과 같이 신생리에 배정 되었다. 춘상은 동생리 경증환자에서 최일봉이 대표로 있는 남생리에 배정 되었다. 본부에서는 춘상과 지석을 은밀히 경계하며 분리하고 권종희와 김창옥의 힘이 은근히 막강함을 알고 서로 격리했다. 권은 남생리, 김은 중앙리에 배정 받았다. 본부의 이러한 배정은 어쩌면 운명적이었는지도 모른다. 춘상이 지석과 격리됨과 동시에 사람 좋은 최일봉이 부락 대표로 있는 남생리에 배정받게 되었는데 춘상의 장차 대담한 행동들이 나오기까지 최일봉의 이해와 배려가 상당한 영향을 끼치게 되었던 것이다.

또한 지석이 인영을 끔찍이 아끼고 돌봐주던 DDS가족 이동과 같은 남생리에 배정받은 것 역시 운명적이었다. 지석은 장차 이동과 같이 사또를 잡는 일에 뜻을 같이 했기 때문이다. 권종희 경상도 댓방이 춘상과 같은 남생리에 배정받은 것 역시 훗날의 결과를 볼 때 당연히 운명적인 것이었다. 또한 이길용이 기거하는 중앙리 호사에 김창옥 전라도 댓방이 배정받은 것은 같은 전라도 사람으로서 이길용이 장차 거사를 준비하는데 크고 작은 역할을 하게 되었던 것이다. 이들이 만나고 헤어지고 다시 만나는 과정은 나라를 잃은 조선인이기 이전에 한 인간의 누릴 권리를 빼앗기고 하늘의 죄를 달달하게 받았다는 천형이란 이름으로 죄인처럼 살아가는 이들에게 인간이란 거룩한 이름을 회복시켜주기 위한 위대한 신의 힘이 작용했는지도 모를 일이었다.

인영은 지석이 소록도에 입소한 이후 비록 신역은 고달파도 힘들지 않았다. 함께 평생을 같이 하잔 사람과 같이 한다는 것은 인영에게 축복과도 같았다. DDS가족들과 지척에서 만나 가족의 기쁨과 슬픔 등도 함께 했다. 순임 역시 지석의 존재에 대해 믿음직스럽게 받아들였다. DDS 가족들은 인영과 지석이 혼인해서 함께 살기를 바랐다.

"지석아, 세월 허비하지 말구 인영하구 날래 혼인하라."

"아이구 순임이 고모, 혼인이 좋지만 저 놈들이 허락 하겠나요? 당장 끌어다 불알을 깔려고 덤빌텐데……"

"지석 오빠, 아니 될 말이야, 우리가 혼인하자고 3대 독자 지석 오빠가 불효자식 될 순 없는 거 아니누?"

"에그 가련타 우리 인영이나 지석이나 팔자 한번 가련타, 조선 땅에 살면서 어찌 저 놈들 한테 불알을 잡힌단 말이누……쯧, 쯧……"

"인영아, 걱정할 거 없어야잉, 거 지석이 효자루 만들어줄라면 벨 수 없어. 그냥 확 저질러뿔면 된단 말여잉……"

"이동 아저씨, 뭐를 저질른단 말인교? 거 아제는 앞뒤 재지 않고 틈만 나면 저질러뿐게 탈이라카이…….."

"옴마, 춘상이 먼 말을 요롷고 섭섭하게 한댜. 지석이 아(아이)를 인영이가 낳뿔면 된단 말이랑께 머시 문제라고잉……"

"보이소, 아저씨. 인영이가 지석이 아를 배가 절마(저놈)들 눈을 피해 어떻게 열 달씩 숨어 지내겠능교? 또 아를 낳다 칩시대이. 절마들한테 안 뺏기고 키울 자신 있겄냐 말요. 절마들 눈에 띠면 마 당장 배를 가른단 말이라카이……"

"춘상이 동무래 무시기 말을 그렇게 악담을 하누? 내 자식 내가 지키지 못하면 누가 지키갔냐 말야."

"소문 들었는가 모르겠다잉. 여기서 몰래 아를 배가꼬 다니다가 들통이 나서 채 여물도 않은 아를 배를 갈라 꺼내갖고 말여, 저 어디 병속에 담가 두었다는데……"

"에그 썩을 놈들, 환자들 데려다 눕혀 놓구 시험을 하질 않나 이상한 약을 먹여보질 않나 뻑하면 피를 빼가질 않나 우린 완전히 마루타 신세라니께……"

"자 자, 모처럼 다들 모였구만잉. 참말로 이렇구롬 다들 모여 있응게 부럴 것 하나 없다잉. 기분 참말 좋구먼잉. 어야, 지석이 조카, 아 열 번도 넘게 죽을 고비 넘겼담서 아 어찌 살아 왔는가 한번 읊어 보드라고잉. 난 지석이 조카 봉께 꼭 우리 작은 아부지 생각이 나야잉."

"하이고 이동 아저씨 걸 말이라카요? 조카 얼굴 보고 작은 아부지 생각난단 사람 조선 천지에 처음이라카이, 하하하……"

"아니 내 말짝슨 지석이 조카가 울 작은 아부지처럼 든직하단 말이제잉. 아 팔만 하나 없다 뿐이지 얼매나 튼실하고 믿음직헌가……"

이동의 말처럼 지석은 믿음직스런 사내였다. 3대 독자로 태어나 조실 부모하고 할머니까지 죽고 오직 천지에 혼자이던 몸, 지석은 서대문 형무소에서 나가 힘든 훈련을 받고 부산으로 가서 감포 연락선을 타고 일본으로 건너간 얘기부터 꺼내놓기 시작했다.

"시모노세키에서 주먹밥을 먹고 대열 정리를 하드만요. 대열 정리를 못하는 놈 머리에 채찍이 날아드는데 아차, 우린 죽갔구나, 우린 속아서 여게 왔구나, 퍼뜩 그런 생각이 들더란 말요. 어찌나 악랄하게 조선 놈들을 다루는지……"

지석은 한참이나 지난날들의 늪에서 허우적이다가 빠져나온 듯이 겨우 말을 이었다. 지석의 이마에 벌써 식은땀이 배었다.

"바다로 우릴 데리고 가더구만요. 바다 그러니까 해저 터널이 있더마요. 그 해저 터널을 지나서 보니깐두루 구주란 말이요. 구주에서 하루밤을 지내는데 고향 생각 동무 생각 부모 생각 연인 생각에 우는 놈들이 지천이라요."

구주에서 밤을 거의 뜬눈으로 지샌 지석의 일행은 이튿날 대형 선박에 승선했다. 대체 이 놈들이 조선 청년들을 꿰어 어디로 데리고 가려나? 모두 의아한 생각들로 머리가 복잡할 때 저쪽에서 일본 병사들이 합류했다. 그래서 지석이 속한 집단은 일본 병사들과 섞여 하나의 중대가 되었던 것이다.

조선인과 일본인을 잔뜩 싣고 배는 어디를 향하는지 사흘 밤낮을 항해했다.

"우리 배는 어디로 가는 배라오?"

"어찌 알겠소. 돌아가는 꼴을 보니 아무래도 일본 놈들이 조선 청년들을 전쟁에 내몰고 있는 수작이 분명한 듯하오."

군복을 입을 때부터 짐작은 했지만 정말 사흘을 배를 타고 가다보니 대체 엄청난 지역으로 이동을 한다는 생각이 들었다. 갈매기는 흰 구름을 머리에 이고 날아와서 반갑다고 끼룩 끼룩 울어대는데 조선 청년들뿐만 아니라 일본 병사들도 모두 납처럼 무겁게 가라앉은 분위기였다. 그들이 도착한 지역은 대만이었다. 대만에서 하루를 지체하다 어디론가 다시 대형 선박이 이동하기 시작했다. 아아, 그리고 이틀이 지나 마지막 당도한 지점이 바로 필리핀을 경유해서 들어간 팔라우라는 섬이었던 것이다.

"팔라우 거 경치 죽인다는 섬에 먼 지랄들 할라고 들어갔을끄나……"

"이동 아저씬, 거 출삭대서 탈이라카이. 꼭 중요할 때 끊어버리는

게 이동 아제 문제란 말요. 그냥 지석이 얘기 진득하니 들어보잔 말이
라……"

"그려, 알어 안다고잉. 어따 내가 춘상이 놈 안보면 아조 속 시원하겠
구만잉. 겁나게 아조 그냥 아제를 씹는구먼잉. 하하하……"

춘상이 중간에 이동의 이름을 걸고 넘어지는 것은 일종의 자기들만
의 멋쩍음을 달래는 재치였다. 이동이 말은 그렇게 해도 자기보다 나이
어린 춘상이를 존중했고 춘상 역시 말은 그렇게 하지만 이동을 은근히
믿고 의지했다. 지석이 한쪽 손을 추기면서 어깨를 들썩이더니 계속 말
을 이었다. 지석의 말을 들으면서 인영은 눈물을 연신 닦아내고 있었다.

"팔라우에서 우리 일행은 두 패로 갈렸지요. 거기서 며칠 기달리고
있는데 앞 번 보다 더 큰 배가 당도 하더마요. 아따 배 크다 커, 일행들은
자기들을 사지로 몰아넣을 배라는 것도 잊은 채로 그냥 절로 입이 딱,
딱 벌어진 거죠. 그 큰 배를 타고 한 5일을 가는데 먼저 배에서 정이 들
었던 조선 청년들이 절반은 헤어지게 되자 뭐이 그냥 훌쩍 훌쩍 울어대
는데 나도 눈물이 마를 지경이었소."

제대로 밥을 챙겨 먹지도 못한 데다 동무 생각 고향 생각 연인 생각
에 조선의 청년들은 모두 어둑한 얼굴들을 하고 있었다. 한 놈이 울면
따라 울고 한 놈이 웃으면 미친 듯이 따라 웃었다. 그때마다 일본의 군
관은 날카로운 채찍을 머리맡에서 휘둘렀다. 하루, 이틀, 사흘, 나흘, 닷
새를 넘게 항해해서 청년들은 이미 탈진을 했다. 먹는 것도 부실한 데다
배 멀미가 심해 모든 것을 게워냈다. 조선 청년들이 음식물 찌꺼기 하나
남김없이 욱, 욱 토악질을 하는 것을 보고 일본인 군관이 소리쳤다.

"조선 놈들아, 두고 온 너희들 고향, 가족까지 모두 이 배에서 게워 내
거라!"

하지만 군관의 말을 제대로 알아듣는 청년들은 많지 않았다. 이렇게 닷새를 항해해서 당도한 것이 뉴기니아였던 것이다. 대동아 전쟁의 가장 일선이 바로 뉴기니아였다. 뉴기니아에 착륙과 동시에 지석은 당장 이곳이 살벌한 전쟁터라는 것을 알았다. 머리 위로 당장 포탄이 날아다니고 쾅, 쾅 불을 뿜으며 저만치에서 포탄이 터졌다. 대동아 전쟁이 본격 돌입하기 전에 이미 전쟁의 기운이 감돌았던 데가 바로 이곳이었다. 미국과 일본의 치열한 전쟁이 천천히 준비되고 있었던 것이다.

"정글 속에 천막들을 지어놓고 밥들도 거기서 지어먹고 지옥 같은 날들이었지요. 나는 포탄이 막 떨어지고 총알이 옆으로 피웅 피웅 날아다닌 것을 보니 아 여기서 살아나갈 수 있을까? 하고 겁이 나더만요."

"옴메, 근디 어쭈고 지금 이렇고 살아 돌아왔당가? 거, 지석이 조카 말짱 거짓부렁 아녀?"

"아제요, 참말 좋은 분위기에 자꾸 소금 뿌리지 말라카이. 지석이 계속 하게……"

섬에는 시체들이 즐비했다. 본격적인 전쟁이 시작된 것도 아니라는데 시체가 널렸다. 날씨가 더운 열대지방 탓인지 시체들이 금방 썩었다. 시체에서 벌레가 기어 나오고 죽은 사람의 얼굴은 형체도 알아볼 수가 없었다. 참혹한 모습이요 인간세상이 결코 아니었다. 비행기가 머리 위에 날아가면 일본 병사들은 비행기를 향해 곡사포를 날렸다. 하지만 일본 곡사포는 성능이 많이 부족한 탓에 대다수가 빗나가고 말았다. 미군들은 비행기를 통해 낙하산으로 내려와서 기관총을 난사하기 시작했다.

조선 동료가 곁에서 총을 맞고 풀썩 쓰러졌다. 지석의 눈에 조선인의 피가 보이자 앞이 보이지 않았다. 지석은 미군 병사들을 향해 과감히 나가 방아쇠를 당겼다. 피를 뚝, 뚝 흘리며 신음하는 소리, 누구 동료를 부르는 소리, 포탄 떨어지는 소리, 상대 적들을 향해 욕을 하는 소리까지 지옥이 펼쳐지고 있었다.

바로 그때, 지석의 왼쪽 팔을 예리한 총알이 뚫고 지나갔다. 지석은 순식간에 자리에서 고꾸라졌다. 총알의 위력은 생각보다 강력했고 사람을 두렵게 만들었다. 순간 어쨌든 살자, 반드시 살아서 조선에 돌아가자, 하며 인영의 얼굴까지 떠올렸다. 그리고 정신을 잃어버렸다. 나중에 깨어보니 야전병원이었다.

지석이 살아 돌아온 얘기를 여기까지 마치자 일제히 박수들을 날렸다. 지석은 아직도 인영이 곁에 있다는 것이 마치 꿈을 꾸는 듯한 느낌이었다. 지석은 호사 동료들의 배려로 인영과 애틋한 시간을 만들었다. 목숨을 다해 인영을 생각하며 살아 돌아온 지석에게 새로운 가족이 베푼 선물과도 같은 것이었다.

인영은 순임이 고모가 은밀히 짬을 할애 해준 서생리 호사에서 지석을 남자로 받아들였다. 어릴 적부터 예정된 운명이 마치 기적처럼 펼쳐졌다. 인영을 가슴에 안으며 지석이 말했다.

"인영아, 야전병원에서 마련해준 배를 타고 복귀할 적에 맘속에 기도를 했다. 죽어도 좋으니 꼭 인영이 한번 보고 죽게 해달라고 말이야."

"오빠, 이제 이렇게 인영이 만났으니까 죽는단 소리 하지 마. 우리 몸도 많이 부족하지만 서로 위하면서 여기에서 행복하게 살자."

"인영아, 배를 타고 오는데 공습을 당했어. 너 얼굴만 생각나더라. 부~ 하고 벨이 울리면 공습이여. 부부~ 하고 울리면 밖으로 나갈 채빌 해야 하는 것이고, 부부부~ 세 번 울리면 배 꼭대기로 올라가야 하는 것이여. 아차하면 바다로 뛰어야 한단 신호라더누나. 근데 세 번이 울리더마. 이제 죽는가 보다 했지. 마치 목에 걸고 다니던 장승이 떠오르더마.

그래 장승만 붙들고 제발 살게 해 달라 기도했어. 한 놈 두 놈 바다로 뛰더구만, 내래 바다로 뛰어야 하는가 보다, 하다가 갑자기 말야, 인영이 너가 내 바짓가랑이를 잡더누나. 아니 그래서 그냥 주질러 앉고 말았지. 그래 나중에 보니 바다로 뛰었던 놈들은 죄 죽었단 말이라. 인영이 너가 오빠 살린 거이야 이거. 그러니 이제 이 오빠가 인영이 지켜줄테니까 걱정 붙들어라."

인영은 지석의 말을 들으면서 지석이 얼마나 인영에게 소중한 사람인지 새삼 느끼게 되었다. 여자의 모든 것을 지석에게 바치고 싶은 마음을 숨기지 않고 인영은 지석의 여자가 되었다. 마음이 서로 들끓었기에 지석의 여자가 되는데 아무런 부족함이 없었다. 인영은 지석의 팔이 부부로 살아가는 데 아무런 문제가 되지 않는다는 것을 깨달았다. 지석은 인영에게 여전히 마을 뒷산에서처럼 영웅이며 개선장군이었다. 인영은 마음속으로 이런 순간이 지석의 아이를 갖게 되는 운명이 된다면 좋겠다는 당찬 생각을 해보았다. 부모님이 챙겨주신 구봉침을 베고 자지는 못했지만 인영과 지석에게 잊을 수 없는 시간이었다.

제15장

비밀출산

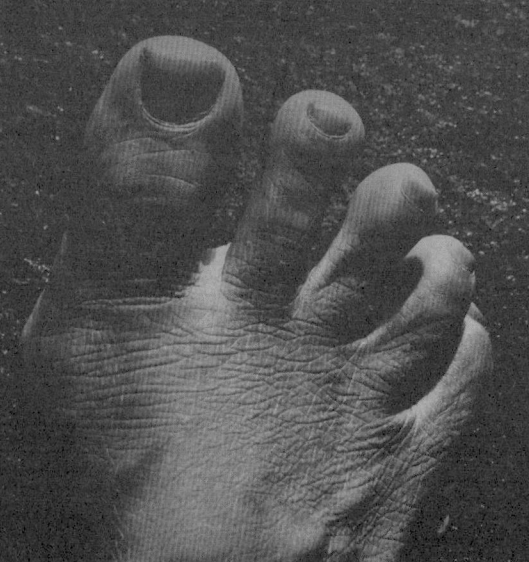

오전에 환자들은 치료를 받기 위해 길게 줄을 섰다. 오전에는 주로 치료를 하고 오후에는 기동할 수 있는 모든 환자들은 노역을 했다. 지석 역시 왼쪽 팔이 없다 해서 노역에 면제 되지 않았다. 길게 줄을 서서 차례를 기다리던 환자들이 주워들은 소문을 옆 동료한테 말했다.

"하나이 여자 말여⋯⋯"

"서생리 순임이란 여자 말이유?"

"그려 그려, 아 그 여자가 애를 뺐단 소문 있슈."

"어따 누가 느러터진 충청도 사람 아니랄까봐 그러네. 하나이 여자 단종 수술 당한 거 여 소록도에 모른 사람 하나도 없어라. 어째 씨알도 안 먹힌 말을 지껄인다요?"

"내 말 아녀유, 듣자니께 그런단 말이쥬. 맬겁시 헛구역질을 할까유? 뭔 까닭 있으니께 그라것쥬⋯⋯"

줄을 좁혀가며 계속 환자들이 말을 이었다.

"나도 듣긴 했는디 아 그라믄 상대가 있을 거 아니당가? 그라믄 상대가 거 누겨? 누가 하나이 여자를 안았을까잉?"

"쩌어 중앙리 김창옥이 하고 보통 사이가 아니라는 말이 있습디다. 중앙리 김창옥이, 거 일본 말 잘한 사람 말여라이……"

"전라도 댓방 말이쥬? 긍게 나도 저 해안가에서 한번 보긴 했는듀 딱 본께 거 댓방하고 하나이 여자 맞습디다. 팔짱을 아이갸 이렇그롬 두르구 산보를 하는 모양이던듀……"

갱생원에 이런 소문들이 파다하게 퍼졌다. 환자들은 삼삼오오 뭉치면 이런 잡담들을 하면서 시름을 잊은 모양이었다. 순임에 관한 소문은 사실 순임을 골탕 먹이기 위해 환자 대표 박순주가 은밀히 퍼뜨린 것이었다. 순임은 이상한 소문이 나돈다는 것을 알고 김창옥과 긴밀히 얘기를 나누었다.

"창옥 동생, 어찌하면 좋다누? 뭐이 귀신 씨나락 까먹는 얘기도 아니고……"

"누나, 나한테 짚이는 놈이 있소. 거 박순주 그놈이 틀림없소, 누나."

"동생, 나는 괜찮은데 동생 체면 먹칠해서 어쩐다누?"

"아니 누나 어찌 그런 말을 하요. 내가 누나한테 미안하제. 나같이 깡패 소리 듣는 놈하고 그런 소문 낭께 내가 그냥 누나 볼 낯이 없구만잉, 앗싸리 지금 내 맘이 그렇소."

"그런 소리 말우. 이깟 여자 뭐가 좋아 창옥 동생이 에믄 소릴 들어. 창옥인 좋은 여자 만나 살림도 낼 수 있잖것누……"

"아따 누나, 나 남자요. 강단진 전라도 사내란 말요. 사내가 한번 여자한테 사랑 한다 고백했으면 그걸로 끝인 거제, 먼 속에서 그 따위 속셈을 하고 그런다요. 나, 세상에 나서 말요. 정말 여자 진심으로 사랑해 보기는 누나가 첨이라요. 어따 참 얼척이 없는 소문난께 심사가 좀 꼬이긴 해도 말요, 아 누나하고 그렇게 엮인 게는 은근히 그냥 설레더란 말요, 참, 사랑이라는 것이 이런 것인가 보더라구요, 누나……"

달빛에 녹아드는 바닷물처럼 창옥의 마음이 순임을 향해 소금물에 절이듯 절여졌다. 창옥은 힘껏 순임을 안았다. 순임의 몸이 으스러지도록 사내의 기질을 항상 보여주고 싶은 창옥이었다.

"동생, 내가 하나이 원장 여자였던 거 정말 미안해……"

"어따 차말로 뭔 과거가 무신 소용 있어라우, 누나. 과거는 흘러간 거요. 우리한테 과거는 치욕인께 인자 나중 일만 생각하잔 말여요. 누나, 잘 좀 챙겨 먹어요. 우리한테 거저 배 태워줄 놈들 없을테니께 죽자 살자 헤엄이라도 치고 나가야할 상황이 올른지도 모른께라우."

"창옥인 그저 또 그 소리누. 내가 이런 몸으루 어떻게 저 바닷길을 건너겠누. 그냥 바다에 영혼을 묻고 죽잔 말이나 한가지라 그 말은……"

"예, 알았소, 누나. 그래도 누나가 여 갱생원 하늘 아래 숨 쉬고 있단 생각을 하면 그냥 어따 잠도 안와요, 설레가꼬잉."

"정말 동생 맘이 그래? 이 순임이 누나 보면 아직도 맘이 설레고 그러누?"

"야, 누님. 아이고 내가 문둥병만 안 걸렸으면 그냥 누나 바깥에 데리고 나가 호강 시켜줄텐디 그냥, 오메 내 팔자 생각하면 억울한 거이……"

"동생, 억울하게 생각하지 말우. 우리가 문둥병 걸렸으니 이렇게 만났겠지. 전라도 총각하고 평안도 처녀가 어찌 이렇게 만났겠어. 안그러누?" "야, 백번 천 번 옳은 말이오. 누나 이리 더 세게 안겨 봐요, 오메 누난 아직도 그냥 젖통이 빵빵 하구만잉, 오메 씨발……"

"에그 좋은 시간에 어찌 욕을 매달고 그러누..쯧, 쯧……"

"미안소, 내가 워낙에 아랫역 아새끼들 잡도리 하며 댓방 노릇하느라고 입에 는 것이 그냥 욕밖에 없단 말이오. 누나, 오메 좋은 거……"

"아이 참, 창옥이 참 짓궂다, 아이 참 간지러……"

순임은 창옥을 만나면서 이상한 몸의 변화를 느꼈다. 어쩌면 정말 자신이 아이를 밴 것인지도 모른다는 생각이 들었다. 창옥을 만나 관계를 가지면서 젖이 통통하게 불어났고, 자꾸 헛구역질이 나왔다. 일본 놈들이 바보 천치도 아니고……순임은 창옥의 넓은 가슴에 안겨 이런 생각을 했다. 그러다가 문득 인영이를 떠올렸다. 순임은 인영이 지석을 만나 가깝게 지낸 이후 마치 자신의 일처럼 기뻤다. 혹시……혹시……

"혹시……"

"아 느닷없이 누나 무슨 소리라요?" "동생 잠깐……혹시 말야, 인영이 그것 뱃속에 아이 가진 거 아닐까?"

"어째 그런 생각을 하요?"

"아니 내가 가만 생각해 보니 인영이 헛구역질을 내가 대신 하는 것 같단 말여. 상상임신을 내가 한 거 아닌가……"

"누나, 이 창옥이 애기 낳고 싶은 거 맞지라이?" "여자의 꿈은 단 하나 아니갔누. 연분하는 남자 아이를 낳아주는 것, 아아, 무슨 운명의 장난인지 몰라도 난 이제 다 틀렸는데 자꾸 내가 헛구역질을 하는 걸 보니 별 별 생각이 다 난단 말여……"

갱생원에 바람처럼 떠다니던 소문은 소문에 지나지 않았다. 수술대 위에서 영혼의 바닥을 저당 잡히고 나온 여자가 순임이었다.

순임의 말처럼 진정 몸에 변화가 나타난 사람은 인영이였다. 인영이 지석과 은밀히 만나면서 변화가 생겼다. 젖가슴이 커지고 젖꼭지가 톡 불거지는가 하면 헛구역질도 올라왔다. 인영은 장승을 간직하며 빌었다.

은밀하게 금화가 만들어 놓은 서낭당에 올라가서 빌었다. 인영은 그러면서 금화의 말이 어쩌면 정확히 맞아 떨어지는지도 모른다는 생각이 들었다. 금화의 말처럼 말띠 인영은 용띠 지석을 만나게 되었던 것이다.

"지석 오빠, 내가 아이를 가질 수가 있을까?" "인영아, 하늘이 우릴 지켜줄 거야. 난 3대 독자여. 반드시 인영이래 내 아이를 낳아줘야 한단 말야."

"오빠, 배가 차츰 불러오면 어떻게 저 놈들 눈을 따돌릴 수가 있을까?" "무슨 수를 써 봐야지. 몰래 숨어서라도 반드시 우리 아이를 지켜야 한단 말이누나."

"응, 오빠. 나도 반드시 오빠의 아이를 낳고 싶어. 한데 우리처럼 문둥이 아이를 낳으면 어떡한다누……"

"인영아, 어찌 그런 망발을 지껄이누. 하늘이 우리한테 두 번 벌을 주시진 않을 거라 나는 믿는다 말이다. 인영아, 내래 태평양에서 배를 타고 오는 동안 들은 얘긴데 말야. 이 나병이라는 것은 전염병이지 절대 유전병이 아니란 거야. 그러니까 우리가 아이를 낳더라두 우리 아이는 문둥이 아닌 아이가 나오는 거지……"

"아이 좋아, 정말 그렇게 되면 정말 좋겠누나. 한데 지석 오빠, 절대 사또 이놈들한테 저항하지 말아. 감금실 끌려가면 태반이 죽어 나오든가 불알 까고 나온다누나."

"쳇, 쪽바리 저놈들은 아무리 생각해 봐도 인간이 아녀, 저놈들은 사람 목숨을 말이라 파리 목숨보다 못하게 처리하더마.....짐승만도 못하니깐두루 우리가 피해 다니고 조심해야 하지 않갔누……"

인영이 지석의 아이를 가진 것을 알고 가장 긴장된 사람은 순임이었다. 순임은 마치 자신이 아이를 가진 것처럼 좋아했다. 순임은 어떻게 해서든지 인영의 아이를 지켜주리라 마음먹고 있었다. 인영이가 입덧을 하고 헛구역질을 하기 시작하자 순임은 마치 친정어머니처럼 인영을 보살폈다. 인영의 노역을 돈을 써서 줄여주고 먹을 것을 구해서 하나라도 더 먹였다. 남들이 눈치 채지 않도록 애를 썼다. 인영이 역시 다른 사람이 눈치 채지 않도록 각별히 조심했다.

하지만 노역장에 노상 빠질 수가 없었다. 인영이 노역을 빠지면 인영의 몫을 지석이나 순임이 해야 했다. 순임 역시 몸이 예전보다 나빠져서 크게 도움이 되지 못했다. 춘상이 역시 마찬가지였고, 이동이 틈을 내어 인영의 몫을 거들어주었다.

수호 원장과 사또 일행은 소록도의 원생들을 여전히 철저히 노역에 이용하고 있었다. 수호 원장은 조선총독부로부터 불철주야 쉬지 않고 일을 해서 이룩한 소록도의 놀라운 변화를 치하 받고 표창까지 받았다. 이런 수호의 영광을 한걸음 앞에서 부추긴 이는 환자대표 박순주였다.

"수호 원장님의 송덕비를 세우자는 사또 간호장의 의견에 동의합니다. 우리가 후세에 원장의 높은 은덕을 길이 남기고 영원무궁 빛날 수 있도록 동상을 건립합시다."

박의 의견에 간부들과 직원들 그리고 각 마을 환자 대표들이 찬성했다. 이에 동상건립을 위한 모금운동이 시작되었다. 환자들의 생활비에서 일정량을 갹출하는 것으로 사실상 강제 착취나 마찬가지였다. 또한 수호 원장의 노래까지 제정해서 환자들에게 가르쳤다.

나라의 정화 위해 몸을 바치신
우리들의 어버이 원장님 각하
혜택 받은 동산에서 우리 무리를

구하고자 하시는 두터운 마음
이곳은 우리들의 갱생의 동산

어디서든 단체로 이동을 할 때면 이런 노래가 울려 퍼졌다. 수호 원장의 노래가 울려 퍼질 때 원생들은 더욱 지쳐갔다. 동상을 건립하기 위해 모든 원생들이 작업에 동원되었다. 춘상과 지석 역시 예외가 없었다. 노동을 제공하고 이를 제공하지 못할 때는 본가에서 지원받는 원생들도 늘어났다. 노동력을 제공하지 못하는 중환자들은 배급에서 일정량을 제해버렸다. 하지만 누구도 불평을 밖으로 드러내지 못했다.

중앙공원 위쪽에 수호 원장의 동상을 건립하기 시작했다. 백사장에서 모래를 퍼서 날랐다. 인영은 무거운 몸으로 불어난 아랫배를 감추려고 허리에 띠를 질끈 둘렀다. 누가 봐도 인영에게서 아이를 가진 느낌 따위 느낄 수가 없었다.

"인영아, 회띠를 너무 꼭 묶지 말아야 하누나. 버선도 두껍게 신으라. 아이를 가진 어미는 말야 발이 따뜻해야 하는 거라누나."

"알았어요, 고모."

인영의 사정을 아는 사람들은 대개 인영과 가까운 가족의 관계를 맺은 사람이었다. 그들은 한사코 인영이 아이를 뱃속에 품은 사실이 들통나지 않도록 주의를 기울였다. 인영이와 순임이 나란히 걸으면서 갑자기 인영이 구역질을 하면 순임이 부러 구역질을 했다.

"인영이 호사에서 누가 꽥, 꽥 구역질을 하는 모양이여. 아니 중앙리 인영이 호사에 중증 환자들인데 누가 애를 뱄을라고⋯⋯헐, 헐, 헐⋯⋯"

환자들이 입담을 늘어놓을 때마다 순임은 입을 가로 막았다.

"입에 젖내 나는 소리 하지 마우. 뺄을 데를 알고 몸도 눕혀랐다고 제

몸 건사하기도 어려운 판국에 무슨 아기질이갔누……"

이렇게 입을 단속했다. 순임의 말에 입을 가로막힌 환자들은 열심히 모래를 퍼서 옮기느라 땀을 뻘뻘 흘렸다. 춘상이와 지석이 역시 질통을 어깨에 메고 모래를 운반했다. 지석은 인영이 불편한 여자의 몸으로 모진 세월을 노예처럼 보냈다는 생각에 설움이 복받쳤다. 속으로 이를 뿌드득 갈았다.

"지석이 동무, 성깔 여전하다카이. 절마(저놈)들 쳐 죽이고 싶은 거 맞제? 아서, 참어란 말따.....지석아, 넌 어엿든강 참는 것이 약이여. 혼자가 아니란 말이라……"

"내래 인영이만 아니었다문 수호든 사또든 둘 중 하나는 내 손에 죽었을 거이야. 참, 조선이란 내 조국이 그래 그립더니 막상 이래 오니 목구멍에서 어찌 설움만 올라온단 말이라……"

춘상과 지석이 잡담을 하며 발을 맞춰 질통을 날랐다. 사또의 기세는 원생들 앞에서 결코 사라지지 않았다. 사또는 춘상과 지석 등 체격이 크고 깡다구가 있는 축들 앞에서는 나름대로 조심하는 모양이었지만 원래 독한 성품은 채찍을 가만두지 않았다.

"저기 절마(저놈)들은 뭐하는 짓들인교?"

"아니 저거 사또 짓 아니누?" "저런 악독한 짓은 사또 짓이 분명할 따.....에이 이런 씨방새, 정말 못 참갔단 말이라……"

"어이 춘상이, 우리 이렇게 살아야 하누? 인간의 탈을 쓰고 꼭 이렇게 살아야 하나 말이다. 저것들이 정말 한번……"

작업장으로 가는 언덕의 나무둥치에 환자 두 명이 묶여 있었다. 나무에 묶여 움직이지도 못하고 눈만 뻔히 뜨고 있는 사람은 연약한 노인 환자와 나이 어린 여자였다. 원생들이 작업을 하며 옆을 지나면서 모두 남의 일이 아님을 알기에 혀를 쯧, 쯧 찼다. 수호나 사또의 짓임을 알고 있었다. 사또의 짓은 곧 수호로부터 비롯되는 것이었다. 수호가 사또에게 그런 힘을 부여하기 때문에 사또는 마음 놓고 폭력을 휘둘렀다.

지석이 도저히 참지 못하고 질통을 땅에 부려버렸다. 댓바람에 나무에 묶인 환자들에게 지석이 달려갔다. 지석을 따라 질통을 부려버린 춘상이 지석을 바짝 뒤에서 따라잡았다.

"지석 동무, 참아야 한다카이. 인영이 한번 생각해야 한단 말이라."

"이 보, 춘상이, 참견 말아. 내래 일본 놈들한테 당하는 우리 가련한 꼬락서니 눈 뜨고 못 보겠단 말야."

이런 지석의 모습을 보고 저쪽에서 수호 원장과 사또 간호주임 그리고 수행하는 직원들과 조선 직원들이 들이닥쳤다. 지석이 나무에 묶인 환자 동료들에게 바짝 다가섰지만 팔이 하나밖에 아니기에 어찌해 볼 수가 없었다. 지석이 벼를 참지 못해 발을 동동 구르며 "이런 흉악한 일본 놈들, 아아 억울하고 분해 죽갔누나" 하고 펄쩍 펄쩍 뛰었다.

"이봐, 저 반동새끼들 잡으라!"

"감히 너희 놈들이 대일본제국을 욕 먹이려들어?"

순식간에 달려든 일본 놈들 일행을 지석은 피하지 못했다. 아니 피한다고 어찌 하겠는가? 이미 저들의 눈에 들어온 표적이었다. 수호 일행은 지석을 단호히 붙들어 옆에 끼고 빠른 걸음으로 뒤쪽으로 걸어 나갔다. 지석이 갈 곳은 오직 한 군데, 감금실이었다. 춘상은 결국 지석이 화를 다스리지 못해 일을 벌였다고 생각했다. 에잇 어리석은 자식, 길래 거사를 망칠 작정을 했다카이, 하면서 가래침을 탁, 뱉았다. 춘상은 감히 저들의 기세에 뒤를 따르지 못하고 질통을 어깨에 메고 백사장으로 걸음을 떼었다.

인영은 이런 소란을 멀리서 알아차리고 가슴이 타들었다. 하나이 원장 시절은 가버렸으니 순임 역시 아무런 힘을 쓸 수가 없었다. 인영과 순임이 노역을 마치고 호사로 돌아와서 남은 돈을 탈, 탈 털어 모았다. 동상 건립 한답시고 모두 털렸지만 마지막 숨겨놓은 돈마저 꺼내야 하는 위기의 상황이었다. 춘상이도 이동 삼촌도 모두 십시일반 돈을 한데 모아 간절히 박순주를 찾아가서 사정해 보았다. 박순주는 어느 개가 짖냐는 식으로 등을 돌려버렸다.

"참말루 너무 하능구만잉. 인영이 저것 애쓴 것 좀 봐서 아니 환자 대표라는 사람이 이럴 때 힘잠 써주면 좀 좋냐 말여잉."

남생리 대표 최일봉이 간절한 마음을 담아 박순주에게 말했다.

"나는 힘이 없어 이놈들아, 어찌 앞도 못 보는 나를 찾아와서 이러쿵저러쿵 말들을 하냐?" "어따 우덜이 누구땜시 고생을 하요 시방, 씨발 수호 원장 동상 세우잔 사람이 누겨? 아, 당신 아니더라고잉?"

"뭐 임마, 당신? 이런 싸가지 없는 놈 새끼 보소. 날더러 당신이래……"

"야 씨발놈아, 눈도 보이덜 안한 새키 불쌍해서 봐줬더니 아무래도 손잠 봐줘야 할따……."

춘상이가 대차게 끼어들었다. 춘상이 성질을 죽이지 못하고 박의 멱살을 댓바람에 잡아 흔들어버렸다.

"옴마, 춘상아. 이러지 마라, 우덜 조선놈들끼리 싸움짓거릴 해봐야 저놈들 웃음거리 밖에 안되야. 자 다들 본부로 가서 지석이 꺼내달라고 소리라도 한번 지릅시다잉. 우리 가족이란 것이 뭐여, 살아도 같이 죽어도 같이 가는 것이여, 안그려잉? 자 따라와 가더라고잉……"

이동이 앞장서서 걸어갔다. 일행은 일제히 본부를 향해 걸어갔다. 중앙리에서 엎어지면 코 닿을 데라고 이동이 줄기차게 앞장서서 당당하게 걸어갔다. 인영은 그들 대열에 합류하지 못했고, 김창옥의 성화에 순임 역시 인영을 데리고 호사로 돌아갔다. 본부 앞에 당도하여 이동이 먼저 소리를 질렀다.

"죄 없는 동료를 감금실에서 꺼내주라!"

이렇게 일행이 외치자 본부에서 즉각 직원들이 달려 나왔다. 사또 역시 달려 나와서 채찍으로 이동의 얼굴을 할퀴었다. 이동뿐만 아니라 곁에서 구경을 하던 병우의 얼굴도 할퀴고 춘상의 얼굴도 뱀의 혀처럼 날름 할퀴어버렸다. 최일봉이 은근히 뒤로 들어가서 일본 직원을 만나 돈을 찔러 박았다. 하지만 소득 없이 최일봉은 쫓겨나고 말았다. 아무리 소리를 질러봐야 채찍에 곤봉에 여차하면 총 개머리판 세례만 늘어날 것을 알고 일행은 하는 수 없이 다들 호사로 돌아갔다.

인영은 밤새 눈물 속에 보냈다. 아아, 참말로 서럽다, 참말로 서럽다, 나라 빼앗긴 설움이 이렇게 내 설움이 될 줄 이제야 알겠누나, 하며 밤새도록 눈물을 흘렸다. 문둥이가 된 것도 서러운데 문둥이 설움에 나라 없는 설움도 정말 서럽구나, 어찌 저 달은 이다지도 밝단 말인가? 하며 뜬눈으로 밤을 새웠다.

지석은 다음날 낮이 되어서야 풀려났다. 지석의 모습은 거의 초죽음이 되어 있었다. 조선 직원들의 부축을 받고 어기적 어기적 걷는 지석의 모습을 보고 이동은 직감적으로 알았다. 이동이 혼잣말을 했다.

"옴마, 지석이도 나처럼 당했구만잉. 저놈 저거 봐라, 불알 잡혔단 말여잉. 옴마 이런 씨발 쪽발이 놈들을 어떻게 잡아먹어야 좋을까 모르겄네잉……"

지석은 감금실에서 죽도록 구타를 당하고 이동이 그랬던 것처럼 물고문실로 옮겨져서 사그락 사그락 물의 비늘에 숨통을 조이다가 겨우 정신을 차리고 살아나가자고 이를 앙당 물며 놈들의 손에 몸을 맡기고 강제로 단종대에 눕혀졌던 것이다.

지석은 엉기적거리며 호사로 돌아오면서 불알을 저당 잡힌 통증보다 일본 놈들한테 당한 설움에 가슴이 못에 찔린 것 보다 더 쓰라렸다. 놈들의 손에 불알을 잡히면서 인영의 얼굴을 떠올리다 정신을 잃었을 정도였다. 날이 밝나 싶더니 아랫도리가 허전한 것이 어찌 또 마음속에 짐은 백사장 모든 모래를 끼얹은 것보다 무겁게 짓눌렀다.

단종대에 눕혀지고 지석은 식음을 전폐했다. 지석은 사내로서 수치심이 가파르게 상승한데다 나라 없는 조선 사람이란 것이 하늘을 제대로 쳐다볼 수 없도록 했다. 인영은 상심이 커서 착잡한 마음에 종잡을 수가 없다가 수호 원장 동상 건설 노역장에 나왔다. 지석까지 몸이 망가지고 불알까지 저당 잡힌 데다 다른 동료들도 기력들이 떨어져 자기에게 할당된 작업량을 어떻든지 자신의 힘으로 해결해야 했다.

지석은 마치 시체처럼 호사에 누워 있다가 도저히 견딜 수가 없어 몸을 일으켜 세웠다. 세상에 백주 대낮에 난데없이 끌려가서 불알을 저당 잡히고 조상의 묘소 앞에 불효자가 되어 떳떳이 절도 올리지 못할 신세가 되었다는데 가슴이 통렬히 아팠다. 지석은 사방에서 조상들이 자신을 향해 소리치는 환상도 보이고 당장 나가 죽으라는 호통도 들었다. 앞뒤 재지 않고 지석은 원생들이 줄줄이 등에 짊어지고 머리에 이고 개미 떼처럼 일을 하는 바닷가로 나가보았다.

"옴마, 지석이 조카, 몸 조신 해야제 멋할라고 벌써 나왔당가. 아 방에서 기력을 회복해사제 앞날을 기약할 거 아니여잉……"

"이동 삼촌, 괜찮아요. 내래 지금 살아 있는 목숨 아니란 말요. 어이 춘상이 이리 와 봐, 소처럼 무식하게 일을 하다 죽을테여?"

춘상이 저쪽에서 땀을 흘려 일을 하다 지석이 있는 해안으로 가까이 걸어왔다.

"답답하다카이. 죽을 작정을 하지 않구서야 뭐 하러 나왔단 말이고? 동무 성격에 사또 절마들하구 또 부딪치면 이번엔 그냥 죽는단 말이라카이……"

"이 보, 춘상이 동무, 내래 죽어두 저 놈들 밑에서 죽진 않을 거다. 이 봐, 춘상이, 나 좀 밧줄에 묶어 저 바다에 던져 주어. 3대 독자 핏줄 끊긴 불효자 주제에 어찌 숨을 쉬고 살 수 있단 말이누……"

지석이 목을 꺾어 흐느끼기 시작했다. 이동과 춘상이 지석에게 다가와서 위로하며 등을 다독여 주었다. 하늘색 보다 푸르고 맑은 바닷물이 쏴아 흰 포말을 일으키며 가는 재채기를 하듯 파도를 일으키며 밀려왔다. 저쪽 뭍에서 바람이 낮은 포복을 하듯 은근하게 섬 쪽으로 불어오고 있었다. 저쪽 뭍을 향해 봄날의 아지랑이 같은 나른함이 밀려왔다 소리 없이 밀려갔다.

지석이 목을 놓아 울 때 낮게 보채던 파란 파도를 부리로 쪼듯 갈매기들이 끼룩 끼룩 울면서 지석의 슬픔을 더욱 격정적으로 밀어 넣었다. 끼룩 끼룩 끼루룩~ 이런 소리들을 흘리며 하늘을 향해 갈매기들이 비행을 하는데 파란 하늘을 울리는 뭍의 소리가 지석이 있는 백사장 쪽으로 몰려왔다.

"이게 무슨 소리라? 참 여게 살다 뭍에서 들리는 상여 소리 처음 듣는

갑다잉....."

"이동 아제, 저 저거 뭍에서 들리는 상여 소리 아닌교?"

지석은 이들의 말에 재깍 울음을 멈췄다. 불길한 느낌이 마치 불쏘시개로 뇌수를 찌르듯 퍼뜩 떠올랐던 것이다. 인영에게 들었던 금화라는 여자의 얘기.

"옴마, 맞네, 맞어, 아니 저 먼 데서 무슨 상여 소리가 들린다냐잉. 별일 다 있구먼잉······"

"맞다카이. 저 가물가물 하는 모습 보이 녹동 누가 황천길 간다 아이요. 이동 아제 아니 그런교?" "맞어, 참말로 좋은 황천길이네잉. 옴마, 상여 타고 가는 저 망잔 말여 정말 좋겠다잉. 저래 어여 어여 노래두 불러 주구 말여잉······"

지석이 손차양을 만들어 멀리 바라보았다. 바닷물에 햇빛이 반사되어 눈이 부셨다. 지석의 뒤쪽에서 절뚝거리며 인영이 걸어왔다. 인영 역시 소금물에 늘신 젖은 새우젓 같은 모습으로 멀리 고개를 쳐들어 바라보았다.

"옴마, 인영아, 멋을 그렇고 넋을 놓고 본다냐잉. 머셔 상여 소리 처음 듣는겨?"

"이동 삼촌, 저 소리 상여 소리 맞나요?"

지석이 엉거주춤한 모습으로 인영의 곁으로 바짝 다가섰다. 인영의 물음에 이동은 눈을 가늘게 뜨고 멀리 시선을 주었다. 이동 보다 춘상이 먼저 입을 열었다.

"인영아, 어째 얼굴에 그렇게 울음을 잔뜩 머금고 있단 말이고. 지석이 일이사 이미 엎질러진 물이 아니냐. 잊어 뻐라 고마······"

"아냐요, 오라반들······.저 상여 아무리 생각해두 우리 엄마 상여 같단 말여요. 금화 아주마이가 우리 엄마 돌아가시면 이쁜 상여 태워 보내주겠다구 했는데……"

인영이 울음을 가득 담아 말을 하며 뭍에 가까운 해안 쪽으로 한없이 걸어갔다. 인영의 뒤를 지석과 이동 일행이 따라갔다. 저쪽에서 작업을 하는 환자들은 간헐적으로 이쪽에 시선을 주다가 기계처럼 아무런 감정도 없이 앞만 보고 걸어갔다. 인영이 뭍과 가장 가까운 해안 쪽에 당도하여 햇살을 등지고 뭍을 바라보았다.

"울 엄마, 꽃상여 타고 황천길 가시는 거 맞우."

"옴마, 인영아, 거 참말이냐잉? 금화 처자가 느 엄니 장사를 치러준다 했단 말여잉? 옴마, 먼 일여, 인영 엄니 죽었단 전보를 받는다손 어찌 나 갈 수가 있었겠는가? 어이쿠, 그냥 인영이 생각하면 속이 아려 죽겠다잉……"

"엄마, 불쌍한 우리 엄마, 으흑……"

"아야, 지석 동무 뭐하노? 동무 장모 가시는 길에 어찌 허수아비처럼 멀뚱히 쳐다보고만 있단 말이고……어여 엎드려 절들 올리라카이."

지석이 끝내 울음을 참지 못하고 으흑 토해내며 모래땅에 엎드렸다. 인영은 저도 모르게 상여 소리가 나는 쪽으로 가물가물 멀어지는 사람들의 자취를 쫓아 절을 올렸다. 인영은 몸을 깊게 숙여 오랫동안 바닥에 가슴을 대고 일어서지 못했다. 흐느낌이 모래알보다 알알이 맺혀 가슴속에 사무치기 시작했다.

"불쌍한 우리 엄마, 꽃상여 타구 황천길 가시는 것 맞지요. 엄마 나비처럼 훨훨 날아서 걱정 없는 데루 가오. 엄마, 문둥이 딸애 뭐가 좋다구 낯선 땅에 혼자 내려와서 이리 허망하게 가신다우. 불쌍한 우리 엄마, 꿈속에서라도 보고 싶은 이쁜 우리 엄마……"

인영의 흐느낌에 지석이 껵, 껵 소리를 내어 울었다. 햇살 고운 푸른 바닷가에 갑자기 슬픈 기운이 후욱 밀려왔다. 갈매기들도 끼룩 끼룩 아까보다 더욱 청승맞게 울다 머리 위를 휘얼 휘얼 날다 저쪽으로 사라졌다. 이동 삼촌마저 울음기를 매달 때는 갈매기들이 무더기로 날아와서 끼룩 끼룩 끼룩 끼룩 마치 한꺼번에 슬픈 울음을 토설하는 느낌이었다. 인영이 마치 실성한 사람처럼 입을 달싹거렸다.

"엄마, 내 문둥병 꼭 나아서 손주 데리구 엄마 무덤에 가서 큰절 올릴 거오. 지석 오빠랑 같이 이래 만났는데 엄마 어드래서 한번 만나보지 못하구 허망하게 가신다누. 나는 금화 아주마이 말처럼 아기 불피코 낳고 말거오. 엄마, 참말로 사는 게 허망하지요? 엄마, 문둥이 딸애 때문에 마음고생 많이 했지요?"

인영의 말은 허공에 대고 하는 말이 아니었다. 죽은 정씨의 혼에게 진심을 담아 하는 말이었다. 정씨의 죽음은 갈매기들이 그토록 슬퍼한 날을 부러 골랐던 것인지 인영은 며칠 후에 갱생원에 들어온 금화로부터 정씨의 부음을 들었다. 인영은 금화로부터 직접 정씨의 부음을 듣고 더욱 슬픔이 깊었지만 문둥이가 되어 주검 앞에 엎드리지 못했던 것을 후회하지 않았다. 인영에게 남기지 못한 정씨의 슬픔을 갈매기들이 대신 인영에게 들려준 것이라고 생각했다. 인후에게 기별을 넣었지만 인후는 나타나지 않았다고 했다.

인영은 이제 정씨를 떠나보내고 뱃속에 있는 아기에게 모든 정성을 기울일 생각이었다. 인영에게 남은 꿈이라면 반드시 애착을 갖고 지석의 아이를 살려내는 일이었다. 단종대에 눕혀졌던 지석에게 인영이 베풀 수 있는 유일한 선물 같은 것이었다. 호사로 돌아오는 내내 인영은 울음을 몰래 삼키며 지석의 몸을 붙잡았다. 죽어도 이렇게 두 사람이 붙들고 살아야 한다는 것, 슬픔과 고통에 빠져들수록 더욱 단단히 둘의 손을 붙들어야 한다는 것, 인영이 정씨의 죽음 앞에 문득 이런 다짐을 하며 걷는 길은 비록 병든 몸들이지만 체온을 서로 느낄 수 있는 사람이 곁에 있다는 것에 까닭모를 위안이 되었다.

인영의 배는 차츰 눈에 띄게 불러왔다. 인영의 사정을 딱히 여긴 호사 사람들과 가족관계를 맺은 동료들의 도움으로 인영은 작업에 나오지 않았다. 인영이 아이를 뱄다는 소문이 본부에 새어나가지 않도록 각별히 조심을 했다. 하루는 김창옥이 호사에서 나와 바깥바람을 쐬고 있을 때 같은 중앙리에 기거하는 박순주가 다가왔다. 김은 박에게 진작부터 반감을 지니고 있었다. 특히 순임이 입덧을 하고 헛구역질을 하더라는 나쁜 소문을 퍼뜨린 장본인이라는 것을 김창옥이 알고 있었다.

"앞도 못 본 사람이 뭣 하러 나왔소잉?"

"아니 눈 먼 봉사는 바람 쐬면 안 되나?"

"거 박씨, 괜한 헛소문 퍼뜨리고 다닌 걸 내 알고 있소. 앞으로 오래 살고 싶으면 조심하란 말이요잉."

"뭐어 박씨? 이 놈이 전라도 바닥에서 깡패 노릇하며 굴러먹은 놈이라더니……"

"어야 박순주, 너 말야 단 둘이 있을 때는 너깐 놈 하나도 두렵지 않단 말이다. 우리 순임 누나가 단종대 누운 것도 서런데 니놈이 말로 농간을 부려 내 그냥……"

하고 김창옥이 박의 멱살을 잡으려던 찰라 누군가 박의 손을 덥석 잡았다.

"으메, 어째 여기서 이려? 창옥이가 이러면 안 되어, 이런 놈은 내 손에 죽여야 혀……"

창옥이 보니 중앙리 부락 대표 이길용이었다. 이길용 역시 환자 대표 박순주를 고깝게 여기고 오던 터였다.

"너 임마, 목소리 들어본께 이길용이지? 너 임마 앞으로 좋지 못할 겨……"

"예, 높은 선생님, 맘껏 조선 문둥이들 가지고 노씨요. 더런 일본 놈들 똥구멍 빨아줌서 호의호식 하면서 말요."

"아니 이 새끼 말하는 본새 보라. 나는 환자들 대표야 임마, 너깐 놈은 내 말 하나면 당장 감금실에 간단 말여이……"

"예, 높은 선생님, 나 좀 감금실 구경 좀 하게 들여보내 주세요잉……"

"이봐, 창옥이 말여, 이놈 나한테 말하는 거 들었지? 이놈 어찌되는가 두고 보소. 하고 창옥이 너도 조심해 임마. 내 손 까닥하면 너 놈도 죽어. 순임이 고것도, 내가 너희 놈들이 인영이 고것 아 밴 거 은밀히 보살펴주고 있단 거 모른 중 아냐? 내가 말여, 눈이 닫힘시로야 이 입김 하난 해안가 말미잘 못잖다잉. 너희들 날 잘 못 건들었어, 당장 인영이 이년 뱃속에 애를 의무과에 알려 꺼내게 할겨 그냥……"

"예끼 이 천하에 쪽발이 앞잡이 같은 놈아……에이 더러 퉤……"

박순주가 습관처럼 다니던 길을 엉금엉금 뒷모습을 보이며 돌아가 버렸다.

"창옥이, 아무래도 저 놈 때문에 인영이 한테 무슨 안 좋은 일 일어날 거 같단 말여이……"

"저 놈도 사람이면 그런 짓거릴 하겠능가라? 말은 그렇게 헐지 몰라도……"

"아, 아녀어, 저 놈이 얼마나 비열한 놈인지 창옥이 몰라? 인영이 뱃속 갈라 애기 꺼내게 하겠다잖어 시방 아이고 세상에……"

"만약 그럴 일이 벌어진다면 저 놈 목은 내가 딸 것이요잉. 그리 알고 있으시오."

"음마, 왜 그려, 이거 찬 물도 우 아래가 있는 법여, 저 놈 목은 내가 진작부터 노린 몸여, 어따 내가 저 놈 목만 따면 그냥 죽어도 웃고 죽겄단 말여이⋯⋯."

창옥이 말대로 박순주에게 조선인으로서 일말의 양심은 남아있던 모양이었다. 인영이 본부 몰래 아이를 낳게 되었다. 인영의 아이는 비록 인영이 낳았지만 어쩌면 갱생원 여인들의 희망이었는지 모른다. 인영을 옆에서 보면서 상상임신 까지 하는 순임에겐 당연한 일이었고, 같은 중앙리 여인들도 은밀히 내막을 알은 여자들은 그런 마음들이었을 것이다.

비록 갱생원에 노예처럼 갇혀 지내도 핏줄을 잉태하고 바깥사람들처럼 아이도 낳고 꿈도 키우고 행복하게 살 수 있는 길이 있음을 증명하고 싶었을 것이다. 사람은 비록 문둥이라도 몸속에 뜨건 피가 끓고 피도 색깔이 징그럽게 빨갛다는 것을, 빨간 피를 지닌 사람이기에 남처럼 사랑도 하고 꿈도 꾸고 행복이란 것도 바라는 것임을 말하고 싶었을 것이다.

고추가 덩실한 아들을 얻고 가장 좋아한 사람은 지석이었다. 지석은 이제야 3대 독자의 임무를 다한 거라고 생각하며 흡족했다. 제발 아이의 손가락, 발가락이 이상 없기를 빌고 빌었는데 아이에게 문둥병의 흔적은 아무데도 발견할 수 없었다. 아아, 지석은 기분 좋게 인영을 끌어안으며 비록 몰래 아이를 낳았지만 잘 길러서 조선의 장한 아들로 키우고 싶었다.

"쳇, 오빠, 조선의 장한 아들이라누? 조선이 어디 있어서 조선의 장한 아들이우?"

"인영아, 우리 말야, 언젠간 조선을 찾을 날이 오잖겠누? 우리 그때 까지 아이 잘 키우자우. 김지석 강인영의 아들, 김대길……"

"근데 대길이란 이름이 좋아요 오빠……"

"춘상이 얘기 들으니깐두루 대길이란 것이 아주 장수할 이름이래누나. 우리 대길인 말야, 어찌됐든 오래 오래 살아야 되니깐. 조선이 말야 해방이 되는 것도 보고……"

"아이 에그나, 클날 소리 하누나. 오빠, 해방이래 당장 된다캐도 서러울 판에 대길이 장수하는 날이라면 이거 비극 아니누?"

"어 인영아, 내래 말 잘못 나왔누나. 아니 고저 대길이가 옆에 딱, 누워 있으니깐두루 말도 헛나온다이야……"

인영은 부지런히 대길에게 젖을 빨렸다. 대길은 무럭무럭 자라났다. 원생들 사이에 인영이 아이를 낳았다는 소문이 돌기도 했지만 춘상이뿐만 아니라 원생들 스스로 아이를 지키기 위해 침묵했기 때문에 아직 탈이 없었다. 하지만 인영이 아이를 몰래 낳아 은밀히 키우고 있다는 것을 알고 있는 박순주의 마음은 불안했다. 이런 일이 들통 나면 자신에게 화가 치밀지도 모른다고 생각했다. 또한 박은 환자 대표로서 본부가 정한 규칙을 엄수하는 것이 도리라고 생각했다. 그래서 박은 인영이 아이를 낳은 지 한 해가 되지 않아 이런 사실을 본부에 알렸다.

느닷없이 들이닥친 순시들과 직원들의 손에 인영은 아이를 덜컥 빼앗기고 말았다. 인영은 지석과 함께 엉, 엉 울면서 놈들의 뒤를 쫓았다. 제발 우리 아이 내어 놓으라, 소리치며 눈물이 범벅이 되어 정신마저 혼미할 정도였다. 의무관과 간호주임 등이 아이를 눕혀놓고 채혈을 했다. 아이에게 문둥병이 유전 되었는지 피를 검사하기 위해서였다.

"야 이 나쁜 놈들아, 제발 우리 대길이 내놓으란 말이다!"

"너 놈 죽고 나도 죽자, 우리 대길이 없는 세상에 살아서 뭐하누? 이

놈들아 우리 그냥 콱 같이 죽자우!"

하면서 인영과 지석이 번갈아 소리 질렀다. 순임이나 춘상이 일행들
이 이런 사실을 전해 듣고 득달같이 본부에 와서 안으로 진입하려 하였
으나 저지되고 말았다.

"설마, 절마(저 놈) 들이 어린 아를 죽이기사 할따? 마 돌아가서 담 일
을 의논하자카이. 여게 있다캐서 머 달라질 거 없단 말이라. 절마들이
절대 아이 내놓을 넘들 아이라카이……"

춘상이 분하고 억울한 마음을 담아 일본 놈들을 씹었다. 채찍과 곤
봉을 매고 순시들이 득달같이 달려와서 닥치는 대로 본부 앞에 웅성대
는 원생들에 휘둘렀다. 하는 수 없이 그들은 심드렁한 얼굴들로 호사로
돌아왔다. 그들 모두는 누구의 짓인지 모르지 않았다. 결국 박순주가
참아내지 못하고 발설하고 말아버린 것이었다. 아이 울음소리가 중앙
리 호사에서 들린다는 말이 돌았지만 바람결에 한번 돈 먼지처럼 풀
썩 일고 말았었다.

김창옥은 이를 뿌드득 갈았다. 김창옥의 곁에서 혀를 쯧, 쯧 차대는
이길용이 불편한 팔을 놀려 분을 삭였다. 이길용은 마음속으로 '저 놈
내가 언젠간 목을 따버릴 테여' 하고 어금니를 앙다물었다. 아이 소식은
듣지 못했다. 아이를 빼앗기고 날마다 채찍 세례를 받으며 의무과에 들
렀지만 아이의 흔적은 보이지 않았다. 나중에 들은 얘기지만 인영의 아
이는 보육원에서 양육되고 있다고 했다. 인영은 아이가 죽진 않았으니
그나마 훗날 아이를 만날 수가 있을 거라고 생각했다. 살아만 있음 되는
것이야, 어디에 있든 숨만 쉬고 있음 되는 거여, 하며 인영은 스스로 위
로를 삼았다.

지석은 당장 박순주의 목을 따고 싶었다. 박의 목을 따고 싶은 사람은 지석뿐만 아니었다. 김창옥이나 이길용 등도 진작부터 은근히 노리는 자들이었다. 하지만 김지석이나 김창옥 보다 동작이 민첩한 사람은 이길용이었다. 이길용은 박순주가 기어이 인영의 아이를 본부에 발설해서 아이를 빼앗겼다는 사실에 감정이 남달리 격양되어 있었다. 박순주의 행태에 불만을 가져오며 기회를 노리던 세월이 몇 해를 넘었다.

이길용은 손가락이 달아나고 없었지만 망설이지 않았다. 박의 목을 따는 일은 누구보다 자신과의 약속이었다. 인간이란 어차피 한번 죽을 목숨, 문둥이로 태어나서 어디서든 사람대접 한번 받지 못하고 무의미하게 세월을 축내온 축생 같은 살이, 차라리 인생의 종착지에서 꽃이라도 활짝 피어보고 싶은 마음이 간절했다.

이길용은 며칠 전부터 마음을 단단히 먹고 면도날을 갈았다. 기회가 되면 망설이지 않고 6천명 원생들의 원흉을 처단하리라. 이길용은 공작용 면도칼을 번쩍번쩍 갈아 은밀히 서랍 밑에 숨겨두었다. 그날은 마치 신사 참배일 이었다. 원생들은 모두 공회당 뒤편 신사로 나가고 중증 환자들 외에 없었다. 신사참배에 가장 열정을 보인 사람이 바로 환자 대표 박순주였다.

그런데 박의 모습은 어디에도 보이지 않았다. 지석뿐만 아니라 춘상일행 등 모두 박의 존재가 보이지 않음에 의아하게 생각했다.

"어야, 박순주 대표가 어쩨 오늘 보이지 않는당가?" 이길용이 박과 같은 중앙리 호사 원생에게 물었다.

"야, 몸이 아파갔고 누워 있는 갑다."

"아, 그래요잉."

하고 이길용은 어깨를 폈다. 그리고 신사 참배 무리에서 잽싸게 불편한 몸을 빠져나왔다. 그는 호사로 돌아와 은밀히 숨겨놓은 서랍 밑에서 예리한 면도칼을 꺼내 손가락이 없기 때문에 손회목에 대고 붕대를 칭칭 동여맸다. 항상 서랍 안에 넣어둔 부모님 영정 사진을 꺼내 마지막 큰절을 두 번 올렸다. 길용은 여기에 살아서 들어오지 못한다는 생각을 하고 있었다. 그는 박순주의 호사를 향해 바쁜 걸음을 재촉했다.

"야 순주야 있냐?"

박이 자리에 누워있다 길용의 소리에 번쩍 윗몸을 일으켜 세우며 말했다.

"이런 싸가지 없는 새끼 말하는 것 보소잉. 시방 야 순주야 라고 했냐?"

"오냐 자석아. 단둘이 있을 때는 너깐 놈 하나도 무섭지 않다고 했제 내가잉?"

"이놈 참말로 싸가지 없구만잉. 너놈 낳고 느엄씬 미역국 끓여 먹었을까나?"

"야 순주야, 나 오늘 너 죽일라고 왔다. 임마, 조선 문둥이들의 숙적이 너란 사실 모르냐잉? 내가 여 소록도 6천 문둥이 한을 풀라고 왔응게 박순주, 너는 내 칼을 받아라!"

길용의 말이 농담처럼 들리지 않고 진지하단 것을 알고 박은 순간 몸을 부르르 떨었다.

"날 죽인다고잉? 그려라 나도 이런 시상 끝내고 싶당께. 오메 오늘이 내 마지막 날이네 그려잉. 죽을 땐 죽더라두 말여, 난 이놈아, 깐엔 환자들 위해 헌신한 몸여 임마. 귀성제돌 누가 만들었냐? 부부 합사제돈 또 누가 만들었냐? 여 원생들 의견이 있으면 내가 죄 모아다 수호 원장한테 결재 올린 사람여 임마, 시건방진 소리 말구 어여 나가라."

"야, 박순주, 너도 죽구 나도 죽는 거여. 우리 같은 인생일랑 말여 세상에 나오덜 말았어야 옳았지. 생각해 보면 너나 나나 불쌍한 인생이지. 넌 이놈아 죄를 많이 져서 눈까지 멀은 거여 임마. 일본 놈들 똥구멍 긁어먹은 더러운 놈, 구린내가 진동하구만잉. 에이 더런 놈, 너는 오늘 내 칼을 받아라!"

길용은 한치의 망설임 없이 박순주의 목을 면도칼로 그었다. 목에서 빨간 피가 쭈루룩 흘러나왔다. 사태가 심상찮음을 알고 박이 요리조리 몸을 피하면서 한순간 한데 엉겨 붙었다.

죽음을 눈앞에 두고 박의 저항 역시 만만찮았다. 길용이 박의 최후 발악에 한껏 뒤로 밀려 쓰러졌다. 길용은 용수철처럼 다시 튀어 오르며 손회목에 꽂힌 면도칼을 휘둘렀다.

십 여분이 흘렀고 사태는 길용이 쪽으로 우세하게 기울었다. 박이 아무리 최후의 발악을 해도 앞이 보이지 않음은 싸움에서 엄청난 약점이었다. 방이 순식간에 난장판이 되어버렸고, 오직 두 사람의 가쁜 숨소리만 비릿한 피 냄새에 섞였다.

이렇게 삼십 여분이 흘렀을 때 길용은 박이 쓰러져서 더는 저항할 수 없음을 알았다. 길용은 상쾌하고 두렵지 않았다. 6천 소록도 나환자들의 한을 풀었다는 자부심마저 느끼고 있었다. 길용은 박의 숨이 완전히 끊어지는 것을 확인하고 방에서 나오려다 마지막으로 박의 시체에 대고 말했다.

"죽어 저승에선 다시 보지 말자. 에이 더런 놈 퉤!"

길용은 위축되지 않고 본부에 내려와 박순주를 죽였다고 실토했다. 길용은 포승줄에 묶여 감금 되었다. 길용은 최후 진술에서 박순주의 못된 행태를 조목조목 짚어 얘기했다. 전혀 주눅 들지 않고 또렷이 진술

했다. 그는 광주형무소 소록지소에 수감 되었다. 길용은 일본 놈들의 손에 자신의 목숨을 맡긴다는 것을 허용할 수가 없었다. 길용이 스스로 목을 메어 죽음을 택한 것은 의연한 죽음이었다.

제16장

만세삼창

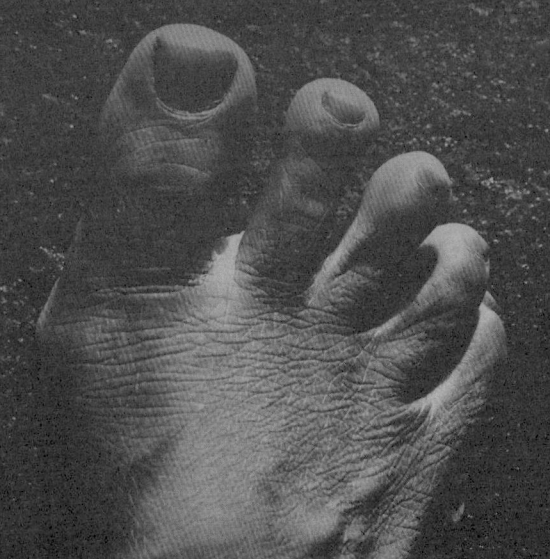

춘상은 이길용을 화장해서 떠나보내고 마음이 쓰렁했다. 길용이 사건을 치고 나서 일본 놈들의 감시는 더욱 삼엄해진 모양이었다. 아침부터 호사에서 나와 일찍이 원생들을 닦달하는 사람은 역시 수호 원장과 사또였다.

"절마(저놈)들은 아침잠도 없는 모양일따.....에이 저 **삥삥**이는 무슨 명목이란교?"

춘상이 옆 사람에게 심심파적 삼아 물었다.

"뭐 심득서 위반했다 안하요······"

"심득서 같은 소리 하고 있네. 심득서 머를 위반했단 말이고?"

"머라 하드라. 아 거 머시냐 객담통 불량이라. 객담통······"

"환장하갔구나. 아니 객담통이야 가래 뱉어라는 통 아닌교? 문둥이들 가래 끓는 거사 시도 때도 없는 법인데 어찌 불량이라?"

"그 속을 어찌 알겠어요."

"어디 마을 이던교?"

"잘 모르겠소. 그냥 여기 저기 섞여 있능갑던데……"

춘상은 속으로 음, 하며 뜻 없이 고개를 끄덕거렸다. 수호와 사또가 호루라기를 불며 뺑뺑이를 돌리는 데 재미를 붙이고 있었다. 호루라기를 짧게 불면 앉아, 길게 불면 일어서를 하고 있었다. 두 번을 짧게 불면 뒤로 취침, 두 번을 길게 불면 앞으로 취침이었다. 그리고 멈추지 않고 계속 불면 쪼그려 뛰기를 하라는 신호였다. 몸들이 다들 불편하기 때문에 이들의 구령에 정신없이 따라하다 순간에 일제히 넘어졌다.

"얼씨구 잘 하는구먼."

"어따 저기 넘어졌다 저……"

"얼씨구 아주 그냥 나래비 쏠려 넘어지는구나."

"어쿠 저 여자 봐라. 그냥 아예 엉금엉금 기는구먼."

춘상은 깊은 생각에 잠긴 듯이 물끄러미 대열을 바라보았다. 춘상이 혼자 소리로 말했다.

"이동 아제가 남생리 아이라? 권종희 아제 맞네, 저 저 체격이 커가 그냥 눈에 띈다 카이."

"좋은 구경 하구 있냐잉?"

김창옥이 저쪽에서 걸어오며 춘상을 알아보고 장난삼아 물었다.

"창옥 아제요. 절마 지석이 맞지러? 저 팔이 덜렁덜렁 한 거이 꼭……"

"어야 맞네 맞어. 우리 인영이 속도 말이 아닐텐디 시방. 아를 빼앗기고 먼 정신 있을 끄나와……"

"그러지러, 아제."

"근디 무슨 바람 쐴라구 여길 나왔디여잉?"

"머신지 몰라도 그냥 허파에 든 바람이 쑤욱 빠진 느낌이라요."

"나 그 말 먼 뜻인지 이해 안가쁘네잉, 머리가 언간 해사제잉……긍께 좋단 말여 아니면 안좋단 말여잉?"

"시원섭섭하단 말이지러. 이길용 대표 사건 말요. 박순주 죽어나간 거는 좋은 일인데 길용 아제 생각하모 가슴이 쓰린단 말이요."

"어쩨 안 그러겄어. 다들 그럴테지……얼차려 끝나는 모양이네. 저 해산한다고 저……"

"아제요, 저기 권종희 아제도 있고 이동 아제도 있고 지석이도 있는데 잠시 만난김에 아제랑 같이 의논할 일이 있단 말요."

"어 그려, 멋이든 난 말여 춘상이 의견 따를테께.....죽자면 죽구 도망치자면 도망치구, 머시라도 할텐께 춘상이 댓방이 이 놈 몸도 귀히 쓰더라고잉……"

"창옥 아제가 그래 생각해주이 마 고맙심더. 그카고 아제, 종희 아제하고 다투덜 말소. 전라도 경상도 어이 원수 겼던교?"

"아, 아녀 아녀, 옛날 말여잉. 아 인자 쌈질 안혀, 아 소싯적엔 말여 가오 잡느라 그런 것인디 인제 저 골방에서 말여 조선 독립군 다 되 어 나 는……"

춘상이 창옥의 말에 씨익 웃음을 쳤다. 춘상의 생각에 가장 많이 변한 사람이 이동과 창옥이었다. 하지만 춘상은 창옥의 앞날을 생각하며 고개를 흔들었다.

"얼레 어째 내 말에 무심하게 고개를 절래절래 흔든다잉?"

"아제, 순임이 고모 말요. 사내답게 말해 보이소. 사랑한교? 정말 사랑하냔 말요?"

"나 한 입으로 두 말 하지 않는 사람여잉. 그려, 사랑하고 말고제. 사랑한단 말시……나 가슴 뛰는 거 순임 누나가 처음이여잉, 오메, 나한텐 말여 조선 천지에 최고인 여자랑께이……"

"아제 그라모 나한테 그딴 소리 하면 안 되는 기라예. 아까 했던 말……"

"먼 말? 내가 뭐라 했당가? 춘상이 한테……"

"내가 죽자면 죽구 도망치자면 도망친다 했잖능교……"

"어, 맞어, 참말이여 그 말은……아 참말이란 말여잉. 내 진심을 춘상이 오해하덜 말어잉……"

"아제, 그라모 안된다카이. 아젠 말요, 순임 고모 책임 져야 하잖겠능교? 어째 내가 죽자면 죽는다카는교? 순임이 고모 사내답게 책임져야제요……"

"아 그거 생각해 보이 마 그 말도 맞구만잉. 내가 참말로 의욕은 넘치는 사내여 의욕은 넘쳐잉……"

춘상은 체격이 커도 앞에서 온순하게 구는 창옥이 항상 고맙다는 생각이 들었다. 춘상이 부랑자들을 데리고 있을 때에도 이런 느낌을 받았다. 조선 청년들은 티격태격 싸움을 하다가도 금세 뜻이 맞았다. 네가 잘 났네 내가 잘 났네 야단을 쳐도 딱 하나, 일본 놈들을 들이대면 무조건 하나로 뭉쳤다. 전라도 댓방이니 경상도 댓방이니 한때 놀았다는 축들도 춘상의 독립 어쩌고 하는 그 말에 나이 불문하고 댓방이란 소리를 했다. 조선 사람들 모두의 가슴에는 이런 감정의 너울들이 똑같이 출렁거릴 것이라고 춘상은 생각했다.

이동 일행이 얼차려를 받고 합류하자 자리를 한적한 데로 옮겨 춘상이 말했다.

"내가 이렇게 자리를 만든 것은 다름 아니라 이제 내가 계획한 날이 임박했단 이런 말이오."

춘상의 말투까지 예전과 달리 진지하고 단호했다. 경상도 보리 문둥이가 아니라 조선의 야심만만한 독립투사의 모습이었다.

"옴마, 저 감방에서 했던 야기 하는 거 아녀 시방?" "예, 이동 아제. 우린 이제부터 동지란 말이요. 힘없고 빽없는 조선 문둥이가 아니라 조선의 독립을 쟁취하는 동지들이란 말요."

"어 그래서 우리가 뭘 어찌 해야 하는가?"

최일봉이 권종희를 밀치고 들어오며 말했다. 최일봉은 항상 춘상의 기개를 높이 사는 사람이었다.

"창옥 아제, 아제는 순임이 고모 데리고 여 소록도 탈출 하소."

"아니 나만 여기서 탈출하란 말이여? 여기서 의리 없게 말여잉?"

"아제 들어 보이소. 우리가 일본 놈들한테 저항하는 것은 조선 방방곡곡 어디서든 할 수 있단 말이오. 아제, 순임이 고모 데리고 나가 사람답게 한번 살다 나중에 독립운동 하소. 일본 놈들 하나 죽이면 독립운동 하는 거라요."

"어, 먼 말인지는 알겠어. 아니 근디 갑작스럽게 그렇게 그냥 정신이 하나도 없다야잉."

"종희 아제, 듣자니까 봐둔 처자 여기 있다 들었소. 아제, 그 처자 책임지겠소?"

"자신 있다카이. 아니 내가 경상도 보리 문둥이 댓방을 했는디 기깟 여자 하나 책임 못 지겠어? 나가기만 하면 토굴 속에 숨어서라도 내 여자 밥 굶기지 않고 먹일 수 있단 말여……"

"아제 앞으론 말요, 절대 전라도니 경상도니 이거 따지지 마세요. 자꾸 조선 놈들끼리 지역 따져대는 거 이거 일본 놈들이 만들어낸 쌈 붙이기 짓거리란 말요. 저 제주도든 저 함경도든 우린 조선 사람이란 말이오."

"어 무신 말인지 알았어. 말인즉슨 그렇단 말이라……"

"예, 지석아, 너 인영이 데리고 밖에 나가 살래?" 춘상의 물음에 지석이 덜렁거리는 팔을 추스르며 삐딱한 시선으로 쳐다보았다.

"춘상이 동무, 무시기 말을 그 따우로 하나. 내래 아들애를 남겨두고 어찌 밖에 나가 호강할 생각 한단 말이누?"

"지석아, 아들은 포기하는 게 나을 거야. 저 놈들이 그렇게 태어난 아이들한테 그냥 별짓 다한다는 거드라."

"별짓을 다해?"

"옴마, 지석이 조카, 안 들어 봤어이? 저 짓 같은 넘들이 말여 애들을 가지구 그냥 별놈의 실험을 다해본디야. 머 그냥 그러다가 죽으면 그냥 시험관 유리에 담아 보관까지 한다는겨어……"

"아제요, 말이라도 그딴 소리 하지 맙소. 우리 대길이 생각하면 그냥 쓸개가 쓰리고 아픈 사람이야요."

"아 그려. 왜 아니 그러겄능가이?"

"자, 잡음들 끄소. 내가 거사를 치를 날은 지금부터 딱 일주일 뒤오. 모든 것은 내가 처리 하겠단 말이오."

"누굴 어떻게 할겨잉?"

"이동 아제, 소록도 갱생원에서 가장 죽일 놈이 누구요?"

"그야 뭐 수호 그 놈이지……"

"수호 담엔 사또 글마고……"

"맞소. 내가 가능하면 두 놈을 처단 하겠소. 하지만 여의치 못하면 반드시 수호나 사또 둘 중 하나는 잡겠소. 나는 절대 살 수 없소. 하지만 처단하고 자살 같은 비겁한 행위는 하지 않을 것이오. 당당히 내 소견을 법정에서 밝힐 것이오. 조선 민족을 위해 소록도 갱생원의 못된 짓거리를 만천하에 고하고 죽을 것이오."

"옴마, 거 듣자니까 춘상이 욕심이 과하구만잉. 어째 나는 쏙 빼구 자기만 독립투사 될라 할까잉? 나도 불알 저당 잡힌 몸이여잉. 어차피 핏줄 잇지 못할 신세, 죽어 조상님네들 얼굴두 똑바로 쳐다 보덜 못하겠지만서두 아 일본 놈들 죽이고 독립운동 하다 왔다하면 장하다는 말은 들을 거 아니겠어잉……"

"아제, 의욕은 좋은데 말이오. 의거란 거는 말처럼 쉬운 것이 아니오. 자칫 잘못 하다가는 한 놈도 처단하지 못하고 우리들이 몰살당할 수도 있단 말이오. 그래서 진중하게 행동해야 한단 말이오. 자, 내가 며칠 내로 바깥에 연통을 넣어서 은밀히 저기 구북리 뒤쪽 해안에 작은 통통배를 하나 댈 거요. 그러니 밖에 나가 살고 싶은 분들은 내가 연통한 대로 정확한 시간에 약속한 곳에 당도해서 배를 타고 나가면 되오. 자칫 불똥이 튀면 여러분이 다칠 수도 있단 말이오. 우린 은연중에 가족처럼 은밀한 관계를 맺고 있다는 것을 저놈들이 절대 모르지 않을 것이오!"

춘상의 표정은 단호한 결단에서 비롯된 것이었다. 춘상은 철저히 준비를 했다. 날마다 몰래 숨어서 칼을 갈았다. 칼의 날을 세우면서 춘상은 마음속에 수없이 수호와 사또의 심장에 칼을 꽂는 연습을 했다. 다행히 며칠 내로 원생들을 위한 공연히 있었다. 춘상은 그 공연 내용 중에 칼을 휘두르는 장면이 있다는 것을 알고 최일봉을 찾아가 간절히 부탁했다. 최일봉의 도움으로 춘상은 원생들을 위한 공연에 참여할 수 있었다. 춘상은 공연을 위해 남의 눈치 보지 않고 보란 듯이 칼을 쓰는 연습을 했다. 수없이 밤잠을 자지 않고 심장을 겨누는 연습을 반복했다. 몇의 원생들을 제외하고 춘삼의 장차 계획을 간파하는 사람은 어디에도 없었다. 공연을 무사히 마치고 춘상은 칼을 쓰는데 자신감이 붙었다. 무엇보다 손가락이 달아나고 없기 때문에 아주 단단히 팔뚝에 칼을 동여매서 거사를 치러야 한다는 것을 알았다.

사흘 뒤에 춘상이 준비한 통통배가 구북리 뒤쪽 해안에 닿았다. 칠흑처럼 어둡지만 멀리 등대 불빛이 마치 개똥불처럼 숨을 쉬는 모습이 감미롭게 느껴졌다. 춘상이 지시한 장소를 향해 나가리라 약속한 사람은 권종희와 그의 여자, 그리고 김창옥과 순임이였다. 이동은 죽어도 춘상과 같이 한다는 약조를 했고, 지석은 인영과 타협을 했지만 둘의 대답은 하나, 아들애를 남겨놓고 어디에서 부부의 연을 맺어 산들 그게 치욕이고 고통이란 결론을 내리고 단호히 거절했다.

각자 기거하는 마을이 다르기 때문에 산의 중턱에서 은밀히 만나자고 약속했다. 권종희나 김창옥은 이제 지옥 같은 갱생원을 빠져나갈 수가 있다는 생각에 부풀어 있었다. 권종희와 김창옥이 급한 마음에 일찍 약속 장소에 당도했다. 주위는 칠흑처럼 어두웠다. 평소 익힌 길이기에 어둠을 뚫고 걷는 길은 어려움이 없었다. 권이 먼저 당도하여 삼십분이 지났을 때 권의 여자가 허겁지겁 소리를 죽이며 당도했다. 창옥은 시간이 지날수록 초조했다. 분명히 순임이 누나가 같이 떠나기로 마음을 모았던 일인데 아직 나타나지 않았다.

"창옥이, 시간 없단 말이라, 지금 떠나지 않으면 약속 시간에 배를 탈 수가 없단 말이라. 언능 우리라도 가야 하지 않을따……"

이십 여분을 넘게 기다렸는데 사람이 다가오는 기척이 없었다. 창옥은 애가 닳았다. 세상에 태어나서 마음이 설레고 처음 사랑이란 것을 느꼈던 여자, 그 여자를 떼놓고 어찌 혼자서 갈 수 있단 말인가? 나만 살자고 물으로 도망치듯 순임을 떼놓고 나갈 수는 없는 노릇이었다.

"시간 없단 말이라. 우덜 먼저 떠나야 할따, 이제……"

"어이. 나는 아무래도 안 되겠구만잉. 거기 혼자 처자하구 가더라구. 난 말여, 순임 누나 떼놓구 혼자 안 되겠어잉."

"알았다카이. 이봐, 김창옥, 우리 작별 인사나 하자."

"그려, 거 담에 꼭 살아서 보세. 담에 만나면 쌈질 같은 거 하덜 말구 말여잉."

"그려, 우덜 적은 우리가 아니고 쪽바리 놈들이라. 순임이 누나하구 어이 되둥간 꼭 행복하게 살더라고……"

"참말 정겨운 권종희 목소리구먼잉. 부디 꼭 살아서 뭍에 당도혀잉. 싸운 끝에 정든다더니 그짝이여잉. 어메 서운타 서운키는 잉……"

김창옥과 권종희는 덥석 어둠 속에서 손을 잡았다. 창옥은 어서 떠나라는 신호로 손을 세게 한번 쥐어주었다. 권이 행복하란 뜻인지 역시 세게 힘을 주었고, 거센 손이 용수철 풀리듯 풀리더니 권이 여자와 함께 달리기 시작했다.

뭍에 나가 살 수 있는 기회보다 순임을 곁에 두는 것이 훨씬 창옥에게 가치 있다고 생각했다. 그래서 허무하게 터덜거리며 내려오는 밤의 산길이 한편 뿌듯한 면도 있었다. 하지만 창옥과의 약속을 버려버린 순임의 태도에 은근히 창옥은 실망했던 것도 사실이다. 다음날 순임을 보면 무슨 말부터 물어야 할지……

갱생원이 어수선했다. 며칠 전에 원생 탈출 사건 때문에 발칵 뒤집혔다. 수호 등은 일제히 각 마을 호사를 돌며 점검을 시작했다. 춘상은 가슴 속에 칼날을 품고 직접 칼까지 번뜩이게 갈아 동생리 30호 병사 변소 위 창고에 칼을 숨겨두었다. 일제히 검열에도 무난히 춘상의 칼은 발각되지 않았다. 이틀을 남겨두고 같은 남생리 대표 최일봉이 찾아와서 귓속말을 했다.

"춘상이, 정말 일을 저지를 셈이여?"

"예, 사내가 한번 칼을 뽑으면 찔러야 하지 않겠능교?"

"아니 대책 없이 너무 급작스럽게 저지른 것이 아닌가 싶어서 말여."

"내가 묻겠소. 이 춘상이 이러는 거 잘못 된 행동이요?" "아녀, 수호원
장이나 사또 간호장이나 저 놈들은 죽어도 싸. 한데 불똥이 다른 원생
들한테 튀면 어떡할겨, 만약사 실팰 한다면?"

"다른 동료들한테 절대 불똥 튀지 않게 할 거요. 그나저나 내가 가능
하다면 고향에 한번 다녀오면 좋겠는데 말요."

춘상이 최일봉에게 간절히 부탁을 했다. 거사를 치르는 일이 생의 마
지막 가는 길임을 알기에 고향에 가서 부모님 산소에 절이라도 올리고
오고 싶은 마음이었다. 또한 가능하다면 갱생원의 이런 흉악한 원생들
에 대한 폭행과 각종의 고문, 폭행, 일탈 등의 제반 만행을 만천하에 알
려 사회적인 문제를 제기하고 싶었던 것이다.

"어여, 춘상이, 일시귀성 하는 것은 어렵겠구만잉."

"예, 그래요."

"내가 시게꾸니(간호주임)한테 간절히 청을 해봤는데도 씨알 먹히들
안혀……"

"예, 어쩔 수 없지요."

"그라고 말여, 춘상이 서운하게 생각 말어, 본부에 들어가 보니께로
춘상이가 며칠 내로 중앙리 병사로 옮겨가야 하는 것 같어……"

"무슨 꿍꿍이가 있겠지요?"

"부첨인(환자 도우미)으로 명을 냈는가 보던디……"

춘상은 대답 대신에 고개를 끄덕거렸다.

"하나 물어도 되겠소?"

"어 그려. 머가 궁금한가 춘상이?"

"예, 이번 20일 말요, 보은 감사일 아니라요?"

수호 원장은 자신의 동상을 세워놓고 나서 모든 원생들로 하여금 매달 20일을 보은감사일로 지정하여 자신의 동상 앞에서 참배를 하도록 했다. "어 그러제. 근디 어째 묻는당가?" "수호 원장 참석 하겠지요?" "당연 지사 아니겄어. 자기 참배하는 감사일을 제 손으로 만들어 놓구……"

"예, 알겠소. 그간 절 위해 애써주신 마음 고마웠소."

"조선 사람이라면 당연한 일이여, 춘상이 마음 알아주는 사람 여 갱생원에 누가 있는가? 나는 어찌 되든간 춘상이 편이네."

"감사합니다. 그럼, 이만 가겠소."

춘상은 가슴을 진정시키면서 호사로 돌아왔다. 이제 내일이면 수호의 멱을 따야 한다. 그리고 춘상의 목숨은 자기의 것이 아니며 일본의 것이다. 춘상은 감쪽같이 숨겨둔 30호 병사 변소 창고에서 칼을 은밀히 꺼냈다. 몸속에 칼을 숨기고 호사로 돌아왔다.

춘상은 마음의 준비를 끝낸 다음 집을 나섰다. 아무래도 지석은 한번 만나야 할 것만 같았기 때문이다. 오랜 인연으로 싸움을 하고 동무가 되어 여기까지 서럽게 흘러온 몸이 아닌가? 생각해 보면 지석이도 불쌍한 사람이란 생각이 들었다. 지석이 기거하는 신생리 가는 길목에 납골당이 눈에 띄었다. 아아, 나도 죽으면 저기 납골당에 갇힐 것인가? 춘상은 공연히 감상적인 마음이 되어 눈물이 흘렀다. 아니지, 죽어서도 고향 땅 밟고 죽어야지, 난 저런 납골당에 갇히기 싫단 말이야, 하며 속으로 뇌까렸다.

"지석아, 이렇게 한번 편하게 불러보고 싶다."

"춘상이 동무, 어찌 그리 얼굴이 성난 화통 같아 보여?"

"농담할 때가 아냐. 자네, 인영이 행복하게 해줘. 대길인 말여, 이름값을 할지 모르지, 꼭 대길이랑 만나서 병도 낫구 뭍에 나가 떳떳하게 살아."

"춘상이, 정말 내일……"

춘상이 지석의 입을 막았다. 오늘 하루가 인생에서 가장 뜨겁고 소중한 날임을 춘상은 이미 깨닫고 있었기 때문이다. 춘상은 지석을 덥석 끌어안았다. 지석이 상황을 빠르게 깨달았던지 깊은 숨을 내쉬며 흐느꼈다.

"이봐, 춘상이, 내 동무가 되어 줘서 고마워. 춘상인 조선 천지에 가장 장한 내 동무야."

"어서 들어가. 이만 간다."

지석은 멀어지는 춘상의 어깨가 떨리고 있음을 알았다. 춘상 역시 지석의 손길을 오래 잡고 싶었지만 그럴 여유가 없었다. 이제 정든 동무들도 정든 가족들도 정든 원생들도 오늘이면 끝이로구나, 생각하며 춘상은 걸음을 세듯 천천히 남생리 호사로 돌아왔다. 춘상은 한숨도 잠을 이루지 못하고 뜬눈으로 지샜다. 지난날들의 일들이 주마등처럼 스쳐 지나갔다. 아아, 짧은 세월, 이제 손가락을 헤어보니 춘상의 나이 겨우 스물일곱 살이었다.

새벽에 초승달을 보며 호사에서 일찍 나왔다. 아직 원생들은 잠에 떨어져 있을 시간, 춘상은 고향 경상도 성주 부모님 묘소를 향해 마지막 인사를 올렸다. 아무리 생각해도 살아서 돌아갈 수 없는 몸, 당장 죽어 영혼이라도 조상 앞에 떳떳이 가고자 하는 마음은 예나 지금이나 변함

없으며, 지금 당장 죽는대도 후회 따윈 없다고 생각했다.

춘상은 칼을 은밀히 빠지지 않도록 팔뚝에 칭칭 동여매서 고정시켰다. 수없는 연습을 통해 터득한 방법이었다. 공연을 하면서도 수호의 심장에 칼을 꽂는 장면을 생각하며 수없이 기회가 오기만을 노렸다. 이제 더는 준비도 필요 없고 민족의 원수, 문둥이들의 원수를 그저 찔러 원한을 풀면 되는 것이다. 어서 나오라, 수호 마사이, 나는 이미 죽을 각오가 되어 있고, 죽을 각오도 되어 있다. 춘상은 칼을 가슴에 품은 채로 3천 명의 환자들과 같이 동상 앞의 광장 도로 서쪽에 도열하고 있었다. 아아, 가슴이 벅차다. 이제 잠시 뒤에 터져 나올 자유의 외침이 목전에 있도다.

30분을 기다려 오전 8시 정각, 수호 원장이 일본인 보도과장, 의무과장 등을 대동하고 당당히 들어서고 있었다. 자동차로 동상 앞의 광장에 도착하여 환자들의 경례를 받으며 동상으로 올라가고 있었다. 춘상은 바로 이때라고 생각하며 열중으로 뛰어나와 수호의 오른쪽 전방을 가로막았다. 수호가 말할 틈도 주지 않고 춘상이 소리쳤다.

"수호 마사이! 너는 조선의 문둥이 환자들에게 너무 무리한 짓을 했다. 에잇, 이 칼을 받아라"

하고 일본말로 소리치며 소지한 식도로 수호의 좌측 가슴을 깊게 찔렀다. 어찌나 세게 온 힘을 다해 찔렀던지 단 한 번에 수호는 바로 그 자리에서 주저앉았다. 수호의 가슴에서 시뻘건 피가 하늘을 향해 솟구쳤다.

"만세! 만세! 만세!"

만세를 외치는 춘상의 목소리가 슬펐다. 슬픈 목소리가 소록도 하늘에 끝없이 메아리를 남기는 듯했다. 춘상은 수호를 찌른 다음 재빨리 사또를 향해 달려갔지만 사또는 사태의 심각함을 알고 좆이 빠지게 도망쳐서 산으로 올라가버렸다. 춘상은 비겁하게 도망치지 않고 순순히 아주 당당하게 오라를 받았다. 수호 원장은 자신의 관사에서 한 시간 조금 뒤인 아홉시 삼십 분 경에 절명했다.

춘상은 갱생원 감금실에 갇혀 있다가 소록도 형무소에 수용되었다. 광주지방법원 형사부 조선총독부의 세 명의 판사는 이춘상에게 사형을 선고했다. 법정에서 춘상은 소록도 갱생원의 모든 악행과 포악한 횡포를 일일이 열거했다. 춘상이 살려고 변명하는 것이 아니라 조선의 나환자들을 정당히 한 인간으로 인정해 달라고 간절히 호소했다. 재판부는 소록도 형무소에서 최종 재판을 했다. 증인으로 채택할 사람이 있느냐고 물어 춘상은 당연히 자신을 가장 잘 이해해준 최일봉 남생리 대표를 증인으로 내세웠다.

"증인은 피고인이 주장한 수호 원장과 사또 등의 횡포를 인정할 수 있는가?"

"이춘상의 말은 모두 거짓말이오."

춘상을 그토록 의지하고 믿었던 최일봉이 정작 가장 중요한 재판에서 춘상의 주장을 거짓말이라고 증언해버렸다. '모두 맞습니다.' 했더라면 춘상이 적어도 사형을 면할 수 있었을지 몰랐다. 하지만 최일봉은 이미 갱생원 부원장의 강압에 소신을 버리고 서글프게 무릎을 꿇어버린 것이었다.

훗날 최일봉은 이춘상이를 자신이 죽었다며 가슴을 치고 통탄했다고 한다. 춘상은 이후 총독부 고등법원에 상고를 하였지만 기각되고 말았다. 춘상은 끝내 사형을 선고 받고 최후에 고향 쪽에서 죽고 싶단 마지막 소원이 받아들여져 대구 형무소에서 형장의 이슬로 사라졌던 것이다. 이춘상의 거사는 안중근 이후 국내에서 일어난 고급관료(2급 상당) 시해를 성공한 예로서 역사 이래 기릴만한 독립영웅이었지만 나환자란 편견 때문에 잊혀지고 말았다.

제17장

인민재판

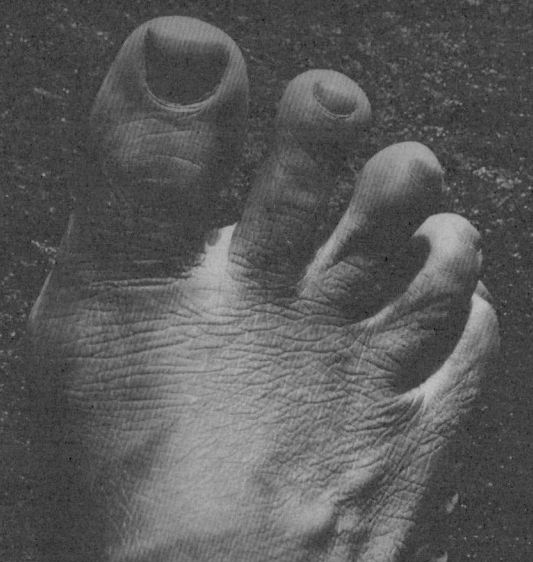

수호 원장의 죽음 이후 몇 년 뒤에 소록도는 여전히 식량난에 시달렸다. 도망자도 늘어났고 불만 역시 늘어났다. 통행금지에 병사마다 순시가 부락 단위로 이루어졌다. 수호가 죽었지만 상황은 크게 달라지지 않았다. 이런 생활 속에서 고통 속에 원생들은 꿈만 같은 해방을 맞게 되었다.

1945년 8월 15일, 일왕의 항복이 있었지만 소록도 원생들은 이런 소식을 접하지 못했다. 이틀 지나서야 소록도가 소란스러워지기 시작했고 새로 온 원장 등 일본인 간부들은 수습대책을 세운다 분주히 움직였다. 일본인 원장은 조선 직원들이 치안유지를 이유로 갱생원을 접수한다고 통지했다. 하지만 원장은 총독부 지시가 있을 때까지 기다려라 대응했다. 조선 직원들과 원생들은 일제히 떼로 몰려나와 '대한독립만세'를 목청껏 외쳤다. 일본 직원들이 정당히 손을 털며 말했다.

"일본은 전쟁에서 패했소. 조선 원생 여러분, 그동안 우리 일본이 가혹했던 점을 머리 숙여 사과 하오."

이렇게 고하면서 가볍게 처신하지 말라 경고까지 주었다. 조선 환자가 일본 환자를 구타하는 일이 발생하고 죽창을 들고 마루 밑까지 수색해서 욕을 보였다. 소록도 형무소에서도 죄수들이 옥에서 나와 직원들을 습격하며 폭력을 일삼았다.

원생들이 대거 밀물처럼 휩쓸려 나오자 위협을 느낀 직원들은 환자 대표 등과 협의할 것을 종용했다. 하지만 원생들은 직원들의 말을 이제 듣지 않았다. 이동이 말했다.

"어이, 문 씨들 말여, 내말 들어 보소잉. 오순재, 송회갑이 요 두 놈만 잡아 뿔자고잉. 우리 겁나게 저 놈들 한테 시달렸응께이……"

"원우 여러분, 시방 오순재 이놈들이 말요, 창고에 있는 물품을 말여 겁나게 바깥으로 빼내고 있다고 하요. 하니께 우리가 빨리 저놈들을 잡아야 쓰겠소잉."

이동의 말을 받아 김창옥이 얼굴이 벌겋게 흥분 되가지고 소리 질렀다. 각 부락의 원생들이 손에 몽둥이도 들고 삽과 괭이까지 들고 순시 본부 앞으로 몰려들었다. 순시 본부에서 신생리에 이르는 도로에는 원생들이 가득 메워버렸다. 사태가 심각해지자 고흥에서 치안 유지대를 모집해서 소록도 내부에 들어왔다. 그리고 직원들 역시 무장을 하고 원생들에 강력히 맞섰다.

직원들은 제발 환자 대표들만 모여서 같이 협의하여 사태를 해결하자고 제안했다. 직원들의 제의에 환자 대표들은 이를 수락했다. 하지만 직원들과 치안유지대는 뒤에서 딴 짓 들을 하고 있었다. 병사에 돌아다니면서 아직 나오지 않은 환자 대표들을 유인해서 노끈으로 느닷없이 결박을 지웠다. 그리고 결박을 지은 환자들을 후미진 곳에 끌어다가 사살해버렸다. 총소리가 소록도 갱생원 하늘을 끝없이 찢어댔다. 숨어든 대표들은 이들에게 발각되어 대창에 찔려 죽었다. 구덩이를 파서 시체를 거기 집어넣고 송탄유를 쏟아 불을 질렀다. 원생들은 자신들이 채취한 소나무 기름으로 자신들의 몸을 태우고 죽었다. 목숨이 붙어 있는 환자들도 있었지만 자비란 눈곱만큼도 허용되지 않았다.

묻에 환자들의 식량 조달을 위해 나갔던 환자 인부들 역시 득량까지 가서 기다리고 있다가 바다에서 사살했다. 바다에서 몇의 원생들은 갱생원 배의 구조로 가까스로 구조되었다. 하지만 대세의 흐름을 거스를 수는 없었다. 직원들의 중심에서 주범으로 활약했던 직원은 급기야 데모의 책임을 지고 어느 초라한 여인숙에 은신해 있다가 붙잡혀 와서 동생리 선창에서 죽임을 당했다. 이동이 사태가 어지간히 정리되자 말했다.

"옴마, 우리 환자들이 엄청나게 죽어뿌렀구만잉. 머셔, 여든 네 명이 죽었당마이."

"아이 에그나, 지석 오빠, 몸조심 해야누나······"

인영이 지석의 한쪽 팔을 붙잡으며 염려스런 목소리로 말했다.

"인영아, 염려 마. 나 목숨 질긴 놈여."

하고 지석이 말했다.

"어이 창옥이 말여, 우덜이 여기서 이러고 있을 때가 아니잖는가잉? 일본 놈들 어찌 되가능가잉?"

이동이 아까부터 머리를 요리조리 흔들면서 참지 못하고 말했다.

"학교 공회당에 집결해가 있다고 하는디······인영아, 순임이 고모 어디 있냐잉, 같이 몸조심 하고 있어라와······"

"창옥 삼촌, 너무 나서지 마요. 이럴 때일수록 몸 건사 잘 해야 해요. 순임이 고모 저기 오네요······"

순임이 지석이 일행에 합류하며 말했다.

"창옥이, 몸조심 해. 이제 해방 되었으니까 정말 나 먹여 살려야 한 거 알지?"

"아따 참말로 순임이 누나 듣기 좋은 소리요잉. 두말 하면 잔소리 아니겠소? 내가 이러뵈도 말요, 전라도 문둥이 댓방까지 했단 말요. 어따, 춘상이가 대준 배타고 나갔더라면 그냥 가다가 붙잡혀 종희처럼 죽었을 거인디⋯⋯"

"것 봐, 사낸 말여, 여자 말을 잘 들어야 한단 말야⋯⋯"

"알아, 알아, 순임 누나 말도 잘 한다잉. 자, 이동, 이동, 우리 저그 공회당 쪽으로 한번 나가 보세⋯⋯"

"그럴까⋯⋯"

일본인들은 고흥에 주둔하고 있던 일본 병력이 들어와서 엄호하면서 사태 진압에 노력하고 있었다. 해방된 날로부터 열흘이 거의 되어서야 일본인들은 철수 패전 병력과 같이 소록도를 떠났다. 일본의 관리가 마감되는 순간이었다. 원생들은 또덕이를 죽이자고 말들이 많았다. 또덕이가 실제 박병우로 일본 핏줄이란 말이 갱생원에 떠돌았다. 하지만 이동이나 다른 원생들이 나서 병우를 불쌍히 여겨야지 절대 피해를 줘서는 안 된다 설득했다. 하지만 사또를 잡지 못하고 결국 일본으로 돌아갈지도 모른다는 생각에 이동 등은 가슴을 쳤다. 가장 악독한 사또 놈을 죽이지 못하고 보낸다면 두고두고 억울하게 죽은 조선의 원생들에게 영원히 죄인이 되리라고 이동은 생각했다.

이동과 창옥은 부지런히 준비를 서둘렀다.

"순임이 누나, 나 좀 해결할 일이 있으니까잉 좀만 기달리시오잉."

"어딜 가려고 여잘 혼자 두고 돌아다니면 난 어쩌란 말이누?"

"금방 일 끝날 것잉게⋯⋯어이 이동 가자구⋯⋯"

이동과 창옥은 부산을 향해 떠났다. 일본인들이 부산에서 관부연락선을 타고 귀국한다는 것을 알고 사또를 잡으려고 길을 떠난 것이었다. 이동은 철저히 자신의 불알을 저당 잡힌 사또에 대한 원수를 처단하지 못하면 아무리 해방이 되어봤자 이동에게 소용없는 일임을 뼈저리게 느꼈기 때문이다. 창옥 역시 불알을 저당 잡힌 지석의 DDS가족 삼촌으로서 조카의 한을 풀기 위해 떠나지 않으면 안 되었다. 이동과 창옥은 일주일이 지난 뒤에 추레한 모습으로 소록도에 나타났다. 그들은 사또를 발견하는 데는 허탕을 치고 말았다. 춘상이 살아 있다면 이동에게 이렇게 말했을 것이다.

—이동 아제, 아제는 앞뒤 안 재고 무대포여서 탈이라카이, 일본 놈들 도망치는 문이 관부연락선만 있던교? 택두 없는 소리라카이. 마 사또 글마 못 죽인 거는 아제 나도 한이 맺히지만 어쩔 것이라, 사또 글마 평생 참회함서 살게 내버려 두소.

일본인들의 귀항행렬은 어디서나 줄을 이었다. 패물이며 현금 등만 챙겨 제대로 옷도 껴입지 못하고 떠나야 했다. 조선에 살았던 일본인들은 그나마 사정이 나은 편이었다. 배편을 대개 금품을 주고 구할 수가 있었기 때문이다. 조선이 아닌 만주 등에 거주한 일본인들은 목숨을 걸고 탈출해야 했다. 수용소로 보내지면 예외 없이 죽임을 당했다. 소련군의 갑작스런 공격으로 도망하다 도륙 당하거나 폭행을 당하거나 강간을 당했다.

해방 이후 소록도 생활은 역시 열악했다. 환자들이 하루 배급받는 식량은 밀가루 5홉이 전부였다. 소록도 환자 대표부는 미군정사령관 하지에게 원장 몰래 진정서를 올렸다. 그래서 몇 개월 뒤부터 백미의 배급을 받았다. 원장보다 앞서 환자들이 이룩한 일이었다. 환자들은 자유롭게 관용 있는 자치제를 요구하기에 이르렀다. 조선인 원장은 환자들의 요구를 뜻밖에 잘 들어주었다.

남생리 부락 대표였던 최일봉은 이런 일을 하는데 가장 앞장선 인물이었다. 최는 이춘상을 결국 자신이 죽였다는 자책감에서 벗어나고자 이제부터 진정 환자들을 위해 일한다는 각오로 임했다. 이태 뒤에 열린 자치회 선거에서 최일봉은 공안부장에 임명 되었다. 이렇게 자치위원회가 발족되면서 소록도는 활기가 돌고 축제의 분위기에 젖어 있었다.

그러나 인영은 결코 이런 분위기를 즐길 수가 없었다. 지석 역시 마찬가지였다. 미감아동 보육소에 살아 있다는 아들애 대길을 만나볼 수가 없는 몸이었기 때문이다. 인영과 지석은 틈만 나면 옮긴 미감아동 보육소 근처에서 시간을 보냈다. 최일봉을 통해 먼빛으로 아들애 대길을 볼 수 있는 만남의 순간을 가졌다. 대길은 아주 건강한 모습으로 뜻밖에 늠름한 아동으로 성장을 했던 것이다. 사실 나병은 유전병이 아니기 때문에 인영이 지석과의 사이에서 낳은 아이는 건강한 애였다. 당시 일본 의관은 아이의 혈액을 채취, 나병이 전염되지 않았음을 알고 미감아보육소에 아이를 보냈던 것이다.

최일봉 어른의 배려를 통해 인영과 지석은 여러 차례 아이와 울타리를 사이로 떨어져서 대면할 수 있었다. 대길은 환하게 웃으며 손을 흔들었다.

"대길아, 엄마야. 이제 엄마 알지?"

대길은 울면서 고개를 끄덕거렸다.

"우리 대길이, 아버지 보이지?"

"예, 아버지."

인영과 지석은 슬픔과 감격에 복받쳐서 말을 잇지 못했다. 이렇게 최일봉의 배려로 아들과 재회할 수 있는 것만도 대단한 축복이라 생각했다. 순임과 창옥, 이동 역시 최의 배려 때문에 이렇게 울타리를 사이에 두고 조카 대길을 비록 멀리 떨어져서나마 만나볼 수 있게 되었다. 인영과 지석, 순임과 창옥은 부부의 연을 맺고 부부사에 수용되었다. 인영이 말했다.

"여보, 우리 언제 대길이하고 같이 살 수 있누?"

"그런 꿈만 같던 날들이 오긴 할까?"

"우린 하늘의 죄를 받은 몸이 맞아. 저 경계선 밖을 우린 넘어갈 수가 없으니 말이야……"

"여보, 대길 엄마, 힘을 내자우."

소록도는 병에 걸린 환자들이 머물 수 있는 병사지대가 있고, 직원들이 머물 수 있는 직원지대가 있었다. 병사지대는 이른바 유독지대라는 오명으로 존재했고, 직원지대는 무독지대라는 이름으로 존재했다. 무독과 유독의 경계가 바로 경계선이었는데 적어도 2km에 이르렀다. 아카시아 나무가 2킬로미터의 공간을 쓸쓸히 메우고 있었다. 해마다 5월이면 아카시아 꽃이 눈부시게 기나긴 공간을 환하게 밝혀주었다. 아카시아의 달콤한 향기가 날카로운 철조망을 찌를 때 원생들은 통곡했다. 미감아동들을 가진 부모들은 바로 이 경계선에서 공식적으로 한 달에 한 번, 아이들을 만날 수가 있게 되었다.

아이들이 5미터의 간격을 두고 무독지대에 섰다. 부모들 역시 5미터의 간격을 두고 유독지대에 섰다. 그 간격이란 천형을 받은 부모를 가졌기에 어쩔 수 없이 격리 되어야 하는 거리였다. 줄을 맞춰 일제히 부모와 아이들이 정렬했다. 침묵 속에 아이를 바라보아야 하는 부모의 절규는 부모의 체취가 그리운 아이들의 절규에 차라리 미치지 못할지도 모른다. 바람이 불면 바람을 통한 전염을 막으려고 바람을 등지고 부모들이 섰다. 아아, 만져보고 싶은 우리 아들, 인영은 꺽, 꺽 울음을 삼켰다. 경계선을 사이에 두고 한 식경 남짓 한숨이요 탄식이었다. 작업을 해서 꼬깃꼬깃 모은 돈을 인영은 대길에게 던져주었다. 대길이 울면서 발 앞에 떨어진 돈을 주워 담았다. 삼 십여 명의 아이들과 육 십여 명의 부모들은 하늘을 보고 통곡했다. 어떤 부모들은 이렇게 말했다.

"애야, 한사코 여기에서 멀리 가거라. 좋은 집에 가서 사랑 받고 살거라."

"애야, 잘 살아라. 좋은 부모 만나 잘 살아라. 이 엄만 잊어야 한다."

이런 소리를 듣는 아이들 역시 꺼이꺼이 허리를 꺾고 울었다. 부모와 아이들이 경계선을 사이에 두고 이렇게 만나는 모습을 보고 지나가던 사람들은 눈물을 흘리지 않은 이가 없었다. 그래서 사람들이 이 면회 장소를 수탄장(愁嘆場)이라 불렀다.

"하이고나 좋아 죽겄네이. 어따 창옥이 말여 소문 들었능가?"

"벌써 알고 있네잉. 어메 나도 인자 발 쭉 뻗고 잠 좀 자게 생겼어야 이."

소록도에 날아든 소문 가운데 원생들을 가장 기쁘게 하는 소문이었다. 원생들의 철천지 원수였던 오순재와 송회갑이 총살당했다는 소문이었다.

"저 놈들이 말여, 해방 되자마자 말여잉. 일본 놈들이 도망치면서 식량이며 약품이며 일용품 서껀 창고 열쇠 조선 의사 석사학이 한테 주었잖능가."

"이동, 고건 나도 알제. 아 오순재하고 송회갑이 여놈들이 그냥 열쇠 챙겨설랑 물품 빼돌린 거 아니드라고 그 와중에 말여잉."

"거 여든 네명 죽은 사건두 말여 어찌보면 거 그 놈들이 만든 일여이. 어째 그런고 하니 이놈들이 머시냐 신변이 위험할폭 싶은께 녹동 치안 대를 부른거 아닌가벼잉."

"거 참 세상엔 말여 죄를 짓군 못산단 말이 맞어잉. 옴마, 그 놈들이 아주 간에 붙었다 쓸개 붙었다 하다가 말시 그냥 거기서도 이쪽저쪽 기웃거리다가 말여 사살 당했다 하드랑께에이……"

해방이 되고 이후 몇 년 동안 무수한 죄를 지은 그들이 살아 있다는 것은 수천의 원생들에게 가장 아픈 사실이었다. 하지만 결국 여순 반란 사건에 가담하여 호시탐탐 살아갈 기회를 엿보다가 결국 자기들 꾀에 넘어가 사살되고 말았던 것이다. 이 소식을 전해들은 원생들은 뜨거운 백사장에서 가풀막진 산길에서 출렁이는 뱃길에서 쌓아온 울분을 이제야 맘껏 토해낼 수가 있었던 것이다.

하지만 소록도의 역사는 결코 여기에서 끝나지 않았다. 1950년 6월 25일, 전쟁이 발발한 것이다. 해방 이후 난데없이 삼팔선이 그어지고 분단체제에 접어들면서 남쪽과 북쪽에 고향이나 가족을 두었던 사람들은 당황했다. 보고 싶고 만나고 싶은 부모 형제들을 이제 영원히 만날 수가 없게 되었기 때문이다. 인영이나 지석 역시 마찬가지였다. 해방 이후 인후를 한 번도 만나보지 못한 상황에서 분단이 되어버렸다.

하지만 이런 분단의 상황도 잠시, 짧은 세월 속에 동족의 전쟁이 일어난 것이다. 소록도에는 전쟁 이전에도 살벌한 분위기에 압도되어 있었다. 인근의 여수와 순천에서 좌익과 우익의 충돌로 반란이 일어났기 때문이다. 이런 불똥이 소록도에 언제 튈지 누구도 모르는 상황에서 은밀히 말들이 돌았다.

"순임이 고모, 소문 들었어요?"

"인영아, 무슨 소문 말이누?"

"좌익인지 우익인지 하는 거 말이우. 거기 휘말리면 곤란한 상황에 빠질 수가 있다는 말이 있어요."

"아 나도 그 얘기 들었누나. 우리 소록도는 태반이 기독교 아니누. 그래 여 교회 임원에서 빠져야 뒤탈이 없다는 거 같더라."

"하니까 고모, 여신도 회장 아녀요? 사람 일을 모르니 고모 이참에 회장 자리 내놔버려요. 고저 맘이 이상하게 급하누만요."

"인영아, 고몬 말이야. 죽어도 신념은 버리지 않을 거누나. 하나님이 굽어 살피시고 있으니까 내가 당당히 맞선다 해서 누가 어찌하지 못할 거이야. 감히 하나님 권세를 누구라서 침범할 수 있단 말이누……"

인영은 더는 순임에게 말을 하지 못했다. 창옥 역시 어디서 이런 소문을 듣고 와서 순임에게 누차 임원에서 탈퇴하는 것이 낫겠다는 말을 했지만 순임은 결코 신념을 꺾으려 들지 않았다. 순임의 이런 신념은 목숨과도 바꿀 수 없는 것으로 순임은 생각했다. 하지만 전쟁이 발발해서 소록도는 순식간에 위기에 싸이고 말았다.

인민군은 순식간에 고흥까지 입성해버렸다. 인민군이 침투해서 채 1개월이 되지 않아 전라도 일원까지 완전히 공산 치하에 점령되고 말았다. 소록도에 인민군이 들이닥친 것은 8월 초순 무렵이었다. 무더위에 백사장이 가마솥처럼 끓어오르고 매미들이 덥다고 날개를 징그럽게 떨어대던 날, 인민군 1개 소대가 들이닥쳤다. 그들은 원생들을 공회당에 모두 모아놓고 공산주의 사상을 주입시켰다. 벽에는 김일성 초상화가 세상의 주인은 이제 김일성이야, 하고 말을 하듯 당당히 벽에 걸려 있었다.

"동무들은 절대 안심 하시오!"

"지금부터 오직 우리의 지시를 따라야 하오!"

북한 인민군들은 쌀자루를 어깨에 메고 들어와서 대뜸 관내를 정비하더니 이렇게 겁박했다. 인민군 세상, 이제 정말 다른 세상이 오나보다, 하며 직원들이나 원생들이나 혼란스런 상황에서 눈치들을 보기 시작했다. 의사들은 한 명씩 공산당에 가입하기 시작했다. 공산당에 가담한 의사는 말했다.

"지금부터 내가 호명한 사람은 오른쪽에 가서 줄을 서시오!"

공산당에 가담한 의사의 호명에 따라 분주히 줄을 섰다. 그들은 직원들을 성분에 따라 분류하여 줄을 세우는 것이었다. 당시 원장은 강압에 어쩌지 못해 공산당을 환영하는 환영사를 억지로 하게 되었다.

"대길 아버지, 인민군들이 낙동강 전선까지 이동을 했당마요."

"나도 얘기 들었어. 북한 출신 직원들을 고흥 정치보위부에 감금해 놓았다 하누나."

"에그 대체 시상이 어찌 되려구 이러나……그나저나 우리 대길이 잘 있갔죠?"

"애들이사 별 탈이 있을라구……"

인민군들은 매우 포악하다고 했다. 무수히 매질을 하고 학대를 일삼는다고 했다. 일본 놈들보다 더욱 악독한 놈들이 인민군이란 소문이 은밀히 돌았지만 인영은 입도 뻥긋하지 않았다.

인민군들은 교회의 예배를 당장 중지시켰다. 예배당은 바로 공회당으로 명칭이 변경되었다. 김일성을 우러러 보며 쪼그리고 앉아서 사상교육을 받았다. 인민군들은 환자들을 소집하여 인민군 노래를 가르쳤다.

흔히 말하는 세뇌교육을 주입하고 그들은 이윽고 청년동맹이니 여성동
맹이니 명칭을 내걸고 인민재판이 열릴 거라는 말이 돌았다.

"자치회 임원들을 모두 처형한단 말이 있더누나."

"쯧, 쯧 우린 어느 장단에 박수를 쳐야 하누?"

"우린 말야, 고향이 평양이니 인민군들이 어찌 하지 않을 거야. 따지
자면 같은 고향 사람 아니냔 말이지……"

"아니 사상이라카는 거이 얼마나 무서운데 그런 말이야요. 고흥 정치
보위부에 갇힌 사람들이 모두 북한 출신이라 대길 아버지 입으루다 얘
기하지 않았음?"

"음, 그러니 조심 하자우야. 우린 어떻든 살아야 한단 말이지. 대길이
를 위해서 불피코 살아내야 한단 말이지……"

인영은 지석을 향해 너벗이 고개를 끄덕거려주었다. 살아야 하고 말
고, 어떻게 참고 살아온 설운 세월인데……하며 인영은 눈물을 흘렸다.

"대길 아버지, 인후 오빠 별 일 없갔지요?" "인후 그 동문 종잡을 수
없는 친구라서 지금 가늠할 수가 없지……"

"오빠가 종잡을 수 없는 동무야요?" "글쎄, 날더러 그러더누나. 자긴
일본 놈들이 미워서 일본 놈들 앞잡이가 되고 싶다고……난 그 말을 아
직도 이해할 수가 없단 말이지……"

소록도에 상황이 아주 급박하게 돌아가고 있었다. 인민재판을 하면
거의 사살을 당한다는 말이 돌면서 분위기가 살벌했다. 같은 원생끼리
말도 조심하고 서로 감정이 상하지 않으려고 무척 애를 쓰는 모양이었
다. 형무소 쪽에서 이미 총소리가 여러 차례 들렸다는 소문을 듣고 환
자들은 이미 기가 죽었다.

인민재판은 공회당에서 열렸다. 이보다 먼저 기독교 교인들과 직원들

이 고흥의 정치보위부로 끌려갔다. 여기에 남은 사람들은 인민군들이 위촉한 병사지대의 인민위원장 문창열을 중심으로 인민재판을 진행했다. 인민군과 지역 공산당 간부들이 입회한 가운데 자치위원회 임원들이 재판에 회부되었다. 재판에 회부된 임원들은 반동이란 낙인을 찍고 대기한 인민군에 붙들려 나가서 총살을 당했다. 인민재판에 빠진 사람들은 점차 숙청을 단행할 것이라고 했다. 그래서 원생들은 누구나 오금이 저렸다. 누가 어떻게 무고를 할지 한치 앞도 내다볼 수가 없었기 때문이다.

기독교는 인민군의 적으로 간주되었다. 신념을 버리지 못한 순임은 반동으로 몰려 처형의 대상이 되었다.

"당장 살려줄테니 하나님을 버리고 김일성 원수를 사랑할 수 있소?"

"나는 평생 하나님을 의지하고 살아왔소."

"하나님을 버리지 못하면 반동이야. 넌 당장 총살이단 말이다. 그래도 하나님을 버리지 못하겠소?"

"지금까지 살아오게 해주신 하나님을 버릴 수가 없소. 나는 당당히 죽음으로 하나님께 영광을 돌릴 거우다."

"동무, 데리고 나가 처단하라!"

순임이 인민군의 거친 손에 이끌려 나갔다. 이를 지켜보던 원생들의 입에서 아, 하고 단말마의 소리가 들렸다. 인영은 지석과 같이 순임을 묶어 데리고 가던 인민군을 뒤따라 걸어갔다. 인영이 무슨 말을 해도 신념을 꺾지 못할 순임임을 알기에 담담히 운명을 받아들이기로 작정하고 있었다. 순임의 어깨가 출렁거렸다. 순임의 어깨가 출렁거리는 것을 보고 인영 역시 흐느껴 울기 시작했다.

소나무가 도열하듯 우뚝 우뚝 서 있는 데까지 그들은 순임을 데려왔다. 인민군들은 인영과 지석이 뒤를 따르자 더는 따르지 못하도록 저지했다. 바로 그때, 뒤에서 한 떼의 인민군들이 우적우적 걸어오고 있었다. 인영은 본능적으로 뒤를 돌아다보았다. 십 대의 인민군 병사들과 검게 그을린 삼십대의 사내로 그는 장교였다.

"잠깐 멈추라, 사격하지 말라!"

처형을 하기 위해 이동하던 대열을 사내가 멈추게 했다. 사내는 인영과 지석이 있는 쪽으로 천천히 전투화 발자국 소리를 내며 다가왔다. 인영은 순간적으로 일어나고 있는 이런 상황에 대해 전혀 예측하지 못했다.

"인영아, 오빠야, 인후 오빠란 말이다!"

"아니 인후 오, 오빠라니……"

"인영아, 오빠야, 정신 차리라. 인민을 해방시키기 위해 오빠가 왔단 말이다."

인영은 이제 상황을 알아차릴 수가 있었다. 황당하고 놀라 입이 다물어지지 않았다.

"인후야, 나 지석인데 알아 보갔누?" "아니, 지석 동무래 이거 어찌 여기에 있누?"

지석이 너무 반가운 나머지 인후와 손을 내밀어 악수를 했다.

"동무, 나병에 걸렸더누? 팔은 어찌 이렇게 덜렁거리누?"

"팔은 일본 놈들 위해 싸우다가 잃었다. 이렇게 문둥이가 되어 여기에 들어와서 인영이 만났어. 근데 인후 동무, 어떻게 인민군이 된 거야?"

"자, 자, 여기서 이럴 게 아니라, 당장 일을 처리하고 얘기 나누자 동무. 인영아, 넌 여기 오면 안 된다. 저기 공회당에 가서 기다리고 있거라."

하지만 인영은 인후의 앞길을 막고 나섰다.

"아니, 부하들도 있는데 이거 어찌 이런 행동을 하느냐?"

"오빠, 이거 아니 될 말이우다. 우리 순임 고모, 우리 순임 고모는 반동이 아니란 말이우다."

"보라, 인영아, 이거 이거 인민해방을 위한 공무에 방해를 하지 말라. 하나님을 버리지 못한 자는 한 놈도 살아남지 못한다 말이다."

인영은 자리에서 풀썩 주저앉았다. 차라리 나를 죽여라, 차라리 나를 죽이고 가우, 하고 땅을 치고 통곡을 했다. 인영의 이런 난동에 대열을 멈춘 인후는 다시 대열을 가다듬어 이동시키고 있었다. 멀어지며 자꾸만 뒤를 돌아보는 순임이 고모를 향해 인영은 그래도 마지막 작별을 하고 싶었다. 순임이 마치 도살장에 끌려가는 소처럼 질린 모습으로 인영을 하염없이 바라보며 세상에서 나눈 질긴 인연의 끈을 끊고자 했다. 인영은 순임에게 손을 흔들어 주는 것으로 작별을 할 수가 있었다. 그리고 얼마 뒤에, 숲속에서 총소리가 소록도의 하늘을 울렸다. 총소리는 길게 여운을 남기면서 들렸다. 순임의 목숨을 빼앗는 총소리에 인영은 그만 자리에서 정신을 잃고 말았다.

공회당에서는 여전히 인민재판이 계속되고 있었다. 인민재판이 계속되는 동안 이동은 창옥과 같이 공회당 뒤란에 있었다. 두 사람은 작은 소리로 얘기를 나누었다.

"창옥이, 어찌할 겨? 어느 쪽에 줄을 서야 하겠냐 말여잉?"

"징그런 놈들, 순임이 누나까지 잡아다 죽인 징그런 넘들이여. 이런 더런 시상에 내가 살아서 머를 하겠는가잉. 나는 저 넘들 목소리만 들어도 인자 징그럽구먼잉. 어따 일본 놈들 보다 더 징한 놈들이여."

"창옥이, 난 말여, 살아사 쓰것어. 어찌 되든 살아서 나가야 것어잉. 살아야 색시도 만나고 한번 살아 보잖것어잉."

"아갸 이동, 불알까지 저당 잡힌 주제에 세상에 먼 미련이 있다고 그래 목숨에 연연하고 그런다냐잉."

"아녀, 난 살고 싶어잉. 어따 난 말여, 비록 불알을 까이긴 했지만 말여, 아 여자란 것을 한번 안아보고 죽고 싶단 말여잉."

"아이고 허벌나게 청순하네잉. 아 이동이란 사람이 이렇게 순정적인 면이 있었구만잉. 암튼 그쪽은 그쪽이 알아서 판단 하더라고잉. 근디 진짜 여잘 한 번도 못 품어 봤단가잉?"

"아 그러니 내가 억울해서 살아보겠단 것이여잉. 옴마, 딱 세상 돌아가는 판세를 보니께로 이참에 딴 세상 열리는 것 맞어. 아 이렇게 득달같이 남쪽을 점령해 버린 걸 보니께 말여, 당장 나 줄을 저짝에 대야 겄어잉. 그럼, 창옥이, 우린 말여, 아무리 사상이 검네 붉네 해도 마음까지 그러지는 말자고잉. 나 그럼 이만 가야겄어잉……"

창옥은 등을 보이고 껑충한 몸으로 멀어지는 이동을 멀찍이 바라보았다. 세상을 욕을 해야 할지 사람을 욕을 해야 할지 창옥은 분간이 서지 않았다. 순임이 누나가 죽은 마당에 세상에 살아가고 싶은 의욕도 희망도 모두 달아났다고 생각했다. 이동은 어디서 저런 살고자 하는 의욕이 나오는지 한편 부럽다는 생각마저 들었다.

공회당에는 하루 종일 인민재판이 열렸다. 재판이 열리면 숲속에서 반드시 총성이 울렸다. 인영에게 많이 베풀어준 자치회의 공안부장 최일봉 역시 반동으로 분류되어 인영의 간절한 구원에도 사살 되었다. 그러나 인영이 놀란 것은 따로 있었다.

"대길 아버지, 저기 이동 삼촌 아녀요?"

"맞어, 이동 삼촌이 어째 인민위원장 완장 찬 문창열 놈들하고 같이 있다누?"

"아이 에그나, 저쪽에 줄을 섰누나, 저짝에 줄을 섰어……"

"쳇, 춘상이 동무래 번번이 하는 말이 이동 아젠 그냥 서둘러서 탈이라드니……"

"대길 아버지, 우린 이대루 있어도 괜찮을까요?"

"설마하니 인후가 누이 심장에 총을 겨누갔누? 우린 그냥 이렇게 지켜 보자우……"

인민군들은 오직 흑백의 구분을 통해 사상의 대열을 가다듬으려는 기색이 역력했다. 내편이 아니면 무조건 반동이 되어야 하는 방식이었다. 여전히 흑백을 구분해서 이쪽저쪽을 갈랐다. 불행하게도 인후가 이런 역할의 선봉에 있었다. 인후는 다른 두 명의 장교와 같이 소록도의 사상 분류를 총괄하는 모양이었다. 인후가 인영을 부르더니 물었다.

"인영아, 지석이 하구 사이에 아들애가 있대는데 뭐이 미감아동 보육소에 있다구?"

"오빠, 그쪽에 무슨 일이 있는 거 아니우까?"

"인민군들이 사상의 검열을 하는데 아이 어른이 어데 있누? 인영아……."

인영은 인후를 하염없이 올려다보았다. 그리운 얼굴을 난데없이 만나게 되다니, 갑자기 실감이 나지 않았다.

"좋은 세상을 만들자는데 너 여기서 지석이하구 이렇게 살아야 하누?" "이 몸으루 어디루 간단 말이누? 오빠, 난 대길이 아버지 하구 죽어도 여기서 같이 죽을 거우다."

"조카가 대길이로구나. 아주 듬직한 이름을 주었구나. 그래 듣자니까 나병 걸린 부모는 아이를 데리고 키우지 못한다는데……이참에 오라비가 대길이 데리구 가면 어떷갔누?"

"아니 뭐이가? 오빠, 그딴 말 하지 말라야. 시국이 이래 어려운 판국에 대길일 어데루 데리구 간단 말이누? 품에 안고 키우진 못하지만 곁에서 지켜보며 사는 거이 백 번 낫지 않겠누."

"아냐, 인영아, 설사 미제 놈들 세상이 닥친다 해두 저 아이들 무사치 못할 거이야. 미제들이 얼마나 영악한 놈들인지 너들 몰라서 이러누?"

인후는 부하에게 미감아동 보육소에 가서 김대길이란 아이를 데려오도록 했다. 인영은 정말 이것만은 안 된다고 인후에게 소리쳤다.

"오빠, 차라리 대길이 데리구 가려거든 나부터 죽이구 가우다. 난 대길이 없인 이젠 못사는 몸이우다. 으윽~"

"인영아, 오라비 말 좀 들으라. 너들이 대길이 건사치 못하는데 누가 대길일 건사 하갔누? 미제 종간나새끼들이 저 아들을 키워 주구 먹여 주갔누? 택 없는 소리다 이거. 지석이두 저런 몸으루 대길이 거둘 수가 없지비, 그러니 비록 반쪽 핏줄이라두 삼촌이 거두는 거이 이거 맞는 말이누나……"

인후의 생각은 뜻밖에 단호했다. 인영은 난데없이 변한 사람이 되어 나타난 인후를 보며 더는 무슨 말을 하지 못했다. 한참 뒤에 인민군 병사가 대길이를 데리고 공회당에 들어섰다. 먼빛으로만 보던 대길이를 곁에서 보는 인영의 눈가에 눈물이 그렁그렁 매달려 있었다. 인후뿐만 아니라 지석 역시 이런 상황을 지켜보며 초라한 자신의 행색을 자책할 뿐 인후를 저지할 힘도 능력도 없었다.

인후가 대길을 보며 말했다.

"동무가 대길이로구나. 그래 동무 관등성명 대보라우!"

대길은 열 살 먹은 아이답지 않게 뜻밖에 체격도 컸다. 지석을 닮았는지 키도 크고 손가락도 길었다. 무명 바지와 삼베적삼을 입은 대길이 멀뚱히 인후를 쳐다보자, 곁에서 이를 지켜보던 부하가 말했다.

"거 나(나이) 어린 동무래 관등성명 몰라? 너 몇 살 묵은 누구냔 말이야?"

"예, 열 살 먹은 김대길이라 합네다."

"고래 고래, 거 저 부모 고향 피양 아이랄까 봐 고저 피양 말을 잘도 쓰누나. 이리 온나, 대길아, 내래 너 외삼촌이다. 이제 좋은 세상이 열리리까니이 대길이 너는 이 외삼촌 따라가면 되는 거야. 알갔니?"

인후의 말에 대길이 영문을 모른 채 고개를 끄덕거렸다. 인영은 당장 대길에게 달려가 붙들고 싶어도 자신의 몸 때문에 가까이 하지 못하고 눈물만 흘렸다. 인후가 대길을 품에 안고 마치 자식을 품듯 하자 문창열 등 인민위원장 일행이 열심히 박수를 쳤다. 박수를 치는 사람 중에 이동 역시 활짝 웃음을 머금고 있었다.

인민군들은 도주한 소록도 원장을 찾으려고 백방으로 날뛰었다. 원장은 산속으로 도망한 지 일주일이 지나고 있었다. 인민군들은 원장 부인을 관사 기둥에 묶어서 원장의 행방을 밝힐 셈이었지만 부인은 철저히 모른다고 잡아뗐다. 인민군들은 이제 부인을 죽여야 한다고 의견을 모았다. 그래서 부인을 끌고 나와 숲속으로 향하는 도중에 상황이 역전되고 말았다.

공중에서 쌕쌕이가 날더니 하얀 삐라들이 마구 떨어지기 시작했다. 바람에 날려 여기저기 떨어지는 삐라를 집어 들며 읽은 인민군들의 표정은 딱딱하게 굳어버렸다. 삐라의 내용은 아군의 승리로 곧 수복될 것이니 그때까지 참고 기다려 달라, 는 내용이었다. 이런 삐라를 본 인후와 인민군 병사들, 문창열 등 인민위원회에 들어간 사람들은 당황했다. 이런 와중에도 인민재판이 진행되고 있었는데 장차의 일을 한 치도 가늠하지 못한 터라 단호하지 못했다. 처형에 대한 결정 역시 차후로 미루어져버렸다. 이때는 인민군들이 애타게 체포하려 했던 원장이 고흥 정치보위부에 끌려가 있었는데 인민군의 퇴각 결정 이후 풀려난 상황이었다.

인후 등은 인민위원회와 지역 잔당들에게 명령을 내리고 산으로 올라갔다. 인후는 대길이를 데리고 인민군 병사들과 같이 산으로 올라갔던 것이다. 배를 대기해서 뭍으로 나갈 거라는 말이 돌았다. 인민위원회와 지역 잔당들은 여전히 반동들을 분류해서 처형하려고 분투하고 있었다. 이동 역시 인민위원회 일행들과 같이 합류하고 있었다.

소록도에 경찰이 상륙했다는 소식이 전해지자 인민위원회 일행은 똥

줄이 타기 시작했다. 그들은 자치회의 공금을 털어 각자 나누어 가졌다. 이동 역시 두둑한 돈을 괴춤에 차고 징발한 선박을 타고 인민군의 뒤를 쫓았다. 생애 태어나서 이렇게 많은 돈을 꿰어 차보기란 처음 있는 일이어서 가슴이 벌렁벌렁 했다. 문창열을 중심으로 인민군의 뒤를 쫓던 이동 일행은 마침 같은 처지에서 후퇴하던 내무서원들에게 붙들렸다. 북쪽의 내무서원들은 이들의 몸을 수색하기 시작했다. 그런데 일행 모두의 몸에서 비슷한 액수의 돈이 나오는 것을 보고 원장의 첩자로 몰아붙였다.

"아니당께라우. 옴마, 내 말잠 들어 봇시요이. 난 말여, 원장 첩자가 아니랑께요. 난 말여잉 일본 놈들 밑에서 불알을 까인 몸여잉. 아조 그냥 본부 놈들 보면 치를 떠는 사람이 나란 말여잉……"

"동무, 기딴 말을 어찌 믿갔수?"

"옴마, 아니 인민위원장님, 말씀 좀 해보쇼잉. 어매 애가 타네 그냥이……"

하지만 같은 편이라도 내무서원들은 쫓기는 마당에 성분 따월 중요하게 여기지 않았다.

"이보, 동무, 이 자들 처치하시오!"

"옴마, 존 시상 온다고 이리 뛰었드이 이거 뭔 날벼락이라나이, 옴마.....김일성 만세....아니 멋 하요들 언능 언능 외치장께....김일성 만세……"

"인민공화국 만세……인민공화국 만세……"

이동을 비롯해서 돈을 꿰어 한번 살아보자 달아났던 일행들은 살기 위해 목이 터져라 소리를 질렀다. 하지만 내무서원들은 일말의 망설임 없이 이들을 처단했다. 총알이 심장을 뚫고 지나가며 피를 머리 위로 솟

구쳐 올릴 때 이동은 마지막으로 이렇게 소리쳤다. 옴마, 이동 인생 한번
징그럽게 서럽소잉. 오매 조상님 네 어찌 볼거나, 불알 까인 몸으루 어찌
조상님을 볼거나……춘상이 말이 맞구먼잉. 그려 나는 너무 서둘러서
탈이제잉. 아니 창옥이처럼 서둘지 않고 거기 그냥 있었다면 말여잉, 이
렇게 총 맞어 죽지는 않았을 거 아녀잉……이동의 눈이 스르르 잠기며
의식마저 어둠 속으로 한없이 추락하고 있었다.

　아들애를 빼앗기고 시름에 젖어 인영과 지석은 날마다 울었다. 동생
리 선착장에 나와 하염없이 뭍을 바라보며 울었다. 갈매기들이 끼룩 끼
룩 슬프다고 같이 울었다. 배를 타고 뭍으로 떠났을 대길을 생각하며 정
신 줄을 놓을 듯이 울었다.
　그러던 어느 날, 인영과 지석은 멀리 배가 하나 들어오는 것을 보고 이
상하게 가슴이 뛰었다. 통통배에서 여느 때와 달리 손을 흔드는 모습이
눈에 아른거렸기 때문이다.
　"대길 아버지, 저기 좀 보우."
　"글쎄 말이누나, 거 웬 처자가 저리 손을 흔드누……"
　배가 차츰 선착장에 가까이 오면서 통통배의 상황이 분명하게 보였
다. 아니, 인영은 자신의 눈을 의심했다. 손을 흔들며 배에 타고 선착장
에 당도한 이는 바로 금화였다. 그런데 금화의 옆에 나이 어린 소년이 타
고 있었다. 자세히 보니 다름 아닌 대길이었다.
　"아니 금화 아주마이, 대길아, 이게 대체……"
　"대길아, 금화 아지마이, 이 관절(대관절) 무슨 일이라누?"
　인영과 지석은 금화와 대길이 내리자마자 달려가서 와락 대길을 안
았다. 너무 감격해서 대길을 안았다가 겨우 경우 없는 행동을 알아차리

고 대길을 몸에서 떨쳐냈다. 하지만 대길이 인영에게 떨어지지 않으려고 옷자락을 꼭 붙잡았다.

"금화 아주마이, 어찌된 일이우, 이게……"

"인영아, 인영이 너 하구 나는 말여, 참 인연이 질기구만. 느 엄니 묘소에 갔다가 말여, 거서 느이 아들 만났다잉."

"아니, 우리 엄마 묘소에서 어떻게……"

"강인후가 너 오라비 맞제이? 느 오라비가 말여, 거 엄니 뫼등(묘)에서 글쎄 죽어 있더마야……"

인영은 이제야 상황이 어떻게 되었는지 떠올랐다. 인후 오빠에게 듣지 않아도 인영은 상황을 짐작할 수 있었다. 아니, 세상에, 어찌 엄마 묘에 가서 죽을 생각을 했을거누. 불쌍한 우리 인후 오라비……

"인영아, 가자. 집으로 들어 가야제. 내가 대길이 깨끗이 씻겨 놨더니 참말로 지 아버지 닮아서 잘 생겼다이……"

"아주마이, 고맙소. 아주마이, 정말 고맙소."

금화가 대길을 손에 잡고 앞서 나갔다. 바람이 불어서 인영은 대길이 뒤에 종종 따라갔다. 바람이 불면 문둥이가 절대 앞에 걸으면 안 된다. 인영은 뒤에서 절뚝거리며 지석의 손을 잡고 걸으면서 순간 이제 모든 것이 끝났다는 생각이 들었다.

"대길아, 너 커서 뭐가 될라누?"

"엄마, 난 말이야, 커서 인후 삼촌 같은 군인 될란다."

"대길아, 뒤 돌아보지 말고 쭈욱 걸어가. 엄마 얼굴 보지 말구……"

"그래, 대길아, 아버지 얼굴도 보지 말구 그냥 쭈욱 걸어가. 우리 대길이가 장차 뭐가 될 건가 생각하며 쭉 걸어가……"

지석 역시 덜렁거리는 팔을 자꾸 멋쩍어 하면서 아들애한테 말했다.

이렇게 걷는 길이 슬프면서 한없이 행복했다. 바람이 불어서 다행이란 생각을 인영은 했다. 아마 지석이도 같은 생각을 했을 것이다. 아들애 앞에서 절뚝거리며 덜렁거리는 부모의 모습을 보여주고 싶지 않았다. 비뚤어진 모습도 아이한테 만은 보여주기 싫었다. 달아난 눈썹도 아이에게만은 들키고 싶지 않았다. 바람이 앞쪽에서 불어 참 다행이다, 라고 생각했다. 대길이 금화의 손을 잡고 껑충 껑충 뛰어가는 모습을 보며 인영은 지석을 슬며시 쳐다보았다. 오랜 세월 호사에서 그리던 사람이 옆에 있어서 너무 행복하다는 생각이 들었다. 그리고 지석의 팔이 하나밖에 없다는 것이 너무 인영한테 잘 어울린다고 생각했다. 인영은 자꾸 지석을 쳐다보았다. 지석도 인영을 자꾸 바라보았다. 하늘에 구름이 흘러가고 있었다. 양털 구름, 새털 구름, 여러 가지 모습의 구름들이 한곳을 향해 흘러가고 있었다. 인영은 생각했다. 그래 우리도 저 구름처럼 흘러가는 거야. 이런 사람도 있고, 저런 사람도 있고, 그러다가 문득 인영은 피식 웃었다. 금화가 빨리 오라며 손짓을 하는 순간에 문득 이런 생각이 떠올랐기 때문이다.

— 아주마이, 참말로 인영이 은인이야요. 말띠 여잔 용띠 사닐 만나야 한다 했죠? 그 말은 맞는데요, 인영이래 도화살 끼었단 말은 아닌 거 같단 말이우다.

가도
가도
붉은
황톳길

인쇄 | 2016년 8월 8일
발행 | 2016년 8월 15일

지은이 문호준
발행인 김용성

발행처 지우출판
주소 서울시 동대문구 이문로 58 오스카빌딩 4층
전화 02-962-9154
팩스 02-962-9156
이메일 lawnbook@hanmail.net
출판등록 2003년 8월 19일

ISBN 978-89-91622-54-8 03810

값 15,000원